只手摘星斗 1

扫3帝 著

ZHI SHOU
ZHAI XINGDOU

百花洲文艺出版社

图书在版编目（CIP）数据

只手摘星斗 / 扫3帝著. -- 南昌：百花洲文艺出版社, 2025.3. -- ISBN 978-7-5500-4990-1

Ⅰ. I247.5

中国国家版本馆CIP数据核字第2024WY0327号

只手摘星斗

扫3帝 著

出 版 人	陈 波
策划编辑	童子乐
责任编辑	周振明　陈俪尹
书籍设计	方　方
封面插图	段占涛
制　　作	何 丹
出版发行	百花洲文艺出版社
社　　址	南昌市红谷滩世贸路898号博能中心一期A座20楼
邮　　编	330038
经　　销	全国新华书店
印　　刷	湖北金港彩印有限公司
开　　本	720 mm × 1000 mm　1/16　　印张　77.5
版　　次	2025年3月第1版
印　　次	2025年3月第1次印刷
字　　数	1050千字
书　　号	ISBN 978-7-5500-4990-1
定　　价	135.00元（全三册）

赣版权登字　05-2024-216

版权所有，盗版必究

邮购联系　0791-86895108

网　　址　http://www.bhzwy.com

图书若有印装错误，影响阅读，可与承印厂联系调换。

目录
contents

楔　子 / 1

第 1 章　美国来信 / 3

第 2 章　没人打开过的信封 / 8

第 3 章　你全权处理 / 13

第 4 章　升级 / 18

第 5 章　天工就是一切 / 23

第 6 章　电子邮件 / 26

第 7 章　书面申请 / 31

第 8 章　中国问题会议 / 36

第 9 章　我叫田晓卫 / 41

第 10 章　我和田晓卫通过电话 / 46

第 11 章　你就是张邕？ / 51

第 12 章　我要请假 / 56

第 13 章　我要爬山 / 62

第 14 章　那个人是他？ / 67

第 15 章　第三个赌约 / 72

第 16 章　算账 / 77

第 17 章　初现江湖 / 82

第 18 章　江湖初见（一）/ 87

第 19 章　江湖初见（二）/ 92

第 20 章　哪来的怪物 / 98

第 21 章　雷之变 / 102

第 22 章　中文手册 / 107

第 23 章　江湖初见（三）/ 112

第 24 章　江湖初见（四）/ 117

第 25 章　女侠何人？/ 122

第 26 章　拿命来拼（一）/ 127

第 27 章　拿命来拼（二）/ 132

第 28 章　拿命来拼（三）/ 137

第 29 章　我知道你是谁 / 142

第 30 章　拿命来拼（四）/ 146

第 31 章　青梅竹马 / 151

第 32 章　可以叫我 Madam / 156

第 33 章　北方公司 / 161

第 34 章　测试报告（一）/ 166

第 35 章　测试报告（二）/ 172

第 36 章　测试报告（三）/ 176

第 37 章 测试报告（四）／ 182

第 38 章 测试报告（五）／ 187

第 39 章 张邕的假期（一）／ 193

第 40 章 张邕的假期（二）／ 200

第 41 章 再归江湖／ 203

第 42 章 对酒不当歌／ 209

第 43 章 老虎再来／ 214

第 44 章 你不属于这里／ 219

第 45 章 开业／ 225

第 46 章 师兄路线／ 229

第 47 章 创造历史／ 231

第 48 章 成功总伴着收购／ 235

第 49 章 风起云涌（一）／ 238

第 50 章 风起云涌（二）／ 242

第 51 章 风起云涌（三）／ 246

第 52 章 风起云涌（四）／ 249

第 53 章 风起云涌（五）／ 253

第 54 章 风起云涌（六）／ 256

第 55 章 风起云涌（七）／ 263

第 56 章 风起云涌（八）／ 265

第 57 章 错过阳光沙滩／ 267

第 58 章 结婚与读书／ 271

第59章　优雅的威力 / 275

第60章　我要包子 / 279

第61章　10万美金（一） / 283

第62章　老问题 / 286

第63章　10万美金（二） / 290

第64章　石出水涨（一） / 294

第65章　石出水涨（二） / 298

第66章　石出水涨（三） / 305

第67章　石出水涨（四） / 312

第68章　虎过河（一） / 320

第69章　虎过河（二） / 326

第70章　虎过河（三） / 333

第71章　虎过河（四） / 340

第72章　虎过河（五） / 346

第73章　虎过河（六） / 352

第74章　虎过河（七） / 360

第75章　虎过河（八） / 367

第76章　发布，婚礼，自由与梦想 / 374

第77章　老虎末路 / 381

第78章　做回透明人 / 388

第79章　霍之乱（一） / 395

第80章　霍之乱（二） / 401

第 81 章　霍之乱（三）/ 408

第 82 章　霍之乱（四）/ 415

第 83 章　霍之乱（五）/ 420

第 84 章　霍之乱（六）/ 429

第 85 章　外来挑衅者 / 437

第 86 章　错误决定？/ 443

第 87 章　百年企业 / 449

第 88 章　大智若愚 / 456

第 89 章　融入 / 463

第 90 章　动荡之"圆" / 469

第 91 章　风云渐变 / 475

第 92 章　贾公无私 / 483

第 93 章　疑似故人 / 493

第 94 章　无妄之灾 / 496

第 95 章　天石危机 / 503

第 96 章　乱（一）/ 510

第 97 章　赵爷回信 / 517

第 98 章　乱（二）/ 523

第 99 章　乱（三）/ 530

第 100 章　乱（四）/ 538

第 101 章　乱（五）/ 545

第 102 章　攀登者 / 551

第 103 章　更乱（一）／ 559
第 104 章　更乱（二）／ 565
第 105 章　更乱（三）／ 573
第 106 章　更乱（四）／ 579
第 107 章　马小青 / 587
第 108 章　我们首先是中国人 / 594
第 109 章　彼得跳墙（一）／ 600
第 110 章　彼得跳墙（二）／ 607
第 111 章　顾问协议 / 614
第 112 章　新目标 / 622
第 113 章　法国老板 / 628
第 114 章　Eka 访客 / 635
第 115 章　神一般的存在 / 642
第 116 章　摘星大会（一）／ 649
第 117 章　摘星大会（二）／ 656
第 118 章　摘星大会（三）／ 663
第 119 章　摘星大会（四）／ 670
第 120 章　摘星大会（五）／ 677
第 121 章　摘星大会（六）／ 684
第 122 章　法国第一餐 / 693
第 123 章　Mag 老板 / 701
第 124 章　三三归一 / 708

第 125 章　干杯老板 / 716

第 126 章　易目的故事 / 725

第 127 章　20 vs 1000 / 731

第 128 章　推介会 / 737

第 129 章　100 vs 1000 / 745

第 130 章　Mag vs 捷科 / 751

第 131 章　食言的 CEO / 758

第 132 章　二期落地 / 765

第 133 章　法国之行 / 772

第 134 章　无人喝彩（一）/ 780

第 135 章　无人喝彩（二）/ 788

第 136 章　无人喝彩（三）/ 794

第 137 章　自己喝彩 / 801

第 138 章　6 月为限 / 808

第 139 章　我要赢 / 814

第 140 章　连赢三局 / 822

第 141 章　故人 / 829

第 142 章　芯片之战（一）/ 835

第 143 章　芯片之战（二）/ 843

第 144 章　芯片之战（三）/ 850

第 145 章　芯片之战（四）/ 857

第 146 章　合法生意（一）/ 864

第147章　合法生意（二）/ 871

第148章　风云渐变（一）/ 878

第149章　风云渐变（二）/ 885

第150章　风云渐变（三）/ 891

第151章　四面楚歌 / 898

第152章　欠债还钱 / 905

第153章　并存于世（一）/ 913

第154章　并存于世（二）/ 919

第155章　并存于世（三）/ 926

第156章　并存于世（四）/ 933

第157章　并存于世（五）/ 940

第158章　并存于世（六）/ 948

第159章　并而不存（一）/ 954

第160章　并而不存（二）/ 962

第161章　选择 / 969

第162章　各行其道 / 977

第163章　抱歉，老板 / 985

第164章　美国培训 / 991

第165章　陌生故人 / 999

第166章　又见田晓卫 / 1006

第167章　又见霍顿 / 1015

第168章　赫兹之争（一）/ 1022

第169章　赫兹之争（二）／ 1028
第170章　赫兹之争（三）／ 1035
第171章　赫兹之争（四）／ 1041
第172章　赫兹之争（五）／ 1048
第173章　众寻崛起／ 1055
第174章　三堂会审／ 1061
第175章　赫兹之争（六）／ 1069
第176章　赫兹之争（七）／ 1075
第177章　赫兹之争（八）／ 1082
第178章　赫兹之争（九）／ 1088
第179章　草场之争／ 1095
第180章　又见韦少／ 1101
第181章　满分方案／ 1108
第182章　田晓卫与高平／ 1115

第183章　赫兹落地／ 1122
第184章　再聚首／ 1129
第185章　北斗渔业／ 1135
第186章　谁是赢家／ 1141
第187章　口舌之争（一）／ 1147
第188章　口舌之争（二）／ 1154
第189章　昨日重现／ 1160
第190章　故人之子／ 1166

第191章　中国移动 / 1173

第192章　拒绝再等 / 1180

第193章　庞德之计 / 1186

第194章　身先士卒 / 1192

第195章　拼命依旧 / 1198

第196章　谁是赢家 / 1205

第197章　不是结局 / 1212

第198章　还将继续 / 1220

楔　子

张邕混迹外企多年，一直没用英文名字，而是坚持用自己的本名——Yong。

其实他的性格并不极端，他对英文名字也不排斥，只是欧洲人一般读"G"的时候是发"哥"的音，所以"Yong"在老外口中就变成了"邕哥"。

对于无论是总裁还是人事经理都要尊称一声"邕哥"的待遇，张邕乐在其中，舍不得放弃自己的中文名。

多年以后，自媒体兴起，张邕给自己取的网名就叫作"××邕哥"，被无数人嘲笑太土，张邕一笑置之。

初春的法国马赛，这帮口口声声叫着邕哥的老外正在召开新一年的业务启动会议。

张邕低调地坐在他的老板François身后。François是一个极为常用的法国名字，大抵相当于中国的李军、张伟、刘丽、王芳。不过多数中国人对这个名字的发音并不了解，喜欢靠着直觉翻译成"弗朗西斯"之类，其实正确的翻译应该是"弗朗索瓦"，最后两个音节的发音其实无限接近于中文的"色娃"。

偏偏张邕的老板——坐在他身前的亚太区主管，以及老板的老板——正在台上讲话的总裁都叫这个名字，为了区分这二人，法国人往往是在名字后面加上姓氏，张邕则充分运用了中国人的智慧，他管自己的老板叫"小色娃"，管台上的总裁叫"大色娃"。

大色娃浓重的法国口音让时差还未调整过来的张邕昏昏欲睡。会上没有咖啡，为了保持清醒，他不停地喝水，自己面前的矿泉水很快就见底了。依然困倦的他，向左右的同事点头示意，然后毫不客气地将他们面前的水拿到自己面前，打开继续狂饮。

两旁的同事微微皱眉，但没有反对，同时心中浮起一个疑问：中国是个很缺水的国家吗？

终于，张邕不再想着打瞌睡了，腹腔中的另一种生理需求成功取代了困意。这种需求逐渐在加强，等张邕意识到这种感觉比困意更难抑制的时候，面前已经摆了4个空水瓶，一切无法逆转。

台上大色娃讲得眉飞色舞，每一页的PPT图表似乎都在跳舞，张邕感觉那一个个上升的箭头似乎描述的是他体内的水位。

他终于忍不住，想偷偷离开，去解决一下，却发现大色娃的PPT已经翻到了最后一页。

他决定再忍一下，反正后面的环节无关紧要，听老板讲话的机会已经不多，最好不要因为"洪水"而缺席。

可是他没料到，大色娃在这最后一页PPT中投入了无数的热情，报告犹如滔滔江水连绵不绝，张邕感到自己的"堤坝"也有失守之势。

他不能再等了，于是尽量低调地俯下身子，悄悄站起，想借着小色娃那魁梧背影悄悄遁去。

谁知，他刚一站起，就引起了大色娃的注意："喂，邕哥，你连一分钟都不能等了吗？"

张邕自知犯了错误，却没明白，大色娃怎么能在这么多人中一眼就注意到自己。他强忍腹中痛苦，想解释两句，却发现大色娃一脸微笑，对自己的目光充满无尽慈爱。隐隐感到，大色娃叫住自己应该与自己想要尿遁无关，应该还有其他原因。

果然，大色娃满面春风，接着道："下面，我宣布一条任命。本来计划在晚宴时宣布的，但看起来邕哥已经等不及了。在过去的一年，我们在中国的业务得到了飞速的发展，邕哥在中国区取得的成绩有目共睹，鉴于赛琳娜已经回到了TS集团，所以我正式宣布，邕哥被任命为我们的新一任中国区首席代表。"

台下似乎有零落的掌声，张邕愣住了，这个结局他曾经期望了很久，却是如今他最不想听到的消息，而且他迫切需要快速结束这个环节。

张邕强撑着挺直身躯，立刻觉得自己的水位线受了压迫，又在升高，同时还有急于下降的趋势。

掌声开始热烈，带头鼓掌的是小色娃，于是气氛被带动，全场掌声雷动。

坐在张邕旁边的老外，不顾刚才的"夺水之仇"，向张邕伸出手说道："恭喜，邕哥！"

"邕哥，你要说点什么吗？"大色娃笑容中充满亲切与期待。

张邕静默了一秒，然后顶着腹中和心中的双重压力，一字一顿道："总裁先生，我非常感谢您的信任，以及Mag所有同事的支持。在Mag工作的这几年，是我一生中最快乐的时光之一。但是，非常抱歉，您的这个任命，我恐怕不能接受。"

大小色娃的笑容都凝结在脸上，全场刚刚活跃的气氛也被冻结。

第1章　美国来信

时间倒流回20世纪80年代末。

那一年，47岁的NBA总裁大卫·斯特恩来到了中国。在北京凛冽的寒风中，他怀揣一卷NBA的录像带卑微地等在央视的大门外，想完成一项合作，足足等待了1个多小时。精诚所至，金石为开，最终，大卫·斯特恩被请进了中央电视台门口的传达室。

这次看似狼狈至极的拜访，开创了NBA在中国的推广之路。几十年后，篮球已经成为中国最热门的运动之一，NBA也成为最受关注的联赛之一。

像大卫·斯特恩这样来中国叩门的外国人，当时其实还有很多。

那个年代没有互联网，绝大多数家庭没有电话，没有公开信息，再加上巨大的文化差异和语言障碍，外国企业看着日益兴起的中国市场，就像一群没有刀叉的食客，看着炭火上烤得滋滋冒油的牛排，垂涎欲滴，却不知如何下嘴。

中国科学院某所的一间办公室内，田教授正在整理一批新到的境外邮件。

邮件信封大小不一，有国外寄来的学术期刊、各种学术会议的邀请函，还有一些论文或者会议活动的回函等。所有信件都经过了统一审查，之后一起被送到研究所。

田教授先把杂志一一取出，这些东西都很珍贵，有钱也买不到，是当时了解国外科技动态的主要渠道之一。接下来，他处理来自熟悉的研究机构或者学术单位的信件，最后才是一些陌生的信件。而在这一类信件中，来自企业的信件永远是最没有分量的部分，排在最后。

田教授拿起了一个薄薄的信封，里面似乎有一本小册子，应该还有一封信。

信件是美国一家公司寄来的，没有收件人，只有研究所的名字，应该是一封任意投递的企业宣传册吧。这一类东西在田教授的心中并不算珍贵，世界上好东西很多，但研究所外汇有限，除非有重要课题，所里有指标可以采购，否则谁买得起进口的设备。

田教授犹豫了一下，看那信封印刷不错，最终没有丢弃，而是打开信封，抽出了信件。

信读到一半，田教授的心跳忽然加剧，他捕捉到了学术之外的巨大机会。不等读完，他就抓起了电话，打给了寻呼台："帮我呼1151，留言：'我在办公室，速回电话，父。'"

清华大学的毕业季，学子们总是格外珍惜彼此的最后相处时间，各种学生酒局层出不穷。校园广播里也总是播放着各种伤感的青春歌曲。

田晓卫是为数不多没有和同学们一起聚会的清华学子，他反感一切没有收益的纯粹社交。而如今，他更没有心情参与这些不挣钱的活动，此刻的他正在经历人生中第一次的生意失败。这次，他赔了很多钱。

一个不缺钱的高知家庭，培养了一个天生对赚钱有兴趣的孩子，除了说是天意，还能怎么解释。

田晓卫是被老爸田教授逼着上清华的，这在外人听来似乎是一种炫耀，但却是事实。

或许是对老爸霸道作风的不满和抗议,田晓卫从上大学那天起就没认真读过书,而是开始了自己的生意之旅。他承包过学校的食堂,组织过培训班以及发过小广告。从时间上看,此时在隔壁的校区里,一个叫俞敏洪的学子也正在做着类似的事。

4年一晃而过,在这批全国最优秀的学子毕业之际,田晓卫已经攒下了1万多元钱。在一个"万元户"便是富翁代名词的年代,一个学生有此财富令人惊叹。

于是在毕业季,信心满满的田晓卫决定玩一把大的。他押上了所有的钱,租了两节火车皮,从遥远的新疆运来了珍珠玛瑙般晶莹剔透的新疆葡萄。按田晓卫的估算,这一次他的财富应该有机会翻一番。

结果真的"翻"了,7个昼夜的火车,路途遥远,天气炎热,加上保管不善,车皮进站时,车厢里发出的已经是葡萄酒的香气。

田晓卫带着自己的两个发小——易目和魏诚,在车厢内的葡萄汁中畅游着,希望能打捞出依然保持葡萄形状的东西来尽量止损。

当田晓卫双腿沾满葡萄汁站在车皮外发呆,计算世界末日何时降临的时候,他收到了田教授的信息。

田晓卫从腰带上取下一个巴掌大的巨屏汉显寻呼机,这可是大哥大出现之前最高端的通信设备。田晓卫看起来还是个孩子,如此的豪阔让路人纷纷另眼相看:这是谁家富二代?

田晓卫对老爸的召唤并不在意,对着葡萄酒百结愁肠。

天黑了,确认损失接近100%的时候,田晓卫才离开了站台,如同游魂一般走在街上,两个发小跟在身后,默默跟着,不知道该怎么劝解。

田晓卫终于想起了老爸的呼召,看到路边的公用电话亭,走了过去,给老爸回电。

田教授居然一直在等他的回电,待在办公室没走。

他很焦急,但是并没有出言责怪儿子:"晓卫,你在哪?"

"我在阴曹地府,您有事快说,那边牛头马面等我下油锅呢。"

田教授叹了口气,自己这研究员的身份在儿子面前,权威为零。

"不管你发生了什么，这次你必须听我的，明天快去注册一家公司。"

田晓卫对"必须听我的"一句，极为反感，但听到注册公司，反感就少了很多。

"公司？做什么？"

"卖GPS。"

"什么是GPS？"

"global positioning system，全球定位系统，一种靠天上的卫星来实现导航和定位的设备。"

田晓卫没太听懂，但在直觉上认为这东西好像不错，但他还沉浸在失败的葡萄生意上，于是用葡萄来衡量这笔生意是否值得。

"能赚多少钱？能赚回一车皮葡萄吗？"

田教授明显愣了一下，说道："葡萄？什么葡萄？这是高科技，每台价值上万美元吧。"

两名站在身后的发小，惊讶地发现田晓卫佝偻的身体忽然挺直，因葡萄生意失败的颓废感一扫而光，整个人重新绽放出他们最熟悉的风采。

田晓卫高声道："爸，你等我，我这就打车回去，咱们详谈细谈。"

数月之后，一个秃顶大肚子的美国人来到了北京，住进了长城饭店。

第二天，在行政楼层的酒廊，大腹便便的Skydon公司亚太区总监雷（Ray），接见了穿着不太合体的西装的田教授以及略显青涩的田晓卫。

或许就在同一天吧，央视被大卫·斯特恩感动，将他请进了传达室。

很多的故事，同一时刻，在这里开始。

时光一晃，来到了20世纪90年代中期。

这一年的毕业季前夕，张邕背着一个鼓鼓囊囊的双肩背，在站台上和女朋友芊芊道别。女孩清秀的脸庞上有一丝淡淡的忧虑："还是要去？北京就那么吸引你吗？"

张邑点点头道:"我要用3年时间在北京安定下来,等你研究生毕业,就不用在那里从零开始了,我会成为你的后盾。"

"如果北京没找到机会,你会回到这里陪我到毕业吗?"

张邑轻轻抚摸女孩的秀发,说道:"怎么会没有机会,我之前已经签好了单位,只是发生了变故而已。放心吧,我一定能找到机会。"

芊芊走了,对京城之行充满憧憬的张邑没有注意到女孩落寞的眼神。

火车疾驰,坐在窗口位置的张邑百无聊赖地看着风景,他抬头看到一架银灰色的飞机从天空掠过。他忽然冒出一个想法:"不知道什么时候,我才能坐一次飞机。"

这架客机的头等舱里,田晓卫正在对着笔记本电脑忙碌。如今的田晓卫已经不是那个卖葡萄的青年学生,如果他愿意,他可以把北京最大的果蔬市场完全买下来。他创立的天工集团,作为Skydon的中国区总代理,成为中国第一家GPS专业公司。曾经他想用一车皮的葡萄换取几千元的利润,而如今,他只是把比手提箱大一些的仪器箱发给用户就有数十万元的利润。

飞机飞过火车上空的时候,田晓卫无意中从窗户向下看了看地面,看到了如一条细线的火车。他耸耸肩道:"好像很久都没乘坐过这种低速的交通工具了。"

张邑和田晓卫都不曾意识到,他们曾经如此地隔空相望,而此后的故事就纠缠在一起。

北京,张邑拿着地图,经过几次地铁公交换乘之后,来到了一个大院门口,门口的牌子上写着某科学研究院。

门口的大爷对这个季节来找工作的学生司空见惯,也不多问,简单登记就放行了。不过,张邑进去时,大爷的目光有意无意地扫了扫张邑的背包,毕竟那看起来不像是书。

张邑走进了人事处,坐到了曾处长的对面。北京的处长还不足以拥有自己的独立办公室,只是占据了人事处办公室的一角。

曾处长接过了张邕的简历，但没有看，直接放在了桌子上。

"张邕，我记得你，咱们是在M大外招见面的。"

"是的，曾处您还记得呀。"

"记人是我们人事干部的本能呀。可是，张邕，你来晚了。在江城的时候，你一直没有确认我的邀请。如今这个岗位我们已经确定了大地系的一名学生，我们的正式信件在你进来前一刻发出去的，他这些日子就回来报到。可惜了，我们本来一直对北方生源优先考虑，现在你只能到其他单位去看看了。"

第2章 没人打开过的信封

张邕当然知道这一切，这是他犯的一个错误。此时，他已经没有其他办法，也不知道在北京还能找谁，所以带着破釜沉舟的决心来找曾处长，隐隐地带着一种"不成功则成仁"的悲壮。

他站起来打开背包，然后将一堆孝感麻糖、洪湖藕粉一类的土特产，还有两个北京见不到的巨大柚子，都倒在了曾处长的桌子上。

"曾处，在学校的时候，我没想明白。现在我明白了，可是晚了，我没什么关系，求您帮帮我。"

人事处里安静了3秒，所有人的目光都盯在了两人以及桌上这一堆东西上。有几个人难掩笑意，或者捂住了嘴，或者别开了脸。来求职的学生每年都见很多，像这么傻的，大概是第一个。

曾处长的脸色变了一下，求职者悄悄把背包留下的事发生过，但把一堆东西公开倒在桌子上的，生平仅见。

他抬起头，看见了一双稚气、单纯但又带着一种决然的眼睛，然后笑了。

曾处长伸手招呼附近一个年轻的女孩，说道："小张，你过来。这个柚子拿去洗一洗，待会给大家分一分，也是咱们M大学子的一片心意嘛。"然后转向张邕,"至于另一个柚子,还有其他这些东西,你还是收起来,放在这里不合适,对你我都不太好。"

张邕意识到了自己的鲁莽,不敢坚持,手忙脚乱地又将东西往包里装。

此时的曾处长则抓起了电话:"老罗,我是老曾。你们中心那个数据处理的职位怎么样了?哦,原本定下的人选又离开了,好,我给你推荐一个吧,刚毕业的M大学生,人很聪明,小伙子一米八几的大个,到你那,内外业都行。等你见到了,一定会谢我。好,那这样,我把你电话地址给他,让他去找你。"

一个月后,张邕正式到某部GPS应用研究中心报到。

人事处干事把张邕扔给了GPS中心的金主任,然后飘然而去。

金主任衣冠楚楚,举手投足间的礼貌让张邕想起某个国家的人,而这个形象似乎一般都是叫什么太郎之类,于是张邕给金主任起了个上等名字——金太郎。

金太郎带着张邕认识了中心的多数同事,并拜访了各科室,最后来到了数据室。推开门,张邕见到一张熟悉的脸,这是M大师兄,虽然不知道彼此姓名,但在球场上经常过招。师兄姓赵,立刻也认出了张邕,无须多言,已彼此熟悉。

金太郎问:"那谁呢?"

张邕不知道"那谁"是哪位,但赵师兄显然明白:"他在机房,要我叫他吗?"

"不用,我带小张过去。"

推开机房的门,张邕首先见到的是一丛欲摆脱地球引力、奋力向上生长的头发,然后才注意到怒发之下那张戴着高度眼镜的面孔。"哇喔,"张邕心中感叹,"这是怒发狂人呀!"

金太郎将张邕推到了怒发狂人面前,说道:"小刘,这是小张,也是你师弟,你们先聊聊吧,我待会过来找他。"

金太郎出门,怒发狂人起身,将门关严,然后对着空气说了一句:

"你随便坐。"也不知道是不是对张邕说的,他就又回到了电脑面前。

然后他按亮了电脑屏幕,并取消了暂停,立刻屏幕上炮火纷飞。

张邕一下愣住了。

"师兄,你……你在上班时间打游戏?"

"哦,"怒发狂人继续对着屏幕敲打着鼠标和键盘,"这关我打了很久了,一直过不去。"

见张邕沉默,怒放狂人笑道:"觉得我这人不务正业,而且不守纪律是吧。"

张邕不想承认,但见怒发狂人一副"不以为耻,反以为荣"的姿态,忍不住道:"好像就是如此。师兄,我在学校机房也经常这样,每次都提心吊胆,但没想到毕业了还有这样的事,关键你比我在学校要肆无忌惮多了。"

怒发狂人大笑道:"没在学校机房偷打过游戏的,根本不配做M大学子。不过不要因此误解你的师兄,我昨晚加了一个通宵的班,今天早上本该回家睡觉的,但我不放心昨晚加班的成果,所以想等数据结果出来再回去。这会我又困又乏,打个游戏缓解下,应该没什么问题吧。"

"师兄,我当然认为没问题,但你要也觉得没问题,干吗背着金太……金主任。"

怒发狂人振振有词:"有些事,只是不合规矩,但未必是错的。这世界,要有规矩,才有秩序。同时,这个世界,要有能打破规矩的人,才可以进步。"

张邕笑道:"师兄,能把上班时间打游戏说得这么清新脱俗,我对你的敬仰犹如滔滔江水,连绵不绝……"

怒发狂人则很快接口道:"又如黄河泛滥,一发而不可收!"

二人相视大笑,原来都是星仔"粉丝"。这一笑,怒发狂人手上疏于控制,自己的飞机瞬间被人击落。他叹着气关了机,但二人之间隐约中有了一种极好的默契,似乎已经相识很久。

片刻后,机房外传来了金太郎的叫声,怒发狂人向外推了推张邕,说道:"去吧,到你朝圣的时间了。"

"朝圣?"张邕一脸不解,怒发狂人没多解释,向他摆了摆手。

张邕跟着金太郎走在楼道里,发现金太郎真的显露出一种朝圣一般的虔诚与认真。他不敢造次,安静跟在身后,心中嘀咕:"难道这里还供奉GPS真神牌位不成?"

库房的大门被打开,金太郎看似平静的语气中带着无比的骄傲与自豪。

"看看吧,小张,这可是我们的宝贝,价值连城。你是新人,务必要爱护呀。"

两人正前方,并排整整齐齐摆着6个金黄色仪器箱。金太郎轻轻拎起一台,放在桌上,小心翼翼地打开,一台方方正正的黄色设备,样式简朴而高贵,就像皇家玉玺,然后金太郎装上了屏幕键盘和数据接口。

"天工集团8000系列GPS测量型接收机,全世界最先进的设备。目前,能拥有两台以上此类设备的单位,全国甚至整个亚洲,只有我们一家。"金太郎尽量语气平淡,但希望张邕能做一个捧哏的,给出一些反应。

张邕终于明白了朝圣是什么意思,这是书本之外第一次见到真正的GPS接收机,他心中也涌起几分热情。

张邕上前,拿起了仪器,看了看键盘上和接口的英文字母,从箱子侧面取出电池,插上电源,然后按住开关3秒,设备屏幕亮了,Skydon的标识在屏幕上划过一条漂亮的弧线,设备自检然后慢慢启动。

金太郎看着张邕熟练又认真的样子,心中喜怒参半。一个高素质的员工是他喜欢的,一个不知轻重、不请示他随便就敢摆弄设备的人,则是他极其反感的。

张邕没留意主任的心情,他的注意力已经完全放在设备上。他打开配置9通道L1单频静态的大地型接收机,心中掠过一丝失望,虽然他没见过其他GPS接收机,但以他的知识储备,他知道,至少现在来说,这几台设备绝对不是世界上最先进的。

但下一刻，张邕忽然看见了金太郎期待又略带不满的眼神。就像一个逗哏演员抖了一个包袱，但捧哏的却没跟上一样。

张邕不想让领导失望，赶紧问了一句："主任，这么高级的设备，一定很贵吧？"

"得，你把那吧字去了，这一台设备价值3万美元。"

"3万美元？"张邕差点咬了自己的舌头，他大学四年的花费加在一起应该也就是1万元人民币，这些设备的价值，够他重读大学100年。

"6台，18万美元。主任，咱们中心也太有钱了吧。"

"傻小子，咱们中心哪里能拿出这么多钱呀，这是全国的分中心一起集资买的，放在部里，交由我们管理。这可不仅仅属于我们，我们只是代管而已，所以中心的主要职责，就是为全国各个相关部门服务，为他们提供数据。你刚来，任重道远呀。"

张邕看着箱子里的仪器，在自己脑海中组装起来：天线、电缆、电源，加上脚架基座，齐了。

主任夸耀般地结束了介绍，就要将仪器放回原处，却被张邕拦住了。

"等一下，主任。"他在设备的泡沫夹层中摸出一个信封，"这是干什么的？"

金太郎看了看都是英文、没有一句中文的信封，摇头道："当初随设备来的，应该每一台仪器都有一封吧，谁知道是什么鬼佬的文件。几年了，没人看过，也没人打开过。"

张邕对各种技术文档有一种特别的情感，到了近乎强迫症的阶段。

"主任，我能打开看看吗？"

金主任皱了皱眉，陆续分配来的员工也不少，这是自己第一次遇到来了就要拆信封的家伙。

"理论上说呢，设备在我们这里，一切我们都可以动。而重要的文档呢，应该都已经登记归档。这没有归档的信封，大概可能也许我们有权力打开吧。不过你打开它干吗呀，这么多人谁也没看过，还是好好保存，别动它了。"

金主任说着就要将设备装起来，张邕一把将信封揣进口袋，说道："主任，既然开不开它都无所谓，那给我研究一下吧，我研究明白了，向您汇报。"

金太郎有几分恼火，又觉得不值得发出来，悻悻道："虽然没有登记，这也是集体财产，一定不能离开办公室。我看出来了，又来一个惹是非的家伙。"

张邕哈哈一笑道："谢谢主任。"他上前帮金太郎收拾好了设备，然后一起离开了设备间。

当晚，张邕在办公室里小心翼翼打开了信封，里面并不是张邕要看的技术文档。

第3章　你全权处理

首先是一封Skydon集团总裁的签名信，字里行间充满着一个美国白人典型的热情和虚伪。总裁先是热情地问候了用户，隆重地表达了自己的感谢之情；接着介绍说，8000系列是一套划时代的科技产品，他为能够给用户提供这样的设备而感到自豪。同时他感谢所有信任Skydon并在8000系列上市第一季度就购买的用户，Skydon集团将为这一批用户提供终身的免费升级和维护，等等。

看着那明显是印刷的手写签名，张邕心道：西方资本家果然虚伪，这有什么意义呢。

他放下信，继续搜索信封，里面是一张用户服务卡。正如总裁所承诺的，这套设备是终身免费升级的，只需要填了这张服务卡，然后寄回Skydon总部。

张邕有点不解，美国人给了这么好的福利，怎么会没人关心呢，于是拿起笔来，填上了部分相关信息，然后将信封和信件都用书压住，下班回家。

第二天上班，张邕抓起信封，去找金太郎汇报。他没留意到，看着他奔向主任办公室的背影，几个同事，包括M大的师兄弟们，眼神都有点异样。

"主任，咱们的设备买来三四年了吧，升级过吗？"

"升级？升什么级？设备一直挺好的，从来也没维修过。"

"这样的，Skydon的总裁说，我们的设备是终身免费升级的，我们应该好好享受这些福利。"

金太郎的眼光打量着张邕，带着明显的不喜。但口中尽量缓和着语气，希望这个初来乍到的年轻人能幡然醒悟、回头是岸。

"小张，我们的职责，就是保护好并使用好这些设备。这是我们的本职工作。年轻人，要脚踏实地，不要总想着做一些和别人不一样的事情。领导没有告诉我们设备要升级，设备也一直在正常使用，你就不要节外生枝了。快把信封拿回来，然后去忙你的事吧。"

张邕并不是一个喜欢较劲的人，尤其是面对领导。如果主任措辞中没有"脚踏实地"和"节外生枝"两词，他应该早已回自己的工位了。但这两句话让他极度不舒服。

"主任，我怎么不脚踏实地了？"心中不服，于是张邕反问。

他掏出了填好的服务卡说："保持仪器的最佳状态，也是我们该做的，您不能说这个是节外生枝吧。这个给您，我已经填写了。听您的，我不节外生枝。现在请示您，这卡要不要寄回？您确认不用，那我就把信封放回去。"

金太郎心中怒火猛然升高，但脸上却不动声色。

张邕此时不知道，甚至事后很久也没意识到，他当时已经犯了国企职场的大忌，他把决定权推给了领导。

如果这封信静静地躺在仪器箱里，没有人会关心。如果张邕擅自做主，将服务卡填了寄出，也没人在意。反正出了问题，张邕自己担责就是。

但他此时问主任要不要这样做，无疑将主任架到了半空，从此，无论是否升级，这都是主任的决定。当然出了问题，也要主任来负责。

金主任之所以不动声色，正是因为这件事此时已经升级到了领导要做正式决定，他已经不可能简单处理，更不能发脾气，将张邕赶出办公室。

于是金太郎笑道："这样吧，张邕，我觉得你说得也有道理。这件事就全权交给你处理吧，未来仪器升级的事，也全都交给你负责。年轻人，有这样的责任心，很不错。我收回刚才的话，哈哈。"他甚至还扬起嘴角，打了个哈哈，表示自己对张邕的欣赏。

年轻的张邕立刻被金太郎的大度和信任感动了，他为自己之前的态度深感懊悔。

"主任，那我就把6台设备的服务卡都填了，然后寄出去。"

"嗯，你决定。"

"主任，是寄给天工集团北京这边，还是寄服务卡上的美国地址？"

"说了嘛，你决定。"

"主任，联系人写您吧，您才是这里的领导。"

"算了吧，小张呀，那些英文字母我又搞不清，万一哪天真来个老外找我，我和他只能相对无言唯有泪千行。哈哈，让你负责嘛，你就负责到底。把你名字写上去。"

"主任，这要是寄回美国，可能费用还不便宜，咱们中心……"

主任终于恢复了一点严肃，说道："小张呀，这件事交给你负责，但中心的每一分钱都是要中心领导和财务审批的，你要是真的需要这笔费用，就正式写个请款报告上来。不过呢，我们不是涉外部门，如果是境外的包裹邮寄，我觉得很难批下钱来。"

张邕做事的热情已经被点燃，烧得正旺，根本无法被吹熄。

"主任，我姐姐他们公司有很多涉外的信件邮寄，要不我找找她想想办法？"

"集体的事，尽量不要麻烦个人嘛，不过这事你负责，你处理，你决定吧。"

金太郎终于送走了意气风发的张邕，看着他出门的背影，金太郎摇头道："这孩子，脑子有问题，不堪大用。"

回到办公室的张邕开始忙碌，叫库管打开设备间，然后取出所有信封，一一核对了SN号，开始认真地填写。

同事们心有灵犀地陆续经过他的桌前，然后有意无意地问道："张邕，干吗呢？""填服务卡？主任安排的？"

张邕没抬头，一边忙碌，一边嗯了一声。在他心里，这就是主任交给他的一项任务呀，所以一定要尽心尽力完成好。

同事巩义过来，拍了拍他的肩膀说道："真棒，刚来，就有这么重要的事做，主任第一眼就这么欣赏你，你在咱们中心前途无量呀。"

巩义的言论立刻引来了一众附和，张邕有点不好意思，一边说"哪有呀，别逗我了"，一边加紧了手里的进度。

临近下班，众人也早已散去，怒发狂人轻轻走到他身旁。

"还在忙？"

"是呀，师兄。"

"你呀，中心里不是做的事多，就有功劳。领导看重谁，也不是按工作量算的。你是新人，要懂得恪守新人本分。"

张邕迷惑地抬头说道："我多做事，不是新人本分吗？"

怒发狂人被气乐了，说道："其实呢，你这傻傻的，倒也没什么不好，晚上有空吗？我请你吃顿饭。"

"师兄，什么好事，请吃饭？"

"不算好事，道别而已。我要走了。"

"走？"张邕反应过来，停下了笔，抬起头面对那一丛怒发。

"师兄，你要去哪？"

"我调去研究院了，然后在那边继续读书，未来还是想回M大读博士。"

"师兄，我刚来，你就走。这……"

"哈，我走与你无关，早就定下来了，他们招你进来，也是接替我。领导让我最后一个月把你带出来。这点数据处理对你来说，应该是小菜，不值一提。但是，你这个心机为负数的学弟，想在这里生存，只怕不易。打个赌吧，赌一顿饭，我赌你待不了一年。"

张邕最终没和怒发狂人对赌，因为他不想无故赢师兄一顿饭。

这里的工作和同事们都不错，主任这么信任他，他没有任何理由离开呀。

张邕终于填好了所有的服务卡，他把怒发狂人的饭局推到了第二天。

怒发狂人倒没不高兴，他越看这位师弟越觉得有趣，隐隐地生出一种感觉，可能未来少不得和这傻小子打交道。

张邕没顾上吃饭，骑上自行车，横穿了大半个北京城，找到了正在单位值班的姐姐，说自己对国际邮件一无所知，问能不能帮忙把这些信封寄出去，信封上的地址是现成的。

姐姐张红一翻白眼道："寄信不要钱吗？钱呢？"

张邕嘻嘻一笑，说道："咱俩谁跟谁呀，等你嫁人那天，我给你包个大红包。"

姐姐一脸嫌弃道："你呀，你的事我当然帮你，这是公家的事，哪有自己往里搭钱的。你是我亲弟弟吗？怎么像个二傻子。"

"偶尔傻一回也没啥，谢谢姐，再见。"

张邕不等姐姐反悔，骑上车就走，又一次横穿了半个北京城，回到中心的宿舍，才想起自己没吃晚饭，此时真的饿了。

食堂早关了，他在路边就着风吃了一碗刀削面。虽然有点惨，但心中很是得意，一种叫成就感的东西伴着夜色飞扬。

3个月后的一天，张邕正在处理数据，金太郎走了过来，说道："小张，到院里办公室去一趟。"

张邕一愣，说道："院办？主任，什么事，谁找我。"

金主任一脸不快，说道："我怎么知道？你本事越来越大了，院办直接叫你去。"

张邕不再多问，赶紧下楼骑上车奔院里。

办公室里，几个同事围到了金太郎身边说道："主任，您真不知道院里为什么找他？"

主任翻白眼："废话，院里没和我说，我当然不知道。"

"嗯。"巩义煞有其事地点头，"您看，会不会是哪个院领导觉得这小子年轻有为，想招他入赘。等他成了驸马，主任你的位置有点悬，保不齐要让给他。"

众人一阵哄笑，主任"呸"了一声："真招了驸马，就调到院里去，我们这个中心好像有点容不下他。"

第4章　升级

张邕来到院里，进了办公室的大门。

罗主任身材矮小，属于坐在椅子上能被桌子挡住头的一类人。张邕费了点力气，才勉强看到正襟危坐的领导。

罗主任面沉似水："张邕，你有海外关系吗？"

张邕一愣："没有呀？"

"和国外有什么交往吗？"

张邕此时才反应过来，是不是服务卡有回音了。

"报告，罗主任，我未来丈母娘在美利坚，算吗？不过呢，我和女朋友还没相互认识。"

这个玩笑对罗主任来说，明显有些超前。他如死机般愣了十几秒，脑子飞速运转："丈母娘""女朋友"，什么意思？

最后终于反应过来，一拍桌子说道："张邕，你给我严肃点。"

张邕的包袱没响，自己比罗主任更觉无趣。

"主任，我个人没任何海外交往。但我们中心的6台GPS设备，我之前给厂家寄了服务卡回去，是不是有反馈了？"

"中心的设备？"罗主任脸色稍稍放缓，他从抽屉里拿出一个包裹，"是不是这个东西？中心的东西，怎么留的是你个人信息？"

"哦，主任说他搞不清英文字母，让我全权负责。"

罗主任立刻明白了发生了什么，心里骂了一句"老滑头"，然后递过了包裹。

张邕立刻说道："对，就是这个，Skydon就是设备厂家，这应该是一些upgrade（升级）工具之类吧。"

罗主任对张邕脱口而出的英文非常反感，他再次板了板脸说道："打开，我看一下。我们有规矩，不会背后私拆你的私人物品，但既然还是公家的东西，需要当面清点。"

张邕打开了包裹，果然，里面有服务卡的回函，还有一张小小的3寸软盘，上面的标签写着固件版本，是新的固件，另外一个信封是一篇固件升级的步骤说明。

点明无误，张邕写了接受清单，然后签字。

罗主任几乎站在椅子上也签下了自己的大名，然后小手一挥，说："好了，拿回去吧。"

第二天，GPS中心进行了历史上第一次对6台设备的升级。

金太郎没有参与，他不在办公室，不知道去哪了，充分地体现了对张邕"用人不疑，疑人不用"的领导风度。

怒发狂人本就是要走的边缘人物，并不想多事，他本想劝劝张邕低调。但见张邕已经惊动了整个中心，只得闭口，希望升级能够好运吧。

至于其他人，大家只是好奇地在一旁围观，同时并不拒绝提供帮助，只要张邕开口，就会上前帮忙，但张邕若没有指示，大家绝不妄动。

张邕打开了电脑，连接了仪器，最后检查了一遍数据线和电源，确认无误后，打开设备，调到了通信界面。

这一边插入了Skydon寄来的3寸软盘，软盘内容很简单，一个升级的工具，可执行文件，还有一个应该就是新的固件文件。

张邕小心翼翼地检查接口协议，设置波特率，最后毅然决然地按下了回车键。

电脑屏幕和仪器屏幕同时变黑，接着一个进度条在屏幕下方亮起，一闪一闪跳跃着从起点走向终点。

在众人目光的注视中，进度条终于到达终点，一阵闪烁之后，电脑屏幕恢复成操作系统窗口，仪器则重新启动，再次打开时，界面已经明显优化了。张邕检查了版本号，心中一阵欣喜，升级完成了，他如同打了胜仗一般，挥手道："下一台。"

巩义立刻回应："得嘞，您内。"他手脚利索地帮张邕换上了另外一台设备。

片刻，6台设备都完成了升级，一切顺利，没遇到任何问题。

巩义站了出来，说道："各位，咱们庆祝一下吧，来一点掌声给我们的阿邕，感谢他创造了我们中心的历史。"

机房里立刻响起热情而散乱的掌声，张邕激动得有点不知所措。

怒发狂人远远地看了一眼，心中暗道："算你傻小子运气好。"然后默默走开。

早已有人打电话通知了金太郎，金主任电话那头心情也不错。升级成功，当然有他领导的一份功劳，他决定把这事写进他的当月总结。

所有人，包括经验丰富的怒发狂人，都忽略了一件事。

验证一台机器是否正常工作，并不是看他的菜单是否正常，而要实地测试，看数据是否正常。

张邕明显缺乏经验，而怒发狂人心思已经不在此处，多在自己的学业上。其他人呢，或者没有经验，或者太有经验，总之，没有一人向张邕提出实地测试。

于是，一次改变张邕命运的危机正悄悄来临。

一周之后，已经缺少了怒发狂人的GPS中心成员们，带着各自的行李物品，拖着6台珍贵的GPS设备，除此之外，张邕和负责内业的赵师兄还各背一台笔记本电脑，踏上南下的火车，前往苏州，一个新的项目正在等待他们。

例行的接风洗尘，气氛融洽的晚宴。

第二天的外业准备，设备充电，内存检查。张邕和师兄根据地图来制定一个月的外业计划，——安排时间、人员、车辆。

金主任对张邕的态度稍稍有些改观，虽然张邕有点不知进退，但干活的确是把好手，也比较尽责，年轻人嘛，都有缺点，看未来的成长吧。当然，更深层的原因是张邕的升级操作并没给他惹下麻烦，反而有了值得向领导汇报的一笔业绩。

第一天的外业很顺利，同事们随着车辆陆陆续续归来，到张邕的房间卸下仪器。

张邕将设备连在笔记本上，依次下载数据，然后根据外业记录，依次修改点名、仪器高。全部数据就绪后，他点开处理界面，按下回车键，让计算机继续加班，自己则与同事们一起出去共进晚餐。

张邕回房间的时候已经晚上九点多，几乎是他进门的同时，他听到笔记本电脑传来"叮"的一声，基线解算已经完成。

张邕快步走到桌前，敲下了回车键，然后瞬间石化。

6台设备，15条基线，12条标红，80%不合格，张邕脑子嗡的一声，出事了。

他迅速坐下来，开始检查数据。卫星观测值有如被人千刀万剐，七零八落，惨不忍睹。

升级的问题吗？希望不是。张邕第一时间决定再测一次。

他不敢叫别人帮忙，自己拎起两台仪器来到了室外，开机，观测，关机再开机，再观测，连续测了5个时段，然后返回房间，开始处理。

这次更糟，5条基线，5条标红，合格率为零。

张邕冒汗了，再也不能保持冷静。他敲开了隔壁赵师兄的门，希望这位资深技术专家能救自己一命。

赵师兄听了，顾不上换衣服，穿着内裤、拖鞋就磕磕绊绊跑到了张邕的房间。张邕看着师兄重复着他已经做过的所有事，心情越来越沉重，但还是期盼着，也许下一秒师兄能灵光一闪，忽然发现问题并解决。

直到，他听见了一句特别不想听到的话："赶紧报告主任吧，不然会更麻烦。"张邕的心跌到了谷底。

金主任暴怒，已经完全顾不上领导风度，指着张邕的鼻子大骂，浑然忘了，他刚刚在月报上写了他领导下的设备升级。当然也可能，就是因为想到了自己的这份报告，所以骂得更厉害。

张邕没有还嘴，他本能地觉得冤枉，但是如今已经不是对错的问题了，项目就在眼前，此时生死攸关，若不及时解决，后果只怕是山崩地裂、大厦将倾。

金主任骂累了，又恢复了一些领导的理性。

"张邕，暂时停止你数据处理的职务，具体如何处理，由院里领导决定。但这件事你不能置身事外，必须负责到底。现在由你联系天工集团这边，看能否快速解决问题。你有3天时间，此事我会3天后再向院里汇报。如果到时不得不报告的话，不要说你，我也要一起担责……"

金主任临出门前，又回头说了一句："小张呀，我说过，做人要脚踏实地。不要觉得自己懂一点英文，就可以和老外称兄道弟。你觉得那帮美国人此时能帮得上你吗？还不是要找天工集团这些人。长个教训吧，年轻人，不要总想出风头。"

大洋彼岸的国度，硅谷中心的一栋建筑，Skydon的标识低调地卧在门口的草地上。

一次很常规的月会，这是一个没有新品发布的月份，也不是销售的旺季，本该只是一次平淡的例行会议。

亚洲市场几个分区的销售汇报，整个大区的市场汇报，业务预报更新，到了大家最不关心的售后和技术支持环节，售后主管的汇报也是毫无新意，大家都在等着会议结束的一刻。

主管忽然觉得有必要强调一些事情，于是加了一句："本月，我们第一次直接对中国的用户进行了技术支持和服务……"

主管的话忽然被打断:"中国,你是说中国?"

主管点了点头,心想难道我这个"China"的发音有问题,他转过头,却看见了亚太区总监雷一脸的严肃。

"告诉我细节,你们怎么会对中国用户直接提供服务的,谁联系了你们,你们又联系了谁?"

所有人都愣了,本该收尾的会议,因为雷的不合常理的重视重新开始了。

第5章　天工就是一切

北京,泰山大酒店,天工集团总部。

老板田晓卫一腔怒火,正在和总经理易目以及一群高管开会。

田教授安静地坐在一边,如今他依然是所里的研究员,只是以顾问的身份偶尔出现在这里。天工集团的话语权都在田晓卫手中,他只是一个帮儿子解决一些技术问题的边缘人物,时常还会被儿子训斥。

田教授看着脾气与财富一同增长的儿子,心中很难说是得意还是失落。

"说吧,"田晓卫直接抛出了话题,"GPS中心的设备怎么回事?"

易目赶紧回答:"应该是他们自行升级仪器引起的故障,具体情况,田教授应该清楚。"

田教授刚要接口,就被田晓卫无情地打断。

"你根本没明白我的问题,我不关心他们的故障。我是问,他们怎么能够自行升级的?谁给他们提供的资源?谁夹在他们和Skydon之间?"

"应该没有人。是他们自己填了仪器箱里的保修服务卡,然后寄给了Skydon总部,于是美国那边就给他们寄来了升级程序。"

田晓卫对这样的解释大为不满："为什么会有这样一张卡片在箱子里并发给用户？"他用力拍了一下桌子，"我们如今也有上百号人了吧，为什么就没人想到把这些文件取出来？"

大区经理李博超一旁道："其实这么多年，没发生过类似的事，所以我们的人出库时难免不够小心。我估计仪器箱里有服务卡的用户不在少数，但真的把它寄回美国的，这好像还是头一次。"

田晓卫不依不饶地说："偶然就会发展成为必然，有一个就会有第二个。凯西，扣发库管老韩本月工资，作为对这次失职的处罚。"

凯西本是泰山酒店的大堂经理，被田晓卫看中，挖到了自己公司。她有个外号叫"疑似美女"，意思是说，可能很漂亮。言外之意则是她习惯化着浓妆，具体相貌如何，外人只能猜测。

疑似美女有些为难道："这已经是几年前的事了，今天才处理，是否合适？"

田晓卫皱了皱眉说："那就和他讲清楚，他几年前做的事，惹下了多大的麻烦。好了，这事不商量，按我说的处理。还有，给Skydon技术支持与服务部门发邮件，抄送我和雷还有Skydon总裁，抗议他们没有通知我们，擅自给中国用户发送程序，破坏了我们的统一管理，并为用户带来了巨大的损失。"

面对田晓卫的强势和怒火，会议室一片安静，不再有人出声。

田晓卫觉察到了气氛的违和，但不在意，他稍稍缓和了一下语气，开口道："你们是不是觉得我有些小题大做，是不是觉得一张服务卡而已，没必要如此？是吗？有人这样想的，举手，我看看。"

很多人当然就是这样想的，只是不会有人举手。

田晓卫叹口气，用一种恨铁不成钢眼光扫视众人，然后说道："5年前，我把Skydon翻译成了天工，然后注册了天工集团，并注册了天工商标，你们真的没人理解这样做的意义吗？我想做的是，让整个中国都看到Skydon就是天工，天工就是Skydon，天工就是GPS代名词，天工就是一切。Skydon的中国业务，是天工一步步打拼出来的，我们绝不允许任何人把天工和Skydon独立开来……天工和Skydon都是我们的，我也绝不允许用户和Skydon直接建立联系。你们可能觉得一两个用户无关大局，但是千里堤坝溃于蚁穴。当更多用户逐步走到Skydon面前，他们就会生出一种感觉，这个市场本就是他们的，我们的天工并没有那么重要。现在，你们还觉得这是件小事吗？"

疑似美女抬起头，迟疑地说道："其实，Skydon对我们还是很信任的。近两年，尤其是今年，随着互联网的普及，越来越多的用户越过我们联系Skydon，但都被Skydon转给了我们处理，并没有直接联系。"

"哼，"田晓卫冷笑了一声，"凯西，你怎么越来越幼稚了。现在没有，不代表以后不会。现在我们和Skydon是朋友，不代表以后永远是朋友。事实上，我们的朋友只有雷，而雷在Skydon内部一样有朋友也有敌人。这是商场，也是职场，远比我们想象的残酷。好了，不多说了，我不希望下一次还有这样的事情发生。"

这一轮议题到此结束，田晓卫才转向田教授，问起仪器本身的问题。

"几台设备什么问题？可以修好吗？"

田教授赶紧点头道："其实问题微不足道，一个小时就可以全部解决。中心的设备已经4年没有升级，而Skydon那边直接寄来了最新版本，中间至少缺失了5个版本，所以引起了设备故障。同时，他们的处理软件随着硬件升级，也要做一下升级处理。这都很简单，我们可以将他们的版本降回出厂版本，或者就按顺序完整地给他们做一次升级，升到最高版本。这两种方法都能解决他们的问题。"

田晓卫略一思考，说道："那就升级到最高版本吧，为客户服务嘛。"

众人有点意外，这不太像老板的作风呀。

但田晓卫的话还没完："每台收费1万元，总共收6万元。"

"这……"田教授显出一丝为难。

易目道："他们既然填了服务卡，可能已经知道了这几台设备终身免费升级，问起来我们怎么解释？"

田晓卫毫不迟疑地说："简单。如果找我们来升级，终身免费，但他们私自联系厂家升级，给仪器造成了很大损害，我们花费了很大代价才修复的，所以只能收费。我们也很遗憾，希望下一次有此类事情，他们第一时间联系我们。"

众人只能点头，易目想了想说道："这样吧，报价6万元，然后我们打五折，收3万元，就说这是我们从Skydon那里为他们争取的最大优惠。"

田晓卫不再反对，毕竟易目是他发小，也是最忠心的手下。

"你是总经理，你定吧。你们这批人呀，难道钱和你们有仇吗？怎么收个钱你们都这么为难。提加薪的时候似乎都不这样……对了，"田晓卫忽然想起一件事，"GPS中心怎么会这么多年后忽然寄出服务卡，你们知道谁做的这事吗？"

易目道："我问了，是一个刚分配来的大学生，自觉懂一点英文，不知天高地厚的，好像叫作张邕。"

"张邕？"田晓卫点点头，"这个年轻人很有意思，我想见见他，能安排吗？"

疑似美女忽然笑了一下，在这略显严肃的会议上，似乎稍稍有些不和谐，田晓卫的目光立刻投射过来，等她的下文。

疑似美女依然是一脸笑容。

"田晓卫，今天是周四吧，今晚是刘老师来兼职的日子，你可以问问他。张邕是他的学弟，而且关系应该还不错。"

田晓卫点了点头，脑海中浮现出一个怒发丛生的影子。

第6章　电子邮件

张邕又一次敲开了金太郎的房门，说道："主任，我需要打一个长途电话。"

金太郎已经连对张邕发脾气的情绪都没有了，他冷冷地看了看站在门口似乎依然有很多话要说的年轻人。

"去前台打吧，自己付费。"

天工的报价金太郎已经拿到了，所以他所设想的3天缓冲时间已经完全没了意义。他可以挡住甲方的询问，只要能解决问题，3天的时间后面完全可以追回来。但涉及维修费用，尤其还是这么大一笔钱，他只能上报了。

担责是一定的了，即使一切都可以推到张邕身上，但这么一大笔费用，他这个主任根本无法回避责任。

如果费用不高，金太郎其实宁愿自己掏腰包也不愿意惊动领导的。人们不知道的是，在这个平均工资只有几百元的年代，低调的金太郎已经月入3000元。甚至他心里有个底线，如果维修费用在5000元以内，他就自己掏钱，当然也要拉上张邕。5000元虽然也是一笔不小的支出，但是和一个无瑕疵的仕途比起来还是值得的。

张邕不了解金太郎复杂的心情，但是能理解他的不满，他试着解释："主任，天工这笔维修费非常不合理，我觉得我们可以和他们谈判一下。我想……"

金太郎冷漠地打断了张邕："你想什么都是你自己的事，不用告诉我，你也可以去做你想的事，但是，除非天工集团收回了报价，否则你不用向我汇报任何事。"

看着张邕出门的背影，金太郎又补充道："记住你的数据处理权限还没恢复，不要去碰任何一台设备。"

张邕默默地来到前台，他拨通了北京的寻呼台，呼叫了怒发狂人，然后静静地靠着前台等待。

前台的阿姨看了看眼前这个面带忧郁的大男孩，心中莫名地充满了好感，于是暖心地提议："你不用站在这，可以回房间等。电话来了，我会转到你房间。"

"哦，谢谢您。"张邕回了房间。

经过漫长的等待，电话铃终于响起，话筒里传来的是怒发狂人那特别的嗓音："阿邕？"

"师兄，你知道是我？"张邕委屈的心似乎被暖了一下。

"废话，除了你小子，谁会在苏州呼我，研究院也不是随便打长途，我求了半天领导才开锁的。你不会上班时间打我办公室吗？"

"师兄，我有点急事。"

怒发狂人在电话另一端忽然低低地笑了一声："是仪器升级的事吧？"

"你都知道了？"

"我当然知道。但我不知道你找我干吗？这件事我根本帮不了你。"

"你一定能帮我。天工给我们的报价根本不合理，我完全按照Skydon给的程序和流程做的，没有犯任何错误，我大概能猜到问题在哪里，应该很简单的事，但如果天工不支持，我们根本解决不了。"

"所以要我做什么？"

"我想再联系一下Skydon，但写信肯定来不及。你们研究院是不是已经开始上网了，能把你的上网账号借我用一下，我想给Skydon发个电子邮件。"

怒发狂人笑了，他调侃中不无欣赏："你本事不小呀，连上网都知道，还懂得发电子邮件，电脑上有调制解调器吗？还有，你有自己的信箱吗？"

"我今天去了电子市场，买了一个PCMCIA卡①扩展的拨号调制解调器，至于信箱，我查过资料，可以自己注册一个免费的。师兄，你借我用一下你的账号，我保证只用这一次。回北京，我就自己开户申请一个。"

"阿邕，不要以为看到我在机房里打游戏，就认为我是一个没有原

---

① PCMCIA 卡是一种用于便携式计算机和其他电子设备的扩展卡标准，主要为笔记本电脑等设备提供内存扩展、网络连接、调制解调器功能及其他外设接口。

则的人，这可是研究院分给我的账号，国家财产呀。"

"是谁说的，要有打破规则的人，社会才能进步。我用一下并不会增加研究院的费用，而同时解决了我的问题。而我的问题，也是公家的问题。师兄，这不是占国家便宜，是在已经付出的成本上增值呀。"

"好，"怒发狂人不想再浪费时间，"阿邕，我现在和你打第二个赌，第一个赌约你还记得吧？"

"当然记得，你赌我在中心待不过一年。这次赌什么？"

"第一个赌还没结论，但我基本上已经赢定了。第二个赌，我可以给你用一下我的账号，但我打赌，你一定无法通过网络解决任何问题。"

张邕的心随之一紧，说道："师兄，第一个赌我已经不在乎了，但第二个赌我不想输，我要赢。"

"我万分理解，可是兄弟呀，很多时候输赢并不由得我。你拿笔过来，我把账号和密码告诉你。虽然不用过多嘱咐你，但我还是要说一句，切记不要外传。"

张邕快速地记下了账号和密码，却发现，后面好像多了一串数字，数了下，刚好十位。

"师兄，最后面这串数字是什么？"

怒发狂人故作高深地说："这是我给你的一件礼物，如果你实在不能解决问题，不妨拨打这个号码试试。"

"这是个电话号码？这么奇怪。"

"傻小子，这是手机号码，而且是新的全球通数字电话，不是你在香港录像里看的那种大哥大。"

"谁的电话？"

"公家电话不该打这么久，我该挂了。你需要的时候，拨打这个电话，自然知道这是谁。或许，这个电话的主人是唯一一个可以帮你解决问题的人。"

电话里不再有人说话，而是嘀嘀的忙音。张邕一脸疑惑地也挂了电话。

此时的雷已经返回了新加坡的Skydon亚洲总部，但很快接到了售后主管从硅谷打来的电话。

主管和雷之间并没有实际的上下级关系，但雷的级别相当于VP（副总裁），所以主管在先和自己的老板沟通后还是给雷打来了电话。

"那个中国人又发邮件过来了？你转给我吧，我亲自来答复。"

主管心中非常不满，但是并没有拒绝雷的要求。

几天之前的月会之上，双方爆发了一次激烈的争吵，主管认为自己只是履行职责，同时他认为直接为用户提供技术服务是Skydon的职责。

但雷声称，中国是一个封闭的管理系统，他们在国际化方面非常有限，所谓改革开放也是这几年刚刚开始的。这个国度有着非常不一样的规则和秩序，一切都应该分开对待。

在主管准备继续反驳的时候，雷拿出了撒手锏："我在80年代末就去了中国，并为Skydon打开了中国市场。请问那个时间，在座的各位都在哪里？从中国市场打开之后，你们中的任何一位可曾到访过中国？是你们更了解这个国家，还是我呢？"

主管依然反驳道："我们每年都有技术支持去中国客户那里培训。"

雷冷笑一声道："请问，这些培训是谁安排的，是你们自己吗？除了技术交流，你们了解过中国的文化和市场吗？你真的知道这些客户是怎么来的吗？"

主管一时语塞，雷则以胜利者的姿态看着所有人。

角落里站起一位老者，他是Skydon的第一副总裁卡尔。他是半途接到某些消息，临时来到这个会议室的。

卡尔一脸微笑地走来，拍了拍双方的肩膀，会议室的气氛立刻缓和下来。

"嗨，雷，你说的中国文化，我当然不如你了解多，但还是知道一些。比如，他们的白酒很烈，但这些看起来瘦弱的东方人酒量都很可怕。我说得对吗？"

雷立刻笑道："是的，绝对正确。"

"好了，不要争吵了，中国的事，就按雷说的去做。没办法，销售永远是我们这里地位最高的人。"雷躬身表示感谢。

雷离开后，卡尔走到主管面前说道："不用在乎雷说什么，毕竟那里是他的地盘，但继续你的工作吧，这个中国人叫什么名字。"

"好像是Young，哦，不对，是一个中国名字，Yong。"

"很好，继续和这个Yong保持邮件的沟通，把他加在我们的清单里，每月的产品新闻都发给他。他的来信要转给我，但如果没有我或者雷的同意，不要随便回复他，明白了吗？"

主管点点头道："我明白了。"

卡尔满意地走了出去。

"很多事不要急，到了该改变的时候一定会改变。"

张邕几乎一夜无眠，他一次又一次地拨号上网，查看有没有回复的邮件，然后在一次次的失望后断线下网。他并不知道，他的邮件已经转到了新加坡，那里与中国没有任何时差，在这个该睡觉的时间里，应该给他回信的人也在呼呼大睡。

天亮的时候，疲倦至极的张邕反而昏昏睡去。

而此时的北京，金太郎的上司蔡总刚刚放下了打给田教授的电话，一脸的不悦。

第7章 书面申请

作为不同院所但还算是同一系统内的专家与同僚，蔡总以为田教授至少能给他一个面子。毕竟，田教授与田晓卫的关系在系统内是一个公开的秘密。

然而田教授义正词严地拒绝了蔡总："老蔡，你知道的，我只是一个学者，一个做学问的人。我的确是分担了天工那边一部分的技术工作，但都是为了科研，你也知道呀。我们院里根本没有这种先进的GPS接收机，我需要的时候只能去天工那里。但他们的一切商业行为，我都不参与，与我无关，我也做不了主呀。老蔡呀，如果我参与了天工的经营，那么我们的学术合作就不再纯粹了，所以这事我还真的帮不了你。"

蔡总极力掩饰心中的愤怒，说道："田教授，没有让您一个学者参与经营的意思，只是希望，您能和晓卫打个招呼，毕竟呢，您是他的……您还是经常可以见到他，这次晓卫给的价格太离谱，而且您和我应该都清楚，软件的事，最终可能还是您这边负责的吧。"

"老蔡，你这话是什么意思？我只是天工的兼职技术支持，他们给我什么，我就做什么，无论硬件还是软件。可这都不是我可以做主的。这样吧，你还是直接找晓卫，他的电话号码你有吗？这孩子是你看着长大的，见面也得叫声叔叔，你说句话，可能比我还要好使。"

蔡总放下电话，一句国骂还是脱口而出。他当然找过田晓卫，但要么电话打不通，打通了就是马上上飞机，让他去天工找易目。而易目则是答复这是公司的决定，即使是他这个总经理也无能为力。

苏州的项目不可以再耽误，蔡总准备批准金太郎的请款，但是在此之前，他决定还是要痛骂金太郎一顿，把在田教授这里受的委屈都找回来。

刚刚起床的金太郎，在还未完全清醒的状态下，就接到了蔡总的电话，在骂声中逐渐清醒起来，在清醒中心情坏得不可收拾。

挂了电话的金太郎推开了张邕的房门，却发现这个罪魁祸首正趴在桌子上呼呼大睡，金太郎努力压抑住狠踹他一脚的冲动，想到这孩子可能一夜没睡，心中升起一股"哀其不幸，怒其不争"的复杂心理。他没叫醒张邕，自顾自下楼吃早餐。

张邕错过了自己的早饭，今天注定要挨饿，因为他身上已经没钱了。这趟公差大家都不会带太多的钱，而怒发狂人给他的号码是北京的号,他依然要拨号到北京才能上网。他不敢再去找金太郎,而是把身上所有的钱都押给了前台,开通了自己房间电话的长途功能。

天近午时,楼道里响起了中心成员们互相招呼吃饭的声音。此时的张邕已经醒来,蓬头垢面,饥肠辘辘,且一脸绝望地看着电脑屏幕上空空如也的信箱。

他想断开网络,毕竟每一分钟都是要长途电话费,但心中总希望下一分钟能有好消息。所以他在断开网络之前,先去卫生间洗了把脸,拢了拢杂草一般的头发,然后换了件外衣,口中答应着赵师兄门外的召唤,然后走到桌前,准备断开网络,下楼吃饭。

但他忽然顿住了,收件箱里出现了一个黑体的"2",他的信箱没有其他人知道,这两封新邮件一定来自Skydon。

张邕觉得自己的心跳都要停止了,甚至鼻子都酸了一下,手微微颤抖地点开了信箱。

门外的赵师兄听到张邕说要等一会再去,想好心地提醒他一声,餐厅的开放时间有限,错过了用餐时间就没得吃了。

但就在此时,金太郎刚好走过来,一脸冷漠地看着赵师兄和张邕的房门。赵师兄心中叹了一声,没再多说,和金太郎打了声招呼,跟着他一起下楼。

整个楼层只剩下了连早饭也没吃的张邕,此时他已经感觉不到饥饿了。

邮件果然是Skydon发来的,一封来自一个自称是Skydon亚太区总监的雷,还有一封来自Skydon的技术支持。张邕清楚地记得,他的升级程序就是后者发过来的。

雷的邮件让张邕仅存的希望也被浇灭,他在邮件中写道:

尊敬的张先生:

感谢你信任Skydon团队,并联系Skydon的技术服务队伍,我是Skydon亚太区总监雷,技术支持团队将你的邮件转给了我,由我来处理你来信中所说的问题。

中国区一直是一个特别的销售区域，即使在我的亚太区中，也与其他地区不同，它的管理模式不同于Skydon其他区域，我们有一些特别专门针对中国区的政策。

所以，关于你们仪器升级所遇到的问题，技术支持团队无法直接解决，所以我建议你联系我们中国区的合作伙伴SkydonChina。

如果你还有更多无法解决的问题，不要犹豫，随时可以联系我，我愿意帮助你与SkydonChina进行沟通。

真挚问候！

张邕本就憔悴的脸上，浮现出一丝愤怒，他当然知道SkydonChina并不是Skydon，他的中文叫作天工集团。

他立刻给雷回信，语言犀利地质问："为什么Skydon承诺的免费服务，天工却要收取巨额费用？"

邮件写了一半，他忽然想起，还有一封邮件未读。同时心情稍稍平复了一些，觉得自己言辞可能过于激烈了，于是删了自己写了一半的回复，打开了另一封邮件。

这一封来自技术支持团队的邮件，言辞缓和了许多。

亲爱的张先生：

这里是Skydon技术支持团队。我们对你们在仪器升级一事遇到的问题深感抱歉。

我们猜想，你这个时候大概已经收到了Skydon亚太区的邮件，区域总监将会亲自处理你的问题，希望你的问题可以顺利解决。

我们将把你的邮件地址加入我们的联络清单，此后您会定期收到我们的通报。当然，如果您不愿意接受，可以随时终止。同时我们给您的邮件地址开通了我们的技术支持账号，不久您会从一封独立的邮件中收到您的登录密码。

关于你提出的升级软件和版本说明的事，我们目前只能通过亚太区进行。

　　如果你依然有诉求想得到我们的直接支持，请以您的公司名义，发送正式的书面函，并具有法人代表的签名，到我们的信箱。我们将与管理层根据你的请求信件，做是否直接提供服务的评估。

　　心情跌入谷底的张邑如同抓住了一根救命稻草，虽然纤细且脆弱，但终究是透着一线生机。

　　张邑跌跌撞撞地下楼，跑进了餐厅，此时大家的午餐已经接近了尾声。

　　大家看着面沉似水的金太郎，没人大声招呼张邑，巩义轻轻招了招手，示意他赶紧过来尽快吃一口。

　　张邑却非常不开眼地走到了金太郎面前，说道："主任，我有新的进展要向您汇报。"

　　众人都是一愣，整个用餐的场面顿时安静，大家目不斜视，依然继续用餐，只是悄悄竖起了耳朵。

　　金太郎将碗中的汤一饮而尽，拿过纸巾擦了擦嘴，然后站起身来，目光始终没有看向张邑，口中道："我吃过了，大家慢慢吃。我要睡个午觉，有什么事等我醒来再说。我们有多久没有睡过午觉了？难得这几天什么都干不了，大家都好好休息下吧。"说罢自顾自走向了餐厅门口。

　　张邑尴尬地站在原地，不知道该不该跟上去。赵师兄过来拉了他一把，说道："主任要休息，你也别急了，赶紧吃点东西吧，是不是早饭就没吃？"

　　张邑看了看桌上的食物，虽然已经是残羹剩饭，依然勾起了他的食欲，但看了看金太郎的背影，一咬牙，大步追了过去。

　　张邑在金太郎准备进入房间前的一刻，追到了他的身后。

　　"主任，我收到了Skydon的一个回复，我们有可能解决目前升级的问题。"

　　张邑几乎是喊出了这一声，他以为这么震撼的消息一定会触动金太郎，然后至少能有一个和主任对话的机会。

金太郎停下了脚步，转过身来，张邕见到一张波澜不惊、面沉似水的脸，绝对没有他所期望的那种表情。

"张邕，我们的问题已经解决了，已经无须你再继续操心了。这次事故，我不会推卸自己的责任。至于你，我决定先恢复你数据处理的资格，其他处理由院里决定，你去吧。"

张邕愣了一下，关注的不是自己的处境，问道："主任，你说问题解决了？怎么解决的？"

"今天早晨，就在你还在睡觉的时候，蔡总已经批复了我们的请款申请，中心会支付3万元的修理费。只要今天款付出去，天工就会派人专程赶来苏州为我们修复设备。所以，无论你从什么渠道得到了什么样的解决方案，都已经不重要了。我暂时不想再谈论这件事了，你去准备你的复职吧。"

"3万？主任，我们真的可以不花这笔钱。"

金太郎轻笑了一声，说道："是的，我也不想花这笔钱。"

"主任，现在只要我们出具一封法人代表签字的正式书面申请，Skydon就有可能给我们提供升级软件。"

听到"升级"两个字，金太郎的心抽了一下，他现在对这个词极度过敏，压抑的情绪再也按捺不住。

"张邕，你以为你是谁？法人代表？那是院里最高领导，你凭什么相信他可以为你的过失签字？还出具公函？你以为我这个中心主任就可以出具公函吗？你觉得现在的麻烦还不够大，一定要闹到院里去吗？"

第8章 中国问题会议

执着的张邕终究没有执着到继续挑战金太郎的怒火，他逃回了自己的房间。

同事们陆陆续续用完餐归来，门外传来的杂七杂八的脚步声提醒着张邕，今天他还没吃过东西。

他真的很饿，却没心思吃饭，一种自己也说不清的复杂情绪笼罩着他。中心已经决定付钱，这钱并不是他个人的，而付钱后，设备就会得到维修，问题也就解决了，似乎也没什么不可接受。只是他心里依然不舒服，一种叫作不甘的情绪笼罩着他。

升级一事，的确是他自己的失误，他愿意接受处理。但这件事情明明可以得到解决，为什么要接受如此高昂的维修费用。

张邕迫切地想找人聊聊，几乎是条件反射地想起了怒发狂人，但随即想到怒发狂人和他的赌约。似乎怒发狂人赢定了，那第一个赌约呢？他真的在这里连一年都待不下去吗？

张邕叹了口气，转头却看见调制解调器的灯依然亮着，他急于找金主任汇报，忘了断开连接，电脑一直在线。天哪，这可是北京长途。

他快步来到电脑前，准备拔电话线前的一瞬间，又先敲亮了电脑屏幕，不知道自己想要干什么，内心深处却希望能看到一些好消息。

果然有事发生，收件箱又出现了一个黑体"1"，又有新邮件。

他点开了收件箱，邮件是来自Skydon的系统邮件，提醒他在Skydon的服务账号已经开通，并发来了初始密码。

张邕暂时忘了自己的困境，他立刻打开了Skydon网页，然后用自己的账号登录上来。

如同打开了一扇门，Skydon产品一览无余。他看到了一个下载的页面，于是点了进去。

拨号上网的网速极其缓慢，一个新网页的打开漫长如冬夜，但张邕已经不去计较长途话费了，他耐心地等在电脑前。

片刻，张邕的眼睛亮了，他看到了自己梦寐以求的东西，曾经遥远而高高在上的东西，如今触手可及。他选择了8000设备，然后所有版本的固件、升级程序及说明文件全部展现在面前。张邕有种想落泪的感觉。

Skydon总部，一名技术人员向主管汇报，张邕的账号已经开通，并给了他一级用户的权限。之后，技术人员问道："这个不要经过雷的同意吗？"

主管摇头道："技术支持是独立的部门，我们并不需要接受雷的指挥，只需按照Skydon的规则做事就可以了。还有，这其实是卡尔的意思。"

此时的卡尔正在另外一间会议室，面对着总裁史蒂夫和几名Skydon内部最有权力的高管。

财务总监克里斯打断了卡尔的开场白："卡尔，其实我不明白这个中国问题会议，因为我看不到中国市场有任何问题，每年的业绩稳定增长。偶尔会拖延付款，但从未超过两个月。其实我们都知道，我们给每个区域的销售任务是很难完成的，一般来说，能完成70%的销售目标，就是不错的成绩。而田晓卫每年的完成度都在80%左右。总之，从销售和财务数字看，这家公司表现得无可挑剔。所以，请你直接说重点，中国市场到底有什么问题？"

卡尔摇摇头，递过一张表格，说道："今年中国的业绩已经明显滞后，现在已经是第三季度，中国的业绩只是业务预报的三分之一。"

克里斯没有伸手接过表格，所有的数字都精确地在他脑海中。

"这没什么问题，中国的订单一向如此，年中会有很大的滞后，但第四季度一定会补上，而且最终会完成80%的目标。"

卡尔环视一圈，发现没有人说话，包括总裁史蒂夫也只是静静地等待他发言。

"你说得对，克里斯，这是中国的一贯做法。可是，你知道，为什么会这样吗？"

克里斯胸有成竹地说道："其实年底压货完成任务，是所有区域的惯用做法，只是中国的数字更激进一些罢了。之所以如此，第一是因为中国有一个我们最大的重要客户，中国北方公司已经成为我们全球最大的用户，他们的订单一般放在年底。再加上田晓卫这边自己也会压一批库存，就使得这个数字格外夸张。但是在我看来，这一切都没有超出合理的范畴。"

"合理？"卡尔笑了一下，"我们给了北方公司全球最大的折扣，他们的价格远低于同在东亚的韩国和日本。可是，我们根本不能确定，这个折扣到底是给了北方公司，还是给了田晓卫。年底的订单都是以北方公司的名义来订购的，因为其金额的确巨大，我们这些完成了目标任务而兴高采烈的销售主管们，从来没去计较过这些订单的真实性。其实我们每个人都知道，这里有一部分订单是属于田晓卫自己的，但是所有人都选择了忽略。"

另一位副总裁皱眉道："我们每年不是都有针对北方公司的技术培训吗？这些数字应该并不是保密的。"

卡尔回答道："是的，我们每年都有技术人员前往中国，但培训过程都是田晓卫安排的，除了和北方公司的外业技术人员交流，我们没有接触过任何对采购负责的人员。直白些说吧，北方公司还是我们全球最大的客户，但我们对这个客户的了解和接触几乎可以忽略不计。这个用户在原则上来说，是田晓卫的，不是我们的。有一天田晓卫与我们分开，我们就再也接触不到这个用户。这就是我今天要说的中国问题之一。"

会议室内安静了3秒，高管们逐渐意识到卡尔所说的问题。

克里斯打破沉默："我相信，是Skydon的产品赢得了用户，北方公司可能只认识田晓卫，但同样也是认可我的解决方案。这件事的确有些问题，但我还是认为没什么大不了的。"

"克里斯，我今天要说的并不只是北方公司，而是整个中国市场。中国市场对我们几乎是封闭的，完全不透明，我们不知道那里到底是怎样的。我们所了解的，只是雷和田晓卫告诉我们的。你刚说他们每年都完成80%的业绩，但有一点，制定中国销售任务参考的只是上一年的数字，这个目标的合理性值得怀疑。不久前，我们第一次收到了来自中国用户的信件，要求8000接收机的维护升级，但8000系列已经是我们3年前的产品，这封信迟到了3年。但是田晓卫和雷对这封信的反应十分激烈，他们强烈反对我们和中国用户直接接触。各位，你们觉得这说明什么？"

克里斯不再坚持，但依然说道："田晓卫只是为了保护自己的利益，发展中国家都是如此。所以，你的最终结论到底是什么？"

"我的结论？我们都理解，很多时候厂家与代理商的利益并不一致，我们只是尽量地取得一个平衡而已，但在田晓卫这里，我们永远是一边倾斜的状况。我们不知道田晓卫用北方公司的折扣进了多少货，不知道他卖了多少，也根本不知道中国市场的真正潜力有多大。或许中国市场的规模已经是我们每年任务的2倍、3倍、5倍，但我们只能接受田晓卫的控制，每年30%的增长。绅士们，我的结论是，从现在起我们应该对中国市场有更多的介入，而不是仅仅依靠雷和田晓卫。"

副总裁戴尔问道："在田晓卫的报告里，在两年内，中国将有一个基站网络设备的采购，会是有史以来全球最大的GPS设备采购合同。我们此时的更多介入，是不是合适的时机？有人评估过其中的风险吗？"

卡尔回道："我就是在担心这次大规模的采购，现在的一切都在田晓卫手里，我们对此项目根本无从插手。还有，目前改变中国市场的现状，我们还有机会，如果这个项目被田晓卫拿下，那么未来，我们想掌控中国市场，将会付出更大的代价。"

克里斯皱眉道："卡尔，你说的我都同意。但是这个项目对我们来说同样不容有失，其中的取舍其实很难。如果发生问题，股东们首先就会对我们问责。"

总裁史蒂夫终于开口，众人立刻安静下来倾听。

"我在去年的时候，见过田晓卫一次，他是个聪明的年轻人，我喜欢他。目前来说，田晓卫也还是Skydon的朋友，我们还是以朋友的身份来和田晓卫进行沟通。我是和平主义者，最好不要制造任何矛盾。"史蒂夫一副谦谦君子的模样，但是，中国市场必须由Skydon亲自掌控，这是我们的市场、我们的用户。"史蒂夫依然柔和而平静的语气中带着不容置疑的决断。

总裁的表态鼓励了卡尔,他立刻表示了赞同,然后又一次转向克里斯说道:"作为世界上最出色的财务人员,你猜一猜,田晓卫在中国出售Skydon设备的利润是多少。"

克里斯不在意地笑道:"作为一个刚刚开放的发展中国家,田晓卫靠垄断拿下100%的利润也是可以接受的。"

"不,"卡尔笑着打断了克里斯,"据我所知,8000系列在中国的售价达到了3万美元,按此计算,田晓卫的利润达到了400%。"

"什么?"会议室里一众人瞪大了眼睛。

第9章　我叫田晓卫

远在苏州的张邕并不知道大洋彼岸发生了什么,更不会想到,一个Skydon绝对高层的会议中会提及他做的事。他只是激动地下载了软件和说明,这下问题终于可以解决了,原来一切都这么简单。

他不敢去敲金太郎的门,去隔壁找了赵师兄。赵师兄眼睛也亮了,说道:"小子,有你的,你坐一下,我去找主任说。"

片刻后,赵师兄和张邕被同时叫进了金太郎的房间。

金主任面色凝重地说道:"今天中午时候,我恢复了张邕数据处理的资格,一切问题都要等到本次项目结束返回北京后再说。但现在,我撤回我的决定,张邕依然被停止一切数据处理的活动,同时不得操作任何一台设备。若不严格遵守,将以严重违规进行处罚。你们听清了吗?小赵,这事你要负起一切责任,否则作为数据负责人,你将负同等责任。"

赵师兄点了点头,没有发表任何意见。

"主任,"张邕对这突如其来的意外结果有点反应不过来,又本能地想说些什么,"我可以遵守您的决定,但是我真的拿到了Skydon的升级软件,您不放心我,我可以把软件和工具都交给赵师兄,他可以来完成升级。"

金太郎忽然转向张邑,凌厉的目光狠狠盯在张邑脸上,说道:"张邑,我们中心只接受正规合法渠道来源的软件,你个人的渠道最好自己保留,永远不要用到公家的设备上来。再和你说一遍!"金太郎陡然提高了音调,"院里已经同意付给天工集团修理费,他们的工程师很快就会到苏州为我们解决问题。你已经给我们造成了一周的停工和3万元的直接损失,你觉得还不够吗?"

说罢,金太郎转向赵师兄说道:"小赵,我问你,如果你拿了张邑搞来的这些什么升级软件,你有把握能修复设备吗?"

赵师兄看着金太郎因为愤怒而有些变形的脸,垂下了目光,说道:"我从没做过,所以不知道,只能是尝试。"

"尝试?这是国家的财产,贵重的进口设备,不是让你们随便尝试的试验品。好了,你们出去吧。等天工的技术人员来了,你们要好好配合。"

二人出门,赵师兄拍了拍张邑的肩膀说道:"兄弟,对不住了。这种关头,我没办法保证任何事,你也别坚持了,听领导的吧,事已至此,我们做不了什么了。"

沮丧的张邑回到了自己的房间,刚坐下听到电话铃声,前台说他的押金差不多用光了,问他还要不要续费继续开通长途,张邑赶紧表示不续费了,用完就停掉,他身上已经没有多余的钱了。

他默默地将PCMCIA卡复位,至少在苏州的日子,他是不会再上网了。

然后他看到了写着上网账号和密码的纸条,以及密码下方的十位数字。他记起了怒发狂人说的话,这个号码的主人可能是唯一可以帮他解决问题的人。

他犹豫了片刻,抄起电话拨打了纸条上的号码。谁知这竟算是长途号码,前面要加零才可以拨打,看来他的押金注定要完全报销,他按了零,然后重新拨通了号码。

电话通了,对面是一个极具磁性的男子声音:"苏州?你在哪个房间,我给你打过去吧。"

张邕愣了,从没经历过这样的通话,他不知道对方是谁,对方却似乎对一切都成竹在胸。他顺从地报了房间号,然后挂了电话。

电话再次响起,那个磁性声音继续道:"张邕,你好。"

张邕觉得自己陷入了一件神奇事件中,莫非电话另一端是掌管万物无所不知的神明,若真如此,神明的确可以解决他的问题。

"您好,我……你……您是?"张邕有点语无伦次。

"我叫田晓卫。"

"田先生,您怎么知道是我?"

电话那头永远是一种不紧不慢、一切尽在掌握的节奏:"我的移动号码不会给太多人,打来的都是我认识的人,你是为数不多还没见过的人。但你的号码也是我给的,从苏州打来,我想不会是别人。你不知道我是谁?"

"对不起,我不知道,您是?"

"哦,你今年应该是22岁吧?我在22岁的时候,创立了一家公司,现在呢,公司的名气在业内还算响亮,叫作天工集团。"

张邕的心跳突然加剧了几秒钟。

"田总,我不知道是您,我……"

田晓卫依然不紧不慢但却有力地打断了张邕:"叫我晓卫,熟人都这样叫我,我不喜欢带职位的称呼。"

"晓……卫。"张邕极度不习惯,特别是这个名字还带个"晓"字,听起来像招呼一个叫小魏的年轻人。

田晓卫继续道:"看来你还没想好要和我说什么,如果这样,你先慢慢想,不妨先听我说。我是在你这年纪创建了天工,然后在25岁挣到了自己的第一个100万。比尔·盖茨挣到自己的第一个100万是26岁,从这个角度来说,我比他还早一年。"

这话不无炫耀，但田晓卫的语气极为淡然，好像在说一件与己无关的事。他所说的事也与张邕完全无关，但张邕的敬佩之情却油然而生，虽然不知道田晓卫为什么对他讲这些。

"不要用什么年少有为、商业天才之类的话形容我，这些话我早就听腻了，而且第一次听的时候也没太多感觉。很多时候，年轻人，比如你，只是需要一个机会而已。我，只是机会比别人好一些，当然把握机会的确是我的能力。张邕，你有没有想过，你25岁的时候在做什么？"

"我？"张邕突然感到一阵迷茫。是的，3年后，他在做什么？还是这里读技术文档，处理数据，被金太郎教训，或许可以升职，当一个小组长。其实除了这次升级风波，他对自己的工作处境一直都很满意，此时心中却隐隐地有了一丝波动。

"我刚说了，太多人需要机会，我现在很愿意为和我当初一样的年轻人提供一些机会，让他们走上更大的舞台，做更多的事。张邕，我今天看到了你发给Skydon的邮件，你开始上网了？"

"是的，我刚刚接触互联网。"

"一旦接触网络，你就会发现，你的世界变得无限大，你的视野将变得无限远，或许你会重新考虑人生、你的职场。"

"我……"张邕忽然意识到一件事，这场对话完全被田晓卫主导，他根本没明白田晓卫要说什么，也没表达自己任何的诉求，却一直跟在田晓卫的思绪后面追赶，他一一回答对方的问题，却完全不知道对方的目的。关键他心中完全没有生出反感，田晓卫的年轻与成熟、成功与自信都令他无比佩服，这场他发起的对话却变成了田晓卫一个人的报告，他成了听报告的小迷弟。

张邕决定该说点自己的事了。

"晓卫，我想和你说一下8000设备升级的事。"

田晓卫态度还是一样，回道："哦，那都是小事。你不是联系过天工了，我想我的人应该已经给你解决方案了，还有什么问题？"

"可……可他们报价要收3万。"

"3万？"田晓卫轻轻地重复一句，似乎在计算3万是怎么一个数字。

接着，他反问："张邕，请问你的月薪是多少？"

张邕又愣了一下，还是回答道："我现在是实习岗，没有岗位工资和奖金，只有基本工资，加外勤补助，加补贴，大概在七八百元。"

"那么你转正后应该有1000元左右的月薪，差不多吧？"

"是的。"

"所以，3万对你很多，差不多是你3年的收入。所以你可以和我商量这笔费用的问题，但3万对我来说并不太多，大概是我3天的收入。所以我的时间远比这3万值钱，我想和你谈的是比这3万维修费更有价值的东西。要不我们稍稍缩小下差距。我给你一份薪水，每个月2500元，那么3万元是你一年的薪水，我们谈起来感觉能好一些。"

"给我一份薪水，2500元？"张邕的心跳得又快了些，不知道是这信息太突然，还是这数字太诱人。

但张邕终于还是冷静了下来，他不甘心被田晓卫主导这场对话，虽然他对田晓卫无比钦佩。田晓卫显然与金太郎是完全不同的类型，他看似很平和，绝不像金太郎那样以势压人，但侵略性却刻在骨子里，平易近人又高不可攀。

"晓卫，我还没想过要离开中心。3万对你或许不多，但这笔费用，我觉得不合理。"

田晓卫稍稍有一丝惊讶，这个年轻人居然在他抛出价码后，能很快回到自己的正题上来。

"你很执着，坚持要和我讨论这3万的问题吗？好，你说，怎么不合理？"

"Skydon明确说了，这几台设备是终身免费升级的。"

"是的，所以，这费用并不是Skydon收的，而是我收的，Skydon免费，但天工并没说过要免费。"

"你？"张邕被田晓卫这看似荒谬但无比坦诚的答案噎了一下，"天工不是Skydon的授权合作伙伴吗？当然应该遵守Skydon的服务准则。"

"Skydon并不在这里。张邕，我和Skydon之间的合作协议属于商业机密，所以我无法拿给你看。我们是销售的合作伙伴，但技术服务本就是Skydon该做的事，他们没有做，所以是我们在帮Skydon做服务，无论是用户还是Skydon都该感谢我们才对。如果Skydon没有支付我们任何服务费用，那么我只能有偿向用户收取。我从来不觉得这有什么不合理。甚至我们的用户也觉得是应该的。目前为止，觉得我们收费有问题的，你是唯一的一个。"

田晓卫的逻辑看似无懈可击，张邕并不买账："Skydon是有服务机制的，他们的升级软件我已经都拿到了，而且是完全免费的。"张邕甩出了重磅武器。

第10章　我和田晓卫通过电话

田晓卫的心中掠过一丝涟漪，张邕的这句话对他的攻击是有效的。但他不是张邕，张邕完全感觉不到他情绪的任何波动，所以略带失望地低估了自己。

"有些问题，并不是说说就可以解决。恭喜你，拿到了升级软件，那你为什么没有去升级，反而给我打来了这电话？"田晓卫话语中有隐隐的笑意。

张邕立刻语塞，他不知道该怎样解释当前的困境。而他的迟疑立刻被田晓卫捕捉到了，本来稍稍占了主动的张邕，立刻又被田晓卫夺回了主动权。

"张邕，所以我说，我们的服务是有价值的，有些事情你自己无法处理，你应该是试过自己解决问题，所以才有了今天这3万的报价。还有，免费不代表没有价值，你觉得8000的升级软件有价值还是没有价值？"

张邕老老实实地回答："有。"

"对我来说，有价值我就可以获利，至于零成本还是高成本，都是我的成本而已。作为商人，无论什么样的成本，我都会去追逐最大的回报，你觉得我这样做有错吗？如果违反商业规则，就会被用户和市场抛弃，但目前为止，天工一直运行得很成功，甚至我这份3万的报价，你的领导们也都接受，那么我的问题在哪里呢？为你们提供服务的团队，他们的价值如何体现？并不会因为天工软件免费，他们的劳动就该是免费的，你觉得合理吗？"

张邕觉察出了田晓卫的诡辩，但他的反应没那么快，无法快速组织语言，拆穿他的逻辑，同时他觉得不能再跟在田晓卫后面辩论了，即使他能反驳对方偷换概念，聪明过人的田晓卫依然会有一套理论在等着他。

"晓卫，你刚说给我一份年薪3万元的机会，这个薪水在天工内部很高吗？"

田晓卫轻笑道："怎么，对我的邀请动心了？这个薪水在天工肯定不算低，但也绝对不高，我们的薪水都是保密的。我只能对你说，天工每个人的收入都体现自己的价值。"

"如果天工一般员工一年薪水是3万元，而6台设备的升级，不过是两三个小时的时间。你刚刚说人的价值，但现在只需要一个人半个工作日的时间，而费用却已经覆盖了一个员工一年的收入，你觉得这个报价合理吗？这个报价的参考标准又是什么呢？"

张邕看不到田晓卫的表情，田晓卫的脸上难得地闪过一丝欣赏之色。这个年轻人很稚嫩，也很青涩，但他反应灵敏，逻辑清楚，而且能在这场看似不经意的对话中快速找到自己的机会。或许，他可以做更多的事，可以为自己做事，而不是在国企内部与自己作对。

"张邕，你的反应很快。不过我并没有明确3万元就是我公司员工的一般收入，或许要等你接受我的邀请入职了，才能用这3万元来衡量我们今天的升级工作。告诉我，你准备什么时候过来上班？"

张邕沮丧的心情因为和田晓卫的对话舒缓了很多，听到这一句，他竟笑了一声，当然不是因为接受工作而笑，而是觉得这场对话其实充满趣味。

"晓卫，我们今天不说工作的事，还是回来说升级的事吧。"

"据说你那个怒发冲冠的师兄，和你打了一个赌，你还记得吧。"

"是两个赌，他都还没有赢。"

"其实，他不是赌徒，所以绝对不会赌自己看不清的局。我马上有一个电话会议，不多聊了。你依然纠结升级的事，好，现在给你一个机会，你来告诉我，我该怎么办？"

"我？"突然拿到话语权的张邕卡住了，是呀，他该向田晓卫要求什么呢。

他目前最想要的，是让金太郎同意他升级设备，但这事似乎与田晓卫无关，田晓卫指挥不了金太郎。剩下的就是报价问题了。

"我想，你是不是可以降低报价，象征性收费，然后派人来指导我们升级。"

"不算过分，但是有一点问题。"

"有什么问题？"

"我的报价你们院里已经接受了，如果我没估计错的话，现在钱可能已经到我们账上了。有点可惜，你很能干，但年轻如你，只怕要若干年之后，才会有自己的话语权。我很想答应你的要求，却不是很好处理。"

张邕沉默，发不出任何声音，心中深深地叹息一声。

田晓卫却继续说道："其实这事对我很容易，我可以作废我们的发票，然后把你们的付款原路退回。但我反而不确定你们是否会接受？你可以去和领导沟通，只要他们接受，我就安排退款，同时依然派人去支持你的升级。所以我们的麻烦其实很好解决，你有升级软件，我可以退款，问题根本不在这里。问题在哪里，你自己去想一下。3万元的问题，也真的不值得我如此关注。只是，我还想劝你一句，学会接受，或者接受我的邀请，或者接受你们3万元的升级，你会发现，接受远比拒绝要容易。谢谢你的时间。这事到此为止，我对你的邀请不是玩笑，一直有效，什么时候想明白了，你打这个号码给我，在北京就不用拨长途了。你还有要说的吗？"

"我也没什么事了，晓卫，我应该谢谢你才对。"

"不用谢，"晓卫又轻笑了一声，"虽然是你主动打给我，却是我要找你的。再见！"他挂了电话。

隔着一张办公桌，田晓卫对面坐着易目和疑似美女。

"晓卫，我看这张邕傻傻的，如果他真的去找领导说你可以退款，难道你真的退？"

田晓卫冷笑道："除了那一车皮葡萄，我还没做过亏本的生意，让他们付款很容易，但让他们收款反而困难。如果张邕真有这么大本事能说服领导，那么他的价值就已经不是3万可以衡量了，我收了他就还是一笔不错的生意。不过，难呀！"他笑着摇了摇头。

他又一次抓起电话，这次打给了田教授："您要亲自去一趟苏州是吗？"

"嗯，老蔡也去，他要我务必一起去。"

"行，您注意下那个叫张邕的年轻人，我确定他是我们需要的人。"

挂了电话的张邕静静地坐了几分钟，然后起身出门，又一次来到了赵师兄的门前。但敲门前的一瞬间，他犹豫了，脑海浮现出刚才在金太郎房间赵师兄为难的样子。算了，既然一切都是自己惹出来的麻烦，何必连累赵师兄一起被金太郎训斥。

张邕脸上一片决然，就和当初他把一堆土特产倒在曾处长桌子上的表情一模一样。

张邕这次毫不犹豫地敲了金太郎的门，金太郎看着这个给自己惹了大麻烦的年轻人，明显感觉到这个年轻人这次似乎有些不同，虽然还是恭恭敬敬，但似乎有一点"风萧萧兮易水寒"的悲壮。金太郎没有再一次发脾气,而是冷淡地问了一句:"又怎么啦?对我的决定不服气吗?"

"不是,主任,我有新进展向您汇报,我知道您这会儿其实不想听我的任何消息,但我觉得必须把这件事告诉您,之后我会服从您的一切决定。"

金太郎心中又生出几分火气:服从我的一切决定?如果不是当初你不听我劝阻执意要打开那该死的信封,哪有今天的这些麻烦。

他强压怒火,说道:"你说吧。"

"我和天工的田晓卫通了电话,他同意收回报价,免费为我们服务。"

金太郎愣了下,然后怀疑是不是自己态度真的太过严厉,把这孩子逼得脑子出了问题。

"你?田晓卫?你知道蔡总以前和田晓卫是邻居,看着田晓卫长大的吗?他给田晓卫打了无数个电话,田晓卫都不肯接,偶尔接了也说没时间,而且没有给蔡总一分钱的面子。你确定田晓卫和你通电话,亲口答应你可以免去这笔费用。"

"我……我……我真的和他通了电话,打的他的全球通手机。"张邕决然的表情消失了,代之的是微微的惶恐。他刚刚意识到,他说的事,不要说是金太郎,就是自己都觉得不太真实。

"你哪里得到的他的全球通号码?"

"是……"话到嘴边,张邕忽然觉得,自己不该出卖怒发狂人,于是说道,"天工的人告诉我的。"说完他避开了金太郎的眼光,低下了头,整个身体状态都在表达一句话:我、在、说、谎。

金太郎用一种看傻子的目光看着张邕,说道:"可是院里已经把款付给天工集团了,田晓卫没告诉你吗?他说了怎么处理吗?"

"是的是的,他说了。"张邕有些兴奋地抬起头,"他说只要你同意,当然是不是也要蔡总同意呀,他就把款退回来,然后派人来给我们免费升级。"

"田晓卫说他退……退……退款？"金太郎忽然出现了口吃。

他看着一脸认真点头的张邕，心中忽然多了一丝不安。一个正常人，对站在眼前的疯子或多或少都会有点害怕。

这是受了多大的刺激，出现什么幻觉了吗？只是，他怎么知道谁是田晓卫的？

金太郎不敢再刺激张邕了，他甚至有点后悔，这几天是不是真的给张邕太大压力了，这孩子也许比他想象的脆弱。

他让张邕稍等一下，然后拨通了赵师兄房间的电话。

"小赵，张邕是不是一天没吃饭了？你陪他到外面吃点东西吧，苏州的三虾面据说不错。"

"张邕，情况我清楚了，你这几天辛苦了，先去吃东西，我和蔡总汇报之后，有什么结果咱们再商量。"

一脸不解的赵师兄，拉着一头雾水的张邕，离开了金太郎的房间。金太郎长出一口气，心有余悸地拍了拍胸口。

第11章　你就是张邕？

苏州没有机场，但心急如焚的蔡总根本无法接受两天两夜的火车行程，他申请了超出他出差标准的机票，和田教授一起降落在上海虹桥机场。甲方的车辆已经在等候，没有寒暄和客套，几人快速地奔向苏州。

同样不安的还有在宾馆等候的金太郎，他估算了蔡总到达的大概时间，早早地等候在宾馆的大厅，每隔几分钟就站起来走到门口向远处瞭望一下，然后回到大厅坐在沙发上继续等待。

忽然他又想到什么事情，到前台用内线电话拨打了赵师兄的房间电话。

"张邕可好？"

赵师兄对这没头没脑的问题实在不知该如何回答："主任，您什么意思？小张他哪里不好了？"

"他的……你觉得他正常吗？"

"他有点焦虑，但算不上不正常呀，主任，出什么事了吗？"

"没什么，他和你说升级的事了吗？"

"没说什么，只说希望你和蔡总能同意，那就都可以解决了。就是让您同意他升级仪器的事吧，蔡总会同意吗？"

"蔡总怎么会同意，不过他没事就好，你叫他准备一下吧，蔡总和天工的专家快到了。"

挂了电话的金太郎，心中稍稍平静，张邕没事就好，但随即想到：如果张邕没什么问题，难道他说的是真的？随即摇头，怎么可能，谁见过收到的钱主动退回的。何况还是田晓卫，要是多收3万，倒是田晓卫的作风。

"老金。"沉思中的金太郎听见呼唤，立刻换了一副面孔转向门口，蔡总到了。

大家一起来到了巩义的房间，因为张邕被取消了数据处理的资格，所以全部设备都搬到了巩义的房间。

蔡总还是尽量和气地和遇到的每一个人打招呼，但依然无法掩饰那从心底自然流露的肃杀之气，所有人都识趣地躬身回应，然后快步溜走，身为房间主人的巩义也不例外，唯有赵师兄和张邕进了巩义的房间。

蔡总的目光越过了金太郎和赵师兄，直接落到了一副生面孔的张邕身上，问道："你就是张邕？"

"我是张邕，蔡总，您好。"

蔡总重重嗯了一声，最终没有在田教授面前训斥手下。

张邕却看到蔡总身后那个戴着厚厚镜片、穿着不太合体西装的老者，径直向他走了过来。

"你就是张邕？"

这个问题和蔡总说的一模一样，但语气完全不同，竟透着几分亲切。

其余几人都愣了一下，为什么田教授会知道张邕，而且看上去对他很亲近。

张邕再一次回答了刚才的问题："您好，我是张邕，您是？"

蔡总上前替田教授回答道："这是业内鼎鼎大名的田教授，卫星导航专家，特地从北京赶来，为我们解决问题的。"

张邕立刻躬身施礼，说道："田教授，您好，辛苦您了。"但之后还是忍不住追问了一句，"您和天工集团是什么关系？"

话音刚落，立刻看到蔡总冰冷的目光。

田教授倒是平静如常地说道："我不是天工的人，但我是天工集团的技术顾问，这次也是受天工集团委托而来的。以后相关的技术问题，你可以直接联系我。"

张邕点点头，最终没有说出"我可以直接联系Skydon技术支持"这句话。

他心中困惑，又有几分焦急，看起来田教授就要主持设备升级的事了，那么退款的事呢？金主任和蔡总有什么结论了吗？

金太郎则是吩咐赵师兄和张邕配合田教授检查设备，他拉着蔡总要单独汇报一下工作。

蔡总走到了门口，却又回身走到张邕面前，兜里掏出一封信，语气冷淡地说道："你的信，寄到院里了，办公室让我给你带过来。"信给了张邕，转身和金太郎出去了。所有人都能感觉到，蔡总是多么不情愿为这个惹了这么大麻烦的人送一封信。

张邕看了眼信封，心中一热，应该是女友芊芊的信，他赶紧将信装进兜里，然后帮着田教授搬出了一台仪器。

金太郎的房间里，愤怒的蔡总再一次拨通了田晓卫的电话，很不错，这次居然顺利接通了。

"蔡叔叔，您好。"田晓卫的声音依然是礼貌而平静。

"你别叫我叔叔，我问你，你和我们张邕通过电话？"

"是的,昨天。"

"他怎么能联系到你的?"

"你们不是让他联系天工解决问题吗?然后他获取我的联系方式也很正常。"田晓卫的谎话和张邕如出一辙,不同的是,他笃定而自然,于是蔡总没觉出有任何问题,继续问了下去。

"他还说,你答应他,可以给我们退款,免费服务。"

蔡总清楚地听到田晓卫在电话另一头笑了一声:"是的,我是这样答应他了,但我不确定他是否会真的和您申请。"

蔡总怒火上头:"晓卫,我们以前住一个大院,我看着你长大的,小时候我也没少抱过你。"

"是的,蔡叔叔,我都记得。"

"你少叫我叔叔,我这个叔叔给你打了无数个电话,像求爷爷一样来求你,你一点面子都没给我。如今我们一个新人给你一个电话,你答应免费,还能退款。你今天要是不给我一个解释,我马上去找你老爸,问他怎么教育儿子的。"

"蔡叔叔,你再怎么生气,我都得叫您一声叔叔呀。您别急,我给您解释一下,其实这是两回事。第一件是维修的事,我和您说过了,你们的设备如今问题很严重,修复还是很复杂的,否则我爸也不会亲自跑一趟。而且这是公司的决定,不是我不给您面子,这是天工和研究院之间的商业行为,所以价格没办法更改。要是您个人的事,别说3万,30万我也给您免了。"

田晓卫语气平淡,但讲的话义薄云天,给人一种非常真诚的感觉。

蔡总冷笑一声道:"你少绕我,那张邕这边怎么回事?"

"你是长辈,我不瞒您。我看上这孩子了,想招他过来,他并没有想过离开您,所以我用这个来吸引他。对我来说,这真的是两回事,维修我收3万,为了招人,我又花了3万,只不过这两笔钱合二为一而已。蔡叔,您觉得我说明白了吗?"

"明白××××!"蔡总直接爆了粗口,张邕再怎么不懂事,那也是他的人，田晓卫居然如此理直气壮地在他面前说要挖他的人。

"蔡叔叔，时代变了，如今的年轻人都有更多的选择权，我没有背后做动作，而是光明正大地发出邀请，还光明正大地告诉您，这是我对您的尊敬，您骂我没道理。消消气，蔡叔，我马上去美国，给您带盒雪茄回来赔罪怎么样？"

"我不要你的东西，我再问你一句，张邕这个惹祸精，你看上他什么了？"

"惹祸其实也是一种天赋，他对您来说，真的也没太大价值，毕竟您这么牛的单位，毕业季去一趟M大，就能招回一堆他这样的学生。他的优点对您来说也没什么用，这种惹祸的天赋，您会欣赏吗？但我这里倒是挺需要这样一个人的，为此付上3万，我觉得值得。其实您是既得利益者呀，不是应该高兴吗？"

"晓卫，你这点手段，我还不明白？好了，挂了，有时间再找你算账。"

蔡总挂了电话，坐在椅子上气哼哼不语，金太郎一旁小心翼翼地问："难道张邕说的都是真的？田晓卫同意退款？"

"当然是真的，晓卫这个混蛋。他太了解我们了，这一步明棋让我们骑虎难下。退款当然是好事，但我们已经来了，我还申请了机票，然后对方忽然退款，说其实一切都是免费的。以后有领导或者审计问起来，我们怎么解释？告诉他们我们一个新人去谈了一下，天工同意免费了？"随即蔡总的怒火又转移到了张邕身上，"这个张邕怎么搞出这么多事？他闯的祸，却要我们来做决定。你知道，我是下了多大的决心才做了这个付款的决定，如今……"

金太郎一旁随着领导感叹："这孩子其实还是挺能干的，就是有点不知轻重，其实田晓卫说得也对，或许他们那边更适合……"金太郎在蔡总的冰冷目光下住了口。

"张邕是我们院里的人，他的问题，我们按院里规则处理，田晓卫算什么，凭什么他来挖我们的人。"

蔡总忽然觉得，张邕的去留状态就像如今的维修状态，退款和不退款都令人难受，张邕是留还是走，也都令人为难。如果他可以选择，张邕从没出现过，才是最好的结果。

第12章　我要请假

而另一房间内，却无比和谐。张邕虽然满腹的疑惑，但执行起田教授的命令却一丝不苟，而且准确、高效。田教授的指令中偶尔会夹杂一两句海淀口音的英文，张邕丝毫没有理解上的问题。

老人掏出一个软盘盒，打开后，张邕眼睛亮了一下，从上面一张软盘的标签上，就能看出是各种版本的升级程序。

这些东西，田教授平时是完全保密的，几乎不会给用户看到，今天却大方地递给了张邕。

"人老了，眼花，帮我看看，哪张合适？"

张邕接过软盘盒，快速从里面挑出3张软盘，说道："田教授，这3个版本应该就可以吧，您看对吗？"

田教授心中无比地惊讶，他本来并不太相信田晓卫的判断，这会才觉得田晓卫无论经商还是识人真的都远比他这个老子要厉害。

张邕发现田教授所用的升级工具，并不是软盘上随着固件一起的工具。

"田教授，这和固件自带的升级工具有什么区别？"

老头犹豫了一下，但还是解释道："自带的是个简单工具，除了上传固件做不了其他事，我这个是高级工具，有更多的功能。"

张邕默默记下。他记忆力惊人，依稀记得，似乎Skydon网站也有这个工具。他并不知道，因为一些特别的原因，Skydon给了他一级权限的账号。

一切就绪，升级开始，除了田教授所用的专业工具，其他一切与张邕想象的无异，张邕心中又是高兴又是失落。

升级进度条同时在设备和电脑屏幕上闪烁着，三人之间也陷入了暂时的沉默。

张邕借机问道："田教授，您和田晓卫熟悉吗？"问题一出口，他忽然意识到这两个人居然都姓田。

赵师兄大概听过田晓卫的事，见张邕的问题尴尬，站起身来说道："田教授，谢谢您支持，等仪器都升级完了，我过来和张邕测试仪器，这会先让张邕陪着您，我还有点数据要处理，先过去一下。"然后回了房间，只留下二人。

"他是天工的老板，我在天工兼职顾问，当然熟悉。你有什么事要找他吗？"

"我没什么事。您来之前，他有没有和您说过什么？"

"人老了，记不住那么多，应该没什么特别的话，不然我会有印象，你真的没什么事吗？"

"哦，没什么。"

张邕的内心纠结全被田教授看在眼中，他心中什么都明了，却不多说，干脆谈起了张邕感兴趣的话题。

"小张，听说过RTK吗？"

张邕立刻被老人带入局，说道："real-time kinematic，我知道，一种实时定位的技术，可惜没见过，真的很想见识一下。"

田教授有些震惊了，这孩子怎么什么都知道。其实张邕关于RTK（实时动态定位技术）的认知是他到达的前一天从Skydon的网站获取的。

和田晓卫一样，田教授没表现出任何惊讶，他平静又不无亲切地说道："其实RTK已经不是什么最新的技术了，国内也早有用户在使用，就是成本太高，不能在测绘圈普及。我在天工这边经常会做RTK相关的测试和研究，你有兴趣吗？"

"有。"张邕拼命点头。

"那好，回北京，你什么时候有时间，来趟天工，我来安排。"

"太好了，田教授，谢谢您。"

门开了，脸色铁青的蔡总站在门口，他和金太郎刚刚过来，只听到了二人最后几句对话。

田教授面色如常，向蔡总点了点头，就指挥张邕换一台设备。

田教授不会算到蔡总这个时间刚好出现，所以并不是故意说给他听的，但这个结果正合他心意。

在田教授来的前一天，田晓卫在电话里让他多关照一下张邕，田教授问："既然你看好这孩子，是不是当着他们的领导要保持距离，别引起猜忌。"

田晓卫则告诉父亲："不，就要表现出对张邕的亲近和欣赏，不用在乎任何人，越在人前越好。"

田教授并不完全理解儿子的用意，但不折不扣执行田晓卫的命令，他这个当爹的已经成了习惯。

此时他见到蔡总的表情，很快明白了田晓卫的心意。

田教授担心真的得罪了老蔡，以后设备进院里就难了。田晓卫不屑一顾地说道："他们不找我又能找谁？您不用杞人忧天。"

唯有懵懂的张邕还不知道发生了什么，他满怀期望地看向蔡总，希望有什么好消息。但值得庆幸的是，他还没懵懂到看不懂蔡总的脸色。此时，只要是智商超过17的人大概都能知道，蔡总很生气。

但智商极高的张邕却完全不知道，蔡总为什么生气。

"老田，进展顺利吗？"蔡总不再理张邕。

"应该没问题，但就像我一向所说的，还是要数据说话，待会测试完再说。"田教授一如专家的严谨。

测试结果非常令人满意，6台设备几个测回的基线全部合格，张邕检查了原始数据，质量良好，再也不是之前的支离破碎。

蔡总悬着的心放下了，于是也就放下了其他的一些事。

他也想通了，其实3万元的费用虽然高，但院里是付得起的，也没超出他的权限，只要能解决问题，这就不是大事。6台设备，将近4年的时间，从来没出过故障，说明维护工作做得很好，几年才花一笔维修费，其实是说得过去的。

至于工期，虽然耽误了五六天，但每次他们的任务都是有预留空间的，如今问题解决，后面加紧赶一赶，不会影响整个项目。

至于张邕和田晓卫私下沟通的什么免费和退款，就当自己没听过就好了。想到这里，蔡总看了看金太郎，心中微微有些不满：你既然知道张邕不太正常，他的胡言乱语你为什么要汇报给我，你的人你自己管好不就是了。他甚至有点后悔干吗这么激动给田晓卫打电话，这事他不知道不就好了吗。他将了将自己已经开始花白的头发，心道：我还是太年轻了。

金太郎安排了晚宴招待蔡总和田教授，看到领导的表情缓和了很多，中心的同事们也都轻松下来。田教授又一次招呼张邕，让他坐在自己和蔡总身边。张邕没有拒绝，但被赵师兄一把拉住，把他按在了自己身边。

晚宴的气氛非常融洽，蔡总和田教授甚至互相表示了歉意，金太郎立刻打圆场："都是一家人，领导们不用这么生分吧，我陪两位领导一起喝一个。巩义，你小子过来，田教授不喝酒，喝茶就好，你替田教授喝这杯。"

热闹的场面中没人注意到，张邕一句话没说过，也没怎么吃东西，看上去心情无比低落。

第二天，大家送别了田教授，蔡总没有和教授一起返京，他还要和金太郎处理这次的事故。

田教授还是招呼张邕："小张，记住我对你的邀请，回北京有时间到天工来一趟，我给你安排RTK演示。"

现场略显尴尬，但蔡总反而没有生气。田教授终究不是田晓卫，这个时候的戏演得有点过了。张邕却一声不吭，木讷地点点头。

送走了田教授，蔡总终于有时间独立面对张邕，他把张邕叫到了金

59

太郎的房间。

蔡总第一次认真地打量起眼前这个年轻人,外形不错,身材挺拔,五官也算端正,但和昨天的感觉不太一样,怎么带着一种不好形容的"丧"的气息。头发蓬乱,眼睛有些红肿,像是哭过,看来金太郎说得没错,这孩子是不是压力有一点过大了。

"张邕,这次的事故虽然很严重,但你们金主任一直在替你说话,说你出发点也是好的,而且他也主动承担了自己的责任。"

张邕插话道:"蔡总,不关主任的事,这都是我自己搞出来的。"

蔡总和金太郎对看了一眼,这孩子还算有担当,但怎么说话也有点哭腔,我们还没说什么,有这么委屈吗?

"田教授还是圆满地解决了问题,我和金主任商量过,这件事情我们就大事化小,不做通报了。对你也只是口头警告,以后工作中要小心谨慎,吸取教训,你接受吗?"

张邕点头。

"至于你和田晓卫之间的通话,我和金主任认为,那其实是你们私人之间的一次沟通,院里没权力过问,也不想了解。无论天工还是田晓卫,都没有对我们正式说起过这一条件,所以我们只能当它没有发生过,所以也不会去考虑。我劝你也忘掉这件事吧,不要再多想了。田晓卫这个人我比你还要了解,他的脑子大概比我们三个人加在一起转得都快,他开的条件,你要小心。我知道田晓卫想挖你去天工……"

一直低着头的张邕立刻抬头接口道:"蔡总,我真的从没考虑过离开中心。"他依然有股哭腔。

蔡总隐隐地有些不高兴了,怎么哭起来没完了,这件事搞成这样,岂不是我们比你更有资格哭。

"没有就算了,只是提醒你。你可以离开,但你们进院时签过合同,这时候离开对你不利。还有,我再劝你一次,田晓卫这个人,虽然只比你大了几岁,但不是你能真正了解的。"

张邕继续低头不语。

"这次的维修费用，按院里规定，个人原因造成的，个人要出15%，我想你刚毕业，也拿不出4500元，金主任说给你减免到50元，意思一下。我觉得50元对院里也真的没什么意思，干脆全免了，你继续做好你的事，你觉得怎么样？"

蔡总看着张邕一副要死不活的样子，心里说不出的不舒服，于是想到这孩子是不是在担心后果，便说出了这番足以宽慰他的话。

然后蔡总有些期待地看着张邕，虽然没有想过他会立刻因此生龙活虎，但只是能稍稍振作，向他和金太郎道一声感谢。

张邕又一次抬起了头，这次蔡总看得更清楚，这一双红肿的眼睛，真的是哭过了。

张邕终于开口："谢谢蔡总和金主任，我想，我想请假。"

蔡总愣了："你请假？"

一旁的金太郎终于按捺不住，直接吼了出来："请假，你请假干吗？是去美国还是去天工？你耽误了我们一周时间，没人责怪你，如今要赶工期，你说要请假？我现在告诉你，项目期间，除非你或者家人重病，一律不能准假。"

蔡总这个级别的领导，不喜欢这样高声斥责人，但对张邕的反应也是非常地不满。今天他本来想缓和一下上下级的紧张气氛，并让张邕忘掉田晓卫说退款的事，顺便安慰一下他，对此次事件来一个完美的结束。他怎么也没想到，张邕的态度竟然是要请假。

他无奈地叹了一口气："张邕，你出去吧，要请假就给金主任写个正式申请，要有合理的理由，去吧。"

张邕走了，蔡总叹道："扶不上墙，给田晓卫去扶算了。"说罢觉得不妥，立刻住口。金太郎轻咳一声，似乎没听见，这是他第一次听见蔡总说这样的话。

第13章　我要爬山

张邕回到房间，立刻倒在床上，用被子捂住了头。

桌子上，一个撕开的信封，和一纸摊开的信件。

信是芊芊写来的。

张邕：

你去北京已经几个月了，见信如面。

你说自己被分配到了GPS中心，我觉得挺好的，祝你一切都顺利。

只是有些事，现在到了该说清楚的时候了。北京是你的梦想所在地，你心中可以建功立业的地方。但我从来没有想过去北京，无论是现在还是将来毕业。

其实我已经不止一次和你说过了，但你沉浸在自己的北京梦里，完全没有在意过我说的话。

我想我们之间已经没有必要继续相处下去了，我们分手吧。

祝你在北京事业有成。

你的工作，我的学业都很繁忙，不用再回信了。其实，只要你的北京梦还在，回信也没有任何意义。

再见，祝好！

芊芊

蔡总回京了，大家送别的时候，蔡总特意四周环视了一下，没看到张邕，他心中有一种说不出的不舒服，但这次没表现出来，和大家招招手，上车走了。

直到晚饭的时候，大家才看到张邕从房间出来，他洗了澡，换了衣服，头发也梳得整整齐齐，再不是蓬头垢面的模样，人看起来精神了。大家刚注意到，几天的时间，他整个人似乎清瘦了很多。

最重要的，他当初升级设备时的那种热情和活力看不到了，身上多了一种淡淡的冷漠气息。他坐在赵师兄旁边，却向巩义一伸手，说道："给我一支烟。"

大家都愣了下，心中又有些惋惜，中心里为数不多不抽烟的人，如今又少了一个。

巩义没拒绝，还帮他点上。张邕吸了一口，明显被呛到，但却狠狠地一口将烟努力地吸入腹中。

金太郎坐在对面，冷冷地看着张邕，他对张邕今天没有送别蔡总耿耿于怀，觉得这是比升级一事更不能原谅的错误。

"张邕，你还要请假吗？"

"对不起，主任，我不该请假，也不请了。"

这几乎是张邕晚餐中说的最后一句话，直到赵师兄问他："你怎么了？有心事？"

"没有，师兄，我挺好的。"

"要还是升级的事，就别想了，都过去了。"

"是的，师兄，都过去了。"

项目终于可以继续，第二天的外业出发时，张邕突然出现在仪器旁，他对正在整理设备的外业工程师阿威道："设备给我，今天我出外业。"

阿威看了眼一脸苍白的张邕，说道："开什么玩笑，你出什么外业。"

张邕执拗地点头道："我今天出外业。"

"就算出外业，你也不要找我呀。我今天去爬七子山，你找阿楞吧，他今天好像在镇里，楼下就是小卖部，有吃的有玩的。"

"计划都是我做的，我当然知道你要去哪里，我就是要去爬七子山。"张邕说完，一把抢过仪器包，背在了自己身上。

南方的山没有路，都是在半人高的草丛中摸索前行，脚下或许是前人踏出来的路，但早被遮盖，只能凭着感觉前进。手中还要挥舞一些打草的设备，以防那些有毒或者无毒的爬行动物。天气又潮又热，但人们必须穿长衣长裤，以防被杂草荆棘割伤。

张邕背着十几斤重的设备，大步走在前面，后面是阿威和背着脚架的向导，汗水早早浸湿了二人的衣服。向导大口喘着粗气说道："阿威，你们这个同事是山里长大的吗？这也太厉害了，哎呀我的妈呀，实在不行了，你叫他休息一下吧，离开机至少还有一个半小时，不用这样玩命。"

张邕的声音远远从前面传来："你们歇吧，没事，我先上去等你们。"

张邕一个人先上了山顶，找到了埋石的三角钢标，然后放下仪器，脱下了上衣，卷起来一拧，衣服如同洗过，汗水哗哗地往下流，他大口喘着气，看周边没人，忽然发泄般地对着山川大声呼喊："啊——"脸上湿漉漉的，不知道是汗还是泪。

疯狂的声音伴着回声，传到上山途中的阿威耳中，他不解地摇头道："不是没处罚他吗？怎么真的疯了。"

接下来的一个月，张邕每天白天外业晚上处理数据，工作一丝不苟，但很少与人说话。

世界没有因为张邕的沉默而停止转动，但的确有些人会想起他。

Skydon总部，卡尔刚好在楼梯口遇到了技术主管，问道："那个中国人，Yong，后来有消息吗？"

"没有，我们回复了邮件，但没有他的进一步消息。我们还开通了他的用户账号，给了他一级权限，除了我们内部的资料，用户可用的任何工具和文档他都可以拿到。我看过记录，在他拿到账号的当天，登录了我们的网页，而且下载了相关程序，但是这是他唯一一次登录，以后就再也没了消息。"

卡尔叹了口气，微微有些失望，说道："没办法，这就是生活，总有些人从我们身边匆匆消失，有些我们甚至从没见过。"

与主管分开，卡尔进了一间小会客室，坐在会议室等待他的是一个相貌堂堂的华人男子。

北京，田晓卫带着易目和田教授从某国家局的工程中心走出来。这是一次极为成功的拜访，这个项目就是田晓卫汇报给Skydon的基站网络采购项目，但因为田晓卫给出的信息极为模糊，Skydon甚至连这个用户的全称都不知道。而田晓卫最主要与Skydon沟通的就是折扣和账期，卡尔对此无比不满。

"150台！"易目出门就激动起来，这是他们刚刚确认的数字，这个数字不仅庞大，而且大到可怕。

田晓卫则还是一副宠辱不惊的样子，他昨天刚和雷通了电话，雷说了一个不算太好的消息。他说Skydon为了对天工有更好的支持，近期将会在中国设立代表处，雷推荐了3个首席代表的人选，都被高层拒绝了，据说总裁会亲自面试筛选中国区首席代表的人选。

这对天工绝对不是一个好消息，但是工程中心这个项目一旦被天工拿在手里，田晓卫相信，无论什么背景的首席代表，最终还是要俯伏在自己脚下。

工程中心的立场并没有什么倾向性，但以Skydon如今的品牌效应和地位，没有倾向性就是Skydon最好的机会。

田教授则是在为太多的技术工作犯愁："有很多的测试要做，也有海量的技术文档要写，你们天工看起来强大，其实我连个合适的帮手都没有。"

"不是有刘老师他们在兼职吗？"

"周四一个晚上，能解决多少问题？要是……"

父子俩突然同时想到一个人。

"张邕后来怎么样了？"

"没消息了，我邀请他来天工测试RTK，他好像兴致很高。老蔡非常不高兴，但我离开时觉得张邕有心事，不知道受到什么压力了。"

田晓卫点点头道："行，他应该还没回北京，我去帮您把这个帮手找来。"

当晚，怒发狂人来到天工兼职的时候，却发现田晓卫还在办公室，好像是专门等他的。

又是平淡的一天过去了，对张邕总选择去最困难的地方出外业，大家已经开始习惯。每个人都觉得他可能有心事，但也没人太过关心，或许只是升级的事受了刺激吧。

金太郎则是尽量避免和张邕直接对话，有什么事都找赵师兄。他发现，如果不面对张邕，张邕的工作其实还是很令人满意的。那就这样吧，他愿意出外业也不是什么坏事，出一辈子外业也由他。

晚上，久违的电话铃声忽然在张邕的房间里再次响起，张邕略感奇怪地拿起了电话，里面传出了怒发狂人放肆的笑声："小子，你还活着？"

张邕的鼻子忽然酸了一下，其实他很需要找人倾诉一下自己心中的苦闷，显然身边的工作伙伴并不合适。

"是的，师兄，我一直都还活着。"

"我白天给你打过电话，前台说你白天都不在，只有晚上才能打电话。你知道的，我晚上打长途很麻烦，你这是怎么啦？被老金体罚出外业了吗？"

"没有，没人罚我，就是我自己想活动活动，待在房间里太闷，我不舒服。"

"不舒服？可以上网呀？"

"你的账号，我不想用太多，免得你那边为难，上网要长途拨北京的号，我已经没有钱打长途了。而且，我也没什么想看的，没兴趣。"

"上网怎么会没趣，很有意思的，知道OICQ吗？"

"不知道。"

"那叫网络寻呼机，网络聊天工具，可以在上面找女孩聊天的。你要是不愿意和她们聊，可以找我，甚至还可以找田晓卫，他用OICQ。"

张邕没听到怒发狂人后面有关田晓卫的内容，所以怒发狂人想引导话题没有成功。听到和女孩聊天这一句，张邕就再也忍不住，几乎哭了出来，他已经忍了太久。

"师兄，我失恋了，芊芊来信说和我分手。"

电话对面没了动静，一阵安静。张邕自己抽泣了几下，也止住了。

"喂，师兄？"

良久，怒发狂人才有了声音："你还年轻，这种事总要经历的，其实没什么，时间会治愈一切。看你这样子，我也帮不了什么，想哭就哭吧，哭完了继续干活吧。我先挂了，等你回北京咱们再聊。"

挂了电话，怒发狂人似乎被张邕传染了，眼圈有点发红，他并没在院里，而是在天工集团的会议室。他出了会议室，和田晓卫打了声招呼："晓卫，他现在有心事，与你无关，先不要管他，回北京后我再找他吧。今天我有点不舒服，先回家了，帮我和凯西说一声吧。"

田晓卫看着怒发狂人匆匆离去的背影，嘀咕道："他有心事，你又怎么啦？年轻人，除了事业就是爱情，还能有什么呢？"聪明的田晓卫又一次正确地猜到了全部，但他对此不以为意。一个少年得志、事业爱情样样顺利的人，其实对这样的挫折很难有什么代入感。

怒发狂人却被张邕触发了心事，在他的电脑包的夹层有一封尚未签字的离婚协议书。

第14章 那个人是他？

将近3个月的时间，张邕再也没有登录Skydon网站，偶尔会关注一下他的Skydon技术服务主管，决定取消张邕的一级用户权限，就保留其基本权限吧。

就在此时，主管忽然发现，前一天下午张邕再一次登录而且下载了新的技术资料。"这小家伙终于又回来了。"他有些激动，抄起了电话想告诉卡尔这一消息，但又忽然意识到，一个远在东方的用户是否登录网站，这个连他都不必在乎的事，实在不值得上报给卡尔。他重新放下电话，心中道：自从这个Yong出现，好像很多事情都变得不合常理了。

他算了一下时差，这个时间中国是深夜吧，这个年轻人不睡觉吗？

张邕和中心的同事们已经完成了苏州的外业工作，回到了北京。他并没有急于联系怒发狂人，也没去天工找田教授，当然更不会打电话给田晓卫继续谈论3万元维修费的事。他只是每天陪着前来验收数据的甲方检查数据，按要求修改报告。

甲方对张邕的专业和敬业很有好感，就是觉得这个年轻人的话未免少了一些。张邕的情绪比在苏州时好了很多，只是真的比以前沉默了。

每个人都觉得他有些变化，2个月的外业让他变瘦了也变黑了，因为瘦就越发显得高，黑瘦便显得苍老，但真正变化还是他的眼神，那不再是一个年轻人的眼神。该怎么描述这种变化呢，如果用成熟来形容一个22岁的年轻人，是否有一点残忍？

苏州项目还没真正结束，但每个人都挣了一笔数目不小的外勤费。甲方为了表示满意，还给每人都发了一个500元的红包，张邕手里第一次有了过千的现金。

但这笔钱很快就被他花光了。他先去书店，买了一套刘毅的突破英文单词丛书，然后来到电信局，申请了自己的上网账号，预存了费用，接着到寻呼机商店给自己配了一部寻呼机。虽然多年以前，田晓卫在他这个年纪早用上了大屏的汉显机，但张邕抚摸着自己寻呼机硬硬的质感，心中还是有一点小小的激动，从此自己也是拥有个人通信设备的人了。最后还剩下差不多1000多元，他一次性花了出去，买了自己心仪已久的索尼Walkman（随身听）。

他戴着耳机骑车回到院里，Walkman里播放的是张学友的最新专辑《真爱》，他随着耳机中的音乐一起哼唱着《一千个伤心的理由》。

晚饭后，他来到机房，对着Walkman学习刘毅的突破单词丛书。院办值班人员看到一直亮着的灯光，几次巡视过来，发现院里多了一个热爱学习的人。心中感慨，难怪人家能考上M大，我那儿子要像他这样，我何苦如此操心呢。

夜深人静，多数人都睡去的时候，张邕取出自己的调制解调器，拉过机房的电话线，开始拨号上网。他自己并不知道，如果他再晚一天的话，Skydon就会降低他的用户权限。

他相信了田晓卫的话，一旦上网，你就会发现这世界变得无限大。

几年之后，当互联网在中国逐渐普及，有一家咨询公司发布了中国的互联网现状的文章，指出中国有3000万的网民，但99%消费能力不足，近乎零价值。只是这篇文章偏颇之处颇多，现在看来甚至可笑，而且它没有涉及很多重点，比如那个年代的网民其实没有什么限制，只要他愿意，可以看得无限远。

接到芊芊分手信的第一天，张邕想请假去M大找芊芊挽回。之后他想给芊芊回信，信写了几十次，撕了几十次，如今他已经不想再写了。

事业、爱情二选一，这在他看来，俗套而无聊，何况他哪有事业可言，所谓北京梦不过是虚无缥缈的概念，他还不知道梦里有什么。他现在需要一些时间，想明白自己未来的路。

这天，寻呼机难得地响了起来，他电话拨过去，脸上立刻有了久违的笑容。M大的同学金昊要到北京某研究院出差，约同学一聚，他高兴地答应了。

挂了电话，他忽然想起，这不就是怒发狂人所在的地盘吗？是否该趁此机会去看看这位师兄了。

几个北京的同学都到齐了，大家很快就进入了状态，张邕也恢复了一点在学校时的样子。但大家似乎早有默契，没人提起芊芊的话题，同时大家发现，张邕酒量似乎见长，而且来者不拒，金昊适当地拦住了大家，说明天还有会要开，不能喝太多。

聚会结束，酒意微微上头的张邕在酒店门口找自己的自行车，忽然听到有人叫自己的名字，他转身，看到了一丛"奋发向上"的怒发。

怒发狂人像变了个人，规矩，礼貌，甚至还有几分腼腆，他轻声招呼张邕："先别走，找地方坐下，等我一下。"

张邕点头，当他看到怒发狂人身边人的时候，酒立刻醒了，脸上露出了尊敬之色，也终于明白怒发狂人为什么会如此乖巧。

他没见过这个人，但系里有很多他的照片。陪在他身边的，不是高层领导，就是M大的校领导，或者学校里的几位院士。他读过他的书，也在新闻和业内杂志上看过很多他的报道。

如果田教授可以用大名鼎鼎来形容，那么这个人只能被称作泰山北斗，令人高山仰止。

张邕不想再回饭店，他沿街走了一段，发现一个路边的烧烤摊，刚好位于研究院和饭店的必经之路，找了个座位坐下，和老板说等人，只是先要了一瓶啤酒。

一瓶啤酒几乎见了底，才看见一丛怒发急匆匆跑了过来。

"好你个张邕，回来多久了，连个招呼都不打。"怒发狂人上来就问罪。

"其实没多久，手里的事刚告一段落，没来找你，是有些事还没想明白。刚才那位是他？"

"当然是他，你以为能是谁？"

"除了我们的系领导，我没见过其他院士，还是这个级别的，师兄你好牛呀。"

"我牛什么呀，我只是一个作陪的小喽啰。"泰山北斗不在身边，怒发狂人又恢复了几分癫狂之气。

"老板，再拿几瓶酒，随便给我们上点串儿。"然后打量着张邕，"变化不小呀，男人因为女人而成长，恭喜你，一夜长大成人。来，敬你。"

"我敬师兄。"

"也行，你也可以恭喜一下我，给你看个好东西。"怒放狂人笑着掏出了一个红色的小本，"货真价实的离婚证。"

"师兄，你？"张邕看着怒发狂人的一脸笑容，心中忽然有说不出的难过，他也想起了某人。

"瞧你这副没出息的样子，我都没事，你难过什么，来，再喝一个。"

再没有人拦着他们俩，二人很快喝高了，口舌不利落，但说的话却越发清醒。

"师兄，我不敢多想，越想越觉得糊涂。当初我能来中心，其实我非常开心，我以为可以在这里待一辈子。那时你和我打了一个赌，我以为你输定了。但现在我真的很困惑，不知道该何去何从。其实中心和院里的人都很好，没有像其他部门那样欺负新人。我闯了这么大的祸，没有什么严重后果，也没让我个人掏一分钱。只是我就是觉得心里很闷，我甚至不确定一切是否和芊芊有关，我觉得院里的一切可能都太好了吧，好到了让我失去了感觉。我知道主任和蔡总对我有一点误解，但我不想解释，每天低头干活，希望自己能重新爱上这份工作。互联网让我看到了很远的地方，我却不知道远方里有没有我的位置。"

"来，再喝一个。你没考虑过天工？"

"我也不知道，我看过Skydon的所有产品了，我非常地喜欢，我也喜欢他们那句'Leader in GPS solution'，就像拉里·伯德在三分大赛上说的那句霸气的话：'I'm just looking around to see who's gonna finish up second.'你们都是来争第二的吧？这太帅了。可是天工不是Skydon，我很钦佩田晓卫，他是真正的青年才俊，但我不确定是否能与他共事。他太聪明，太优秀，但他想的好像和我们不一样，你觉得他热爱过某个行业吗？比如卫星导航？我不确定。"

怒发狂人忽然酒气上涌，口齿不清地回答道："我怎么知道他爱没爱过，我爱过我老婆，我确定，她也爱过我，我们都爱过。田晓卫是个王八蛋，来，为王八蛋干一杯。"

又喝了一杯，怒发狂人道："年轻人才讲爱，成年人只讲利益。你还太年轻，如果你不喜欢现在的生活，那就往前走，看不清没关系，你走近了，就看清了……田晓卫是不是王八蛋根本不重要，他只是一个给你机会的人，天工又不是什么非法组织，做的是合法的生意，高科技的生意，你在那里能学到很多东西，不要动辄把自己的未来和某个人、某个公司绑定在一起，很多时候要走到没有路了，才能发现新的路。"

"好像不对，"张邕说话也模糊起来，"鲁迅说，走的人多了，也便成了路。"

"鲁迅骗你，你被骗了。你在苏州爬山了吗？有路吗？多少人曾经爬过山，但山上依然没有路，但谁说没有路就不能上山。"

"阿邕，你看见我的路了吗？"怒发狂人忽然晃晃悠悠站了起来，他手指向天空，转了一圈才定住，"哦，你看，那条就是我的路，可能也是你未来的路。"

张邕顺着怒发狂人指的方向看去，他看见一组极亮的星星——北斗星。

第15章　第三个赌约

张邕拉着怒发狂人坐下，说道："师兄，你喝多了。"

怒发狂人不像其他醉鬼那样，尽力分辩自己没有喝多，只是抓住了张邕。

"你也喝多了，人生能有几次喝多。但我没醉，你不知道我说的是什么……你觉得田晓卫为什么能挣这么多钱？"

"他很厉害，起步又早。"

"说得没错，但没有Skydon，他还有这么厉害吗？"

"我不知道，师兄，但我觉得，把西方最贵的设备卖到我们这个并不算富裕的国度，这并不是件简单的事，无论怎么看，他都很了不起。"

怒发狂人笑了，他拍了拍张邕的肩膀说道："我说心里话，真的，希望你永远都这么善良。田晓卫当然还是个了不起的人，但他也的确是站在了Skydon的肩膀上。西方发达国家利用技术垄断在发展中国家获取暴利是惯例，而田晓卫利用自己代理商的身份，在西方与中国市场之间形成二次垄断。而这一层垄断，比西方更狠，所以田晓卫带着一个没有技术含量的公司,却挣着比Skydon更高的利润,这是他生存的根本。时代在变,这种暴利时代终究要结束的,不只是中国用户不答应,这也不符合西方的利益。所以这个时候,田晓卫开始需要一些人,一些懂技术的专业人士,比如你这样的。我不懂,这样好的机会你犹豫什么?不要想得太远,天工也不可能是你永远的归宿,我不知道你的未来在哪,但你总要走过去才知道。而我的未来,就在我刚指给你看的北斗星,想过吗?如果有一天,天上多了一圈中国人自己的卫星,GPS还会如此高不可攀吗?"

张邕眼睛逐渐发光,说道:"光卫星还不够,我们还需要Skydon这样的设备厂家,要有自己的接收机。"

"嗯,天上的事我来管,设备的事交给你了。"

"那是不是整个地球都是咱们师兄弟的?"

"是呀,是呀,再喝一个,老板,拿酒。"

笑着饮尽了杯中酒的张邕却慢慢严肃起来,摇头道:"师兄,梦想总是要有的,不然人活着和一条咸鱼有什么区别。但你说的离我们太远了,我毫不怀疑未来我们会有自己的导航系统,但也许是50年、100年,我不确定是否还与我们相关。"

怒发狂人明显不高兴了,说道:"干吗这么悲观?这样贬低自己国家的科技力量吗?"

"不是贬低,而是事实。中美科技上的差距还是很明显的。GPS系统虽然在1983年提供民用,但实际上美国人的研究可以追溯到20世纪60年代。一个太空原子钟的研究就要20年的时间,就算我们今天就开始研制自己的导航系统,我看30年后能开始发射卫星就非常不易了。"

怒发狂人这一刻忽然清醒起来,好像张邕说的话深深刺激了他,他端起一杯酒说道:"张邕,现在我和你打第三个赌。"

"老大,你赌上瘾了吗?"

"第二个赌,我赢了,你上网发邮件无法解决你升级的问题。第一个赌,我马上也要赢了,你不会在中心待太久了。只是我也没想到来得这样快，我以为一年已经是个有挑战性的赌约了呢。现在第三个赌，我赌5年之内，天上会有我们自己的导航卫星，你赌吗？"

张邕这次毫不犹豫地说道："我赌了，5年其实一晃就过去了，这个赌我应该百分之百会赢。我只是觉得你今天喝醉了，我有点胜之不武，或者你明天醒来咱们再重新打赌。"

怒发狂人摇摇头说道："我只是喝多了而已，谁说我醉了，我和你打赌从没输过，今天的也一定会赢。"

"好吧，随你，为我们赌约，干一杯。还有，你的第一个赌并没有赢，我没说过我要离开。"

"嘴硬，你没说过，可你现在做的事，哪件不是为离开而准备。你不是看不清未来，是还看不清自己而已。"怒发狂人说着，扯了扯张邕腰间的寻呼机链，"留在中心也用不着这条拴狗的链子。不用急，你等着吧，田晓卫会主动找你的。就记住一件事，谈薪水是件很正常的事，既然他请你去，不妨把价格抬高一点。那是个从来不会吃亏的主，你尽量从他手里多争取些好处是真的。"

"这样说的话，我的第二个赌也还没输，我要和田晓卫算一算这3万的账。"

怒发狂人的确没有喝醉，哪怕是他骂田晓卫王八蛋的时候也是清醒的。这次和张邕打赌，他甚至比之前更有把握，只是有些事他还不方便告诉张邕，即使喝了酒也没忘记保密条例。

对中国的卫星导航事业来说，今天是一个大家可能都不会记得但却非常重要的日子。

张邕在这里遇到那位泰山北斗，并不是偶然。院士在申报一个项目，经过些许的波折之后，今日终于获批，正式立项。这个项目是要建设中国自己的卫星导航系统，这套系统被命名为"北斗"。

也正是北斗的立项，坚定了怒发狂人重回M大继续深造的想法，也成了压垮婚姻的最后一根稻草。

冥冥之中，有些人的命运总是极其相似，怒发狂人和张邕，一个因为要来北京,一个因为要离开北京,都失去了自己的爱。

两个同病相怜的男人,喝到了深夜,终于开始神志不清,怒发狂人的酒量配不上他喝酒时的豪爽。可怜的张邕,虽然自己也醉得七荤八素,却脚步踉跄地将怒发狂人送回了他如今独居的小屋,待狂人安静睡去。天光已亮,张邕带着一身的宿醉和困倦,回到饭店找到自己的自行车,骑行回中心的宿舍。

又困又累的张邕想在宿舍睡上5分钟,睁开眼后,却发现50分钟已经过去了,他顾不上洗漱赶到中心,刚好赶上金太郎送苏州用户出门。

今天还是个不错的日子,苏州的数据已经完全交付并通过了内部验收,甲方准备返回并准备正式的验收会。甲方感谢了中心的支持与配合,还想专门和张邕握个手,却没找到人。

待出了大门,迎面碰上了头发蓬乱、满眼红丝加黑眼圈的张邕。

金太郎都忍不住替张邕感慨,这孩子是有什么特异功能吧。院里有句话,不打馋不打懒专打不开眼,这张邕是故意反其道行之,几乎没有开眼的时候。验收忙了一整月,每天就他出力最多,等到成果交付的露面时刻,几乎从不迟到的张邕不但缺席了验收,还这副模样出现在用户面前。

"或许,"金太郎又一次冒出了同样的想法,"这里真的不适合他。"

工程中心的测试已经进入到实质性阶段,这天,雷在电话里和Skydon技术主管又吵了一架,为中国项目测试准备的两台最新的8800测试样机以及扼流圈天线始终没有发货。田晓卫质问雷:"Skydon还想不想要这项目?"而雷将怒火发泄给了安排样机的主管。

主管这次却没和雷硬刚,只是轻描淡写地说道:"所有的扼流圈天线都来自JPL①,并不由Skydon控制。雷,你要是着急的话,不如你去催

---

① JPL:喷气推进实验室。

催NASA[①]。"

雷很生气地说道:"为什么是我去催,样机的准备是你们的工作。"

主管则礼貌地回答:"是的,所以我们在催。"然后挂了电话。

挂了电话的主管,看着自己办公桌上两个崭新的、看着如黄金打造的扼流圈天线。很显然,天线他已经拿到了,没有发货还有其他的原因。

这两台设备是作为免费样机送给天工的。这很贵重,但比起中国项目的巨大价值,这点代价对Skydon来说无足轻重,但还是引起了财务部门的注意。因为田晓卫诸如此类的要求很多,而雷对田晓卫的要求几乎来者不拒,累计起来就是一个不小的数字。而对这个项目的账期要求,更是早早跨越了Skydon的底线。

几个相关主管聚集在会议室,他们绘制了图表,用来表达如果这种后果出现将对Skydon造成的巨大不利影响。

会议室的门开了,卡尔走了进来,身后跟着那个相貌堂堂的华人。

"先生们,不要浪费时间了,你们说的我都同意,但中国项目是我们不容有失的,两台样机马上寄出,而你们担心的所有问题都交给他来解决。"卡尔将那华人男子拉到了自己身边。

疲倦的张邕在周六睡了整整一天,周日醒来,他洗漱干净,然后去了机房,在机房里静坐整整一天。傍晚时候,他从电脑包里取回了自己的调制解调器,然后一一抚摸了机房里所有电脑,说道:"再见了,伙计们。"

之后他来到仪器室,同样和6台设备一一告别:"再见了,以后不能再陪你们爬山了,但是,我会见到你们更多的弟兄姐妹,或者是你们的儿孙吧。"

做完这一切,他拨通了田晓卫的手机,不出所料,电话里又是那个充满磁性且一切尽在把握的声音:"张邕,你好。我知道你会给我打电

---

① NASA:美国国家航空和航天局。

话，但我没有想到，你会让我等这么久。"

"晓卫，你好。我觉得我们3万元的账其实还没算清楚，什么时间，我们坐下来仔细算一遍。"

田晓卫的声音里有了笑意："好，下周你来找我，我会在天工办公室等你。"

第16章　算账

金太郎拨通了蔡总的电话："蔡总，张邕提出辞职了。"

金太郎似乎感觉到蔡总在电话另一头叹了口气："你怎么看这件事？"

"怎么说呢，我觉得有点可惜，真的。但又觉得他早晚都会离开吧，现在不走，以后也会走。而且，他和其他人不同，院里多少人都是分了房之后离开的，而他似乎从没考虑过这个问题。我给人事处发信了，说放之可惜，但中心同意他的离职申请。"

"好吧，我也没什么意见。只不过，辞职并不是像他想象的那么容易，我们这里很难进，进了也很难走。"

"您是说……"

"是的。"

人事处长只见过张邕两次，上次是报到，这次就是辞职。

他给了张邕一张表格，这是一张交接单，上面有13个部门的名称。张邕从来没想到过，自己的存在居然能关联到院里13个部门。

"你拿着这张表，到这些科室去一一签字，都签了字，然后去财务处缴费，最后拿着财务的收据，过来找我办手续。"

张邕愣道："处长，我辞职还需要缴费？"

"当然，你们进院时有合同，工作5年未满，每提前一年离开，就向院里缴纳1500元，你一年都未满，我们算你一年，后面4年加一起是6000

元，去缴费吧，院里的规矩，不是我们人事处难为你。"

张邕笑道："罗处，您看看把我连皮带肉都算上，外加衣帽、裤衩皮鞋，您上秤估估，看看能不能凑出6000元。"

"小子，你跟我贫没用，收到钱也不归我，快去想办法找钱赎身吧。"

"我要是不赎身就走了，会有什么后果。"

"没什么。就是你的档案、户口，全扣在院里。这些东西呢，说重要就重要，说不重要也完全没用。也就是你签工作合同呀，买房呀，领结婚证有点用吧。"

"得嘞，我知道了，谢谢罗处，后会有期。"

张邕大步出了研究院的大门，将手中的交接单撕得粉碎，然后抬手扔进了风里。那个将土特产公开倒在别人办公桌上的张邕又回来了，他扶了扶身后的双肩背电脑包，加快脚步，刚好赶上了一辆刚到站的公交车。

与研究院的账算得不清不楚，但他和田晓卫算了一笔不错的账。在张邕身后的双肩背里，有一台全新的东芝彩屏奔腾笔记本，天工为他配的，市场价高达25000元，这个待遇甚至超过了田教授。

他去天工的那一晚，田晓卫如同他们第一次通话一样，几乎没说过正题，只是先带张邕去了酒店的员工餐厅吃东西，然后带他参观了整个公司，特别是天工的库房。

张邕想起了金太郎带他去朝圣的情景，才几个月，就一切物是人非了。其实辞去自己毕业的第一份工作，他心里还是有些许难过的。

当库房门打开，张邕顾不上难过了。与中心那整洁简单的库房相比，这里巨大而且杂乱无章，一排排的货架上堆满了各式各样的设备，还有零零散散的各种电台和天线。杂乱中，张邕看到了许多他只在Skydon网站上才见过的设备，他的眼睛亮了。

田晓卫平静地站在门口。但从张邕的背影，他就感觉出了张邕的喜悦和满足。

张邕转了一圈，看到了堆积成山的手册和技术文档，说道："晓卫，这些平时都没有人看吗？"

"只有田教授一个人看，每次新的资料来，他会拿一套，其他的就都放在这里。或许，它们在等你。"

"它们在等我？"张邕默默地在心里重复了一遍。

他转身，看到了一堆他终生难忘的东西，那是一堆雪白的信封，就是他曾拆开寄到美国的那种信封。他和田晓卫之间的纠葛不就是从这封信开始的吗？这里不是一封，而是无数封，都没有开封，架子上已经摆不下，然后顺着架子边缘掉下来，又在地上堆积，在库房里形成一道特别的风景。

张邕捡了一封，当着田晓卫的面放进自己口袋。他知道田晓卫一定不会阻拦，这对田晓卫根本没有意义，而对他，是一个纪念，也是一个告别。

最后二人来到一间小小的会客室里。

"你说今天过来算账，我不知道你要算哪一笔，两笔都是3万，但第一笔好像已经结束了。为了和第一笔有所区别，我可以把第二个3万调整一下，你觉得怎样调合适，可以给我一个建议。"

张邕摇摇头道："晓卫，如果你说的是薪水，我不需要再调整了。2500元比我现在的收入翻一番还高，我的父母做了一辈子人民教师，如今退休也就是1000元的薪水，我不觉得我值更多。"

田晓卫心中有一点吃惊，同时有一点不悦。有人不愿加薪，他虽然节省了薪水的开支，但不习惯也不喜欢有人拒绝他的条件。

"晓卫，我后来想明白一些事。研究院里每件事都需要审批和复杂的手续，付你3万很难，但要收回这3万也很难。这些早就被你算到了，你早知道我搞不定领导。"

田晓卫不否认："你的反射弧有点长，现在来和我谈这件事吗？"

"不是的，只是你要真想退款，根本不需要我去说服领导，直接退就可以了。我知道这会给蔡总他们带来一些麻烦，但最终他们会找到方法解决。我相信他们的方法一定是找到理由收下这笔钱,而不是再次退给你,因为再退一次,就会再增加一次麻烦。"

田晓卫笑道:"你说得都对。但说实话,我根本没考虑那么多,我只是觉得我不会真的退款,这源自我多年做生意的一种直觉。但我不知道你今天说出这些事干吗?"

"没什么,老板,只是你节约了一笔钱,我又没有多要薪水,所以我想为公司也为我自己添置些设备。"

"以后也不用叫我老板,继续叫我晓卫。我猜一下吧,你能要什么呢?一台可以上网、可以处理数据、可以写程序的高配笔记本电脑。除此之外,我想不出其他答案。"

"晓卫,我不知道你是否是个好老板,但你是我见过最聪明的人之一。这是我选的型号。"

田晓卫扫了一眼张邕递过来的纸条,没有伸手去接,说道:"OK,我没问题,只要你在天工,这台电脑就归你所有。什么时候过来上班?"

京南酒店,天石公司老板赵野正和两个外国友人开会。因为名字的谐音以及一张忠厚且威严的脸,行内人称呼他为赵爷。赵爷和业内很多公司一样,都是看到天工的成功后追随着走上了卫星导航的商业之路。

但不是所有公司都能找到Skydon这样级别的合作伙伴,所以只能跟在天工后面苦苦追赶,虽然辛苦更甚,却没人比田晓卫更成功。

赵爷大概是和田晓卫完全相反的一类人,每个人看着田晓卫都觉得他聪明,所以处处提防,但依然无法躲过田晓卫的算计。而赵爷永远在人前表现自己的忠厚和幼稚,最后用户在他合同上签了字,心中还会感叹:这么老实怎么办?还好有我照顾他生意。

赵爷也不像田晓卫说一口母语一般的流利英文,他的英文口语是一种奇怪的发音以及不合常理的断句的组合。但赵爷会加上身体姿态和眼神的交流,同时对事物有一套他自己的独特表达方式。所以他英文水平或许会让老师拒绝承认这是自己的学生,但与外商的交流却和田晓卫近乎一样顺畅。

　　此时，赵爷正在劝两个外国人打消不切实际的念头："亨特，其实佳瓦是一个非常好的产品，我们也非常感谢你们一直以来的支持。但是，我想你们和我心里都明白，佳瓦在品牌影响力、市场占有率、产品设计的前瞻性和技术的先进性上，都和Skydon不可同日而语。恕我直言，我劝两位不要对基站项目抱有任何幻想，这个项目几乎写着Skydon的名字。我们不是不敢去竞争，而是佳瓦在这个项目上完全没机会。"

　　"乔治，我觉得你不必如此谦虚，佳瓦也不需要你这样的谦虚。据我所知，你今年已经两次在项目上击败了Skydon，为什么还如此不相信自己呢？"

　　赵爷笑道："谢谢夸奖。但是你们要明白，这些项目上，从来都不是佳瓦击败了Skydon，而是天石击败了天工而已，是人击败了设备。即使如此，也不能因此认定天石的人比天工的人更能干，因为这些都是小项目，根本不在田晓卫的眼中。他手里有北方公司这样的大客户，而基站网络这样的大项目，田晓卫绝对不可能放松。两位，我们认清现实吧，我希望佳瓦以后有更好的发展，但如今，真的不到和Skydon竞争的时候。或者，佳瓦如果愿意不惜代价，在有足够费用支持的情况下，我们愿意去为佳瓦竞争，和Skydon打上一仗，但不敢保证任何结果。"

　　"乔治，看来今天的谈话很难有结果了，半年后我会再来北京，希望到时你的想法有变化。私下告诉你，Skydon虽然强大，但并不是你想象的毫无弱点，或者下次见面的时候，很多事会有变化。"

　　"亨特，"赵爷起身和两个外国人握手，"难道还有什么秘密，现在不能告诉我？"

　　"乔治，错误的时间说正确的话，正确也会变成错误，到时候你会知道的，下次见。"

　　外国人走了，赵爷若有所思，但随即摇了摇头，他想不出发生什么事才能让他击败Skydon和田晓卫，还是关注下自己当前的小项目吧。

　　他唤来自己的大区经理："淮委和淮工大的项目进展如何？"

"和之前差不多，淮工大我们布了局，天工应该机会不大，但淮委我们介入太晚，恐怕来不及了。"

"来不及？没有签合同就不算来不及，订票，我亲自过去。"这也是赵爷和田晓卫的区别之一。田晓卫总是运筹帷幄、高高在上，但赵爷经常会搏杀在一线。

"天工的人谁在淮州？"

"这个项目天工本来是曹公公负责……"赵爷眼前浮现出一张白白净净看似人畜无害的圆脸，这个人不好对付。

"但曹公公好像还有其他事，提前走了，如今到淮州的是一个年轻人，好像叫张邕。"

第17章　初现江湖

这是张邕第一次以天工员工的身份出现在公众视野。

之前的几个月，他是和田教授、配合测试的同事小丁以及工程中心的工程师们一起度过的。他几乎没休息过，即使有时间停一下，库房里那些堆积的技术文档也让他停不下来。

姐姐张虹找了他很多次，为他介绍了新的女朋友，芊芊似乎已是过去时，但他表示对相亲没兴趣，后来干脆不回电话。

愤怒的姐姐将他的种种劣迹向上汇报给了妈妈，妈妈倒没在乎相亲的事。和所有的妈妈一样，妈妈坚持认为自己儿子是最优秀的，怎么可能找不到儿媳妇。但她听说张邕居然从大国企辞职后则直接震怒，于是满朝皆慌，姐姐意识到自己惹祸了，赶紧私下给张邕通风报信，让他务必小心。

张邕采取了同样的策略，绝不回电话。他也和天下所有做儿子的一样，绝不信妈妈会不认他，一切风浪总会过去的。

Skydon技术主管再一次收到张邕的邮件，但这次他愣住了。张邕的问题以及发送过来的数据,就是来自不久前还放在他办公室的两台设备。为了这两台设备,他和雷还在电话里吵了一架。天工集团并没有自己的域名和信箱,主管不清楚是张邕和田晓卫合作了,还是张邕就是那个据说价值无比巨大的中国项目的用户?这次他觉得必须向卡尔汇报了。

卡尔很快就明了一切,他叹道:"史蒂夫说得太对了,田晓卫真的是个聪明至极的家伙,有这样一个合作伙伴,很幸运也很危险。我们本来计划将Yong作为我们了解中国市场的一个新渠道,但如今,这个渠道被田晓卫提前买断了。继续和Yong保持联系吧,他问的问题尽快回复,这直接关系到中国基站项目。让他填写咨询表,注明用户信息,但写不写我们不用强求。"

嘱咐完了主管,卡尔抄起了电话:"Tiger,你的中国之行临近了,做好一切准备吧。"

今天本来是一个张邕有时间去相亲的日子,如果再不去,他很担心姐弟之情是否会因此断绝。还有一点,今天似乎实在找不到不去的借口了。

借口总会有的,正准备给姐姐回个电话说今天有空的时候,田教授捧着一堆资料进来了。

"张邕,给工程中心的报告准备好了吗?"

"都好了,等您看一眼再提交。"

"好,不急,没有我和晓卫的确认,一定不要给他们。"

张邕点头,田教授又把手里的一堆资料放到他手里,说道:"看看这些。"

张邕接过来,心里对姐姐又说了声抱歉:"姐呀,真对不住了,不是我不听你的话,但人在江湖身不由己呀。"

他匆匆看了几页资料,脸色忽然一变,紧走几步,跟上了要离去的田教授,说道:"田教授,这好像不是Skydon的资料。"

田教授不满地看了张邕一眼,又四周巡视了一圈说道:"以后办公室说话，声音小一点。我可没说这是Skydon的资料。你先看着，注意，这些资料要保密，在天工内部也不要对任何人说起。也不要多问，有什么技术问题找我，其他事晓卫会安排。"

张邑满腹疑惑地点了点头，回到自己座位上。

刚坐下，电话响了，是一个充满磁性的声音。

"张邑，准备一下，你今晚出发，去淮州，马小青那边投标，遇到了很大麻烦，需要你支持。"

"我？晓卫，我还没参与过投标的业务，我去能干什么？还有，曹总不是在那边负责吗？"

"你去了自然知道自己能干什么，曹华和马小青也不信你能解决问题，但是我知道你行，去吧，不用担心，丢了单不用负责。"

被人信任是一种荣誉，张邑立刻接受了。

"晓卫，我还没出发，现在说丢单不吉利，我要是赢了，我要3万元的奖励。"

田晓卫一笑："可以，回院里找你们蔡总要。"

张邑下了火车，马小青早已在等待，他并不热情地和张邑打了个招呼，领着他进了出租车。

"我不知道公司怎么想的，你来干吗呢？对了，你的费用从哪个部门出？要是算我们的，估计曹总一定不高兴。"

"曹总去哪了？"

"他说有紧急业务，匆匆走了。我看他是溜了，因为这个项目我们毫无机会，前期他做的工作如今都没意义了，干脆走了。我不明白了，你挺聪明的一个人，干吗这会儿来背这个锅。如果不是为了等着淮委那边签合同，我也一走了之了，淮工大这边我们已经无法挽回了。"

张邑没告诉他这是田晓卫让他来的，他对田晓卫有一种很特别的信任，既然让他来，总要试试。

"马哥，咱别光说无法挽回了，说说情况吧。"

这个项目和之前一样，除技术资料的提交之外，加上了现场比测环节。

这种接近百万的设备采购机会，普通用户可能几年才能等到一次，所以都格外谨慎。于是多个厂家的现场大比拼，开展得轰轰烈烈。

也和之前一样，Skydon一直占据着优势地位，曹公公细致入微的工作使得淮工大的领导无论是对天工的员工还是对Skydon的设备，全都印象良好。

而实际比测的第一天，Skydon也不负众望，无论是设备集成度、重量、软件操作界面，还是数据处理程序、实测精度，都得到了高分，综合评比第一名。

第二天的比测内容不多，但范围很大，远程数据链对比，困难环境作业能力对比。只要在这一环节中，Skydon不比其他厂家差太多，基本上就稳操胜券。

有三家公司自知无望，干脆退出了第二天的测试，只剩下了赵爷的天石和田晓卫的天工。

前半程的测试，Skydon非常顺利，天石的人拿着佳瓦的RTK勉强能跟上步伐。

直到测试的路线忽然拐了一个弯，进了一片树林，双方立刻同时遇到了麻烦。

树林靠山，天空被山体遮挡了三分之一，而林内枝叶繁茂，几乎将天空全部挡住。设备能连接到的卫星数量立刻从八九颗直降到四五颗，并在4~6颗星中摇摆。

双方的设备都无法得到固定解，只能等待。马小青此时并不慌张，如果大家都不能固定，那么最终胜利者还是天工。

大概10分钟后，旁边忽然传来一阵欢呼："固定了，固定了。"

马小青诧异地侧过头，天石的人兴高采烈地在欢呼，这种情绪也感染了早已经等候得不耐烦的测评小组，双方一起庆祝。一名天石的工程师有意无意地向天工这边看来，脸上一阵得意且揶揄的贱笑。

马小青看了看设备屏幕，精度收敛到40厘米左右，就几乎停滞，再也无法前进。他心中一阵不安，但还是果断地做出决定，这个位置也许有问题，不能继续浪费时间，他吩咐人先把这点坐标存下，然后去天石刚刚测完的点。

虽然有了危机感，但马小青还不算惊慌，一个点偶然性肯定是有的，也有可能，天石测的这个点，本来位置就好一些。

双方交换了位置，继续测试。

片刻之后，马小青听到了旁边又传来了欢呼声，这次他再也控制不住，脸色变了。参与测评的专家组中，支持Skydon的人占多数，此时脸色变得难看起来。

马小青一咬牙，记录下来，继续下一个。

双方交换了3次位置，总共测了6个点，佳瓦全部得到固定解，Skydon无一固定。

马小青心底一阵绝望，他想了一下，林中已经彻底失守，没有必要继续纠缠，还是继续把测试做完吧，一份精度不够的结果也是结果，总要好于结果不完整。

得到消息的曹公公当晚立刻去了淮工大，拜见了几位负责人和专家，回来之后，一脸不善。他训斥马小青："你们怎么搞的？佳瓦的仪器会比Skydon强，而且强这么多吗？我不信，你们自己信吗？我的全部工作都白费了，这下基本大局已定。6个点呀，秦院说，哪怕我们只测出一个，都还有机会，但一个都没有，他实在无法帮得上我们。"

马小青心中也是无比难过，但不服气地说道："曹总，我们操作上又没什么问题，大家就是面对面地比测，我们的仪器就是不能固定，我们有什么办法？"

曹公公一脸似笑非笑地说道："你没办法，难道要我想办法？好了，你想想如何补救吧，我广州还有一个单子，今晚就要过去，有什么进展你随时通知我。我刚才向田晓卫汇报了，也许他会派强援来帮你。"当晚，曹公公乘风归去。

马小青讲完整个过程，两人已经到了宾馆房间，他给张邕泡了杯茶，却发现张邕陷入了沉思，但好像随即有所悟。

"小马哥，或许我们还有机会拿回这个单子，我试试。"

"真的吗？"马小青一脸的不信，他现在连个努力的方向都没有，根本想不出如何破局。结果已经出来了，不可能废掉，也不可能再重新来一遍。

"第二天测试的数据，天石的结果我们能不能拿到一份？"

"为了公平公正，每一家的结果都是可以公开的，拿到结果不难。"

"这就好，我现在就要。还有，在最终结果确定之前，我们需要一次解释和答疑的机会，能安排吗？"

"测试结束后，本来双方就有一次当面答疑的环节，应该在后天，之后就宣布结果了。只是我觉得已无意义，又怕现场尴尬，本想推了，但招标方说这是标准流程，不能取消。"

"还有，我们在淮州有没有其他的关系比较好的测绘用户？我们需要一点帮助。"

"这个就更不是问题了，天工是块金字招牌，我们随便拜访下任何一家，人家一定会笑脸相迎有求必应的。"

"好，听我安排。"张邕一转身不知从哪里掏出一根牙签，叼在了嘴上，一脸悲悲切切，"3年了，我一直在等一个机会，不是证明我行，而是我失去的，我一定要拿回来。"

"我靠，你才是小马哥！"马小青一口茶水喷了出去。

第18章　江湖初见（一）

就在张邕准备学习小马哥，要拿回属于天工的合同的同一时间，赵爷也到了淮州。但对于近乎到手的淮工大合同，赵爷没太关注，最后一天的答疑会也没参加，而是和天石的销售阿坤一起来到了淮委附近。

"我们介入得太晚了，不要说Skydon这样的大牌竞争，就是随便一个品牌，我们也没机会介入了。该做的事别人都做完了，我们根本不在考虑之列了。"

赵爷直接打断了阿坤的叹息："有没有一种可能，某个人能改变现状，让我们重新入局。不管这个人是谁，只要有这样一个人存在就行。你也不要担心即使入了局也争不过Skydon，无论如何，不能连竞争的机会都没有就被人打败。"

"其实只要一把手院长说句话，我们肯定可以入局。我试过，没成功，而且和你想的一样，我怕入局了也没太大机会，所以也没太强烈要求此事。"

"这位院长什么态度？"

"院长是新来的，前期的调研他都没参与，也不想参与。后天的会上，他是拍板的人，但他基本不会表态，只要下面报上来什么，他就会接受什么。而下面的人早将Skydon排在第一位，而我们没有入选。"

赵爷点了点头道："这么好一张牌，你不用？他不管，意味着对任何一家都没有倾向性；他不想管，意味着他可以管，你帮我约他。"

"约不到，如果找别人，还能去他们院里找，找院长，门卫直接挡驾。"

"那就不约了，明天你和我一起直接过去。"

阿坤来了兴致，说道："怎么，赵总，想到办法了。"

"没有，"赵爷一摇头，"随机应变吧，我只是觉得，耗上一天，怎么也能争取到5分钟的交流时间，过了这5分钟，我们再决定是否放弃。"这就是赵爷的方式，看起来不是很聪明，却一直很有效。如果换作是田晓卫，让他耗上一天，也许连基站项目他说不定也直接放弃了。

淮工大的答疑会开始了，大家都清楚，答疑只是走个过场，结论在会议之前就已经定下来了，支持Skydon的人虽然非常不甘心，但面对在林中6：0碾压的结果，很快就败下阵来。

天石做测试总结的是赵爷的助理李辉。

礼貌性的开场后,李辉低调但自信地总结着自己的测试:"各位领导,其实我可说的并不多,毕竟比测看的就是结果,结果已经摆在各位专家的面前了。我想多说一点,非常感谢淮工大的专家们安排的这次公平公正的演示。我们都知道,佳瓦是名气还不够大的小品牌,所以我们的表现往往被人忽略,没有多少人真正关注我们,所以也会忽略佳瓦这些年的巨大进步。我们一直在努力提高自己,特别是针对用户的一些痛点,比如说这次测试遇到的困难环境下的作业能力,我也很自豪,让大家看到了我们的努力。当然,相比于很多大品牌,"李辉说着眼睛向天工的方向扫了一眼,"我们还是有很多不足,我们也会继续向同行们学习,再次谢谢大家,期待这最后公平公正的结果。"

李辉的发言简短但是得体,几名专家点了点头,觉得还可以给天石再加一分。

"下面有请,天工集团的工程师,张……对不起,这个字怎么读?"

张邕举起了手,"是我",然后大步走到了前面。

"谢谢您,我叫张邕。"

"各位领导,各位专家,大家好,感谢淮工大邀请我们来参与测试,也感谢各位专家的公平与公正。今天是最后一次的答疑会,所以我还是多说一些和技术相关的事情吧,把我们心中最后的一点疑虑都解开。我们的测试分两天,其中精度比测是放在第一天的,所以我们在第二天的测试时,沿用了第一天的结论,就是说,各家的精度都是没有问题的。或者换个说法,经过第一天的测试,我们已经默认,只要RTK能获取固定解,它的精度就是没有问题的。各位专家,我这样理解对吗?"

一名专家不客气地回道:"我不知道你说这番话的意义是什么?这样理解有问题吗?你应该也是GPS专家,不用我们来解释整周模糊度的原理吧?"

其他人的态度和开口的专家差不多,每个人都觉得张邕只是利用文字游戏在狡辩,输得不够光明磊落。马小青却注意到,李辉脸上有一丝不易察觉的紧张。

张邕不急，说道："谢谢您的答复，原理我们都知道，这个不急着谈，我先给大家看一下东西。"

这位专家再次开口："天工的这位工程师，我们这次答疑是针对这次测试的，如果与此无关，即使你的文件能说明Skydon的设备无比优秀，也不必拿出来。"

"好的。但是，我说的就是这次测试结果。昨天，我们找了一支测绘队伍，用全站仪在树林里对6个测试点重新进行了测量，天工的测量结果和天石的测量结果，我都绘在了这张图上，图我打印出来了。小马哥……"

马小青立刻走上前，将手里打印好的点位图发给在座的专家每人一张。他走回自己座位时，故意路过李辉的身边。

"李总，这表格您也笑纳一份？"

李辉面色铁青，一把将马小青手中的图抢了过去。马小青嘻嘻一笑，回到自己座位。

外行看门道，内行看热闹，这张图一发下去，立刻引来了专家席上的窃窃私语。

"各位专家，是不是有一点意外，双方的精度都不好，虽然一方是固定解，一方依旧是浮点解，但比较起来，浮点解的精度甚至还好一些。"

李辉没了刚才台上陈词的风度，他急急地插了一句："怎么证明你这张图的真实性，以及你全站仪测绘的点位精度？"

张邕点头道："李总不愧是专家呀，这问题非常切中要害。全站仪的测量结果，来自本市一家有测绘资质的第三方公司，他们的实力和资质不用怀疑。同时，这不是一次测绘任务，我们没有使用任何已知点，我只是在现场自定义了坐标系统，然后将GPS点位转换到了同一坐标系用以比较。第二页上有我坐标的定义方式以及坐标转换的过程，大家可以检查。如果大家对这个图表的结果还有异议，我建议淮工大的专家可以安排一次自己的导线测绘。我只是恳请各位专家和领导，在测试结果有异议且还没有查实的情况下，先不要急于下结论。"

李辉站起来说道："你莫不是说，我们在测试中作弊吗？当天的结果大家都看在眼里，就是我们能够固定而你们不能，你再怎么狡辩也没用。"

张邕耸了耸肩，没回答。刚才开口的那位专家这次拦住了李辉，说道："李总，现在是天工的发言时间，您先坐下。您有疑问，后面还可以安排时间来讨论。"说完他转向了张邕，语气缓和了很多。

"图表在这里，是否真实，我们会后会去核实，我们一定会做到公平公正，这个请你们两家公司都放心。只是图表的结果只是说明了结果，却不能解释原因，这位天工的专家，你叫张邕是吧，张工你是否可以解释一下。"

张邕紧绷的心放松了一半，他看似侃侃而谈，其实心中还是无比紧张的。

"您客气了，叫我小张，或者叫我名字就行。我这还有一篇论文，讲RTK固定的置信度分析，因为论文很长，时间又短，我只是把中间几段文字做了简单翻译，小马哥……"

马小青再次将一沓打印好的纸发给了各位评委，然后抑制不住内心的喜悦，再次对李辉道："李总，这个您也惠存一份。"李辉狠狠瞪了他一眼，没有答话。

"曾经有用户嫌我们设备太贵，建议能不能降低精度，比如10—15厘米的精度，然后价格降下来。"张邕越发坦然，讲起了故事，"我们的回答是：No。不是说不行，而是说没有，根本没有这样的设备。从RTK固定的状态来说，西方有一句话，either right or wrong，非对即错，这里没有中间状态。这篇论文里，有对RTK初始化可靠性99.99%、99.9%和95%的一个区别和比较。其实刚才李总言重了，天石是竞争对手也是朋友，我们从来不会认为李总这边在作弊，只是某些厂家在某些设计上悄悄地降低了些标准而已。"

"嗯，"那位专家看着手上的论文，听着张邕的解释，忽然又问了一句,"这种做法在这一类的比测上很有优势呀,Skydon没有这样的设置吗?"

"因为测绘装备最终的意义是测绘,不是比试,如果测绘工作中我们的测绘同事把低精度的坐标当作合格的控制,那么也许会带来严重的后果。我们宁可丢单,也不做这样的事。Skydon在RTK可靠性指标上永远是99.99%,大家可以再看一次我们的彩页。"

这几句话说得铿锵有力,几人听得精神一振,而李辉的脸色越发难看。

也有人专门翻了几家的产品资料,发现Skydon的确写的是99.99%,但也是唯一一家有此指标的厂家,其他家资料上都没有这一项指标。

专家看到了李辉的样子,呵呵一笑打了个圆场:"也没那么严重,我们主要是教学,一般来说不会有这么严重的后果。"

专家们凑在一起,低声研究了几分钟,然后专家组长宣布:"因为今天有新的情况出现,而且对天工提供的这一份数据结果还需要查实,所以今天的会议就到这里。两边暂时不要离开淮州,我们会在进一步核实讨论后,再给出最后的结论,谢谢两家的参与。"

第19章 江湖初见(二)

散会后,马小青一个箭步来到张邕面前,狠狠地给了他一拳,说道:"你小子太牛了,干得漂亮。"

李辉平静了一下,脸色稍稍好转,他过来和二人握手道别。

"你叫张邕,今天真是幸会了。"

"李总,我也很荣幸。"

此时的赵爷正和阿坤等在淮委总院的大门口,也正如阿坤所预料的,院长根本没有时间见他们。传达室的电话打过去,就被院长直接拒绝。

阿坤的想法是，可以先去拜访其他领导，这样可以先进去，然后再去找院长，但赵爷不同意。

"现在找任何一位领导都没用了，所以我们的目标就是院长，我也要让他知道，我来找他。今天不见到他，我不走。"

阿坤一时无语，还以为自己这位老板有何良谋妙计，原来是就在这耍赖呀，这么没面子的事自己干就好了，真不用赵爷在这里陪着。

赵爷心中其实也并不平静，他太清楚了，这样坚持会有两个截然不同的后果，一是领导感动，二是领导愤怒。通常来说，第二种结果的概率远高于第一种，所以把握好其中的度至关重要。

他在传达室只给院长打了两个电话，上午一个，下午一个，目的也很简单，就是告诉院长，他在门口。其余的时间，他认真地和传达室大爷聊天。聊得高兴之后，他顺利地进入了传达室。传达室里没有多余的座位，他坐在了大爷搭建的床铺上，掏出香烟发给大爷，没有丝毫不适，让大爷心中一时恍惚，怀疑是不是自己进了赵爷的地盘。

中午时候，大爷抄起饭盒要去食堂打饭，赵爷掏出10元钱说："大爷，劳您驾，您看我们大老远来的，也没地方吃饭，您多打一份，我和您一块吃一口。"

大爷透过窗户，看着路边那辆赵爷的捷达车说道："你这北京来的大老板吧，在我这小屋待一天，还吃我打的饭，何苦呀。我看你不如回你的大酒店算了，院长你今天见不到了。"

赵爷将钱塞到大爷手里，回道："大爷，我真的没地去了，今天见不到院长，我就住您这了，求求您，帮我打份饭吧，我早上还没吃呢，饿坏了。"

大爷收好钱，一路摇头叹息地走了，他觉得北京人民看来活得是真不容易呀。

阿坤出现在窗口，并敲了敲窗户，手中的汉显机有一条刚收到的信息。

"赵总，出事了，我们淮工大的合同有变。"

赵爷一脸不信地说："怎么会这样，不是说不会有问题吗？"

"天工那个新来的叫张邑的家伙，是个厉害角色，他抓住了我们的弱点。如今，虽然用户并未宣布我们败了，但从现在的过程看，结果不容乐观。李辉说我们应该失去机会了。赵总，怎么办，这边根本见不到人，要不咱们去淮工大吧，看看有没有机会挽回。"

赵爷面色凝重，但摇摇头道："如果天工破了我们的招，那边我们很难挽回了。这边我们已经耗了这么久，更不能功亏一篑了。"赵爷脸上浮现出一丝和张邑极像的决然表情，"今天我们必须见到他。"

临近下班的时候，赵爷给院长打了第三个电话，这次接电话的是院长本人。

"你还在门口，你等了一天吗？"院长电话里略带惊讶同时极度地不悦，"干吗这样浪费自己的时间，我说了这事我不管，你可以继续和总工办这边交流呀，我和他们打过招呼了，你随时可以过来。你这样等我，没有用。"

赵爷说道："我也是实在没有办法了，才在这等您，如果可以，我耽误您5分钟。"

电话里传来院长和助理交流的声音，然后院长对赵爷说道："真的对不起，我今天确实没有时间，你也别等了，先回去吧。"

赵爷挂了电话，大爷一旁道："你还不走吗？你是我见过的混得最惨的老板了。"

赵爷憨笑着扔给大爷一支香烟说道："都快下班了，我再等等，反正都一天了，不在乎这几分钟。"

下班时间到了，待下班的人群高潮过去，人影渐稀，大爷把大门重新关闭。又过了很久，一个中年男人匆匆地跑向门口。

大爷赶紧提醒赵爷："老板，你等的人来了。"

20世纪90年代还不怎么强调禁止公车私用，因为多数领导都还没有车。杨院长开了一天的会，此时已经过了六点，而他的孩子已经要从课后班下课了。

院长在门口被两个人拦住,前面的年轻人他有些面熟,见过但不确定是不是院里的人,他急匆匆说了声你好,就跑到了路边。

年轻人追着他来到路边,说道:"杨院,你好,我是天石的阿坤,这位是我们赵总。"

杨院才意识到这两人的身份,说道:"我的天,你们还没走,赵总,你好。"院长潦草地和赵爷握了下手,随手把赵爷递过来的名片塞进口袋,"真的很抱歉,我今晚也实在没时间陪您。我必须马上去接孩子,我爱人出差,接他回家还要马上给他做饭,然后还要去另一个兴趣班,您的事还是明天去总工办和外业队吧,再会,我先走。"

说完先走的院长,站在路边却迟迟没有离开。赵总想起了林冲在山神庙的那句台词,心道:"天可怜赵某,要是此时来了一辆出租车,院长他就离我而去了。"

一辆捷达停在了院长的面前,司机是阿坤。

"杨院,这会打不到车的,我送您去接孩子。"

杨院长摆手拒绝,但看着往来的车流中实在见不到出租车的影子,心中难免犹豫。

赵爷上前,替院长拉开了车门,说道:"杨院,孩子的事是大事,您尽管去接孩子,工作的事以后再谈,阿坤陪您去,我先回酒店了。"

杨院长最终上了车,赵爷关好车门,转身步行而去。杨院长看着赵爷的背影,微微有点错愕,他甚至已经做好了赵爷在路上向他提出各种请求,而自己一一拒绝的心理准备。但在门口等了他一天的赵爷此时竟然走了,不由得心中升起一股复杂的感觉。

淮州大酒店,当地唯一的一家四星级酒店。赵爷平时的生活可以用简朴来形容,但只要是拜访用户,他就必住最好的酒店。

酒店餐厅接到了一份外送的服务,厨师长第一时间拒绝,我们只提供客房服务,不提供街道服务。餐厅经理却赶了过来,说这位客人要求很强烈,并支付了不菲的服务费,同时还订了酒店的接送服务,送餐员将乘酒店的贵宾车前往。

阿坤的车技不错，当杨院长的孩子出现在校门口的时候，他刚好赶到，杨院长出了一口气，对阿坤道了声感激。他心中的确很感激，因为阿坤一路专心开车，没和他说任何业务的事。

孩子正东张西望，忽然见老爸从一辆捷达车上下来，而不是平时坐的小面的，立刻兴奋地张开手跑了过来。

杨院长本想让阿坤离开，自己打车回去，但见孩子无比兴奋地上了车，犹豫了一下，没有叫孩子下来，自己也跟着上了车。

"杨院，您帮孩子系好安全带，安全第一，走，出发。"

杨院长愣了下，他并没有说自己的地址，阿坤却开车就走。他不知道的是，赵爷下午在传达室里闲聊，大爷告诉了赵爷很多信息。

车子停在一个小区门口，门口停着一辆崭新的进口本田车，车门口一个穿一袭白色制服的酒店大厨，手里拿着一个精致的食盒，一看就是星级酒店的用品。

孩子好奇地打量着大厨，杨院长则向阿坤道谢。阿坤说："您等一下。"他跑到了大厨前问："赵先生让送的？"双方确认无误，大厨交了食盒，上车离去。

阿坤回到杨院长面前说道："杨院，我们赵总说，打扰了您一天，实在不好意思，知道您还要给孩子做晚饭，就让酒店那边做了几个菜，给您送过来了。餐具您不用着急，什么时候有时间给酒店打个电话，他们会过来取。"

"这不好吧，"杨院长有些为难，但孩子则兴奋地接过了食盒，"今天终于不用吃你做的饭了，我妈不在这几天，太难熬了。"

杨院长看了看阿坤，说道："那多谢了，你们赵总真的没什么事要和我谈吗？"

"他等了您一天，肯定有事，但下班时间，他觉得打扰您不合适。您要是有时间了可以呼他，他说整晚都可以。"

阿坤回了酒店，在咖啡厅和赵爷会面。

"赵总，您觉得这样做会有用吗？"

"我不知道，但我知道，做了一定比什么都不做有用。今晚如果没什么结果，我们就回北京吧，至少我们该做的都已经做到了。"

两人坐到了晚上十点，咖啡厅已经准备打烊，赵爷难掩失望之色，说道："谋事在人，成事在天，准备回北京吧。没想到，这次淮州会如此悲催，到手的没了，没到手的也没拿到。让李辉过来，我问问他发生了什么。这个张邕是何方神圣？"

就在赵爷站起身准备回房间的时候，腰间的寻呼机忽然响了起来，赵爷拿起打开，是一个本地的电话号码。

"是不是杨院？"阿坤一脸惊喜。

赵爷拿出手机打了过去。

"赵总，你好，今天麻烦你们了。"

"杨院吗？您好，您好，您客气了。"

"都不用客气了，我直接说吧。赵总，我刚刚调过来，不想犯任何错误，所以如果你有什么违法乱纪或者商业贿赂之类的事，最好不要开口了。除此之外，你要是有什么需要帮忙的，现在不妨直说。"

赵爷深吸一口气说道："杨院，我们不敢提不合理的要求。这次院里采购，我们来得太晚，没有入围，我们不是要一定做成，只是想请您给一个机会，让我们能公平公正地和其他家竞争。除此之外，我们不要求任何事。"

"真的就这么多？"

"就这么多。"

"好，你明天过来，我和他们打招呼，让你们入围，但是否能成交，就全靠你们自己。阿坤应该知道，这个项目我根本没参与，所以最后的评审会我也不会发表任何意见。"

"谢谢您，杨院，这就是我要的。"

第20章 哪来的怪物

电话挂断,阿坤跳了起来,兴奋地喊道:"成了,赵总,你太厉害了!"

赵爷倒是一脸平静地说:"叫李辉他们不要急着回去,人和设备都先留下来,淮委这边很多事要处理。既然天工拿走了我一单,这一单我一定要拿回来。"

"这和淮工大的合同可不同,我们刚入围,还要面对Skydon,您说拿回来,是不是有点说早了。"

"不会,我相信这一单是我们的了。"

阿坤明显信心不足,说道:"杨院要是答应选我们,那才是真的拿下来了,后面的事他根本不管,我们还是机会不大。"

赵爷给了阿坤一个憨厚的笑脸,说道:"其实,如果杨院参与后面的评审,我们基本上没有机会,但就是他太过洁身自好,根本不参与,我们的机会才来了。"

"什么意思?没懂呀,老大。"

"你听相声吗?刘宝瑞先生的单口是我最爱,有一个段子,《连升三级》听过吧。"

"何止听过,中学课本里都有,和眼前的项目有什么关系?"

"张好古是怎么考到前三名的?"

"他是……"阿坤恍然大悟,"他是拿着魏忠贤的帖子进的考场,您意思是,我们就是张好古?"

"杨院很有原则,而且不愿欠人情,这是个好人,可以长期合作交往。他如果主持后面的评审,我们在Skydon先入为主的情况下很难胜出。但他只是让我们入围,就相当于拿着魏忠贤的帖子送我们进了考场。他只是给了我们一个进考场的机会,但其他人不会这样想,他们会认为,我们就是院长的选择。"

"可是，他可以和手下人说清楚，只是让我们入围，后面表现要靠我们自己。"

赵爷哈哈一笑道："我巴不得他这样说，他越是这样说，底下人想得就会越多。"

"你明天去院里继续和测量队以及总工办保持沟通，注意，要相信自己已经拿到了合同，并把这种情绪表现出来。"

"李辉那边，让他们务必小心，如果我们自己犯了错误，数据出了问题，那就没人能救我们了。你给他一个建议，就说我说的。"

"哦，您说。"

"那个林子里的小花招，可以再用一次，但不要大张旗鼓地用，也不要测点，就是在测试过程中，无意见到这种环境，然后告诉用户，在这里我们也可以作业，然后固定一次给他们看。记住就一次。"

阿坤一一记下，他抬头看着赵爷那张憨厚的脸，心道："赵爷和田晓卫，到底谁才是更聪明的那一个呢？"

曹公公正在返回淮州的路上，这一次他又成了赢家。田晓卫派出张邕，他就立于不败之地了，而且有淮委的项目托底，淮州不会败得很难看，如今张邕在淮工大翻盘，他可以回来享受胜利果实了。他由衷地感谢张邕，但也由衷地不喜欢这个年轻人。

几年前，在和易目竞争天工总经理职位的过程中，他本来占尽优势，但最终还是落选。他也终于明白，竞聘只是幌子，易目才是田晓卫最相信的那个人。曹公公开始低调而顺从地和易目暗暗较量，虽然是一脸人畜无害的笑容，总是对易目恭恭敬敬，但在业务能力上，特别是专业水平上，总是有意无意压易目一头。可以说，他是公司高层中最懂技术，甚至唯一懂技术的总监。直到张邕的出现，他发现自己所懂的知识可能连皮毛都不算。

严格来说，张邕只是个刚进门的年轻人，远远无法对他构成任何威胁。但张邕的地位有一点特殊，就是田教授和田晓卫经常会越过天工的管理层，直接指挥他。其他人可能并不太在乎，但曹公公心里却极其不爽。张邕的支持，可以让易目他们弥补自身的不足，而他的优势也就荡然无存了。

曹公公急忙赶回，其中一个原因就是他想请张邕吃顿饭，好好感谢一下，再好好聊聊，聊一些增进情感的话题。

曹公公不知道的是，人生不如意十之八九，他认为已经拿下的淮委项目，正在赵爷的强攻下渐渐失守。

赵爷见到了李辉，并听后者讲述了淮工大答疑会的全过程。然后赵爷问李辉："你对这个张邕怎么评价？"

"怎么说呢，看上去像个书生，而且就是个书生，我给你看两样东西。"

李辉从包里掏出了几张纸，说道："这一张是张邕给评委画的点位对比图，很明显，这根本不是测绘的图，他在图纸上增加了一些绘画效果，不知道他怎么做的。这个效果使整个结果更加突出，但又很自然，让人看不出是刻意为之。我真想不出，整个测绘圈还会有第二个人做这种事。还有这篇论文，我马上传真给了大学的几个教授，你知道他们怎么说吗？他们说张邕的所谓翻译根本和段落对不上，很明显那是他自己写的话，不是原文翻译。"

"哦，"赵爷听出了玄机，"那好呀，我们不是可以告诉淮工大的老师们，他弄虚作假。"

"您听我说完。没用的，老师们说，他翻译的这几段话虽然和当前段落对不上，但和全篇论文表达的观点非常一致，没有任何相悖。那么他的翻译正确与否已经不重要了，只要读了这篇论文，就会相信他。"

赵爷有点困惑地说："既然事情已经做到这种地步了，为什么不再用心一点，翻译也做好，岂不完美。"

"我的猜测是，我们留给他的时间不够，他要去测绘，还要画图。这张图根本不是表面看起来这么简单，我相信这耗了他不少工夫。之后他还要处理这篇论文，没有足够时间赶在答疑会之前完成翻译。但这又说明了另外一个问题……"

赵爷很快就明白了，说道："就是说，张邕的观点并不是来自这些论文，他也没有时间去查论文，这些知识他本来就知道，他也知道有这篇论文的存在，于是快速调出了这篇文章，只是为了说服这些评委。他也知道很多人读不了英文论文，他就借口翻译，其实自己写了几段话上去。这样无论是信他写的话，还是认真通读全篇论文，他的目的都达到了。"赵爷吸了口气，"天工从哪找来这么一个怪物？"

"好像刚来不久，大家都是第一次见。"

"好了，去准备淮委的测试吧，我们既然没别人聪明，就要比别人努力，他们给我们一剑，我们必须还他们一刀。"赵爷总是憨厚的脸上透出一丝狠厉。

张邕拒绝了曹公公的宴请，他急着要赶回北京，基站网络项目还有很多事要处理，田教授给他的新资料也需要消化处理。曹公公心中骂着"不识抬举"，白面无须的脸上却涌现出无限的遗憾："太可惜了，你来公司也有一段时间了，一直没能和你好好聊聊，好容易凑在一起，我专门从广州赶回来。可惜，可惜！"

张邕对曹公公的热情有点歉疚，说道："真的不好意思，我手里事比较多，等您回北京咱们再聚吧。"

"好，等我签了合同，咱们回去庆祝一下。我这边还有一个重要合同，我和晓卫去申请，必须是你出马。只要有你在，哪里还有我们拿不下的合同。"

曹公公说得真诚，张邕却听得脸红，急急地告辞走了。

一个小时前，他接到了工程中心的传呼，用酒店的电话给对方回了电话，对方莫名地暴怒："张邕，你们天工的人是不是根本不在乎我们的项目？还是你们的数据结果见不得人？我们要的测试报告呢？我电话打到你们办公室，说你出差了，人不在，而这事只有你负责，别人一概不知道。你告诉我，你们什么情况？你们这么大的一个企业，如果你要是死了，是不是就没人做事了？真以为Skydon是我们唯一选择，非你们不可了是吗？最后一次给你打电话，过了下周，以后你就是求着给我报告，我们也不要了。"

"李工，您别急，对不起，对不起，"根本不知道发生了什么的张邕面对怒火，只能先不停地道歉，"数据和报告，我出差前都已经准备好了，我以为田教授已经发给您了，我明天一早就到北京，马上核实后给您回复。"

"田教授？跟人间蒸发了一样，好不容易找到他一次，他说所有东西都在你手里，要等你。你们天工的管理这么混乱吗？真是奇怪，这样的企业是怎么发展起来的？"

张邕只能继续道歉，虽然天工怎么发展起来的，和他一分钱关系也没有。

"明天，李工，我明天一定给您一个答复。"

"你看着办吧，我们也不是非要不可。"那边狠狠地摔了电话。

第21章　雷之变

张邕心急如焚地连夜赶回公司，虽然他只是配合田教授做一些技术工作，但也知道基站网络项目非同小可，这个项目应该能超过天工全年业务的几倍。所以他也无法理解，田教授怎么会在这样重要的事情上失误呢。

张邕在天工的办公室里没见到田教授，他跑去了总经理易目的办公室。

"易总，我有急事，可是田教授不在。"

易目抬起头，欣赏地看着这个年轻人，自从他来了公司，自己这个总经理比之前舒服了很多，特别是来自曹公公的压力，基本上烟消云散了。因此他不介意给张邕一些特别的待遇，也很愿意张邕直接接受田晓卫和田教授的指挥。如果没有来自Skydon的一些压力，他甚至觉得，现在的天工就是最好的天工。

"听说你淮州之行干得不错，记你一功。你找田教授是工程中心测试的事吧？这几天研究院里有项目评审，他顾不上过来。不过今天晓卫在，你过去直接找他吧，还有一个据说是你的老朋友。"

"晓卫今天在？"张邑有点意外，匆匆跑了出去。

"年轻人呀。"易目笑着摇了摇头。

田晓卫没有计较推门闯入的张邑，不过却一摆手止住了他要说的话："来得刚好，给你一分钟，猜猜这是谁？"

沙发上站起一个秃顶大肚子的高个白人，笑嘻嘻地看着张邑。

张邑脑子转得飞快，说道："雷？他给我发过邮件。"

雷听懂了自己的名字，笑着过来打招呼："幸会，年轻人，终于见到你了，是的，我是雷，你一直没回复我的邮件。"

"幸会。"张邑用英文问候。

疑似美女出现在门口，说道："晓卫，雷的办公室准备好了，现在要看看吗？"

"好，走，一起看看雷的新办公室。"

张邑和疑似美女跟在田晓卫和雷的身后，他小声问疑似美女："怎么回事？他不是Skydon的亚太区总监吗？怎么到我们这来办公了？"

凯西小声回答："都是晓卫安排的，他说Skydon为了表示对我们的支持，将来会把亚洲总部从新加坡迁到北京，就在我们办公室。他以后会有多数时间待在这里，所以让我给他安排了办公室。"

张邑却越发疑惑，就算是Skydon要把亚洲总部搬过来，也不会搬到天工的办公室呀。田晓卫又在筹划什么？

疑似美女看他的表情，又想多说几句，田晓卫却转过身来。

"你们别瞎猜了，我告诉张邑怎么回事。最近外面流传很多谣言，说天工和Skydon关系紧张，天工已经不是Skydon的代理了，甚至这种传言都传到了工程中心这边。有人过去告诉用户，要提防我，网络基站这么大的项目，千万不要所托非人。所以我就特地把雷请来了，你不在的这两天，我已经带他拜访了所有大客户，包括北方公司和工程中心。只要他在,谣言不攻自破,这就是我为他安排办公室的原因。"说罢转身,"雷,这是你的新办公室,请进,看看一切是否都满意。"

雷打量着装修精良的办公室,说道:"太棒了,晓卫,的确太棒了。谢谢你,我的朋友。"

"还有什么需要,你找凯西就可以,但是你要找女人的话,她帮不了你,可以找曹华,那是个真正的坏人,能满足你的一切不良嗜好。"二人相视大笑。

张邕忍不住打断二人亲密无间的交流:"晓卫,我有件很急的事,必须马上要和你商量。你和雷还要开会吗?什么时候有时间?"

田晓卫一脸平静地说:"你说的是工程中心测试报告的事吧?不用谈了,报告我看了,做得非常好,现在报告在我手里,你的这部分任务完成了,其他事情交给我来处理。你出差刚回来,要不要休息半天?"

"可他们一直在催,好像很不高兴……"

"我说了,我来处理。没问题,我从来不在乎用户是否高兴,只在乎生意是否能成交,放心吧,我有把握。"

张邕放心了,田晓卫既然说没问题,那一定没问题,也许这个过分聪明的老板又在策划什么神来之笔吧。

"淮州的事,我们听说了,干得漂亮。如今你一战成名,外面很多人在问:张邕是何方神圣?"

张邕笑了笑说道:"哪有那么夸张,其实那些东西,咱们库房里就有答案,只是没人注意过而已。"

"是呀,我们不缺答案,需要一个能找出答案的人。你先去吧,我和雷还有事商量。田教授这些日子不会过来,你把他给你的资料按他的要求尽快整理准备好,这些不比基站网络的重要性低。好,你去吧。"

张邕和疑似美女离开,田晓卫关上了门,和雷面对面坐下。

雷出现在这里的原因,并不仅仅像田晓卫说得那样简单。几天之前,雷遭遇了职业生涯的巨大变故,他被Skydon开除了。

离奇的是,一切发生得非常突然。在此之前,没人通知雷,无论是人事部门还是公司高层,都没人找他谈话。他只是在睡觉前收到了两封来自人事部门的邮件。

第一封打开,雷还有些高兴,原来今天是他入职10周年的纪念日,Skydon向他表达了祝贺,以及为公司服务10年的体会,同时也准备了10周年纪念的礼品,让他回到美国总部的时候领取。

雷微微有些奇怪:为什么礼品不寄过来,要回去领呢?但他没多想,就打开了第二封邮件,然后瞬间石化。

所有的离职文档包括赔偿都已经拟好,他只需要签字。邮件同时写明,如果他对此条件有任何疑问,请他到硅谷总部与Skydon的人事部门和法律部门协商。

愤怒且震惊的雷立刻回信质疑,但他发现这是他收到的最后一封邮件,此时他的Skydon信箱已经被注销,无法再使用。他拿起电话,打给了卡尔,卡尔说对他的遭遇深表遗憾,但建议他如果有什么疑问,还是回到总部与人事部门面谈。

雷一夜无眠,天一亮,就急匆匆赶往办公室。

到了门口才知道,他的门禁也已经失效,他无法取回私人用品。

愤怒的雷与保安发生了肢体冲突。海军陆战队出身的他,虽然如今大腹便便,但实力还在,Skydon这边出动了3名保安才将五大三粗的雷按住,却无法堵住他的嘴。雷对着办公室破口大骂,这里本来是他的地盘,他是这里的最高长官,如今却连门都进不去,还要被保安羞辱。

咣当一声,一个纸箱子扔在了他的面前,里面都是他办公室里属于私人的用品。一个人影笑嘻嘻地站在他面前,是他曾经的手下,新加坡的二号人物约翰。

"雷,你的物品都在这里了,不在这箱子里的,恐怕你也带不走。你要是还有什么其他特别的纪念物,你告诉我,我去帮你取。还有,你电脑的开机密码可以告诉我吗?当然,如果你不愿意,就算了,破解开机密码对Skydon来说并不是什么难事。"

"约翰,我的电脑里还有我的一些私人文件,请允许我将它们拷贝出来。"

"这恐怕不行，这是Skydon的电脑，里面不会有你的任何个人文件，一切都是属于Skydon的。"

雷继续破口大骂，将无数以F开头的句子送给了约翰和Skydon。

约翰不生气，命令保安："你们把他架出去，这个纸箱子也帮他拿出去。不要让他再靠近这里，如果下次他要闯进来，你们就直接报警。"

衣冠不整的雷坐在自己的车上，副驾上放着那只纸箱子。

他知道一切已经无法挽回，于是尽量让自己冷静下来，然后他抄起电话打给了田晓卫。

如果雷没有那么自负的话，他对这次离职应该是有预感的。就在几天前，他又一次和Skydon高层发生了冲突，起因依然是中国的基站网络项目。

这次项目的数量达到了150台，这在全球范围内都是前所未有的。这为田晓卫和Skydon谈判增加了很多底气。这种底气又感染了雷，因此他和田晓卫坚定地站在了一起。

150台设备，分3年交货，而田晓卫申请的账期是每年12个月。

这对Skydon来说，是绝对无法接受的。这次，史蒂夫、卡尔和克里斯难得地取得了一致的意见。

卡尔说："我们一直称赞中国业务的成功，可是没人意识到，从田晓卫的公司成立的第一天起，他就没用过自己的一分钱，最早的样机是我们免费支援的，之后都是靠我们的账期做生意。另外，他的公司叫作SkydonChina，有一天我们真的进驻中国市场，Skydon的名字只怕还要遇到问题。我从不否认田晓卫对Skydon业务的贡献，但有时候，我不得不想，以Skydon这样的支持力度，其实不是田晓卫，换了其他人，一样可以取得成功。"

克里斯回道："以前的事我不关心，关于当初给他的账期，我也不认为我们做了错误决定。但这次，田晓卫显然触及了我们的底线。通常来说，对田晓卫这样的长期合作伙伴，我们可以给予低额度长时间账期，当然即使如此，12个月太长了，或者高额度短时间账期。这次他要求的12个月账期，又是如此之高的额度。我无法理解，他凭什么认为我们会接受。"

史蒂夫终于开口："田晓卫的底牌还是这个项目本身，我们都知道这个项目Skydon输不起。卡尔，你养的那头老虎放出去了吗？"

卡尔笑了一下，说道："老虎已经出动，但是，史蒂夫，我需要解决雷的问题，否则老虎会被人牵住。"

史蒂夫点点头说道："你去安排吧，我们需要在中国项目正式启动前，解决一切问题。"

第22章　中文手册

淮州之行对曹公公来说，未免悲催了一些。到手的项目要丢了，他临阵脱逃，待张邕扭转败局，他再一次出现享受胜利果实。但他现身之后，坏消息忽传，淮委项目在评比中，佳瓦评分第一，超过了Skydon。

曹公公再一次训斥了马小青，小马哥沮丧至极，他莫名提议，要不要让张邕过来看看。结果曹公公白面无须的脸上忽然迸发出要杀人的凌厉表情，吓得小马哥赶紧收回"奏折"。

淮委这次的测试只有天石一家参加，其他家早已做完，Skydon毫无意外排名第一。所以其他厂家并不知道淮委专门安排了佳瓦的测试，只是奇怪怎么最终结果的宣布没理由地往后推了两天。

测试后，测评小组、招标负责人以及总队长进行了简单沟通。

"测试结果如何？"

"没出现问题，中规中矩，能用。"

几个人都松了口气，说道："能用就够了。如果是台不能用的设备，无论院长是什么态度，我们也绝对不能接受。如今这样，就好处理多了。"

当曹公公满脸笑容来到淮委准备签合同的时候,却被告知佳瓦排名第一,天石中标。曹公公错愕不已。

赵爷在电话中与杨院长道别,一院之长当然不笨,立刻明白了其中的门道,但此时此刻,他唯有苦笑着接受。

"赵总,有多少用户被你忠厚的外表给骗了?"

赵爷憨憨地笑道:"杨院,哪里有,我可不敢骗您。"

"别废话了,你给我听着。你要确保这套设备的质量,要是出了问题,我饶不了你。"

"这个您放心,或许我们设备不是最好的,但我以人格担保,我们会尽心服务,用服务弥补设备的不足,绝对让您使用无忧。"

"这就好吧,如今这局面,我只能说一声,恭喜你,赵总。"

"杨院,非常感谢您这次的支持,您什么时间来北京,我请您小酌一杯。"

杨院长无奈地笑了一声,说道:"这就算了,你安排的这四星级酒店大厨做的菜我尝了,没那么好吃,有点苦。"双方最后是笑着挂了电话。

阿坤一边感慨:"可惜了淮工大那边,不然两个都是我们的。"

"你应该这样想,幸亏淮委这边我们中标,不然两个项目都是天工的。"

"如果Skydon是我们的,我们肯定比天工做得好。"

赵爷摇头道:"也不尽然,因为天工做得很好,你才会如此说。与其羡慕别人,不如做好自己手里的事。"

嘴上这样说,赵爷心里其实有和阿坤一样的感叹,他又想起佳瓦的亨特临别前说的话,似乎暗示Skydon会有事发生,会是什么事呢。

一阵电话铃声从赵爷身上响起,他拿起了手机,是一个陌生的北京号码。多数人找他都是通过寻呼机,然后他用移动电话回电,直接打过来的,要么是重要的人,要么是重要的事。

他略带好奇地接通电话："喂，你好。"

电话里面是一个无比动听的女声："赵总吗？你好。"

听不清电话内容的阿坤看着赵爷脸上从未有过的表情，心道："这个女人一定是美到极点、甜到极点的美女，居然连赵爷这样的男人都被融化了。"

田教授的资料，张邕越看越迷惑。这不是普通的测绘产品资料，而是满足基站网络的大地型接收机以及和Skydon同款的扼流圈天线的资料。这怎么看也是为基站项目准备的，可是他们不是刚做完Skydon的测试吗？这份资料分明是针对着Skydon来的。联系起田教授的失踪，以及田晓卫的叮嘱，他心里有一丝不太踏实的感觉。

"或许只是我想多了，田教授是专家，研究各家的资料其实也正常。至于田晓卫，他那么聪明，我肯定猜不透他的想法。"张邕劝解了自己，然后认真地开始了自己的工作。有了之前Skydon报告的经验，一切都是轻车熟路，而且在格式编排上他有了更多的把握。

同时他下载了文件上的演示数据，多次分析做下来，他不得不承认，这家设备有些亮点。这些优势在测绘用户那里或许得不到体现，但在基站网络上面却有很强的竞争力，他由衷佩服了下田教授的眼光。

如果和Skydon相比呢？他比较了很久，艰难地认定还是Skydon好一些吧，但优势并不明显，这点优势在竞争中可以忽略不计。之前的疑问又浮上心头：田晓卫到底要做什么？

前台女孩匆匆跑过来说："张邕，有个人一直在找你，每天至少一个电话，问他哪里他不说，让他找其他人也不同意，甚至不留电话，就要找你。刚才又打过来了，要不要给你转过来？"

女孩很贴心，她担心这个书生气十足的男孩会不会惹了什么麻烦，被黑社会讨债。

张邕没想到谁会这样找自己，跟女孩儿说，接进来吧。

一个西北口音纯爷们的声音响起："张邕，我是88级郭定，嵩阳郭定的郭定，你要说不认识我，我立刻挂电话。"

张邕笑了，眼前浮现出一个高大矫健的身影，说道："师兄，我刚来几个月，你怎么找到我的，电话打过来还这么神秘，别人都误会我是不是惹麻烦了。"

"唉，你没麻烦，是我有麻烦。前几天去天工修设备的小娄是我同事，你记得吗？"

"我记得，新疆来的，你们是一起的呀。"

"他回来和我说你们有个叫张邕的，形容了一下，我猜就是你，又问了你几个同学，才确定的。我不是装神秘，是你们这公司太不是东西，我找谁都没用，只能看看你能不能帮我一下。"

虽入职不久，张邕很不喜欢听别人说天工的坏话。

"我说大哥，什么事让你这么不爽，还开口骂人呀？什么事，你和我说。"

"我们算是Skydon最早的一批用户了，这么说吧，Skydon设备有多好，你们天工的服务就有多差，也就是这设备是真不出故障，否则我们早和你们打起来了。这次的维修还是因为作业时摔了一下，磕破了屏幕，只好送回去维修。你们收的修理费什么标准，不用我多说了吧。这都无所谓了，但我们一个小伙子发现了你们办公室有全中文的技术手册，而且是完全对照英文手册翻译的，每一页都有照片，甚至排版比原版英文手册做得还好，他激动坏了。你刚来不久，可能不了解天工之前的培训，那是潦草得不能再潦草，还一副高高在上的样子。我们这边干活，都是自己一步步摸索出来的。英文手册看不太懂，只能对照上面的图片界面，一个一个对比，就是现在我们多数人也只会基本的操作，遇到问题再去拿着词典查手册。上次工程师疏忽，忘了删数据，结果第二天外业时候，内存满了，外业那孩子琢磨半天，也没明白该怎么清内存，结果什么也没记录，晚上收工才知道，大家陪着他重新折腾了一天。他电话里一描述这手册，我们都激动坏了。也有点不高兴，当初卖我们设备的时候可能没有中文手册，如今有了不是应该给我们寄一套吗？"

张邕心中微微得意，这套被评价如此之高的手册，出于他的手笔。为了避免让师兄觉得他自吹自擂，他还是忍住了自我夸耀一番的冲动。

但他很快就得意不起来了，郭定继续说道："于是我说，那你还等什么，赶紧要一套呀，他说你们不给，说是中文手册要花钱买。我想了想，觉得花点钱也值，于是和他说，我批你1000元钱，你买10套回来。"

张邕笑道："师兄就是豪爽，这不挺好吗，有什么问题？"

"什么问题？他说这钱不够，我说能购买几套？两套？500元一套是不是太贵了点。他说不是500元，是1800元一套，我这1000元只够买半套。"

郭定停住了话语，似乎还在生气。张邕也愣住了，一本书可以卖1800元吗？这相当于他在中心时2个月的薪水，这确实过分了。如果是设备升级的3万元，田晓卫还有很多借口，这套手册可是出自他的手。他编制这套书册的确花了很多工夫，印刷量也不大，只有1000本，成本的确高一些，大概几十元一本。但按这个价格，1000本就是180万元，他以2500元的薪水可以一个月创造如此高的效益吗？

他心情复杂，一时忘了该如何和郭定解释。

"张邕，听傻了吧。别告诉我，你不知道这手册多少钱一本。"

"师兄，我真不知道。我只负责编写，不负责销售呀。"

"你编写的？那太好了，说吧，多少钱一本给我？"

"我做不了主，要去请示一下。谁给你们报价的1800元呀？不是小娄听错了？"

"听错你个大头鬼，你们销售经理说的，小娄说太贵了，他说手册是田教授那边做的，价格也是田教授定的，他做不了主。小娄就去找田教授，结果那个老家伙说他只是顾问，不管价格，还是要去找天工。小娄找了一圈没办法，才给我打电话，我以为是小娄太年轻面子不够，就汇报了一下，总工亲自打过去的，他可是当初负责采购的人之一，结果待遇和小娄一模一样，想要就是1800元一本。"

张邕大概明白了，这绝对是天工的作风，和他当初升级设备时一模一样。但他一直把田教授当作尊敬的师长，实在不能接受郭定如此出口不逊。

"师兄，我试着去和公司申请下，你也别急着骂人，也许事情可以解决，您给我留个电话，问题解决了，我给你回电。对了，是哪个销售经理负责此事？"

"多谢了，兄弟，等你信。销售经理好像姓宫。"

"好，我知道了，先挂了，师兄。"

第23章　江湖初见（三）

宫少侠坐在靠窗的位置。如果说张邕有三分帅气的话，宫少侠则是不折不扣的帅哥，不仅人帅，性格也是潇潇洒洒，对一切都不在乎，甚至连田晓卫和田教授也敢吐槽，而且语言犀利，入木三分。张邕常觉得此君很难交往，偏偏二人相处很融洽。对宫少侠常出口的惊人妙语，张邕又佩服又想笑，常常忍到肚子疼才没有在公司笑出声。

"宫经理。"张邕上去招呼。

"滚，你再叫我一声经理，咱俩绝交。"

"宫哥。"

"诶，这就对了，怎么着，有何吩咐？"

"新疆那个小娄找你买手册的事。"

"这事呀，你坐下说。"

"这事吧，不用你说，我也知道你要问什么，但这事我是真帮不了你。1800元买本书，这不混蛋吗？这价格包养我一个月都够了，我还管饭。但这不是我定的，是太上皇，我只是门口传旨的。"

"太上皇？谁呀？"

"你这孩子真老实，两个都姓田，你总不会觉得是双胞胎吧？"

张邕特别不喜欢宫少侠的不敬，但又常常被他这种不敬逗笑，笑得很纠结，而且自责。

"这事吧，建议你作罢，1800就1800，愿者上钩吧。其实吧，田晓卫对单独销售手册也没兴趣，谁都觉得贵，但卖设备的时候，几十万都花了，合同上多加1800元买套手册，多数人都会接受，所以他不在乎别人买不买，想买就这价格。"

"这其实很伤害用户的感情。"

"你没事吧，田晓卫什么时候在乎过感情。"

"没人能改变？易总呢？他怎么也是天工总经理。"

"易总是个好人，所以我从不让好人为难，他当然有权力定一套手册的价格，但这样田教授会不高兴。天工的服务维修技术支持，其实都是田教授在做，价格费用也是他说了算，很多事，就是田晓卫都没管过。"

"可田教授总是说，他就是顾问，除了技术什么都不管。"

"切，"宫少侠脸上浮现出一个极度蔑视的表情，"又想吃猪头肉，又假装不杀生。问题就在这，他说他不管，用户全跑我这来，而我根本做不了主，用户骂街往往都骂错人，我比窦娥她大爷还冤呢。"

张邕又笑了笑，吃猪头肉的比喻，总比又当又立要好。同时他心中升起一丝不太舒服的感觉，他从中心来到天工，把天工当作自己的家，在这里他一直很充实，对一切也很满意。如今他忽然意识到，可能很多事情并不是他想象的那样美好。其实天工还是那个天工，他只是立场变了，从用户变成了其中一员而已。

怀着一丝失落感，他离开宫少侠的工位。他想了想，决定还是去找易目申请一下。

易目耐心地听完了张邕的请求，然后说道："这事你最好这样处理，不要去和田教授商量了，意义不大。田晓卫那边肯定顾不上你1800元的账。"

张邕想起了田晓卫关于3万元维修费的那场对话。是的，1800元似乎根本不值得他浪费时间，但1000本加起来其实是180万元的量级。

"那怎么办？易总你给个内部折扣吧。"

易目笑道："这真的是田教授的事，我做主其实不方便，老人家不高兴了，大家都为难。"

"这样吧，你听我的。库房对你不是禁区，所有技术资料对你都是开放的，你去库房直接取两本手册，直接寄给你的师兄。收不收钱都无所谓，你也可以自己收下，就这样处理吧。"

"这，"张邕一下瞪大了眼睛，"易总，这样不合规矩吧，这不成了我偷拿公司的东西吗？"

易目看了看这个时而聪明过人时而傻到离谱的小兄弟，也有点语塞："我只是给你一个最合适的解决方案，可以不费周折，也能对得起你的师兄。你有权处理那些手册，你拿两本自己用，不算什么大事，你又送给了朋友，也可以接受。但如果走正规渠道，同时公司开票的话，我只能按1800元一本来处理，你自己考虑吧。"

"易总，这样我可以自己偷着卖180万元。"

"因为你不会这样做，我才这样处理。况且真是180万元，那都超出了晓卫的管理范围，归公安局管，你不会想试试的。"

张邕沉吟良久，站起身来，对易目道："谢谢易总，您的苦心我了解了，非常感谢。这样吧，我手里有一本手册，是通过库管正式拿出来的，我把这本手册送给他。我想看的时候可以直接看英文电子版，我不想去拿手册，这有点像偷自家东西。易总，我不喜欢在自己公司里还要鬼鬼祟祟的。"

易目有一点脸红，但并没责怪张邕，他自嘲地笑道："是呀，其实我也不喜欢。"

田晓卫还是知道了手册的事。

易目并不是一个爱告状的小人，只是他觉得关于张邕的事应该让田晓卫知道，他也没隐瞒自己让张邕私下处理的事，如果田晓卫真的追究，他会替张邕揽上责任。

曹公公一直试图向田晓卫证明，他才是天工最能干的一个。其实他不明白，他的问题也许就是太能干了一点。易目从不认为自己能干，他从十几岁认识田晓卫，之后就一直追随。田晓卫的任何决定，他都会无条件执行，让他做总经理，他就尽力守好这个摊子，但摊子是田晓卫的，他从不觉得这是自己的，也从不觉得自己有什么功劳。外面人提起天工，都会提起田晓卫，没人把他这个总经理当回事。但田晓卫自己知道，如果没有性格沉稳的易目处理公司的一切事务，天工绝对不可能有今天的发展。

易目最厉害的也是田晓卫最看重的一点，是他清楚地知道什么事自己可以做主，什么事不可以。他可以让张邕直接去拿手册卖掉，但张邕没有这样做，他觉得应该告诉田晓卫发生了什么。

果然，田晓卫陷入了短暂的思考，易目及时的汇报让他改变了自己之前的一些决定。

他有些不高兴，虽然外面对他的风评并不好，他知道但从不在意。但他听到张邕说"不喜欢在自己公司里还要鬼鬼祟祟的"，忽然生出一股怒意：这是我的公司，我做什么都可以，这不是鬼鬼祟祟。田晓卫自己也不明白，为什么会因为张邕无心的话而生气，他一直很欣赏张邕。

下午他有一个重要的会议，而且这个会议可能会持续一段时间，雷介绍了两个新朋友给他。他本来是想让张邕作陪，张邕的专业水平刚好可以成为他的技术支持，张邕的英文还不错，简单的交流是没问题的。

但手册的事让他心里多了一些想法，他甚至有点怀疑，田教授是不是不该把这么重要的资料交给张邕，但随即也就释然，不交给他还能交给谁。

最终田晓卫决定还是自己和田教授一起去和这两个神秘来客开会吧，但是他把张邕写的一些评价和结论都用心背了下来。田晓卫从不在乎专业知识，但如果他想，这个清华高才生就一定没有任何问题。

他先打给了田教授，除了通知开会的地点，还嘱咐了一句："后面您辛苦点，这部分事暂时不要让张邕参与了。"

田教授点点头说道:"他该做的事已经做完了,不参与问题也不大,倒是那份Skydon的报告……"

田晓卫打断他说道:"这个您放心吧,我只是担心他会做错事,但从不怀疑他的人品。"

接着田晓卫打给了办公室的曹公公,依然陷在沮丧心情中的曹公公接到田晓卫的电话后立刻调整了状态,声音不卑不亢,既有丢了项目的些许不开心,也有重新振作打赢下一仗的热血。

可惜他看不到,田晓卫脸上有一丝不屑的笑容。

"曹华,你上次说敦煌项目需要张邕的技术支持,真的吗?现在还需要吗?"

曹公公没想到是这样一个问题,他转了转眼珠说道:"嗯,这样,他去呢,最好不过,如果他不去呢,我这边也能应付。"

滴水不漏的回答并不是人人都喜欢,比如田晓卫,不过他今天无意教训曹公公,说道:"那就带他去吧,戈壁风光,难得看到,不妨多待几天,不用急着回来。我这几天开会,也没时间和他交流。"

曹公公立刻觉得这份工作有意思了,说道:"放心吧,晓卫,我会照顾好张邕。"

"嗯,听说淮州的事,你不太开心?"

曹公公又是迟疑了几秒,然后说道:"是呀,觉得很可惜。不过幸好有张邕,我们和天石打了个平手。"

"嗯,胜败寻常事,你都老员工了,又是管理层,不要那么在乎。这次也一样,做不成没关系,不要太强求。"

田晓卫挂了电话,曹公公愣了很久。田晓卫让他带张邕去的意图,他大概清楚了,但后面这句不要太强求是什么意思。曹公公想了很久,圣意难揣测呀。

首都机场,赵爷和一美艳女子一起登上了飞往敦煌的飞机。

赵爷一路绅士般彬彬有礼,对那漂亮女孩照顾有加,二人落座时,赵爷甚至亲自为女孩系好了安全带,女孩则甜甜地回应:"谢谢赵总!

您太绅士了。"

待飞机开始在跑道上滑行，赵爷靠在椅背上，脑海中忽然冒出一个想法："这次天工的人谁会去敦煌，会不会遇到那个什么张邕？"

第24章　江湖初见（四）

依然在长城饭店的商务楼层，这里是田晓卫和雷第一次见面的地方，而今双方已经坐在了同一侧，另外一方是两个自以为很了解中国的外国人。

田晓卫已经不再是初见雷时候的青涩男孩，如今的气场直接碾压了两个外宾。他礼貌但冷淡地和二人握手，然后毫不客气地坐在主位上。

"你们的资料我都看过了，诚实地说，和Skydon比有相当大的差距，我不知道你们的信心从何而来，也不知道你们的期望值是什么。"

两个外国人罗伊和斯玛特都愣了下，以他们对中国人的了解，这个田晓卫显然太过直接了。而且他很高傲，不像多数见了西方人就会无比热情的东方人，他整个的身体姿态就在表明自己的态度："我很忙，我只谈有价值的东西，你们最好不要让我很失望。"

雷一旁笑了笑说道："我一直说，田晓卫直接得就像个美国人，你们会习惯的。"

斯玛特不甘被一个中国人这样对待，他反击道："我们不认为我们和Skydon有什么差距，若真如此，你也不会来和我们见面了。"

田晓卫冷冷一笑，说道："贵公司与Skydon同在硅谷，请问：他们在哪里？你们在哪里？他们占地多少，你们有几栋办公楼？如今Skydon在中国市场的占有率在五成以上，你们占多少？"

斯玛特完全没想到田晓卫会如此不留情面，他脸色涨红地说道："田晓卫，我们今天说的是产品和技术，不是比谁家建筑多。"

"那要比股票吗？"

"我说了，今天谈的是产品和技术。"

"哦，"田晓卫点点头，似乎恍然大悟，"你是说，你们的产品和技术其实比Skydon更好，只是公司发展得没有Skydon好，对吧？"

罗伊听出了不对，但斯玛特像溺水的人抓住了一块浮木，说道："对，对，是这样。"

田晓卫轻蔑地笑道："明白了，这样看，Skydon真的是太了不起了。"

雷一旁忍不住笑了，斯玛特又惊又怒不知道说什么。

罗伊赶紧站出来，拦住了要发火的同伴。

"田晓卫，我也坦白说，今天我们来是为了寻求合作，不是为了吵架，你如何评价钛科并不重要，我们只是要找到合作的可能。如果你觉得钛科完全没有竞争力，那今天谈话就可以结束了，没必要浪费自己的时间。所以我想听到你对我们的真实评价，而不是股票价格。"

田教授在一旁戴上了花镜，打开手里厚厚的一沓报告，说道："你们的产品，我们做了详细的评估，我先从第一点说……"

田晓卫毫不客气地打断了教授："不用这么详细，我来说吧。"

只看过一遍张邕报告的田晓卫，对整个评价已经了然于胸，甚至他有些东西并没有看懂，但他相信张邕的专业能力，就如相信自己的聪明智慧。

"你们的产品有自身亮点，特别是原始数据质量上面，在美国SA政策[①]下，你们可以获取两个频率上的P码[②]，这个非常有吸引力，这也是我坐到这里和你们见面的原因。罗伊，这就是你说的合作的可能性，所以我来了。除此之外，你们的产品一无是处，无论是外观设计、集成度、加工工艺还是软件，都远远低于Skydon的水平。你们可以去找任何一家中国公司，我不信除了天工，谁能帮你们赢得这个项目。而你们的

---

① SA（Selective Availability）政策，也称为选择可用性政策，是美国采取的限制GPS定位精度的政策。

② P码，即精码，是GPS卫星中所用的测距码。

产品在我手里，我有七成的把握赢得这个项目，但我的问题是……我为什么要这样做？难道因为我们的伟大友谊吗？我们好像还不算朋友。"

斯玛特这会已经冷静下来，接口道："田晓卫，我为刚才的失态向你表示歉意。其实我非常想交你这个朋友，至于怎么交，希望你可以告诉我。"

雷说道："你们逐渐会了解到，田晓卫绝对是一个很好的朋友。"

田晓卫从桌子上拿起一张便笺，拿起笔，歪歪扭扭地写下了一行数字。如果一个成年人的字写得这样难看，多多少少会有点不好意思，但田晓卫就像书法家给人赐字一般，傲气十足。他把便签调了个方位，然后推到两个外国人面前说道："这是Skydon给我的价格，我要比这个再低30%。"

罗伊脸上出现一丝苦笑，说道："田晓卫，你这个朋友其实非常不好交，这个超出我们的权限范围，我要去请示。"

田晓卫点头道："好。还有一件小事，你顺便一起请示吧，我要12个月的账期。"

"什么？"斯玛特又红了脸，"这不可能！"

田晓卫面不改色，说道："你的同伴说了，交我这个朋友并不容易。"他站起身，雷和田教授也赶紧跟着站起来。

"我还有事，今天就到这里吧，我等你们的回音。只是强调一点，本月内我必须向用户提交Skydon的测试报告了，一份上千页的完整报告。如果你们晚于我提交报告的时间回复，那么，两位绅士，我们再见就没什么意义了，你们可以寻找新的朋友了。下次见。"

张邕随着曹公公入住了用户安排的酒店，一进大堂，曹公公就遇到了熟人。

几个人正站在大堂中心聊天，看上去像是熟人偶遇，格外地亲热。

见曹公公进门，其中一名高大的男子立刻甩开其他人，小跑着迎了过来。

"曹总，知道你也要来，等你多时了。"

张邕接触的帅哥不太多，宫少侠自然算一个，所以他很自然地将眼前这个人和宫少侠对比起来。或许相貌难分上下吧，但这个人穿着一身裁剪合体的名牌西装。张邕不认识牌子，但却可以分辨出这和地摊上100一套的有很大区别。头发整洁而有形，凸显了面部五官的立体。或许和宫少侠最大的区别，是他年长几岁，刚好处于依然充满活力却又自带成熟的大好年华。

张邕心中叹道："宫少侠呀，抱歉了，眼前这位论帅气应该在你之上了。"

曹公公也立刻绽放慈爱而人畜无害的笑容，说道："韦少呀，难得你也来了。"

韦少拉着曹公公走进那几人中间，说道："大家看看，谁来了？江湖云，天工一出，众人退走！曹总这一出马，各位还有机会吗？要不咱们直接退房回家吧？"

众人立刻聒噪起来，有附和的，有起哄的，还有让曹公公请客的。曹公公春风得意又一脸谦虚地笑道："说笑了，说笑了，各位都是豪杰，天工也不是真的战无不胜，用户邀请大家来，一定都有机会。"

"是呀，是呀，"一人旁边叹道，"一分也是机会，三分也是机会，天工曹总九分，也还是机会。"

张邕很快明白，原来他们都是来此竞争项目的同行。想起淮州的一场答疑会，他知道，此时一派祥和，一上战场，必定会兵戎相见。

他是新人，没人认识他，曹公公不知道是忘了他，还是故意，也没介绍他。见没人招呼自己，他就站在曹公公身后，安静地一声不吭，但用心地听着几人的交流，借此判断几人都是来自哪个公司哪个品牌。

几个人忽然出现了短暂的安静，并同时望向门口。赵爷和那个漂亮女孩走进大堂。

女孩玉面红唇，穿着得体的长裙，袅袅婷婷地走来，不止这几人，整个大堂的目光都被吸引了过去。而就在她身边低调内敛的赵爷，很自然被人忽略了。

连韦少反应都慢了一步，反应过来后，立刻叫着赵总，快步走向门口。和对曹公公的动作如出一辙，将赵爷拉进了人群，说道："看，看，大名鼎鼎的赵爷也来了，前有曹总，后有赵总，唉，我这是千里陪跑，戈壁送人头呀。"

女孩一直在赵爷身边，所以这次大家含蓄了很多，一一和赵爷握手，不免多打量女孩几眼。

这位赵爷不是工作狂吗？不是最喜欢在第一线搏杀，心中只有江山没有美人的英雄吗？怎么也沦陷了？

赵爷觉出了众人的目光，微微有点尴尬，他侧身低声问女孩："你要不要先去办入住，然后回房休息。"语气轻柔，但让人感到的不是亲密，而是一种尊重。几人都是微微一愣。

女孩笑了，露出一口雪白的牙齿，说道："不用呀，我本来就想认识认识大家……"

"大家好，我叫Lynn，可以叫我高琳，是和赵总一道来的。"

这个介绍很特别，没说一个公司，也没说什么关系，"一道来的"似乎可以有多种解读。但女孩很有礼貌，于是大家纷纷点头，说幸会。

赵爷也沉稳下来，一一介绍众人："这位宋总，来自Eka。"

"哦，我知道，欧洲百年品牌，幸会。"

"这是韦总……"

"我知道，韦总应该来自米河公司，幸会。"韦少好奇地瞪大了眼睛，这女人谁呀，连自己都知道。

"这位……"轮到一个年轻人，似乎比张邕大不了几岁，脸上的羞涩还没褪去。

"赵总你好，我叫郭小雨，来自东方测绘仪器。"

"东方？"赵爷也愣了一下，这是家著名的民营测绘装备厂家，但他没明白他们来干什么。

"你们代理了谁家仪器？"

"没有，我们没有代理，就是自己做了一款国产仪器，前来试试水。"郭小雨脸红了，自己也觉得底气不足。

"哦，"赵爷点点头，"勇气可嘉，勇气可嘉。"除此之外，他实在想不出该说些什么。

最后轮到天工二人："这位曹总……"

"不用说了，我知道，曹总一定来自大名鼎鼎的天工集团，幸会。"

然后众人的目光都转向了曹公公身后一直没有作声的年轻人。

赵爷问道："曹总，这位？"

女孩打断了赵爷："你一定是张邕，你好。"说着主动伸出了手。

第25章 女侠何人？

曹公公和赵爷都有点变色。

赵爷一直想见见张邕，但完全无法料到，高琳能在他之前和张邕打招呼。

张邕倒没有被女孩的美色迷倒，他只是因为意外，大脑断电了3秒，重启后才赶紧伸出了手，礼貌地握住了美女的3根手指。

"请问，你怎么会知道我？"张邕性格有一点奇怪，对此曹公公有一点体会，没事的时候有点木讷，甚至害羞，但真要到了重要场合，他就会因为紧张而忘了紧张，对任何人都可以从容面对，就像淮州答疑会上的侃侃而谈。

张邕从曹公公身后站出来，大家才发现，这个小伙子其实很高，一种并不张扬却很浑厚的气场静静地弥漫开来。女孩的美艳似乎也弱了几分，不再给人那么大的视觉冲击。

"张邕，M大高才生，GPS中心里能讲的，懂技术，会写程序，还能讲一点英文。有一项特别技能是会升级Skydon 8000系列仪器。"最后一句不无调侃，女孩给了张邕一个促狭但还算含蓄的笑容，但一群人中只有张邕明白她的意思，他忍不住也笑了一下，但心里比其他人都更惊讶。

两人短暂且无法对外言传的笑容，落在其他人眼中，立刻有了各种解读。这女人是谁？怎么我们的事她都知道？这小子又是谁？怎么连这女人都认识他？女人不是和赵爷一道来的吗？怎么和这小子还眉来眼去了一下？

女孩似乎对大家的猜疑毫无感觉，继续道："还有，最近你在淮州做了件很了不起的事，赵总一直很想认识你。对吗？赵总。"

赵爷伸出手说道："张邕，你好，淮工大那事，做得漂亮。"

张邕回答："您是天石的赵总，您好，淮委那件事，您做得更漂亮。"

有人干咳几声，是曹公公，韦少没明白为什么曹公公的脸色忽然变得难看。

后面的谈话变得有些尴尬，没了之前的气氛，大家似乎都不知道说些什么了。韦少还是反应最快的那个，说道："新到的几位都还没办入住吧？赶紧到前台办手续吧，大家也都休息吧，要在这好几天呢。晚上我想出去尝尝当地的滩羊，有人一起吗？"

气氛又开始活跃，有人回应韦少，有人拉着行李回房，曹公公和赵爷这新到的两组人到前台办手续。

曹公公一脸慈祥的笑容，将赵爷和高琳让在了前面。自己却站在侧面，似乎无意实则有心地观察二人。他看到二人开了不同的房间，甚至不在同一楼层，眼睛微微眯起，若有所思。

二人办完手续，刚要离开，曹公公忽然上前说道："高琳小姐，这是我的名片，能换您一张吗？"

高琳笑着收下了曹公公的名片，说道："不好意思呀，曹总，我没什么名片，刚到北京，也没联系方式。这样吧，您有事找我，可以通过赵总。我是晚辈，以后很多事还要向您多请教。"曹公公对女孩的态度很是满意，但自己关心的问题，却完全没得到答案。

二人办好手续上楼，热闹的大厅这会冷清下来，似乎只剩他们俩。

"阿邕,这女孩是谁?对你这么熟悉,你不会猜不出来吧?"

张邕摇头道:"完全想不出,没见过。"其实他心里隐隐有了答案,但这答案有点不可思议,他不敢相信自己所想的。

曹公公暗暗打量张邕,看他一脸平静,相信了他可能是真的不知道。让别人猜不到心事,张邕在不知不觉中开始进步。

稍晚时候,赵爷和高琳坐在大堂吧里喝东西。

高琳换下了长裙,配合西部的大漠戈壁,换了牛仔裤格子衫,又挽起了头发,反而更突出了面部那一抹嫣红。大堂的人纷纷注视,赵爷也荣幸地随之收获了不少羡慕嫉妒恨的眼光。

"赵总,还没听您细说,如何能拿下这个合同,如何能击败Skydon?"

赵爷先叹了一口气,这口气叹得意境深远,一脸忠厚的赵爷似乎有千言万语哽在口齿之间。还没开口,美女就已经被赵爷领着代入其情感之中而不自觉。

"如果是田晓卫在这里,他可能妙语连珠,给你讲出很多的精彩谋略。可是我没有那么多精彩的事可说,无论是这一单,还是之前的所有生意,对我和天石人来说,做卫星导航生意其实不需要什么谋略,只是一个单纯的体力劳动。"

"体力劳动?"高琳的眼中只有高端的写字楼、洁净的落地窗、穿西装的白领精英和化着淡妆的都市丽人。赵爷的答案让她意外,也引起了她的兴趣。

"是的,这个行业里,并不都是田晓卫这样的聪明人,比如我就很笨。"

女孩笑笑,不置可否,因为她绝对不是个笨女孩。

"这里有聪明的,有笨的,有善言辞的,有不会说话的,有懂技术的,也有不懂的,有高学历专业人士,也有街头发广告出身的。成功者形形色色,只是都被田晓卫的光芒遮盖了。这些成功者各不相同,唯一的共性是,他们都很努力。对天石来说,我们每年要去搜寻和接触2000

个用户，其中有需求的不足20%，需求在当年的也就是一半，最终计划和钱能批下来的又去掉一半。这不足100个的生意里，Skydon能拿走一半，其他几家共同竞争剩下的几十台。100∶1的成功率，我们现在每年几百万的生意，每一单都是用无数心血换回来的。对比田晓卫，大家觉得他才是成功者，高高在上，而我是个土鳖，就连一个3台静态设备的合同都会自己亲自出马。可田晓卫有北方公司每年固定几十套设备的采购，价格还是行业里最高的。他只做大城市里甲级单位的生意，我怀疑他甚至没有去过非省会的地方。我们没有这样好的资源，只能去拼，我们每个人都很辛苦，包括我。所以对我们来说，这里需要谋略的地方并不多，很多时候就是体力劳动而已。"

女孩有些许动容，举起手中的玻璃杯说道："向你致敬，赵总。但天工就算只做甲级院，就不辛苦吗？"

"至少田晓卫不辛苦，聪明人永远看不起卖力气的人。他只靠着Skydon品牌打天下，挣快钱同时挣暴利。他高傲，不会俯身和用户交朋友，也不在乎得罪谁。说实话，有时候我非常羡慕他，但我知道，我们羡慕不来。"

高琳微微皱眉道："这样做生意，能长久吗？"

赵爷笑道："聪明人怎么会在乎一件事是否长久，田晓卫不只聪明，还有很多资源。对他来说，机会太多，他总是选择最好的那个机会，绝不会拿到一个机会就格外珍惜然后全力投入。就像卖水果一样，他会在果子成熟那一年拿下果园，对外严防死守，不让外人进入，摘下并卖光所有的果子，然后放弃果园，绝不会花时间打理。因为对他来说，世界上的好果园有的是，根本无须在乎。"

"赵总，如果您拿到一片好果园，比如说Skydon，你会变成田晓卫那样吗？你会怎么做？"

赵爷摇头道："我做不了田晓卫，同样，他也做不了我。对我来说，即使手中的是Skydon，我们做的依然还是体力劳动。但在一片好果园里耕种，我们会比现在幸福很多。"

"您说的我都同意，谢谢赵总，今天学习了很多。不过有一条我不同意，你说自己笨，还说自己土……哈哈哈，我确定您不是这样。"

曹公公和张邕刚好从外面回来，笑声吸引了曹公公的注意，他顺着声音看到一道风景，转身对张邕说："你先回房间吧，我有点事要处理。"

曹公公走进了大堂吧。西北的酒店，或许繁华程度不够，但空间都足够大。曹公公找了一个偏远的角落，坐在一根柱子后面悄悄地观察着赵爷和美女。

"还有，那个张邕，您怎么评价？"

"我上飞机的时候就想，会不会遇到他，他和田晓卫不是同道中人。他是比自己想象的还要聪明的那种人，像他这样的，做成一件事自己会觉得很平常，觉得别人也都可以做到，但实际上他高估了别人，也低估了自己。不过这一次，我是想看看他的另一面。"

"哦，哪一面？"高琳毫不掩饰自己的好奇心。

"我刚说了，我们做的事就是体力劳动，或许只是一种形容。但眼前的这个合同，则真的是彻头彻尾的体力劳动。这里的地形你看到了，初来乍到会觉得戈壁风光很美吧，但在里面待上一个小时，你就会发现其中的残酷。这里的用户对精度，对很多我们认为重要的事都不关心，他们只关心设备在恶劣环境下的工作能力。"

"哦，赵总的意思是，佳瓦这方面的能力超过了Skydon？"

赵爷摇摇头道："佳瓦在任何一个方面都不可能超过Skydon，但是我们的人可以超过天工的人。张邕，论才智，或许足够了，但是我想看看他能不能像天石的人一样拿命来拼。"赵爷脸上闪过一丝刚毅。

高琳愣了愣，说道："我以为我们做的高科技生意，还是世界顶级的高科技产品，公司老板都是雅皮士，您的形容让我觉得有一点残酷。"

"抱歉，高琳，让你认识这世界的灰暗了，对我来说，残酷之后，才有优雅。"

赵爷先回房间休息了，高琳说自己再坐一会儿。她很年轻，但有着很好的背景和学识，所以在赵爷面前内心是有一些优越感的。今天的谈话让她对这个世界有了更多的认识，她端着杯子，面对四面八方不时投过来的目光陷入沉思。然后她的桌前出现了一个白面无须、一脸人畜无害笑容的男子。

"高小姐，这么巧，我可以坐下吗？"

第26章 拿命来拼（一）

戈壁滩上，3天测试，赵爷口中的拿命来拼。

现场唯一的女性高琳，成了风景的一部分。然而当男儿们专注的时候，美色的诱惑就会大大降低，似乎没有太多人注意她的存在。

但高琳注意到一件事，天工的人迟到了，被赵爷看重的张邕第一天就显得如此不职业。

在大家准备各自动身前的最后一刻，张邕才背着沉重的设备，气喘吁吁地跑了过来。他满头是汗，穿的还是昨天的衣服，头发很乱，而且像是没有洗漱。

高琳脸上闪现一丝失望之色，她低声在赵爷耳边说道："或许他很聪明，但应该并不勤快。"

赵爷摇了摇头道："你知道他从哪来？看来这次测试有人扯他的后腿。可惜了，本来想和他较量下，现在看来，他很难赢我了。"

高琳不解，问道："你看出了什么？"

赵爷忽然转向她说道："我不知道你对他们说了什么，也不知道曹公公猜到了什么，总之，那个白胖子并不想让张邕赢，他才是今天缺席的那个人。张邕迟到，是因为他去架设基准站了，没人帮他。我怀疑曹公公已经走了，所以张邕先要爬高，自己一个人摆好仪器，支起电台，然后再急匆匆赶到这一边。我真不知道，那块沉重的汽车电瓶，他一个人是如何处理的。"

高琳心中涌起一个和阿坤一模一样的想法：田晓卫和赵爷，谁才是真正聪明的那一个？

张邕的确很狼狈，事实上，他比赵爷想象的还要狼狈。前一天晚上，就在准备入睡的时候，他接到了隔壁曹公公的电话。

"睡了吗？兄弟，真的抱歉呀，实在对不起，这次恐怕要辛苦你了。"

张邕心头掠过不祥之兆，问道："曹总，怎么啦？"

"我在四川有一个紧急的单子要处理，必须连夜过去，后几天的测试，我无法帮你，只能你自己处理了。"

"这是RTK测试，我一个人做不了……"这句话到嘴边，张邕却改变了想法，他平静地说道："好的，曹总，我可以应付。"

曹公公有点意外，说道："兄弟，真对不住。还有件事，你也知道，我是半瓶子水，什么都不懂，好多事自己没明白，也没沟通清楚，之前预备的转换参数好像不对，你不要直接使用，需要自己重新计算一下。明天就要开始了，兄弟，都怪我，都怪我。"

"没事，曹总，没有一帆风顺的事，我挂了，赶紧看一下数据，您一路顺风。"

挂了电话，曹公公有点失落，他布了局，而且张邕不得不入局。但对方太过云淡风轻，让他没了成就感，还没来由地多了一丝惆怅。

"妈的，我就不信，这你也能摆平。"曹公公一旦褪去笑容，怎么看都是一脸的狰狞。

张邕重新计算了之前的数据，但他发现，曹公公亲自去为他准备的这个软件狗（硬件加密锁）没有平差功能。虽然已经决定扛下所有，但此时他终于有点变色，送他上前线但不给武器，这是要送命的。

他没时间计较曹公公是不是故意的，就算把曹公公五马分尸，也解决不了他现在的问题。好在3条基线都已经解算，这部分可不是他凭自己能搞定的。3条线的简单平差而已，他想了想，决定手工计算。

田晓卫答应给他这台笔记本的时候，他就兴奋地准备好了一切工具，若不是他早就安装了一个函数计算器的程序，今天只怕后果严重。

他手工闭合了基线，之后重新计算了转换参数。自己的程序和Skydon的程序各验算了一遍，确认无误。他抬头活动一下肩颈，看到天边居然出现了一丝晨光，他看了看表，叹了口气："我还是生疏了，居然费了这么久的时间。"

他打给前台，让他们为自己叫一部出租车，睡眼蒙眬的前台值班女孩打着哈欠问："这么早，你是不是调错闹钟了？"张邕笑着说："没有。"

测试时会有用户专用的车送他们去现场，但他的东西太多了，尤其是巨大的汽车电瓶，一般都是两个人抬才可以，如今他只有一个人。他拿不了那么多东西，不会有人帮他，甚至不会有人等他，他只能提前行动。

同样睡眼蒙眬的出租车司机，听到了他说的目的地后问道："大半夜你去戈壁干吗？兄弟，我只是混口饭吃，非法的事我可不敢干，你重新叫一辆车吧。"

张邕不等他发车，手脚利索地将电瓶抱进了后备箱，然后拉车门坐进副驾，说道："放心吧，大哥，我从来不做非法的事，我是来帮你们开发西部的，不去戈壁，难道在宾馆？"

司机大哥半信半疑，还是启动了汽车。到了戈壁边缘，司机停车。

"兄弟，我这是出租车，不是越野车，里面我进不去，只能这里。"

张邕指着不远处一个土包说道："帮我抬上去，多少钱？"

司机上下打量着张邕，确实不太像坏人，说道："你个学生娃就知道钱，现在也没事，我帮你拿上去。"

司机大哥从后备箱掏出一捆绳子，熟练地将电瓶捆住，打了几个结，形成一个背带，接着一用力，将电瓶背在了背上。

"前面带路。"

"大哥，太沉了，我帮你吧。"

"不用，看你是读书人吧，怎么看也不是干这个的，娃可怜的，跑我们这穷山恶水的，前面带路吧。"

张邑折腾了一夜，一直都很冷静，此时忽然鼻子一酸，眼眶居然湿了一下，赶紧忍住，还好晨光幽暗，司机大哥也没注意到。

他把电瓶和基准站的大箱子放在了控制点旁边。这两个物件很重但不怎么值钱，这地方又没什么人来，他相信不会有人偷。

然后他坐车回宾馆，司机大哥帮了他一回，也不再戒备什么，二人聊了一路。下车的时候，张邑塞给司机300元钱，吓了司机一跳，说道："你这娃脑子有问题呀，哪里用这么多。"

"大哥，我包你3天车，今天第一天，每天这个时间拉我去同样的地点，然后晚上9点，您去那个地方，接我回来。"

司机大哥想了想说道："1天2趟，3天6趟，不用这么多，你给一半，150，很多了。"

"大哥，还得麻烦你帮我搬东西。"

"你这个娃好啰唆，我们西北人看着粗鲁，但都是好汉，不多要你的钱，150元，我晚上去接你。"

"谢谢大哥。"

天刚完全亮了，配合测试的车辆先来到了那个土包附近，张邑和几个测试人员下车，他和司机打了个招呼："不用等我，你们先走，我自己过去。"

众人惊讶地看着张邑只拎起一台设备走向山包，几人窃窃私语。

"Skydon技术这么厉害吗，连电瓶都不用？"

"或许人家是太阳能的，你还是操心你自己吧。"

车开走后不久，几个看守基站的人再次注意到，张邑离开了自己的基站，顺着车轮足迹，向着测试地点狂奔。

"我×，他一个人干活吗？什么时候测试改铁人三项了？基站不管了？不担心我们过去一脚踹翻了他的设备？"

"干吗把我们导航圈形容得这么不堪呢，我们都是君子，谁干这种缺德事，反正有人看着的时候我没干过。"

众人一阵哄笑，有人接着道："我倒担心起风了，会吹翻他的脚架。"

"走，过去看看，咱也学习学习Skydon的高级设备。"

几人来到张邕的基站前，被眼前一幕深深震惊。仪器架设得极低，也就1米，脚架深埋进沙土内，感觉地下部分比地上还多。这还不够，又在脚架入土的地方各压了一堆石头。相比之下，电台天线尽量支高了，但下面也是深埋土中，外加石块加持。

"这稳如泰山呀，除非台风来了，否则雷打不动呀。"

"看见了吧，这就叫专业！"

张邕跑到车上拿了设备，再次奔跑到测试出发地。他狼狈而且疲惫，同行口中的"专业"是他用体力换来的。只是他不知道，刚刚他这个形象落入赵爷和高琳的眼中，却有不同的解读。

"各位辛苦了！"一名壮汉大步走到众人中间。

"欢迎各位来参加测试，现在你们可以出发了。如果你们的计算没错，那么所有的数据都已经在你们的设备里了。所以，你们不需要向导，跟着自己的设备定位走就行了。10公里线路，对各位都是小意思吧。我们平时干活，今天这种平地，是一天30公里。每5米放一个点，看到每组后面挎着包的人了吗？他们会紧随你们，你们放样一个点，他们就会打一个桩。看到旁边那两辆吉普了吗？他们也会随着你们，撑不住了，说一声，上车带你们回来。测试第二，安全第一嘛。车上有水，渴了可以去车上拿，午饭每人两个馒头，一袋榨菜。都在车上，到时候去领……"

他说着话，目光扫视着众人，但停在了赵爷身上，说道："赵总，您亲自背仪器上去吗？"

赵爷憨憨一笑道："孙工，我们公司的规矩是，总经理就是背仪器的。"

大汉点点头，向赵爷竖了一下大拇指，然后目光回转，说道："各位还有问题吗？"

"孙工，我有个问题。"举手的是张邑。

"你讲。"

"我想现在先把馒头领了，可以吗？"话一出口，立刻引起了周边的一片笑声。

第27章 拿命来拼（二）

孙工皱着眉向张邑望去，最终确定他没有开玩笑，也不是故意捣乱。

"你随时可以领，只是提醒你，我们备了很多水，但午餐数量并不富余，可能没有多余的给你，今天的工作量不小，你要是一早就吃完了，下午只怕要挨饿。"

张邑点头道："谢谢孙工，我没其他问题了。"他说完就向一旁的越野车跑了过去，众人又是一阵哄笑，孙工也嘀咕了一句："这孩子饿疯了吗？"

"好了，都没问题，大家出发吧。"

大家都已经开始放第一个点的时候，张邑跑到了越野车前，领取了自己的口粮，然后问了一句："有多的吗？"

车上的工作人员看了他一眼，又拿起一份口粮打开，掏出一个馒头给他，说道："现在只能多给你一个馒头，中午看看有没有多余的。"

"谢谢，给我几瓶水。"

工作人员也有点不耐烦，说道："水足够，这里最不缺的就是水，我们准备的也最多，你不用要那么多，渴了随时可以来车上取。"

张邑自顾自地把水往身上揣，背包侧面、腰带上、裤兜里塞了有六七瓶。看到满车人看他的怪异的眼光，他解释道："干起活来，我可能没时间再来车上。"

有人明白了他的想法，说道："你要一口气干完今天的测线？你做不到的，你以为这里的10公里是你们大城市的体育场跑道吗？测试而已，别玩命。"

张邕点头，然后跑回了自己的位置。车上人感叹："欲速则不达，他这样不行，仪器本来就重，几瓶水加上也不轻，这孩子没啥经验，想逞强，多看着他点，别晕在戈壁里。"

张邕跑回自己位置，又抓起一挎包木桩，被身后负责打桩的工作人员拦住："你够了，这个不用你，你放完了，我们直接帮你打桩，你还嫌自己背的不够多吗？"

张邕执拗地抓起了其中一个挎包，说道："我放线很快，比你们打桩快，我每放一个，就扔下一个桩，这样比较节省时间。"

打桩这兄弟显然没有车上人好说话。他拿起一根木桩，戳在地上，然后一锤子下去，木桩已经就位，然后又用锤子重新敲松，收起木桩装回包里，一套动作一气呵成。他略带挑衅地看着张邕道："我打桩没有你放样快？放心吧，兄弟，你放多快，我打多快，我倒是担心你这边速度不够。"

张邕不再多说，扔回了挎包。

"那就辛苦您了，今天咱们这组，必拿第一。"

"行了，小子，先别说大话。只要你能干，我们绝对不拖你后腿，走吧，人家都放好几个。"

"您等我一分钟。"张邕利用一分钟，吞了两个馒头下去，又灌了半瓶水。几个人看得目瞪口呆，这孩子是多久没吃饭了。

测试的人逐渐走远，当男人们终于开始有心思把注意力放在高琳身上的时候，她乘车回酒店了。她体会到了赵爷的话，壮丽的大漠戈壁风光之后，是无尽的残酷。当太阳升起，高原上的紫外线放肆地烤着每个人。但因为处于高原，温度并不算高，这种不太热却暴晒的气候让她很不适应，她实在不想将自己一张精致的面孔暴露在这种环境中。

中午，高琳一个人悠闲地在大堂吧独自享受着阳光，当然同时也享受周边爱慕的眼光。她还坐在昨天的同一位置上，然后那一晚的一幕重现，在曹公公出现的位置，又出现了一个男人，说着完全一样的话："高小姐，这么巧，我能坐下吗？"高琳抬起头，看到一张帅气的脸。

韦少并不是提前回酒店的，他出现这里的原因很简单，米河公司被淘汰了。

米河的工程师显然算错了转换参数，偏离众人向另一方向斜刺而去，待与众人渐行渐远，才发觉不对，于是现场重新计算。新的参数输入后，米河将士又换了另外一个方向斜刺而去，在戈壁滩上画起了"之"字。

一直折腾到已经无望追上对手，只得宣布放弃，但米河并不是被淘汰的第一家公司。

第一个出局的是郭小雨。虽然没人觉得东方公司能创造奇迹，但作为第一支国货新军，大家还是希望他们能有一些亮眼的表现，包括孙工也给了小郭更多的关注。

东方这套东西比起进口品牌，尺寸明显大很多，集成度也不够好，看起来就像搬运工扛了一身的货。而在性能上，从第一个点就开始落后，初始化的时间比别人长了一倍还不止，无论是数据链还是固定状态都不太稳定，放样成了走走停停。最后在米河工程师重新计算参数的时候，小雨退出了比试。

远处观望的孙工，叹了口气："国产化，还是任重道远呀。"

韦少发怒，他狠狠地训斥了自己的手下，然后回到酒店，给米河总经理李文宇打电话汇报了情况。李文宇当然很沮丧，米河的经济状况并不算好，这个合同对他们还是很重要的。但从韦少的汇报中，他捕捉到了另外一些信息。

"没人知道那个女孩是谁？"

"没有。她只是自我介绍，说和老赵是一道来的？"

李文宇在电话中沉吟道："老赵什么人，我们都清楚，他绝不会没有目的，带个美女在身边招摇过市。这个女孩绝对不是那么简单，你想办法去调查一下吧。"说着李文宇笑了笑，"你这么帅，不用在合适的地方，可惜了。"

赵爷终于累了，他将设备还给了手下人。

整个上衣都已经湿透了，背包腰带勒住的一圈，渗出一圈白色的汗碱，他叹口气，这件衣服基本算是废了。

他喘着气，看着依然在前面领先的张邕，心中道："怎么比我还能拼，这种情况下要是还输给他，天石的人都该自杀谢罪。"

天石的人很快发现，其实张邕已经慢下来了。离最后的终点大概还剩2公里，张邕显然不准备吃午饭，他没有人替换。吃过午饭的天石人，心中憋着和赵爷一样的怒火：这要是还输给你，我们别活了。

张邕其实已经成了强弩之末。他是早晨回到宾馆的，继续收拾其他设备，待准备好，已经到了出发的时间。他到了餐厅想拿个包子，可是餐厅的服务员秉承着西北人一贯的认真和执拗，坐下吃，随便，吃多少都可以，想打包，没门，最后张邕凭着坚持拿走了一个茶叶蛋。

他几乎一夜没睡，早晨又没吃饱，基准站的精心布置又花费了不少力气。他向孙工要早饭的时候，已经觉得困到了极点。

他不是在拼命，论拼命大概没人能拼过赵爷和天石。他只是对眼前的环境做了一次精确的评估。最终的判断是，他不可能坚持到下午。所以对他来说，最好的策略就是赌上午的半天，他要在体力耗尽之前完成这条线，一旦停下，他只怕再也完不成任务。

早晨留了一个馒头，刚才已经吞下去了，水也只剩下一瓶。盐分大量的流失，让他越发虚弱，他把整袋榨菜放入口中嚼了吃下去，居然感觉不到咸。

身后打桩的两名工程师，不无佩服地看着张邕。这孩子说要拿第一，不是说说，真的在拼，他们中午也没休息，只是交替着吃了午饭，但没人抱怨，都紧跟在张邕后面。

张邕慢了下来，越来越慢。

天石的人很快在迫近，赵爷落后于张邕的唯一原因，不是体力不济，而是设备原因。赵爷说过会用人的拼命精神来弥补设备的不足，但如果遇到的是设备比你好，还和你一样拼命的张邕，他只能屈居后面。

给张邕打桩的两个人嘀咕了一下，其中一人跑向越野车，回来的时候，手里拿着两瓶水、一个馒头，说道："只有这一个了。"

他上前把馒头塞给了张邕，发现张邕面色苍白，而且脸上不是大滴的汗珠，而是一层细碎的毛毛汗，顿时觉得不好。

"兄弟，不行了就歇一下吧，你这样会出人命的。"

张邕摆摆手，接过馒头，狠咬了一口，但吃到第三口的时候，他哇的一声，吐了出来，身子一晃，半跪在地上。

就在此时，天石的人越过了他们，张邕意识恍惚中，看到了这一幕。同时，赵爷和天工的人也向他这边看过来，双方目光在戈壁的空气中碰撞了一下。

张邕叹了一声可惜，他的策略并没有错，但只能拼到此处了。他喘息着修改了计划，既然拼不过天石了，就干脆再休息一会，无论如何，要完成今天的任务。

忽然肩上一轻，有人摘了他的设备，他转头看，后面打桩的一名工程师将他的设备背在了肩上，只把控制手簿留在了他手里。

"兄弟，你要是还想拿第一，那我帮你。要是你实在没力气了，我们就停下。"

张邕心中涌起一股暖流，同时一种力量从心底重新萌发，他拧开一瓶水，一口气喝了一半，然后站起来说道："多谢了，走，我们去拿第一。"

业主的工程师们长期在这里作业，一切熟悉得不能再熟悉。而Skydon的设备其实界面很友好，并不难控制，打桩工程师很快就熟悉起来。他迈开步子，快速地奔向了终点，旁边的张邕拿出最后的力气快步跟随。

很快，他们与天石的人近在咫尺，两边隔空对视一眼，不约而同地跑了起来。

第28章　拿命来拼（三）

在最后冲刺的100米，他们追上了天石的人，然后双方差不多同时到达了终点。

天石的海刚明显不服气，他狠狠地吐了一口口水，说道："赵总，他们这个可是作弊呀，要找孙工说一下，该取消资格。"

赵爷叹了口气："我会去反映的。但能让他们心甘情愿地参与作弊，这也是一种本事。"

其实远处的孙工早就看到了这一切，他抄起对讲机，准备制止自己的手下人，但最后犹豫了一下，又关上了对讲机。

张邕苍白的脸上露出一丝笑容，男人之间真正的感谢其实并不好表达，他回身半天，才挤出一句："两位大哥贵姓。"

俩打桩的忍不住笑道："行了，你别管了，赶紧上车回去休息吧。我们哥俩做的也不知道对不对，明天不一定能帮你了，你快去吧。"

张邕不知道，帮助他的人不止打桩的两位，曹公公并没有想错，他布下的局张邕的确破不了，只是曹公公从来不会想到，会有人真的不带目的地去帮助另一个人。

张邕在戈壁滩测试的最后关头，一名其他公司的工程师再次悄悄地来到了张邕布设的基站。

他悄悄环视四方，见到没人注意他，他蹲下靠近了正在供电的汽车电瓶，然后伸手轻轻松了松上面的电线夹子。

内行的人都知道，电线夹子一旦虚接，很容易造成供电不足，而且查不出问题，就算还是发现了，也只会认为是自己没夹好。

忽然有人大喊了一声："你在干吗？"

做坏事的人心虚，他被吓了一跳。一个明显是本地人的威武汉子正怒视着他，汉子又问了一句："你在干吗？"

破坏者想了一下，确认这不是用户的人，于是强硬道："你谁呀？管我干吗呢？我们正在测试，闲杂人等，离远一点。"

汉子道："我是谁？我和这小伙子是一起的，你要干吗？"

破坏者换上一副笑脸说道："小伙子？天工的张邕？"

汉子笃定地点点头道："嗯，就是他。"其实他不知道张邕的名字。

破坏者干笑道："没事，他不是不在嘛，我过来帮他看一眼基站，没问题就好，你来了更好，那我就回去了。"说着赶紧离去。

汉子过来检查了一下电源，把松了的夹子重新夹紧。

远处被打桩汉子搀扶着的张邕没注意到，数据链飘了一下，然后又恢复了正常。

张邕回到了出发点，稍稍恢复了些体力。他将设备放到了来时的车上，然后说不用等他了，他自己打车回去，然后跑去了基准站，发现司机大哥已经在等他。

回去的路上，司机大哥说："我算了一下，150元有点少，你再给我50元吧。"

张邕困得已经打起了瞌睡，他迷迷糊糊地说道："就是少了，您还是拿300元吧。"

"不用，就200元吧，后面两天我不出车了，来了就在这帮你看着那设备。"

张邕一下清醒了很多，也立刻想到了什么，说道："那太好了，多谢您了。"他掏出400元钱递给司机，"您先别推辞，这样，剩下的钱您帮我买3条烟，我要送给朋友。"

"这倒是行，要什么烟？"

"我也不懂，就是送给本地朋友的，太贵的我也买不起，这个价格您看着买吧。"

张邕一顿晚饭补回了一天的能量，他没和任何人说话，对过来打招呼的赵爷只是点点头，对妩媚动人的高琳也只是点头。他并不想失礼，只是没有心思也没有力气和人交流。西北以肉类和面食为主的饮食，刚好弥补他身体的亏欠，他吃到自己都不好意思了才离开餐厅。

然后他检查了设备，整理了数据，又将电源一一充电，确认一切都没问题了，放松下来的他立刻完全没了力气，也顾不上洗澡了，脱了衣服胡乱扔了一地，钻进被子很快就入睡了。

大堂吧，高琳还是坐在了同样的位置，但身边的不只是赵爷，韦少坐在了另外一边。

谈兴正浓的高琳忽然接到一个电话，随后她的表情沉重起来，韦少和赵爷立刻也跟着紧张起来。

大洋彼岸，卡尔陷入了深深的焦虑中。

史蒂夫圣旨已下，要在中国项目开始前解决一切中国的问题。这句话听起来令人莫名其妙，但就像他之前感叹的，他们连这个项目以及用户的全称都不知道，只能称之为中国项目。

雷被他解决了，他等着雷回美国和他理论，但是雷和他通过一次电话后，就失踪了。

于是他等着看田晓卫的反应，田晓卫关于中国项目的账期要求，他还没有最终答复。他的目标是和田晓卫对话后，将账期缩短到6个月，这已经是Skydon的极限。同时，为了6个月账期，他会有很多条件要和田晓卫来谈。

但一切都不在他的计划之内，自从雷离职之后，他就没再收到田晓卫的任何消息。计算了一下北京时间，卡尔再一次拨通了田晓卫的电话，一阵拨号音之后，那边是田晓卫的磁性声音："我现在不方便接通电话，请留言。"卡尔忧心忡忡挂了电话，他已经几次留言了。

卡尔没之前那么自信了，他有点怀疑对雷的处理是不是激进了一些。虽然一切决定都是得到史蒂夫同意的，但如果中国项目真的丢了，那么总裁先生能替他承担责任吗？他的答案是否定的。

在他准备打给那只老虎的时候，老虎来信了。

卡尔迫不及待地认真读了Tiger的邮件，之后依然是百结愁肠。

忽然他灵光一闪，翻出了技术部门给张邕的回信，然后点击了张邕的邮件地址，直接以自己的名字给张邕发了一封邮件。

这是一封注定让卡尔失望的邮件。

张邕正在中国大西北的腹地安睡，虽然宾馆里有电话，但当时的拨号网络并没有漫游号码，他要拨到北京才能上网。而这里忙碌的测试占用了他的全部精力，至少在敦煌的日子，张邕绝不会上网。

新的一天开始了，再次出现的张邕精神抖擞，呈现出和昨天完全不同的状态。今早他没有提前出发，司机大哥独自将他的电瓶和设备拉到了指定地点。

当他架好基站，司机大哥如同一尊门神坐在附近，并挑衅似的向昨天的破坏者望了望，后者没敢和他对视。

高琳再一次出现在测试场地，她本来不想参加后面的任何一天测试，但昨晚的电话，让她今天重新出现在这里。

孙工再一次走入场地中心，说道："说个事。昨天呢，我们有人参与了个别公司的测试，帮着你们其中一家背了1公里多的仪器。"众人的眼光立刻投向了张邕，同时他们发现，配合张邕打桩的已经换了两个新人。

"这种事呢，肯定不允许。我们都是长期在这种环境干活的，我们参与了，对测试的公司就不公平。但昨天的事，责任不在他们，在我，是我没提前给他们说清楚规则，所以昨天的事就算了。但从今天起，不允许再有这样的事发生。昨天的测试结果呢，我们也商量了下，依然有效，大家都看到了，人家之前也一直是领先的，对吧。大家有异议吗？"

海刚不服，刚想开口，被赵爷从身后拉了一把，然后闭嘴。

"既然大家都没意见，那就开始今天的测试吧，大家看到，我们的测线越来越深入戈壁，马上就到山脚下，大家务必保证自己安全。"

"哎，那个谁，就是你。"孙工忽然指向了张邕。

"你今天要先领馒头吗？我们特地帮你多备了一份，不影响你的午饭。"

张邕脸上一红，回道："谢谢孙工，今天不用了，我吃得很饱。"场地上又是一片笑声。

众人陆续动身，高琳忽然走到了张邕身后，说道："张邕，加油呀，等你好消息，晚上回来我请你喝咖啡。"

张邕愣了下，回道："多谢呀，回来再说。"他说着不自觉地看向赵爷，却刚好迎见赵爷的目光，赵爷向他比了一个加油的手势，他赶紧点点头算是回复。

美女的邀请让他有点困惑，但他背上设备，就很快忘记了其他的一切。

体力充沛的张邕没有像昨天一样拼命地赶路，他分配了自己的体力，不紧不慢，保持一个固定的节奏，后面两个打桩的小伙子也是配合默契，刚好和他的速度匹配。三人如同一部精准工作的机器，看似不快，但却逐渐将对手一一甩在了后面。

天石这边的人终于有了一丝紧张，他们也已经做到了自己的最好，但就是无法赶上张邕的脚步。赵爷不再和张邕一对一地打拼，他们开始3个人轮换，每人1公里，保证每个人背起仪器时都是最佳状态，虽然如此，还是落在了后面。

海刚泄气了，说道："老大，咱们这样下去赢不了的。人家背的可是Skydon，人比人不一定要死，但货比货真的要扔呀。"

赵爷还是一如既往地平静，说道："没事，我们3个人，午饭时间可以不用休息，我们一直跟着他，让他不敢放松，或许还有机会。"

"哎哟老大，您别自我安慰了行吗？昨天那样，他都几乎自己跑赢了，今天一顿午饭时间，我们翻不了盘。"

赵爷笑了笑道："我们今天不用翻盘，让给他，但不能让他赢得太轻松。真正的考验在明天，他再厉害，只怕也很难过关。"

第29章　我知道你是谁

高琳成了大堂吧一道固定的风景，每日不同的衣着，但总坐在同一位置上。身边的男士却是来来回回地更换，今天换了一个年轻的男孩坐在他对面。

"咖啡？"

张邕摇摇头道："喝了睡不着，我要一听可乐。"

"碳酸饮料可不健康。"

"西方人说可乐不健康主要是因为糖分高，以中国人现在摄入糖分的比例，这个可乐刚好可以弥补我身体的亏欠。"

高琳笑道："真的吗？我怎么没听过，可乐对某些人群会有好处。"

张邕也笑道："假的，我只是喜欢喝可乐而已，很好喝。"

张邕咕咚咚地喝着可乐，似乎并没有挑起话题的兴趣，高琳只得先开口。

"你今天很放松，昨天似乎遇到了困难？"

"嗯，今天还好。唯一影响我今天心情的是，我没明白你约我干吗。"

张邕说着便严肃起来，高琳心中有一丝不舒服。无论是曹公公还是韦少，甚至看似憨厚实则暗藏威仪的赵爷对她都尊敬有加。张邕是不太一样的一个人，他并没有什么不敬，只是没有另外几人那样小心翼翼，没有那种"我想要你知道我很尊敬你"的那种尊敬。

说到底，即使是一个有层次有品位有良好背景的女人，终究也是女人，而女人终究是感性的。

"我知道，自从我来到这里，你们很多人都在猜测我是谁，我的来历，你难道完全不感兴趣。"

张邕摇头道："不感兴趣，和我无关，和我的测试也无关。"

高琳心中升起一股不悦，怎么会没关系，就算其他没关系，女人的美丽难道不和任何一个男人都相关吗？不过还好，她也并不是一个普通的女人，不会因此真的发怒。

"我出现这里，一定会和你们的行业有关系，和你的测试有关系，甚至和你有关系，你信吗？"

"嗯，我信。"

"然后呢？"

"没有然后，我相信你说的。"

高琳精致的脸上现出一丝红晕，当然不是因为害羞，怒气还是浮上了她的心头，张邑是她见过的最不会聊天的男人，这对话根本没有办法继续。

她深吸一口气，平静了一下自己的心态，继续说道："既然与你有关的事，为什么你还是不感兴趣？"

张邑感觉到了对方的情绪，他并非有意让对方难堪。

"因为今天是你约我，我就准备听你说。测试太累了，所以我不想费脑子去猜。而且我很怕……"

高琳一怔："你怕什么？"

"我很怕自己猜对，高琳小姐，我在这里其实最不想面对的人就是你，因为我怕你告诉我一些事，不是每个人都希望知道真相的。"

"这样呀，"高琳又笑了，恢复了之前的优雅，"原来你担心这个，可是真相总是要面对的，你是成年人，不能用逃避解决问题。"

张邑摇头道："我不逃避，只是不想提前面对真相，这样会使事情变得复杂。我来这里是测试的，虽然遇到很多困难，但只要我心无旁骛，只关注测试本身，就能克服困难。如果我心中考虑了太多测试之外的事，可能昨天我就已经被淘汰了。既然话已经说到这里，可能真的要挑明真相了。你的来历没那么神秘，我能猜到你是谁。"

"你能猜到？真的吗？"高琳一脸不可思议的表情。

"这次来敦煌，一切事都非常不顺利。淮州我能解决问题，是因为田晓卫就是要我去解决问题的。但来这里,我发现很多人都并不想让我做成这件事,我不敢确定,这是不是田晓卫的意思,或者说我不想确定。刚才说了,我不喜欢猜,哪怕是老板的心意,所以只要没人公开告诉我,要放弃这个项目,我就会一直继续。你看到了,其他家都是三个以上测试者在这里,而天工只有我一个人。曹总离开后,一个电话都没打过,对测试的进度完全不关心,这不是他的项目吗?所以,我为什么要面对这些事背后的真相呢?除了一群拖后腿的人,还要时时顾影自怜,我被别人欺骗了,抛弃了。你觉得你如果是这样的心情,还能继续完成测试任务吗?我本来并不确定自己是不是被出卖了,但你出现在这里,就与我的猜测完全闭环,一切都完整了。可能当你出现在这里的时候,你准确地叫出我的名字,我就猜到你是谁了。或者说,我猜到你来自哪里了,你是Skydon的人!现在你可以笑着告诉我,说你太自以为是了,你猜错了,笨蛋,那我一定会高兴地跳起来,你说吧!"

高琳苦笑着摇了摇头道:"你不用跳起来了。"

"张邕,赵总说你比自己想象的还要聪明,看来真的如此,能说说你是如何形成闭环的吗?"

"非常简单,我到天工最重要的一件事就是配合田教授做基站网络的测试。我们忙活了几个月,在一切都很顺利的情况下,最后关头却没有提交报告。田教授失踪,田晓卫说我不用管,交给他处理。我当初没有多想,但现在想来太多不合理。接着雷出现在办公室,田晓卫说Skydon计划将亚洲总部迁往北京。稍稍有点常识就能知道,Skydon如果进驻北京,至少会有发布会和新闻,而且怎么也不会把办公室放在天工的办公室内,连个自己的牌子都没有。两件事合在一起,我猜测田晓卫和Skydon的关系出了问题,至于雷,我很怀疑他现在是否还是Skydon的亚太地区负责人。接着田教授……"张邕忽然顿住,他想起田教授和田晓卫都嘱咐过,那些资料不能外传。

"田教授怎么啦?"高琳立刻捕捉到了什么。

"田教授依然准备各种资料,可我们做的报告很全面,想不出还有什么遗漏，而且我找不到他。"张邕说了句似是而非的话遮掩了过去，"然后我被突然派到了这里，但无论田晓卫，还是曹总，似乎都不关心这里的项目，他们只是想让我待在这里。曹总的离开太过突然，那天我们从外面回来，他看见了你和赵总在这里聊天，后来他突然做出了这样的举动。我怀疑，他从你这里猜到了部分真相。你随赵总的出行就很有意思，你觉得可能没人能把天石和Skydon联系起来，自己只是一个漂亮的神秘女子而已，大家会猜测，但不会猜对。其实你想错了，能猜出你身份的人，我相信还会有其他人。"

高琳没作声，张邕又说对了，远在北京的李文宇也一样猜到了她的身份。

"我只是不知道，你是如何与赵总联系上的。但我能猜到他邀请你来这的目的，他想让你看看天石的实力。赵总的确是经常在一线搏杀的人，但他如今还在戈壁里背仪器，我觉得似乎太过了。至于今天你找我要谈什么，我特别不想知道，也不想谈。理由还是一样，一切都是我的猜测，如果你告诉我这一切都是真的，我怎么还能做好明天的测试？"

高琳有点语塞："所以你什么都不想谈？有没有想过，如果你说的种种变故出现，会影响你的职业前途，你真的不要早做准备吗？"

张邕苦笑一声说道："我常觉得自己是一个踏实努力而且想法简单的人。但我没预料到，我的第一份工作不到一年，我就离开了。我非常感谢田晓卫给了这第二份工作的机会，但如果这次的时间更短就结束了，我实在不敢多想后果。我现在只看眼前的事吧，目前我还是天工的人，拿着田晓卫给的薪水，我不考虑其他事。明天测试我会尽全力，哪怕田晓卫和天工并不这样想。"

高琳有点迷惑地看着张邕，觉得自己是不是产生了幻觉，这个人可能比赵爷评价的还聪明，也比自己想象的更蠢。

她知道谈话很难继续了，说道："张邕，这是我的名片，没有公司名称只有联系方式，也把你的联系方式给我，回北京后我们再继续交流吧，等你想到什么，随时可以找我。可以回答你部分问题，比如我和赵总之间，他是为数不多向Skydon发过邮件的人，应该还在你之前。而我来中国之前，会在所有相关公司的网站下寻找他们中国代理的信息，只是为了了解这个市场。每一个公司，我都通过咨询公司拿到了部分资料，赵总因为之前发过邮件，而且在评估报告里被高度评价，所以我第一个就找到了他。我不知道，你是不是可以完全闭环了。我们回北京再约吧，还有件事，赵总说过，明天的测试，你赢不了。"

高琳意外地看到，张邕居然点了点头。

"其实整个测试计划和安排我都看了，我早就知道第三天我根本赢不了。只是没想到，第一天就让我几乎撑不下去。"

"那你准备怎么办？"

"没有什么特别，继续测试，做到最好，直到完全确认我赢不了的那一刻。然后我会去找田晓卫，问他为什么。"

"如果田晓卫给你的答案不够好，你可以考虑来找我谈谈，祝你明天一切顺利。"

第30章　拿命来拼（四）

孙工今天的话格外简练："今天简单，只有3公里，祝大家成功。"

高琳又一次出现在场地，虽然她并不愿来，但真的很想亲眼看看赵爷如何拿命拼得胜利。同时今天是个阴天，有稀稀拉拉的小雨，没有了她最畏惧的强烈日光。

但她很快就明白了自己错了，有一些东西比日光可怕很多，比如说，戈壁的蚊子。

她过去从来不知道戈壁滩上会有蚊子，那里不是连水都没有吗？蚊子怎么繁殖？如今她依然不知道该怎么回答这个问题，但已经知道这里不仅有蚊子，而且数量之多、战斗力之强悍令人心惊。

蚊子好像第一天测试时的张邕，似乎被饿了一个世纪，把生死置之度外地向每一个人猛扑过来。高琳一身长衣长裤，觉得自己裹得足够严实，但随即她发出不大不小的一声惊呼。她看到自己袖口和手掌之间，这一节短暂的空隙，手腕上就趴了一圈蚊子，而且赶不走，只能打死，在手腕留下一圈灰黑，但很快又有后来者补上。

美女花容失色，之后赵爷找来一件工作服，美女顾不上形象将肥大的制服套在身上，整只手都缩进衣服，头颈则用围巾扎得严严实实。这时候的高琳已经完成了本地化，和本地的牧羊女没有太大差别了。

赵爷今天没有背设备，只在美女身边充当护花使者。他望着前面缓缓移动的几名手下，觉得大局已定。

今天的确只有3公里测线，但却是山地，环境异常恶劣。

张邕看着天石三员大将与自己相距越来越远，心里反而释然了。自己已然做到最好了，还能怎样？他停下脚步稍稍喘息下，无论如何，他要走到最后，把测试做完。

身后两个打桩的工程师以为他在难过，一人安慰道："如果你这也有3个人，或者允许我们俩帮忙，你绝对比他们快。"

张邕点点头道："但是没有意义，我就一个人，所以他们赢得彻底，我输得也没什么不甘。"

天石的3个人，背仪器的在中间，一人前面开路，遇到坡就爬上去，然后伸手拉拽背仪器的测试者，后面一人则在下方将测试者往上推，同时保护他不会滑落。三人合作默契，轻轻松松便接近了终点。

张邕则是每个坡都背着仪器爬上去，是真的爬，他身子几乎与山体平行，手脚并用向前走，偶尔打桩的工程师会在背后轻轻扶住他的脚踝，给一点帮助，但仅此而已。

很多时候，因为他俯伏的角度太大，当他爬上坡，设备已经失锁，要重新收星定位。他只好等在原地，常常一个点就要耗费几分钟，渐渐地已经看不清前面天石人的影子。

又有一家公司退出了比拼，他们的设备防水性能不够好。虽然他们艰难地坚持了两天，但今天下小雨，他们不敢冒险，于是退出了。

接着是百年知名企业Eka，Eka的人最后给孙工留下了这样一段话："我们愿意配合用户的测试，也愿意在艰苦环境证明我们自己，而且前两天我们也已经做到了。但现在你们要我们做的根本不能算是测试了，而是一次完整的生产行为。我不知道爬这样的坡对仪器测试有什么作用。为了保护我们员工的安全，我们决定退出。"

孙工的回答也简单："再见！"他心里隐隐地不屑，心道：保护你们员工的安全？我们每天都在这样的环境工作，而且给你们的已经是最容易的部分。你连这部分都应付不了，老子能信你的仪器吗？

又一次，测试变成了天工和天石的较量。严严实实躲在防护层里的高琳有些触动，赵爷口中的拿命来拼，她是理解的，但脑中的画面变成眼前的现实，还是有一种特别的震撼。天石要用人的力量来战胜仪器，但看着前方蠕动的张邕，高琳自问，高高在上的Skydon就不需要拿命来拼吗？她发现，自己把中国的市场问题想得太简单了。

赵爷在一旁，看着自己的人正在接近胜利，也默默地感受着高琳的情绪。他靠近高琳，低声道："如果你想要Skydon做成，我可以现在让他们停下来。"

高琳摇摇头道："Tiger不会在乎一城之地的得失，他要的是整个中国市场。这次我来这里只是观察和学习，他没有让我参与任何事，也不会让我影响结果。"

赵爷暗暗松了一口气，他也不在乎一城之地的得失，只是到手的胜利若真的拱手相让，还是难免心疼。何况，虽然这里的测试近乎残酷，但依然能吸引大家来参与的原因，自然是相当不错的利润。这一类用户对仪器很苛求，但对价格并不怎么在乎。

一直没有接听卡尔电话的田晓卫，并没有真的失踪，他带着雷和易目再一次来到了长城饭店，两个外国人已经再次恭候多时。

这次谈判依然并不和谐，中间有斯玛特愤怒的吼叫，田晓卫平静地从中打断他的吼叫。

田晓卫一行人告辞出门，斯玛特气恼地问罗伊："我们真的要和他合作？这个中国人根本不是人，他就是恶魔，每次我都很想揍他。"

罗伊镇定地说道："我听说他是这个国家的二级运动员，"他拍了拍斯玛特的肚子，"即使是打架，我看你也未必能赢他。"

"他太聪明了，我们以往对亚洲人的那一套做法，在他这里都没有用。而且他已经把我们研究透了，知道我们的一切，我们在他面前是透明的。他还精通政治家那一套，先把我们损得一无是处，气势上完全占了上风，然后再来谈条件。不得不说，我对中国人的印象，因为田晓卫有所改观。这个国家太大了，人也具有多样性，如果这个国家的人，每十万人中有一个精英，那就足以强大到俯视我们。"

"我理解你的愤怒，但就像他所预料到的，我们的底牌不多了，12个月的账期虽然长，但有这样一笔连续3年的收入，我们就有机会生存，难道真的要让Skydon收购我们吗？Skydon和田晓卫，你从中选一个吧？"

"这两个都是混蛋，我一个都不想选。"

"没办法，这就是一个混蛋的世界。"

离开长城饭店的田晓卫并没有什么得意的表情，一切都在他的计划之中。

只是，他忽然想起了某人："张邕怎么样了？"易目摇头道："不知道，没消息。"

"问问吧，办公室里大家都是同一副面孔，这孩子忽然不在身边，我有点不习惯。"田晓卫居然笑了一下。

易目拿出电话，打给了曹公公。

曹公公居然挂了他的电话，或许在会议中吧，这种事很正常，易目也没在意。

电话铃在离他们很近的位置响起的，挂了电话的曹公公在长城饭店某层的窗前，悄悄地看着田晓卫几人上车离去的背影。这个时刻，对他很重要，不要说易目，就是田晓卫亲自打电话，他也有勇气直接挂掉。

几分钟后，一个衣着考究的中年男人来到他面前，正是Skydon总部出现在卡尔背后的那个华人男子。

"龙先生，你好，我是曹华。"

"曹总，你好，可以叫我Tiger。"

"那您叫我小曹就可以。"

Tiger耸了耸肩，他在美国待了很久，并不习惯这一类称呼，而且"小曹"容易让他想到田晓卫，这其实并不是一个谦虚的称呼。

"曹先生，你的简历我看了，是不是可以这样理解，你是天工集团内最有能力的一名总监。你的大区是天工内业务最好的，你掌握着天工多数的客户资料，同时你也是最了解Skydon产品的人。对吗？"

"最了解产品的应该是田教授，您可能不知道，他是田晓卫的父亲。但在销售和管理层中，我应该是比较熟悉产品的一个。"

"哦，那张邕呢？"

Tiger毫无意外地看到曹公公本就白嫩的脸庞一下子更加苍白。

"张邕，嗯，他，他也不错，不过他是新人，不算管理层，也没多少客户在自己手里。"

"有一点我不是很理解，曹先生，以你这样的简历，为什么不是申请一个区域，自己成为老板，而是想要在Skydon谋一份工作呢？"

"我觉得自己的能力可能还不太够，想跟着您先学习一段时间。"

Tiger没有被这句恭维的话打动，他没理会，直接抛出了下一个问题。

"北方公司你熟吗？"

"还可以，我去过几次。"

"北方公司的合同是经你手签订的吗？"

曹公公有点语塞："北方公司都是田晓卫亲自签的合同。"

"那基站网络项目，你参与得多吗？能说说具体的情况，以及下一步的建议吗？"

曹公公的嫩脸仿佛被打了一拳，良久，他不情愿地挤出一句话："我不是很清楚，您需要的话，我可以去打听一下，可能张邕会更熟悉些。"

第31章　青梅竹马

张邕依然在爬坡,稳操胜算的天石人并没有放松,三人配合,稳健地走在前面。

高琳看向赵爷说道:"看来你们赢定了,恭喜,赵总。"

赵爷摇摇头道:"本来我以为赢定了,但现在看,只能说我们占了优势而已。"他指着前面依然在蠕动的张邕,"只要他完成了今天的测试,如果你是用户,你会完全不考虑他吗?这一轮我们没有完全赢下,后面还会有下一轮交锋。可惜,本来我以为我们能赢,现在被这傻小子给搅乱了。"高琳听到"傻小子"三个字,忍不住笑了。

忽然,远处一声惊呼,几人抬头看去。天石背着仪器的海刚脚下滑脱,失去平衡,带着仪器摔倒在地,并顺着山坡翻滚下来。

在众人惊呼声中,海刚翻滚几次,接着后背狠狠地撞在一块凸起的石头上,随着一声巨大的碰撞声响停了下来。

几个同伴快速地围拢过来,见海刚在原地痛苦地挣扎着,想要站起来。两个人来到他面前,想扶他起来。远处的张邕忽然高声喊了一句:"别急着起来,让他躺一会儿感觉一下伤势。"

作为篮球队的主力,他对这种硬碰硬的伤害有很多经验,伤势不明的时候,最好先不要乱动。

有点手忙脚乱的二人立刻清醒起来,向张邕点点头,然后小心翼翼地帮海刚取下背后的背包,尽量将海刚放平。

海刚身上无数的擦伤,嘴也破了,衣服千疮百孔,其他的伤势暂时看不出来。他却不想承张邕的情,吐了一口带血的唾沫,低声道:"扶我起来,我没事。"

同伴道:"你先躺会儿,别出什么大事,你起来也干不了活了,看这个。"他将仪器举到了海刚眼前。

仪器背包替海刚挡住了后背的狠命一撞,否则海刚的脊柱很有可能像这只背包一样扭曲变形，再也无法工作。几人看看背包，看看海刚，擦了擦头上的冷汗，一种深深的后怕笼罩了他们。

孙工的手微微颤抖，他最不希望见到的事情发生了，他拿起对讲机，快速呼叫了工作人员。赵爷则甩开了高琳，大步向山坡上跑去。

张邑和自己的两名打桩员停在了原地，没人理会他们，他们也不知道是否继续。

这一场原本轰轰烈烈的测试结束得极为潦草，晚上的结束晚宴也取消了，豪爽好客的西北人是准备在严酷的比拼后好好招待大家一次，然而在有人受伤的情况下还喝酒庆祝难免显得不太人道。

所幸海刚除了多处软组织挫伤，身体并无大碍，赵爷损失设备一台，却挽回了爱将的健康。他希望能得到一些补偿，比如这个项目采购的补偿，或者高琳这边Skydon的补偿。

张邑最终也没有完成测试，当天石人倒下，后面两名打桩员提示他有机会拿第一了，他想了想说："算了，我们也下去吧。"在二人不解的眼光中，他开始一步一步往下爬。

"我的测试做完了。"他对自己说，天石已经赢定了，他只想完成这次测试。如今天石也已经倒下了，那就到此为止吧，交给孙工他们去选择吧，或许还有田晓卫。

晚宴取消，让张邑失去了再见到某些人的机会。他找到了孙工，孙工看见他手里拿着两条烟，立刻拉长了脸，对这个年轻人本不错的印象打了折扣，好在张邑已经不是给曾处长送礼时的张邑。

"孙工，帮个忙，这两条烟给第一天帮我打桩的那两位大哥，并替我谢谢他们。"

孙工脸色缓和，他想了想道："有点不合规矩，我拿一条，让他们两个分好了，整条的他们也不好拿。"说着当着他的面，将其中一条烟一分为二。

"这次比测，您如何评价？"

"我只负责安排比测，然后把你们的成果和测试情况汇报上去，会由专家和领导们定夺。目前看,你们和天石的机会一半一半吧。你今天做了件很聪明的事,如果你最终完成了目标,你猜会怎样?"

"我没想过。"

"你今天无论最后是否去完成目标,你都会入围,天石也一样,机会都是一半一半,不知道你怎么想的,节省了好多体力。"孙工拍着张邕的肩膀笑了。

"孙工,谢谢您。"

张邕拨通了易目的电话,他不想打给曹公公。他的性格可能不算激烈,也不会随便怪罪谁,但也并不宽容,曾经有过在大学里两年不和某同学说话的经历。当曹公公扔下他一个人还把数据搞乱的时候,他就已经不会把曹公公当作自己人。

"张邕,田晓卫这两天还在问你的情况。你怎么样?"

我怎么样?张邕自嘲地摇了摇头,然后平静地回答:"我一切还好,就是一个人做测试,有点累。"

易目立刻明白了张邕的处境,这绝对是正宗的曹公公的手笔。而且,曹公公每次都会师出有名,事后说起来,他会说这是田晓卫的意思。至于田晓卫有没有让他把张邕一个人扔下,也可以解释,他会错了意,而且的确处置不当,可以给张邕道歉。

想到这里,极少发怒的易目眼中出现一团怒火,他为田晓卫守这个摊子,极少计较个人得失,一直都很顾大局,现在他在自问,是不是自己太顾大局了。

"测试结果如何?"他本来不想问,这个结果他可以想象,只是没理解张邕为什么没有发火和抱怨,他想给这孩子一个出气的渠道。

"还好,也不算最好,坚持到了最后,业主说我们和天石的机会一家一半,后面还会邀请两家来进行商务谈判。"

张邕电话里看不到易目怪异的表情,易目愣了3秒没有出声。

"你,自己,一个人搞定的?"

"嗯,当然也有很多热心人帮忙。易总,这个项目后续该怎么做?

这事还没做完。"他想了想，终于忍不住说出了自己的想法，"我们库房里还有很多新设备，无论发生什么，做生意挣钱也要放弃吗？"

易目低低地咳了一声，张邕不知道，田晓卫真的不在乎这些货物变现。这都是利用Skydon账期拿来的设备，田晓卫根本没有付钱，如果双方之间出了问题，这些损失只怕要算在Skydon头上。而且，如果田晓卫低价在市场上抛售这些货，受损失的绝对不是天工。

"好，这事我来跟进，等你回来咱们再商量。"听到张邕说"无论发生什么"，他轻轻叹气，这孩子可能很年轻，但绝对不笨。

"我3天后下午3:45到北京站，需要有人接站，东西太多，我拿不了。"

"好。对了，抽空给你姐姐回个电话，你不在这一周，她打了几次电话找你。"

"好的，知道了，谢谢易总。"

张邕挂了电话后，又歇了很久，才鼓起勇气打给了这位自己惹不起的女人。

"张邕，你最近死哪去了？人出差，电话也不会打吗？"

张邕心里道：打给你？我故意找骂吗？嘴上却无比恭顺："姐，我没死，我在大西北测试呢，一望无际的戈壁大漠，很多地方比你都平。"

反应过来的姐姐很想把电话砸在张邕头上，却恨恨地无法下手。

"告诉你一事吧，相信这次介绍的女孩你一定会见一见。"

"姐……"本来已经很久没有想起的芊芊再次浮上心头，他心里一阵痛，"我不想……"

"怎么，连青梅竹马都不想见了，人家可是记得你的，不过说你又矮又瘦，不爱洗澡，头发打结，脏了吧唧的。"电话里传来张虹报复性的得意的笑声。

张邕的情绪由于姐姐的形容舒缓了，他的好奇心也被激起了。他想了想自己的童年，大概就是这样子吧。

"那时候差不多一个月才去爸爸单位洗一次澡，谁家孩子不是脏了吧唧的。整天外面跑当然瘦,我初三暑假才长个,以前也的确是矮,谁呀,这么糟蹋我?"

"柳芳,还记得吗?"

张邕想起了一个安安静静的十几岁女孩,说道:"记得,小学一起参加数学竞赛,后来人家上了北京四中,差距大了,就没联系过,你怎么找到她的。"

"你别管了,这个你见还是不见?"

"我见。"张邕这次很痛快,无所谓什么青梅竹马,见见故人总是有趣的经历,他也好奇,那个小姑娘长大了是什么样。

张邕和众人告别,赵爷说:"你东西太多,要不要我们帮你带一部分回去。"

"不用了,我车站有人接。"

"张邕,回北京保持联系。天工的氛围我听说并不算太好,如果你喜欢的只是Skydon仪器,不妨考虑考虑过来天石,我们联手,高琳会帮我们。"

"谢谢赵总,我觉得天工其实还挺好的,目前我还没什么想法。"

"挺好的?"一旁的高琳接口道,"好,会把你一个人扔下?"

"这是因为,他们知道我一个人就够了。"

高琳又一次被噎得想骂人。

那辆出租车早就等候在酒店门口,众人上前和司机大哥一起将张邕那一堆大大小小的箱子塞进了车里,后备箱到后排座都塞得满坑满谷。

驶入车站,司机大哥又一趟一趟帮张邕将大大小小的箱子都搬上了火车,并在行李架床铺下面一一摆放稳当,这才擦把汗。

"你注意安全,我走了。"

"大哥,这是我的名片,你有机会到北京,一定联系我,我请你喝酒。"

"我一个粗人,这辈子不知道有没有机会去北京,我先收下,你要是什么时候再过来,你就呼我,我来车站接你。"

司机大哥回到车上,却发现副驾座位上放着两条烟,烟下面还压着100元钱。

他嘀咕了一句:"小东西,还挺够意思!"

乘坐飞机的赵爷和高琳后发先至,第二天就到了北京,在机场二人分手的时候,赵爷忽然对高琳说了一句:"你知道,经过这次测试,用户内部的意向是怎么样的吗?"

"你比张邕多待了一天,就是去做用户工作了?"

赵爷没回答她问题,直接说:"他们觉得我们摔了人,还摔了仪器,有心补偿我们。最后有人说,如果天石卖的是Skydon,那么一切就都完美了!"

第32章　可以叫我Madam

华灯初上,西单路口的巴西烤肉店开始营业,这是北京第一家南美烤肉店,昂贵却生意极好。

高琳挽着一个男人走进了院子,她脱去了西北之地的仔装,重新换上了都市丽人的长裙,又特地化了晚妆,呈现出热辣的南美风,依然令无数男人注目。

但此时的高琳却不像那个知性的白领丽人,而是一只依人的小鸟,将自己半个身子贴进Tiger的怀抱,似乎身边的男人才是她的一切。

二人直到落座才暂时分开。

"西北之行辛苦你了,我给你接风,你来选一瓶红酒吧。"

"Thanks, Honey, 酒还是男人来选吧。"

"你介绍的那个曹华,我见了。"

"怎么样?"

"按你的方式来形容吧。你说田晓卫是个聪明外露的人,赵野看似憨厚其实是不输于田晓卫的聪明人,张邕是个比他自己想象的要聪明很多的人，那么这个曹华，"Tiger顿了一下，毫不掩饰自己眼中的不屑，"他是个自以为很聪明的家伙。"

高琳习惯性地用一种崇拜的眼光看着Tiger，说道："你总是这样一针见血。"

"他不是我们需要的人，无论是北方公司，还是工程中心，他都帮不上忙。他说得不错，他是天工业绩最好的总监，可是这有什么可得意的呢？田晓卫从来就不重视零散项目，目光只聚焦在京城这些部委，地方的零售只是日常费用的来源，他真正的利润不在这里。曹华居然觉得他的业绩可以打动我。我们可以想象一下，如果把他和赵野对换一下，他在天石，能从天工手里赢回几单？"

高琳美目流转，说道："Honey，那你觉得赵总是最适合我们的吗？"

Tiger却意外地摇了摇头道："我很欣赏他，但有人比他更合适，我需要他这样的人来帮我们深耕每一寸市场，但我同样需要完全接手田晓卫的大客户。"

"你是说……"

Tiger摆摆手说道："这些我都有分寸，不用多讲。现在最棘手的还是工程中心的基站项目，我这两天在工程中心碰壁了，因为我还没有正式的身份，他们根本不肯见我，我们精心准备的后备计划，根本无法实施。所以……"他忽然抬起头，将目光盯在高琳脸上。

高琳叹了口气道："我知道，你要说什么，回北京后，我一直在呼他，但他一直没有回我。"她一副恨恨的表情，这个世界上能拒绝她的男人屈指可数，但她觉得张邕这样的根本不该包含在其中。

"这样吧，"高琳又变回一副果敢的女侠神态，"这周找个时间，我去天工找他，一定约他出来，现在天工没人认识我，应该不会有问题。"

Tiger和高琳不知道的是，张邕现在就与他们相隔一条马路。在西单路口的另外一侧，张邕坐在必胜客里，等待着青梅竹马的到来。

20世纪90年代的必胜客属于高端餐厅，店家固执地按西方人的惯例保持30%的空座率，哪怕门口排着长长的队。张邕就是经过漫长的等待才进来的，因为等的时间过长且一直是自己一个人在排队，张邕对这个儿时的玩伴有了些许的不满。

他还有太多的事没有处理，工程中心那份报告始终还在他的电脑硬盘里，他没见到田晓卫，也没见到田教授，始终不知该如何处理。

敦煌的项目，易目接手了，但没告诉他任何具体的计划。他只听到易目在电话里大骂了曹公公。公司的人都很惊讶，他们不知道易总居然也会骂人。

当然还有其他事，比如寻呼机提示，有位高女士请他回电，他按下消音，没有再理会。他出现这里，真的只是想见见故人，一个与他现在所有生活都还暂时无关的安静女孩。

一个高挑的长发女孩向他走来，张邕无意中抬头看了下女孩的脸。

一瞬间，他觉得有些东西击中了他的心，他的心剧烈跳动起来。他不知道这种激动从何而来，他从来没有在陌生人身上有过这样的感觉，甚至是芊芊……他忽然觉得此刻想起芊芊，他居然不太难过了。

他想起了一部电影，男女主人一见面，整个世界都静止了，只剩下二人四目相对。现实的世界不会停止转动，但这种感觉他真的有了。

女孩的目光对上了他，不知是不是心理作用，他感觉到女孩也有同样的情绪，甚至他感觉到女孩仿佛要开口说些什么，但她最终一低头，避开目光，和他擦身而过，坐在了离他最近的一张桌子旁。

张邕心中一阵失落，她要是柳芳，该多好。

柳芳并没有故意迟到，她只是因为教授临时抓她帮忙所以耽搁了。

她很想见一下张邕，这种感觉来自他们的小学时光，女孩都比男孩发育早，那时她就注意到这个男孩，可那时的张邕只会和男生们玩骑马打仗。

张邕吸引她的，一个是聪明，他是智力竞赛、数学竞赛的主角，而她曾是作为替补出战的选手。另一个就是张邕的毒舌，他尖酸刻薄但出口成章，听张邕损起同类来，柳芳常趴在桌子上捂着肚子偷笑。

她始终记得张邕那段有名的"知道论",因为有女生和张邕争吵但吵不过,就说牛什么牛,好像全世界就你知道得多。

张邕则极有逻辑地回答:"这事是这样,你知道的,我一定都知道;你不知道的,我不一定不知道;我知道的,你不一定知道;我不知道的,你一定不知道。"

柳芳当时安慰着在怀里被气哭的女孩,心中却暗自笑个不停,心里又对女孩道:"你哭什么呢,这么复杂的逻辑估计你根本理解不了吧。"

她不明白这么聪明的男孩为什么没和她一样考上四中,更没明白,他为什么要去外地上大学。她在北医读书,常去清华玩,和清华学生混得很熟,因为她以为能在清华碰见那个聪明的男孩。

她一进必胜客就认出了张邕,可不知怎的,心中有些失望,这个男孩的确高了,帅了,但似乎看起来没有小时候聪明,而且多了几分忠厚,也没小时候那般精灵古怪、损人不为利己的模样。

而且,他有点心不在焉,并没发现自己的到来,而且好像在偷瞄邻座的长发女孩,柳芳心中忽然泛起一股不知名的怒火。

她大步上前,问道:"请问,你在等人吗?等谁?"

张邕被吓了一跳,忙收回目光,正视前方,回道:"柳芳,是你,好久不见呀!"他笑了,眼前的女孩毫无笑意。

柳芳其实很好看,她曾休学一年,而医学院是五年制,所以如今她还在读书。虽然最后两年都是在医院里度过,可以算是走上了社会,但她一身着装,还是具有明显的校园女孩特色,看起来清纯质朴,却又青春洋溢。

她坐下,仔细打量着眼前的男生,没错,是她曾经惦记的那个男孩,但又有一种很陌生的感觉。

"一直找不到你,为什么去外地上学?"

"哦,我报考的是北京的大学,但落榜了,然后去的江城。"

更强烈的失望情绪笼罩着柳芳,她说道:"落榜了?我还以为你是看中了M大的什么专业呢。"

"M大的确有很好的专业,我们遥感和测绘专业是全世界领先的。"张邕一旦放松就会变得很傻,他没察觉到柳芳情绪的变化,见了故人,相当高兴。他对自己从北京的大学落榜一事"不以为耻,反以为荣",居然煞有其事地介绍起了自己的专业。柳芳觉得非常无聊。

她打断了张邕:"点东西吃吧,我去取沙拉。"

沙拉是20世纪90年代必胜客的最大特色和招牌,几乎是人人必点。特色不在于有多好吃,而是它的售卖方式。你只能取一次沙拉,在这一次里你可以不限量,尽量多地去拿,只要你能把它端回桌上。

于是民间出现了很多如何取必胜客沙拉的技巧,比如先用大而扁平的食材铺垫在沙拉碗的四周,尽量向外扩充碗的容量,然后用些重家伙,比如土豆沙拉压在下面固定,然后按某种顺序,一层层叠加。

所以必胜客沙拉区总是人满为患,挤满了一众"高级建筑设计师",每人捧着一只碗,小心翼翼搭建自己的空中楼阁。

所以柳芳精心进行沙拉艺术创作的时间非常漫长,这个时间里张邕有点百无聊赖。他饿了,看着桌上的比萨,很想吃一块,但还是忍住。他是很想见故人,见了也很高兴,但高兴之后,他不太知道后面还能做什么。但有一点可以肯定,这一对青梅竹马之间并不来电。

他又想去偷瞄邻座的长发女孩,刚一侧脸,却吓了一跳。他发现,那女孩就站在他身旁。

他立刻有了做贼被当场抓包的惶恐和窘迫,他看着女孩,微微涨红了脸,想说什么,却又思绪混乱,一堆汉字在脑子里轮转,无法组成一句完整的句子。

女孩先开口了:"你讲的东西,你女朋友根本不感兴趣,你不知道吗?"

张邕愣了愣,恢复些正常,回道:"她……她不是我女朋友,我们是同学,很久没见了。"

幻觉吗?张邕觉得女孩听到不是女朋友,嘴角出现一丝隐隐的笑意。

"不过你说的我知道。你们学校是不是有过一位王之卓院士，非常了不起。"

张邕惊讶得愣在当场，王之卓院士岂是仅仅用"了不起"可以形容的。他是每个测绘人心中的信仰，是中国测绘界的权威，是测绘史上的一座丰碑。

他呆呆地看着女孩，问道："你……你怎么知道王院士？"

女孩嫣然一笑，张邕灵魂近乎出窍。

"这个，下次见面告诉你。"

张邕在一瞬间聪明起来，问道："怎么联系你？"

"我的呼机号，只说一遍，记不住就是你的问题……"

"怎么称呼你？"

女孩又笑了："你可以叫我 Madam。"

柳芳小心翼翼地端着沙拉回来，却发现张邕似乎在对着餐厅的出口傻笑。

第33章　北方公司

张虹又一次在电话里把张邕骂得狗血喷头，她以为这次相亲的成功率应该是百分之百。这是张邕第一个肯见的女孩，而柳芳似乎一直对张邕念念不忘，谁知一对青梅竹马也会见光死。柳芳是个多么优秀的女孩，所以问题一定出在自己这个不着调的弟弟身上。

令她意外的是，张邕没有顶嘴，也没有挂电话，却用一种无比欣喜的语气对她说："谢谢我的亲姐呀，你太好了！愿神赐福你早日嫁人。我爱死你了。"张虹呆住，这是被自己骂傻了吗？

田晓卫和田教授带着钛科的两个外国人来到了工程中心，受到了不算隆重但很正式的接待。罗伊和斯玛特对自己产品进行了宣讲，田教授则作为翻译，整个交流会的氛围非常友好。

连斯玛特也不得不承认，田晓卫可能还是个混蛋，但绝对是个有能力的混蛋。没有田晓卫，他们自己是没有可能进入这道门的。

而钛科仪器仅有的亮点在田晓卫的把控和田教授的翻译下，成功地引起了对方的关注。

交流会结束，两个外国人满意而归，田晓卫却被中心秦副主任拦住了。

"晓卫，你要干吗？"

"主任，我们来技术交流呀，您看今天的学术气息多浓郁。"

"别给我装糊涂，年初你来的时候，把Skydon夸得似乎是我们的唯一选择。数据中心和你们的人，对了，你们那个小伙子，叫什么张邑吧，一起辛苦了几个月，最终你却什么也没提交，如今却带了钛科的人过来，你到底想做什么？"

田晓卫一脸平静甚至还有点无辜，说道："作为用户，您有更多的选择不是更好吗？年初我觉得Skydon很好，后来我发现钛科可能更好，就把他们带到您面前了，让您比较和选择。您看，圈里这么多公司，有哪个能像我这样为您着想。"

秦主任很想一拳打在田晓卫脸上，但还是忍住了。

"既然让我们选择，就要公平公正呀，Skydon的测试报告，你一直都没交上来，这算怎么回事？"

田晓卫露出惊讶的表情。

"是吗？怎么会这样，主任，我回去问一下田教授和张邑，这也太不负责了。"

"你少给我演戏，"主任终于忍不住爆了粗口，"晓卫，我真不知道你到底想要干吗。如果你不想推Skydon，为什么不直接放弃，而是做了一年多的工作。这份成果报告是我们双方的心血，你自己就毫不心疼吗？"

"心疼？"田晓卫的态度在这一刻其实是真诚的，他不知道什么是心疼，他的人生极少有这样的经历，"心疼有时不好避免，我签合同的时候，也经常会流着泪签的。"这就是田晓卫的反应，当他不知道说什么的时候，大脑就会自动填补一句听起来还不错的笑话。

"晓卫，说实话，认识这么多年，我从来都不喜欢你。"

"没事，主任。您喜欢我的产品就行，我一如既往地为您服务。"

秦主任转身拂袖而去。

新世纪饭店的咖啡厅，李文宇和韦少正等着Tiger的到来。

路上，高琳问Tiger："为什么不和赵爷多谈谈？"

Tiger回答："天石能做什么，我已经很清楚了，但这个李文宇，目前我还看不透。这次，希望他能给我们一个满意的亮相。"

李文宇，30多岁的年纪，但看起来比实际年龄老成，形象普通，中规中矩。但一向光彩夺目的韦少坐在他身边，光彩就会暗淡很多，人们的注意力会先放在李文宇身上。Tiger现在就是这样的感觉。

"李总，久闻大名，幸会。"

"Tiger，欢迎来北京，有时间的话，中午我做东，我们就在这里吃点东西。"李文宇也不像其他国人，一口一个龙总。他直接叫了Tiger，很亲切但绝没有失去礼貌。而这一做法，给Tiger的印象非常好。

"李总，吃饭不急。不知道有没有比美食更吸引人的东西可以看看？"

"我知道您很务实，所以不想浪费您的任何时间。公司的情况我就不和您多介绍了，我相信高琳肯定掌握了我们很多资料。我没说错吧，高小姐。"

高琳莞尔一笑，在Tiger身边，她总是很安静，说道："肯定还不够多，不然今天我们就没必要亲自拜访您了。"

"您客气了。"李文宇重新转向Tiger，"今天我们只谈未来，只谈我们能帮Skydon，能帮您做成什么。如果我只是空口许诺，难免缺乏诚意，所以我介绍几个朋友给您认识，第一个应该马上就到了。"

"谁？"

"北方公司测绘中心的副主任魏总。"

Tiger微微皱眉道："中心副主任？什么级别？"

李文宇意识到了Tiger的想法，说道："级别很低，大概副科。不过您在美国待得太久，在北京这样的大城市，处长局长都不算是大人物。但在地方，一个科长就拥有足够的权力。而今天这位魏总，或许不是最终拍板签合同的人，但GPS设备采购的事基本上就是他说了算。其实这一类设备在北方公司属于小合同，大人物都是不管的。"

"就是说，如果他点头，我们能接下田晓卫所有的生意。"

"是的，但需要您出面，他们毕竟和田晓卫做了多年的生意，交情不浅。"

魏总非常直接，身上兼具石油人的豪爽和测绘人的严谨。

"龙总，我们中心是不会只买一家的设备的，这是我们的原则，所以目前我们大概有5个品牌的设备，而Skydon是比重最高的一个品牌。我刚刚向领导打过报告，5个品牌太分散，管理上有很多问题，维修备件也是各种麻烦，所以我们计划按照过去几年的实际表现，去掉一些品牌，最终只保留2个。"

"您是说，未来Skydon的采购数量还会增加是吗？"

魏总看了他一眼，说道："龙总，我可没说保留的品牌里一定有Skydon，但如果有的话，肯定会增加。考虑我们业务扩展，那么可能会增加50%左右。但是……李总和我说了一些你们的情况，可我还是不了解，您和田晓卫到底是什么关系。"

"Skydon将在中国成立代表处，我会是中国第一任首席代表，我们直接代表Skydon，田晓卫的天工是我们的代理商之一，目前还是，但与他的代理协议是否继续，是我正在考虑的问题。"

"恕我直言，龙总，您认识雷吗？他不是Skydon的亚太区总监吗？如果您是代表处首席代表的话，那么雷应该是您的上级，对吧？田晓卫不久前和雷来过中心拜访了我们的领导，雷说他将会将亚洲总部搬到北京，而且目前，他就在天工的办公室办公。您等我说完，"魏总摆手拦住了想要讲话的Tiger，"我没有不相信您，而且李总和我们也是多年的老朋友。说来惭愧，我们这几年很少买李总的设备，但是我们一年见到李总的次数，比见到田晓卫的次数多几倍。所以呢，我们肯定不会介意和李总合作，而Skydon设备也是我们最喜欢使用的。说实话，天工的服务我们并不是特别满意。但是，我们是正规国企，哪怕买到不合意的设备，也绝不会在采购上犯错误，买非正规渠道的产品。请您理解。"

Tiger很愤怒，他没想到，雷居然敢和田晓卫一起公开招摇撞骗。这不是要负法律责任的吗？

"魏总，第一，我们的代表处正在注册当中，但需要的话，我可以让Skydon总部先给我个人出一份授权。如果涉及采购行为，我依然可以让Skydon总部授权企业与您合作。至于雷，他是什么时候去拜访的您？"

魏总打开记事本，查了一下自己的日程，说道："应该是在上个月的25日。"

"我给您看一下Skydon的内部通知，雷在拜访您的两周前，就已经从公司离职了。当然离职是一个委婉的说法，他这个级别的高层离开公司，我们都会用这样的措辞。但实际上，雷是被我们开除的。他在您那里的时候，已经不再是Skydon的人。"

魏总很认真地看了Tiger的文件，并确认一切真的是从Skydon发出的。李文宇和他说过这些事，他是相信李文宇的，但没有真凭实据，是不敢随便做决定的。田晓卫和雷都是测绘中心的常客，虽然这几年田晓卫来的次数越来越少，但目前为止，还没做过太出格的事情。

"龙总，这些信息属实的话，我会向领导汇报。田晓卫真的有这么大的胆子吗？他如果连我们都欺骗，那么即使Skydon支持他，我们也不会再买他的东西。那么以后我们的采购和谁联系，我直接找李总吗？但我必须看到Skydon给李总的正式授权。抱歉，李总，朋友归朋友，这些手续实在马虎不得。"

李文宇微笑点头表示理解，却在默默等待Tiger回复，虽然不太可

165

能,但他很想听到Tiger的肯定答复。

果然,Tiger指向身边的美女,说道:"魏总,这是我的助理高琳。我刚来中国,很多事情都没有确定,您采购的事情,可以和高琳直接联系。但是代表处不是实体机构,我们不会直接做生意,一切确定后,高琳会把我们授权的经销商介绍给您。"

李文宇微微有点失望,但也能够接受,Tiger不太可能一次见面就把这么重要的业务确定给他。至少,他现在有了一个很不错的开端。

魏总告辞走了,Tiger看了看时间说道:"李总,你是不是还有朋友要介绍给我?"

"是的,他应该马上就到。"

"这次是谁?"

"国家局分属工程中心的数据中心主任陈总。"

"工程中心,基站网络项目?"和魏总时交流一直很平静的Tiger,此时因为内心的激动,话音居然微微地颤抖。

第34章　测试报告(一)

张邕今天很开心,这些日子以来,他压力一直都很大,今天算是暂时放下了一切烦恼。因为,他今晚约了Madam。

他的记忆力本就很好,第一时间就把女孩的呼号写在了手上,回来后又记录在通讯录的小本上。他呼完女孩,很快就接到来电,对方很快就接受了他的邀请。

他在电话里又一次问起女孩的名字,对方笑道:"和你说了,叫我Madam,希望见面的时候你不要被吓到。"

挂了电话的张邕有点神不守舍,一天的工作都不在状态,午饭回来依然如此,直到他忽然发现,自己办公桌上的笔记本电脑不见了。

他立刻叫来前台女孩:"谁拿了我的电脑?"

"不知道，没看到呀。"

"有谁来过？"

"田教授刚刚来过，还问起了你，我说你去吃午饭了，要不要呼你一下，他说不用。然后没多久，就在你回来之前，我看见田教授急匆匆地走了。对了，他好像是提着一个什么包，不知道是不是你的电脑。"

"他刚走？"

"是的。"

女孩话还没说完，发现张邑脸色铁青地冲了出去。女孩吓了一跳，感觉张邑这是要找田教授拼命的架势。她觉得不对，立刻走向总经理室，把这情况向易目做了汇报。

张邑一路小跑，终于在路边看到了刚刚截停一辆出租车的田教授。老人刚上车，张邑一把拉开后车门，坐了进去。

司机师傅有点愣："你们一起的？"

田教授回头道："张邑，你来干吗？"

"田教授，我的电脑？"

田教授拉长了脸，这是第一次，张邑见到田教授收起慈祥的笑容，一脸阴冷地看着他。

"你追出来，就是为了这台电脑，这可不是你的，这是公司财产。"

"我从没说这是我私人的，但我来的时候就和晓卫谈好了，我在公司，这台电脑就归我所用，所以您不能拿走。"

"哦，我不会要你的电脑，只是临时有事，我拿去用两天，然后还给你。"

"您连个招呼都不打，就拿走我的电脑，虽然这是您田家的产业，是不是也不太合适？还有，您连开机密码都不问我，是要用技术手段破解自己家电脑的密码吗？"

"张邑，我自有办法，你真的把天工当成你自己的啦？请你下车。师傅，咱们走。"

师傅看看前排，又看看后排，说道："对不起您嘞，您二位这不说清楚，我怎么走呀。"

张邕心中比愤怒更多的是失望，这还是那个慈祥的长者，只关心学问的专家吗？

他的手一晃，指尖出现了一张闪亮的光盘。

"田教授，如果您拿我电脑只是为了里面那份报告的话，我告诉您，我已经刻录光盘了。今天您把电脑拿走，这张光盘我就不知道何处安放了？"

"你好大的胆子，公司的资料，敢自己私下刻光盘。"田教授的脸上居然出现了和曹公公一样的几分狰狞，这更让张邕心中无比难过。

"田教授，我没有私下刻光盘，这张光盘也是给公司资料的备份，您确定要拿走我的电脑吗？"

田教授最终气哼哼地把电脑还给了张邕，同时下了车，不管司机在身后如何招呼，自顾自地走向了公交车站。如果不是为了快点离开，他根本不舍得打车，如今不需要赶时间了，他当然还是坐公交离开。

司机无奈地摇头道："这什么事呀。"开车离开。

张邕拿着电脑站在路边，没有胜利的感觉，心中说不出的不舒服。

他把手中的光盘掰折了，扔进了路边的垃圾箱，那不是什么文件备份，是他刚刚在路边买的一张盗版的Windows97。

田教授还是不够了解张邕，他如果坚持拿走电脑的话，张邕其实很难真的做出过激的举动。这点他远不如易目。

易目打电话给田晓卫，田晓卫道："一趟西北之行，好像让我们和张邕生分了许多。以你的判断，你觉得张邕会把那份报告给人吗？"

易目回答："我相信他，觉得他不会，即使有各种诱惑，也很难让他破坏原则。但是，如果我们总是像田教授今天一样刺激他，他可能不为任何利益就交出这份报告。"

田晓卫沉吟道："那就不要刺激他，我也和老头说说，怎么年纪越大越不懂事。"

新世纪饭店的咖啡厅，Tiger见到了数据中心的陈总。

"龙总，很抱歉，我们上次是拒绝了您的访问，请您谅解。但是，您的北京代表处根本不存在，我们没有办法答应您的请求，如果您是代表美国Skydon总部，则要通过我们的外事司。我们也无法直接答应您。而且还有更麻烦的……您代表的是Skydon，但Skydon已经和我们谈过了，没有问题，一切都很顺利。而且双方一起辛苦了数月，只是，没拿到结果。我们搞不清，您和田晓卫这边是什么关系。他是带着亚太区总监雷来拜访我们的，所以如今，无论田晓卫是什么情况，您是什么情况，我们都很难再给Skydon第二次机会。除非你们提交上一次的报告，否则，即使您想重新测试，您愿意付代价，但我们这边很难有人再配合。龙总，这件事上目前我们帮不上忙。而且我们也很被动，更不希望前期工作白白浪费，但是无法破局。"

谈话陷入了短暂的沉默。

李文宇提议道："如果龙总以Skydon的名义正式向局里发一份函，澄清现在的局面，然后申请重新测试，并愿意提供测试费用，您觉得有机会吗？"

陈总摇摇头道："很难，哪怕现在从零开始，可能都还有机会。但现在明明不是零，而是接触最早、基础也非常好的局面，要把这个基础全废除，就太困难了。即使局里面答应你们的测试，工程中心和数据中心的人不会愿意配合你们把一切都重来一次的。而且说句不好听的实话，这并不是我们的错，Skydon该为自己负责。而且只要买到可以用的设备，我们不是一定坚持某一品牌，领导会怀疑我们有幕后交易。我不理解，天工难道不是依然还是Skydon的代理商吗？你们就不能从田晓卫手里拿到这份报告？有什么矛盾是不能沟通解决的呢？"

李文宇道："田晓卫这个人有多难打交道，您不是不知道。"

陈总叹了口气，他太知道田晓卫是什么人了。

"或者，你们可以找一找他们参加测试的工程师。"

高琳一边接口道："张邕？"

陈总没再多说："我只能说这么多了，现在时间线非常紧张，而且从目前看，能满足我们需求的应该不止Skydon一家，我希望你们尽快解决问题吧。"

陈总告辞走了。

李文宇问韦少："这个张邕你知道吗？"

"敦煌见过一面，挺能干的，自己一个人就敢在戈壁上测试RTK。"

Tiger陷入沉思，然后说："转了一圈，又转回张邕这里。李总，韦总，你们有什么好办法来和张邕交流吗？"

李文宇看看韦少，见韦少摇头，说道："我们和他并不熟，所以也谈不到有什么特别好的办法。但是如果您不便出面，我们可以试一试我们的方法，但是我们什么都不敢向您保证，请您理解。"

"好呀，李总，那就有劳了。今天非常感谢您的安排，特别是您约来的这两个朋友，我相信未来我们会有更多的合作。今天就到这里。"

"我在这的餐厅安排了午饭，您看要不要一起进餐？"

"吃饭就算了，还有太多的事要处理。"

"那就不打扰您了，我们给您和高琳小姐准备了一份小礼物，请您收下。"

随后韦少递过来两个袋子，Tiger没有推辞，说道："李总，让你费心了。"

高琳则打开了自己的那个袋子，脸上立刻绽放出笑容，某大牌的限量版挎包。

"李总，您太客气了。"

"哪里哪里，你们不远万里来到北京，我们稍稍尽下地主之谊，是应该的。"

"对了，高小姐……"

"您直接叫我高琳吧。"

"好的，高琳，你们代表处的地址确定了吗？"

"我们拿了几家房产中介的资料，还没最后确定。"

"Tiger，我有个建议，您考虑下。米河这边也在寻求新的办公楼，我们看中了一处园区，环境很不错。我问了，涉外也可以注册。我会把资料给高琳，您可以看一看。我们可以在同一园区办公，这样，您这边无论注册，还是未来装修、招聘，我们都可以帮忙。我们这边人多，可以分担高琳的压力。"

Tiger点点头道："听起来很不错，资料给高琳，我们商量一下，费心了，李总。"

夜色降临，张邑今天没有在公司多待一分钟，准时离开了公司。他将电脑小心地收进包里背在背上，经过了田教授那件事，即使是约会，他也不想和电脑分开半步。

看着收拾得整整齐齐的张邑，前台女孩抿嘴笑了一下，说道："张邑，今天这么早走，约会吗？"

"你猜对了，明天请你吃糖。"

路边一条胡同里，昏黄的灯光映射着一张白面无须但没有笑容的脸，他身后的黑暗里，几根香烟的萤火之光幽幽地闪动。

一阵嘀嘀的鸣叫，曹公公摘下腰间的汉显机，看了看，脸上绽放出一种异样的笑容，绝对不是人畜无害的样子。

"太巧了，他下车的地方离这很近，你们去吧。记住，我只要那台电脑，不要伤人，也不要惹事，千万不要停留。如果事情不顺，就赶紧离开，以后还有机会。"

阴影里一个声音响起："曹哥，我们没什么文化，很多事不懂，您可别蒙我们。"

"怎么啦？关键时刻了，你们不要给我节外生枝。"

"曹哥，我刚知道，那台笔记本电脑值2万多。这样的话，我们也不多要，每人加500，四人加2000。"

曹公公咬牙道："好，就加2000，快去吧。"

街道上，马上要见到Madam的张邑心中甜蜜，脚下健步如飞。

第35章　测试报告（二）

"是你逼我的，张邕！"一句坏人最常用的对白从曹公公心底响起，完全发自内心。

因为张邕，曹公公在天工已经很难待下去了。敦煌布的局他不觉得有任何问题，就如易目所料，就算别人怪罪下来，他也可以说是田晓卫的意思。但是这次易目一反常态，在电话里就直接开骂，无论口才还是气势都是他从来没有遇到过的。

曹公公被骂晕了，清醒过来之后，他立刻意识到，易目怎么会这样骂他，不可能，这一定是田晓卫的意思。田晓卫为什么这样对他，一定是他知道了自己私下去见Tiger的事。他想不明白田晓卫怎么知道自己的事，但他可是田晓卫，他要是知道了什么，一点也不奇怪。

但可悲的是，Tiger并没有收下他，自己却被断了后路。这难道不都是张邕的错吗？

那天他和Tiger告别后，给高琳打了一个电话，高琳貌似对他的情况深表同情，然后和他说了一句："田教授和张邕手里有一份测试报告，对Tiger和Skydon至关重要，如果你能拿到这份东西，一切都可以谈。"

曹公公不傻，他很快明白了这份报告的意义，但也随即感到泄气。他明白，靠正常手段是无法拿到这份报告的。

而被易目痛骂之后，曹公公猛然下了决心，既然没有退路，那就拼死一搏，既然正常渠道不行，那就试试其他的手段。

至于拿到这份报告之后，该如何进行，他也想明白了。Tiger既然无意接受自己，那就干脆把报告卖个好价钱。或者，是不是可以谈个条件，把基站网络项目交给他来做，后面的事情因为太过美好曹公公不敢再想象。

一步天堂，一步地狱，这部报告关系到了他未来的全部身家性命，他觉得自己可以赌得大一些。

至于为什么选择年轻力壮的张邕，而不是老迈年高的田教授。两个原因，田教授是知名学者，万一出事，后果可能会很严重，张邕则是个无名小卒。还有一个更重要的原因，他恨张邕。

张邕哼着一首歌——童安格的《给你一份惊喜》。

我呀，我，

带来一朵鲜红的玫瑰，

正要走向你的家园，

我还带来一串很美的项链，

准备挂在你的胸前……

前面两个人拦住了他，似乎是要问路，张邕下意识地放慢脚步，等着二人招呼。但两个人却像喝醉酒了一样，身子一晃，向他撞了过来。张邕伸出手臂想扶住二人，却被二人紧紧抓住，接着他后背一轻，背包被人拿走了。

反应过来的张邕立刻大叫："有人抢劫。"然后用力一甩，将前面二人推开，转身看见一个人影抱着自己的电脑包狂奔，立刻追了上去。身后二人没有跟随，听到他喊有人抢劫，立刻向相反方向远远地跑开了。

张邕一边大喊"抓小偷！"，一边飞快地向前追去。

小偷显然低估了张邕的速度，他本以为自己的两个同伙会缠住张邕，给他足够的时间，没想到两个没义气的家伙，跑得比他还快。

张邕的喊叫吸引了很多路人的注意，大家纷纷围拢过来，小偷越来越心惊，而拎在手里的电脑极大地影响了他的奔跑，张邕越追越近。

一辆警车缓缓地开过路边，车里民警注意到了路边的异常情况，于是迅速靠边停车，几名警察一起下车跑了过来。

小偷见到了前来增援的公安，魂飞魄散，再也不敢停留，他转身，将手里的电脑狠狠砸向追近的张邕，转身加速逃去。奔跑正急的张邕躲闪不及，或者他不想躲闪自己的电脑，本能地伸手接住抓在怀里，人则失去了平衡，"扑通"一声，重重地摔倒在地。

干警于是兵分两路，有两人继续追了下去，一名女警则来到了张邕面前，关心道："你没事吧？"

摔在地上的张邕忽然瞪大了眼睛，他快速地抬起头来，不可思议地叫道："Madam！"

Madam愣了一下，随即又笑道："你来早了，我还没下勤，我说了，你叫我Madam就可以，有没有吓到你。"

张邕看着Madam的笑容，心融化了，世上其他的一切都已不重要了，芊芊、晓卫、Skydon、电脑里这份该死的报告，他的心里只有一个穿着制服的高挑身影。

必胜客前依然是长长的队伍，但张邕这次一点也不觉得无聊，因为身边有人陪伴。

"王之卓先生有个女儿，他的女儿女婿和我父母是同事，常来家里做客。所以我很小就知道有位王之卓先生，他是位非常了不起的大人物。我还知道你说的航测呀，遥感呀，所以我并不了解是做什么的，但我都听过。那天在这里听到有人谈起，觉得很有意思，这是我第一次听到类似的内容，却不是从王阿姨他们那里听到的。可是你那个同学根本不感兴趣，人家早把厌烦写在脸上，你还要唧吧唧吧，我忍不住就想解救你。"

"哦，"张邕做出气恼状，"人民警察，你居然偷听别人谈话。"

Madam则给了他一拳，说道："少来，你一直在偷看人民警察，真以为堂堂Madam连这点警觉都没有。"

那一晚，必胜客的甜品格外地甜。

张邕是步行送Madam回分局的，他们几乎横穿了半个北京城，从西单走到西四，沿西四大街一直到后海，沿着湖边一直到地安门……以后的日子想起这段经历，二人都不无惊叹，好像一点也不累，好像路一点也不长。

Madam回到分局的时候，已经是深夜。等张邕打车回到自己住处，已经是凌晨四点多。他躺下，却依然睡不着，Madam的一颦一笑始终在脑海中挥之不去。

终于，他闭上了眼，眯了片刻。片刻应该不长，他睁眼的时候，发现已经是上午10:30。他迟到了，而静音的寻呼机里，有几个熟悉的号码，天工办公室的号码。

他急匆匆穿戴好，简单洗漱，然后快速下楼，先在路边电话亭给公司回了电话，是易目找他。经历了昨天的冲突，今天突然的迟到，田晓卫和易目都担心张邕会不会一怒之下离开公司。

张邕电话里简单说自己昨天熬得很晚，今天睡过了。易目不置可否，看来并不相信，但也没有多问。

他告诉张邕："田教授近期可能不来公司了，他单位事比较多。另外对昨天的事，他对你有点歉疚，所以回避一段时间。你对昨天的事也不要介意，田教授也是为公司的利益着想。就是老人家做事难免考虑不周，过去了也就过去了。"

张邕想解释今天的迟到真的与田教授无关，想了想还是忍住没说，他也实在忘不了出租车里田教授那张完全陌生的脸。他内心有一种深深的失望，不仅仅是对田教授。

"还有一事，曹总辞职了，他说不想在这个行业混了，可能会出国。看他样子比较急迫，虽然不合常规，凯西还是很快帮他办了手续，以后你的责任可能越来越重了，快过来吧，好多事等你处理。"

张邕又犹豫了一下，想说说昨天遭抢的事，但又一次忍住了，只是对易目说："易总，我电脑包背带断了，需要换个包。"

易目微微沉吟，他当然知道这种电脑包的背带有多结实，怎么会无故断了呢，但他也没多说："你回来看看库房有没有合适的，如果没有，就让前台帮你买一个新的。"

"谢谢易总，我马上到。"

米河的总经理办公室，李文宇和韦少正在议事。

"你能约到这个张邕吗？"

"敦煌见过面，但几乎没说话，我连他名片都没要过，直接约他可能不容易，但我能通过朋友约他出来谈谈。"

李文宇点头，他没问韦少的朋友是谁。

"那就试着约他出来，你觉得张邕这样的人能值多少？"

"这个张邕非常年轻，我很怀疑，他根本不知道自己手里这份东西如此值钱。无论知道还是不知道，如果这个年纪拿到10万元，那将是一笔可以改变人生的巨款。我不觉得世上会有人拒绝，但我不觉得他值这么多。"

"的确太多了，没有人能值10万吧。我只是在想一件事。"

"什么？"

"如果这件事发生在赵野身上，他肯出怎样的代价。"

韦少英俊的脸庞浮现一丝很纠结的表情，说道："这个很难说，老赵看着质朴，但他内心是个疯子。如果是他想要的，他绝对会不计后果，我猜，他能给出20万。"

李文宇点头，这个答案和他想的很接近。

"我们不是老赵，他太疯狂，但我们要有和他一样的决心，你去谈吧，合理范围内，我们也可以不惜代价。"

"我担心一件事，我们真的付了这么大的代价来帮Skydon，是否值得？如果Tiger最终没有选择我们，我们根本承担不起后果。"

"做大事，总是要冒一点风险的。至于Tiger，他在美国待得太久，自以为高高在上。其实，他没见过多少钱，也缺乏对中国社会的了解，你不会觉得美国人真的都很有钱吧。想搞定Tiger其实不难，反而高琳是个难缠的角色，以后要小心这个女人。"

第36章　测试报告（三）

张邕急匆匆跑进天工办公室，前台女孩见到他立刻就笑道："糖呢？谁说今天请吃糖？"

张邕苦笑道:"看我这个样子,哪里像有糖的样子。我中午去买,下午给你。"

"算了,你好厉害呀。昨天约会,今天就把女朋友带回公司了。哇,这女孩好漂亮,和电影明星一样。"

"什么?我女朋友?"张邕一头雾水。

女孩笑道:"你女朋友来了,在会客厅,说要约你一起吃午饭。"

难道Madam找上门来了,张邕顾不得放下背包,快步推开了会客室的门,和里面的佳人四目相对。

"高琳,怎么是你?"

"为什么不能是我?"

"什么时候成我女朋友了?我还不知道呢。"

"你倒是想。我来找你,你们前台那小姑娘问我是不是你女朋友,我就说是,不然怎么见得到你。为什么不回电话,知道我呼了你多少次吗?"

"呼机不好用,没听到。"张邕说谎的时候,脸上就像写着字:我在骗你。

他坐在了高琳对面,说道:"你很引人注目,你自己知道的,而且引以为荣,对吧。"

"是,我喜欢,又如何?"

"既然知道,就不该来这里。如果田晓卫在这里,我敢保证,他一分钟之内就能猜到你是谁。"

"我不是你的女朋友吗?他不会猜疑你吧。"

"我不确定,我只是觉得天下似乎没有田晓卫不知道的事,也没有他做不到的事。他想知道你是谁,就一定能知道。"

"你太高估他了吧。不说他了,再回答我一次,为什么躲着我,你要躲到什么时候?"

"我说过了,我知道你要谈什么。我不想谈,只能躲着你。告诉你一件事,我昨天被人抢劫了,目标是我的电脑,你怎么想?"

高琳微微皱眉道:"被抢走了吗?"

"没有,如果被抢走了,今天你就不会出现在这里了。"

"张邕,你什么意思?"

"别误会,我不是说你做了什么,而是说,无论谁拿走了我的东西,你都是最好的买主,他一定会去找你,不对吗?"

"我更愿意直接和你交易,何必这么费事。"

"你若找我交易,我只能按惯例,把你介绍给我的老板。"

高琳漂亮的脸庞上浮现出几分不耐烦的表情,眼前这个人让她非常不舒服。不仅是他愚蠢的做人原则,更让她不爽的是,他还忽视她的美貌。

"你觉得,是谁对你下手的?有没有可能只是一起普通的抢劫,被你过分解读了。"

"作为抢劫犯,他们很不专业,绝对不是惯犯,但三人应该是事前演练过,只对我的背包下手。只是,新手就是新手,虽然精心准备,但实施的时候还是一塌糊涂,所以我才能追回我的电脑。这不是普通的抢劫,就是冲我来的。至于他们被抓后怎么交代,我也不关心,我心里想到一个人。而巧合的是,今天他忽然辞职了。"

高琳心中也浮现出一张白面无须、带着人畜无害的笑容的脸。

"但这个人,"张邕忽然盯住高琳的眼睛,"他本不该知道这些事,也不知道这份值钱的资料在我手里,如果是他干的,那就一定有人告诉了他这件事。"

高琳并不回避,说道:"是我告诉了曹华,因为你不肯谈判,我只能想尽一切办法,试着能解决问题。我根本不信曹华能说服你这头倔驴,只是试试而已。更不会想到,他会用这种不入流的手段。"

张邕点头道:"我信你,所以我也并没有怪你。但这件事我真的无法答应你什么。我只是不明白,你们为什么不能去和田晓卫直接谈呢?这不才是解决问题的正规渠道吗?Skydon如果真的想进驻中国市场,不是该堂堂正正的吗?"

"堂堂正正？"高琳冷笑，"你总是这样冠冕堂皇，说得自己何其高尚。可是你们天工做的事哪一样又是堂堂正正的？"

张邕低下了头，他当然知道天工和田晓卫做了什么。

"你说得都对，但天工不是我的，我做不了主。但我至少可以为我自己做主，很抱歉。"

高琳又换了一种眼神，三分委屈，三分娇柔，还有几分隐约的暧昧。

"张邕，其实如果没有这些事，我们在敦煌相处得很好，我内心是一直希望我们能成为朋友的。"

张邕淡淡道："如果你不是目的性太强，我们还是可以成为朋友的。但现在，我总是不敢离你太近，如果我们是朋友，我会更为难。"

高琳微微一笑，没有卖弄风情，风情却恰到好处。

"如果我们现在是朋友，你觉得这件事我们有得谈吗？从朋友的角度，无论什么样的条件，无论我是否付得起，只要你肯谈。"

"高琳，如果我们真的是朋友，而且你和我换一个位置，面对朋友，这种事我应该不会开口，会让朋友自己做决定。"

"呸，"高琳在心里狠狠地骂了一句，"朋友，就凭你也配。"

她站起身，脸上出现一副受了伤的哀婉表情，说道："张邕，你真是油盐不浸，再见吧，希望还有机会合作。"

张邕起身送高琳出门，前台女孩看得一愣一愣的。怎么这副表情？不是要共进午餐吗？这么快就又分手了。

当电梯打开的时候，张邕意外地见到了多日不见的田晓卫和雷。高琳面色如常，说了声再见，又向刚出电梯的两个男人点了点头，走进电梯关门走了。

雷望着美女消失在电梯里的身影，舔了舔自己的嘴唇，东方的女孩子真是好看。

"张邕，好久不见。"

"晓卫，好久不见。雷，你好。"

雷笑着和张邕握手,田晓卫则是很随意地问道:"那个女孩子是谁?"

"我不能说,但你可以猜,猜对了我会承认。"

"哦,"晓卫点点头,又简单地问了一句,"那你?"

张邕回答:"我是天工的人。"

田晓卫再次点点头道:"你先忙,待会见。"他和雷奔向了各自的办公室。

前台女孩一脸疑惑,看看张邕,又看看田晓卫的背影。这大概就是聪明人之间的对话吧,自己每个字都听清了,却完全不明白他们说了什么。

夜色降临,张邕等在分局的门口,传达室的老警察认出了昨夜送警花归来的小伙子,没赶他走,还笑着向他招了招手。

Madam出现了,她并不是外勤人员,只是因为警力不足,偶尔上勤而已。她没穿警服,所以也不用扎起头发。一头瀑布般的长发垂下来,轻轻飘在脑后,一身合体的衣服完美地凸显了模特般的高挑身材,而脚下的一双高跟鞋,则直接拉平了与张邕的身高差。虽然不再是初见,张邕依然看得如醉如痴。

"走了,傻小子,去哪吃饭?"

Madam挎着张邕的手臂,头轻轻靠在他的肩上。她无比喜欢这个男人的身高,太合适了。两个人才相识3天,但就像彼此认识了很久。

"你好像心里有事?"Madam轻声问。

"是有一点,工作上的事,我很讨厌让这些事影响和你的见面,但还是不好放下。"

"没事,没有心事的男人,岂不是没心没肺的傻瓜。我在你身边,你要是能放下最好,放不下就想吧,不用强迫自己。你要愿意,就和我说说,没心情,就不要说。走,警花姐姐带你去看电影。"

"电影?怎么忽然想起去看电影。"

"谁说突然,我知道傻小子喜欢篮球,票我早就买好了,有个叫什么迈克尔·乔丹的，挺帅的光头，不知道你喜不喜欢。"

张邕立刻兴奋地说道："乔丹的《空中大灌篮》！"多开心的日子，去他的测试报告，他的心情开朗起来。

焦虑日甚一日的卡尔终于收到来自张邕的邮件。张邕先在邮件里表达了歉意，说自己一直在西北测试，没能上网，只有回到北京了，才能给他回信。

这几句让卡尔很放松，至少他知道了，张邕没有故意不回他的邮件。

接着张邕再次感谢卡尔发来的所有信息，让他对目前的局面有了真正的了解。卡尔信心逐渐加强，一个明了局面的人，正确的选择，一定是向Skydon靠拢才对。

然而后面的内容却没有按他的想法发展，张邕问了一个很直接的问题："不管未来的计划，现在天工被Skydon取消代理资格，终止合作了吗？如果还没有，那么Skydon应该正式地和田晓卫沟通。他作为天工的员工，其实什么也决定不了。他就是因为不喜欢田晓卫不够光明磊落的举动才会主动联系Skydon，如今他觉得Skydon也应该正大光明地来解决问题。"

卡尔读完邮件，第一感觉是很气愤。这个张邕不但没有答应他的要求，帮他解决问题，反而以他幼稚的观点来教他们这些叱咤风云的商业精英来做事。

但卡尔平静下来之后，却微微有点触动，是不是我们真的考虑得太复杂了。为什么无论是他，还是Tiger，甚至是史蒂夫，都没想过和田晓卫正式地谈一谈呢？他们一直都想搞定所有事，然后来逼田晓卫就范，可是田晓卫从来都不是被降服的人，卡尔知道自己做错了什么。

他打给了Tiger："你到中国之后，无论通过什么渠道，有没有正式地接触过田晓卫？"

Tiger愣住了，这是什么问题，他们之前的计划里从来没有这一步。

"尝试一下吧，如果我们所有的事都不能有更好的结果，为什么不试一下最简单的最直接的沟通呢？"

Tiger明白了卡尔的意思，或许所有人都太过精明，没谁想到最简单也是最该做的一件事。

他叫来了高琳："帮我拟一封函给天工，我要去正式拜访田晓卫。"

另一边，韦少拨通了另一个帅哥的电话："小宫工，你在干吗？"

宫少侠立刻笑道："我是宫、工，不是公公，那边那个胖子才是。韦哥有何吩咐？"

"我是你姓韦的大哥，不是什么伟哥，你帮我约一下张邕。"

"张邕呀，小意思，要告诉他是你约他吗？"

"随便，只要你能约他出来就可以。"

第37章 测试报告（四）

韦少从高琳口中知道了Tiger要去天工面见田晓卫的事，李文宇闻听陷入深深的思考。

韦少不在乎地说："以田晓卫的个性，这只老虎去了能谈出什么呢？田晓卫不会受任何人摆布。那天陈总很多话没直接说，田晓卫已经介绍了另外一家产品去工程中心。这样有利的一个局面，田晓卫不会好好和Tiger谈判的。"

"田晓卫当然不会变，但Tiger有可能会投降。"

"Tiger投降？他做了这么多事，布了这么多局，如今他要对田晓卫让步？他这个还没正式上任的中国区首席代表，今后在中国还怎么混？"

"他布的局如果有用，就不用去找田晓卫谈判了。你没看出来吗？他压力非常大，压力一定来自Skydon，这种压力他扛不住的。所以如果他服软，答应田晓卫的所有条件，那么虽然一切回到了从前的样子，但至少他还可以在中国继续待下去。但如果因为他来中国，Skydon反而丢掉了势在必得的合同，他身后的人很有可能会在Skydon失势，而他很难在中国这个位子上继续坐下去。气节和饭碗，你会怎么选？"

韦少思考了一下，说道："即使保住饭碗，这碗饭以后也很难吃，如果要气节，大不了换碗饭吃。"

李文宇笑着摇了摇头道："你没在国外生活过，不了解Tiger这种人，特别是他这种恢复高考后才入学，读书时已是而立之年的知青。他是读完大学才出国留学的，一把年纪，能够留在美国已经很不容易，应该吃了很多的苦，美国社会给他们的机会并不是很多。因为语言和文化的优势，回到祖国做首席代表，对他们是百年难遇的好机会，这是一方诸侯的待遇，高收入，令人尊敬的社会地位，无须自己支付花销，还有第三世界国家补助。这样的机会，你会觉得饭碗与气节哪个重要？"

"可田晓卫凭什么要答应他，他已经占据优势了，也绝对不会可怜这只老虎。"

"田晓卫是聪明人，他对任何交易，只有精确的计算，不掺杂其他的情感情怀一类。他不会对Skydon服软，Skydon不答应他的条件，他立刻找到了钛科来顶替。但如果Skydon答应了他的条件呢？如果工程中心和北方公司重新回到他手中呢？Skydon和钛科谁优谁劣，田晓卫比你我算得清楚。他有本事把钛科介绍到工程中心，就有本事让Skydon重新回来，让钛科出局。"

"可是，"韦少道，"Tiger背后做了这么多事，就算田晓卫接受，Tiger吃了亏，以后双方怎么相处？"

"哈，"李文宇笑出了声，"田晓卫是谁，他会在乎别人是否喜欢他，这圈里有人喜欢他吗？他不还是一样活得很好，在Skydon和他之间多了一个不喜欢他的首席代表，他根本无所谓，就算天塌下来，田晓卫还是田晓卫。有一天Tiger让他不痛快，他还会再做一次工程中心的事。"

"做人不能学田晓卫，但做人最好是田晓卫呀。"

"老大，Skydon真让步，怎么办？"

"没办法，我只能给Tiger加一些筹码。张邕怎么样？如果在Tiger和田晓卫谈判前能搞定他，他们一定谈不拢。或许，我们给张邕的条件，可以更好一些。"

"好，老大，我知道了，小宫在约他。"

田晓卫看着Tiger的正式信函，心中有些怪异。

自从雷被辞退之后，他几乎就和Skydon断了联系，卡尔找过他，他拒接电话。他觉得卡尔如果接受他的条件，那么邮件里说个Yes就可以了，电话里浪费时间对他没有意义。

而从雷以及一些用户的反馈里，他知道有只老虎已经进驻中国，正想一口吞了他。

与李文宇和赵爷的那种"兹事体大需我辈尽心竭力"的心情完全不同，田晓卫从没把Tiger放在眼里，对Skydon也没什么"过河拆桥"般的怨艾。天要下雨娘要嫁人，并不是能不能拦住的问题，他根本不想拦。

本来一直想见田晓卫的钛科于是得到了机会，在雷的引荐下，罗伊和斯玛特终于如愿以偿。

反倒是这封很有诚意的信件，让田晓卫犹豫了一下。事已至此了，还要见面谈吗？

他想问问易目，但随即改变了主意。易目是以他的意见为意见的人，这种事上易目不会有任何建议。而且每次面对这种事情，他也从来不需要任何人的建议。

田晓卫忽然想问问张邕，如果这个公司唯一有人能给他一些不一样的答案，一定是这个年轻人。他抄起电话说道："张邕，来一下。"

这是张邕出差回来后两个人第一次的正式对话。

"那个女孩是Skydon的人？"

"我知道你一定能猜到。"

"怎么找到你的？"

"她和天石的赵总一起去了敦煌，同时曹总甩下了我，我一个人在那边，社交很自由。"

田晓卫点点头道："我承认，我做的决定并不全对，比如派你去敦煌，就是个彻头彻尾的错误。"

张邕没作声，田晓卫继续道："我只是在北京有些事要处理，不想让你参与，因为我觉得你可能不太喜欢我这样做。"

"晓卫，你什么时候这么乎别人的看法了？"张邕笑了，"还有，其实无论你做得对不对，我是否喜欢都不重要。我们有3万元的账，我所做的都只是3万以内的事，如果要我教你做事，那除非你加钱。"

"女孩找你干吗？"

"老板，你在明知故问。"

"张邕，这个公司里我发现最理解你的是易总，他一直都很相信你。我不怀疑你的人品，所以不要以为我要像田教授一样想限制你什么。我就是想问你一个问题：那份报告背后牵扯的利益巨大，它应该能换不止3万元。你是一个一穷二白的年轻人，我是无法理解，你是靠什么来坚持不拿这份报告去谋取利润的。你要知道，为了这份不属于某人的报告，有些人甚至连抢劫这种事都做得出来。我们可是一群做正规贸易的生意人。"

张邕想了想，说道："我从来不知道，这要成为一个问题。我拿你的薪水，我在为你干活，要我的报告，就必须来找你，世界不就该这个样子吗？同样，你做Skydon的生意，就为用户做好服务，为什么一本技术手册也要额外收费。如果你不想与Skydon合作，就和他们说清楚，终止合作。Skydon认为你有问题，那就来找你谈，你们的代理协议还在，就要继续执行。如果觉得无法合作，就解除协议。其实发生的一切我都知道，我不想知道，但总有人要告诉我。但我完全不懂，为什么没有人按照规则做事，面对面把问题讲清楚。就像田教授为什么要偷拿我的笔记本电脑？他可以告诉我，甚至可以命令我，说电脑他要收回几天。可他从没说过……还有你，晓卫，你要是担心我会出卖你，就过来和我说，让我删除自己电脑里的报告，以及一切的拷贝文件，我自然会做。

可你们什么都没说过,我是测试人员,那份报告没有特别原因我当然要保留备份的。我做错过什么吗?"

田晓卫很少听张邕讲过这么多话,在他的印象里,张邕并不善于言辞。他有点不适应,也不再像平时那样冷静。

"田教授没和你说,一定是怕你交出电脑之前,自己留拷贝文件。我们都知道,让你删除电脑的文件,意义不大。"

张邕失望地摇了摇头道:"所以,这是你们的问题,不是我的问题。"

田晓卫被这场谈话搞得有点心乱,他不想继续了,张邕的意见不但不高明,恰恰相反,幼稚到让他无语,可是张邕很认真。田晓卫看着张邕的眼睛,一个成年人能这样幼稚大概也是一种奇怪的天赋吧。

"那个女孩的老板想要和我见面,你怎么看?"

"双方都做了那么多事,甚至远在美国的Skydon副总裁都写邮件给我,却从来没有正式坐下来把事情谈清楚,聪明人都这样处理问题吗?晓卫,无论是继续做Skydon事,还是不做,直接表达清楚不应该是最基本的吗?"

田晓卫摆了摆手说道:"张邕,你出去吧,谢谢你的建议。你和所有人都不在一个频段上,连我都不知道,是该夸你一顿,还是该揍你一顿。对了,答应我一件事吧。既然你说所有事都该按它本来的样子说清楚,那我就明确地告诉你,我不同意你把那份测试报告交给任何人。但如果有人找你谈条件,你至少要做到,答应他们的条件之前,把他们的条件告诉我,我是你老板,有交易优先权。"

"成交,我答应。但你最好和Skydon把一切谈清楚。我不想面对这种局面,真的有诱惑在眼前,想抵抗其实是很难的。"他转身出去了。

田晓卫抄起电话打给疑似美女:"帮我回电,欢迎Skydon新任首席代表龙先生前来天工集团指导工作。"

宫少侠约了张邕吃饭,为了这个饭局,还专门开了辆车。宫少侠家境优越,所以才在公司肆无忌惮,找辆车对他来说不难,却令别人羡慕不已。

张邕没拒绝，甚至没有多问理由，只是坚持让宫少侠先送他去一趟Madam那里。宫少侠差点没把嘴咧到后脑勺去。

"大哥，请你吃饭，不能真让我当司机吧。您这一趟去东城，打个小面也是30吧。"

张邕眨眨眼说道："没事，你可以不送我，我坐公交过去，然后再坐公交去找你们。"

"你真是我大哥，您坐公交过去，再去北边，不得十点才到呀。"

张邕道："无所谓呀，你们先吃，不用等我。"

"得，还是我送您，您老大。瞅你这点出息，就算热恋，也不至于一天不见都不行吧，看你这熊样，估计做一辈子妻管严。"

第38章　测试报告（五）

宫少侠把车停在分局门口等候，然后亲眼看到一个模特身材的警花亲昵地送张邕出来，宫少侠眼睛立刻直了。

"这小子艳福不浅呀，难怪必须来见一面才舍得走，年轻人，可以理解。"

张邕重新上车，Madam远远向车上的宫少侠招了招手，算是打招呼，然后转身回去了。

宫少侠发现，张邕一直背在后背的电脑包不见了。

"电脑呢？"

"暂时寄存在人民公安那里，那儿最安全。"

"看来那天的抢劫，让你有心理阴影了。"

"我不怕别人抢劫，我是怕自己抢劫自己。"

"越来越像田晓卫，说的啥我也听不懂。系安全带，我要加速了。"

饭店包间里见到韦少，张邕一点也没意外。

"韦总，您可以直接约我的，一个电话就行，其实不用麻烦宫经理。"

"你可以叫我韦少，自己人都这么叫。"

"对，"宫少侠一边插嘴，"可以叫我宫少。"

"也不是不直接约你，我和宫少也很久不见了，刚好大家凑一起，来，坐吧。敦煌因为老赵摔了人，最后的聚餐也取消了，不然那时候，就可以和你这个小兄弟喝一杯。"

三人边吃边聊，韦少贵为米河副总，算是身居高位，但实际年龄比田晓卫还要年轻。宫少侠比张邕稍年长，三人近乎同龄，共同话题很多，彼此交流倒没什么障碍。

时机成熟，韦少抛出了话题："张邕，对现在天工和Skydon的关系，你怎么看？"

"我知道的事，你们应该也都知道了。Skydon中国区掌门Tiger马上要到天工和田晓卫面谈，如果谈不好，则双方彻底破裂，如果能解决争端，可能暂时无事吧。但不出3年，我觉得双方还会有冲突。至少我很难相信，3年后，田晓卫还会再做Skydon的生意。"

韦少没料到张邕如此地确定，把他准备讲的话都讲了。

"你怎么知道掌门叫Tiger？"

"Skydon有人告诉我的。"

韦少暗暗有些心惊，这个张邕到底还有什么背景。

"田晓卫不做Skydon生意，你们哥俩准备做什么呢？"

宫少侠毫不在意地说："天工做什么，我就做什么，要是天工不再需要我，我就去投奔你。"

"行，兄弟，我等你。张邕，你呢。"

"韦少，我不知道。我日子一直都是这样，今天想明天的事，3年后的事，2年后再去想。等田晓卫不做Skydon的时候，我再想我的路。但我想问一下你……我知道你和高琳谈了什么，那么您这边离Skydon还有多远？"

"我×，"刚吃了一口虾的宫少侠，差点没把整只虾喷出来，"什么情况，两位大哥，韦少，你要接替天工来成为Skydon代理吗？"

"我们有很大的机会，但比不了曾经的天工。田晓卫曾经是一家独大，未来Skydon不会允许这种局面出现。我猜可能会有两到三家代理商一起做Skydon的生意，但米河一定会成为最大的那一家。随着中国市场的发展，也许我们的生意比当初天工还要大。只是现在我们还有一些问题，不仅仅是我们的问题，也是Skydon的问题，甚至还是赵爷的问题，当然更是Tiger的问题，所以很难。我们几乎已经跨进了Skydon的门槛，但可能会立刻被踢出门，一无所有。除非，张邕肯帮我们。"

宫少侠差点没把另一只虾也喷出来。

"张邕，你本事见长呀，什么时候厉害到这种地步了。"

张邕叹口气说道："韦少，我知道你既然出现这里，就一定会谈到这个话题。你也应该知道，高琳找我几次了，但这事真的不是我能做主的，我很难帮忙。今天也一样，不是我的东西，我无法做主。"

本该是私密的谈话，韦少却要通过宫少侠来安排，其实有他的用意，他太了解宫少侠了。果然在没与宫少侠事先沟通的情况下，宫少侠自然而然按他的设想接口了。

"我说邕少，我不知道你手里有什么好东西，既然对韦少这么重要，开个价宰他一下就是了。我说他今天这么大方，请吃饭，一顿饭太便宜了吧。两个大男人，值多少，直接开价就是了。韦少，你准备出多少？"

"出多少不是问题，关键是张邕到底怎么想的。天工很快就会出局，张邕你带着报告到我们这边来，一举两得。除了报告我们会付钱给你，过来后，你和宫少的待遇一定都会比现在更好。特别是张邕，我们都见识过你的本事，一个新的Skydon代理，我们太需要你这样的人才了，你想做什么工作，要什么职位，我们都可以商量。我不知道高琳怎么和你沟通的，但我觉得她的筹码一定比不过我。何况，交易呢，还是咱们男人之间谈得痛快，何必跟个女人拉拉扯扯。你说呢，宫少？"

宫少侠脑中立刻浮现出高琳那精致的面孔，说道："高琳是那天来公司找张邑那个美女吧？哥，这个我就不敢苟同了，我要是张邑，肯定和那美女谈呀，和你交易有什么意思。可惜那美女来晚了，张邑身边有一个比那妞还美的。张邑，美人你有了，那就谈谈钱吧，多合适。"

张邑不知道如何接口，他的道理对宫少侠没用，宫少侠讲的他也不知道该如何反驳。

宫少侠继续道："真急人，你们俩都不出价，我来帮你们叫个价。我不知道那东西值多少，随便喊一个，合适不合适的，你们俩自己谈。第一轮竞价，起拍价，5000，二位开始还价。"

韦少摇摇头道："宫少，你的格局太小了，我还一个价吧，10倍，5万。"

5万？宫少侠和张邑同时动容，如果张邑还在GPS中心，这是他5年的收入总和。宫少侠不缺钱，但听到这个价格，也是愣了下，但随即就反应过来。

"张邑，你这是要发达了，5万，成交吗？估计你也没见过什么钱，我劝你慎重，韦少出价太容易，这事绝对还有空间，我替你加点？韦少，8万？"

韦少点点头道："可以考虑。"

"我×，张邑，你这次赚大了，再次友情忠告，慎重，不要被韦少蒙蔽。"

韦少向宫少侠一翻白眼，说道："喂，你要负责叫价就好好帮忙叫，不要老是打扰张邑，他自己会做决定。"

二人看向张邑，张邑看似很平静，没像宫少侠那样夸张，但韦少注意到，张邑的嘴唇似乎在微微颤抖。他心里笑了，这个年轻人绝对不是像表面看起来的那般平淡不惊。这样一笔款，对一个年轻人的诱惑还是很大的。

张邑开口，他一字一顿说得很慢："太多了，不值这么多。"

宫少侠急切道:"你傻呀,张邕,你在说什么?"

"我一年的薪水是3万,这份报告差不多用了我5个月,当然这5个月里我也做了一些其他事,所以并不是满满5个月。如果按4个月来算,我的付出只值4万,不值这么多。"

"张邕,你懂不懂经济学,值多少,不是说你成本是多少,而是对韦少来说值多少。1万的东西卖8万,这没有任何问题。"

"只有一个问题。"

"什么?"两个帅哥一起问。

"田晓卫已经把这1万付给我了,所以我没办法。"

"你有病呀,搞技术把脑子搞出问题来了吗?"

张邕站起身,然后对他们说道:"二位,我真的没有办法。而且,今天也不适合交易,宫少知道,我的电脑不在身边。我先走了,以后再联系吧。"

韦少不放弃,喊道:"10万。"

张邕走到了门口。

"15万!"两个人都看到,张邕的身子微微震了一下,但没停留,还是向外走了出去。

"20万!张邕你不要太过分!"韦少面色变得赤红,对着张邕的背影喊。

20万,宫少侠已经说不出话了,这个价格可以在二环内买一套四五十平方米的二手房。

这次张邕的反应已经强烈到掩饰不住,他走路已经不稳,韦少心也绷紧,他感觉张邕应该下一秒就会转过头来。

但张邕最终没有回头,他跟跟跄跄逃离了现场,身后传来韦少的一声长叹和宫少侠的破口大骂。

出门的张邕脸色苍白,手脚颤抖。20万?他快速离开是因为不敢再听下去了。他发现他的原则其实非常脆弱,不堪一击。如果他多待一秒,可能就会收下这笔钱。

他大步沿着街道狂奔，感受着迎面吹来的凉风，试图让自己冷静下来。

他忽然开始理解田晓卫，理解了很多事。是的，他太幼稚了，他之所以认为自己能坚持原则，是自己把原则想象得太简单，他还没遇到足够多的诱惑。

腰间的寻呼机忽然响了起来，是一个陌生号码，他极力让自己心跳恢复正常，然后从一个报刊亭给对方回了电话。

"张邑，你一直都没联系我。"

"赵总，这么晚了，什么事？"呼他的居然是赵爷。

"高琳最近有联系你吗？"

"是的，找了我几次。"

"他们是不是还去了韦少的米河公司？"

"我不知道，但我猜应该去了。"

"好，那我就知道了。我猜无论是他们李总，还是韦少，一定会花重金买你手中的一份材料，我说对了吗？"

张邑刚刚平静的心跳，又开始剧烈跳动，回道："赵总，我不知道你想说什么。"

"我就想说一句话，无论他们出什么价，我翻一倍给你。"

咣当一声，赵爷耳朵被震得发麻，张邑似乎是用全身力气重重挂了电话。

准备睡觉的Madam被寻呼机的声音重新叫了起来，她抓起寻呼机，看到那个代表Yong的字母在屏幕上闪烁。

心中涌起一丝甜蜜：不是和人吃饭去了吗？这么快又想我了？傻小子。

她按照寻呼机的号码，拨了电话过去："喂！"

接着她听到了张邑的声音，他似乎在低声地抽泣。

Madam的心一下抽紧了，问道："张邑，你怎么啦？在哪？你哭了吗？"

话筒另一端的张邕，听到Madam的声音，再也忍耐不住，一声低沉的呜咽从听筒中传了过来。

第39章　张邕的假期（一）

Madam找到张邕的时候，他正坐在路边一条躺椅上，失魂落魄。

她上前坐在他身边，握住他的手说道："你到底怎么啦？出什么事了吗？"

张邕似乎剧烈地挣扎过，胸膛一直在剧烈地起伏。

他说话带着一股哭腔，断断续续对Madam说道："我拒绝了一笔钱，很多，很多，你想不到有多少。可能30万，50万。这钱本该是我的第一桶金，可以让我做很多我想做的事。如果我们想结婚，这笔钱可以让我们现在就买房，还可以让我给你买一枚上好的钻戒，我从没见过这么多钱……我没要，我只是习惯性地维持着我做人的原则，可我心疼，我好心疼，我现在整个人都空了，好像累到了要虚脱。我想要这笔钱，我非常想要这笔钱，我想打电话告诉你，今天是好日子，我今天挣了50万，可是我没有。我不知道自己做得对不对，也许以后的一生我都会为这个决定后悔，我失去了一个可以改变命运的机会。我非常地难受，但我不知道该怎么做……我在电影和小说里，看过很多类似的描写，如果一个人抵挡住了诱惑，守住了自己的底线，他就感到无比自豪。可我不是，我非常非常难过和自责，甚至觉得自己以为的原则是一种愚蠢。我现在怀疑我自己，怀疑整个世界……"张邕声音里充满了痛苦。

Madam微微松了口气，她抱住了依然在抽泣的张邕，说道："我是个警察，你若拿了不该拿的钱，我不但要你还回去，还要把你也送进去。你要是进去了，你让我去嫁给谁呢？"

她怀中的张邕忽然安静下来，整个世界似乎也安静了，京城璀璨的灯光也柔和下来，静静照着路边相互依偎的一对男女。

Tiger来访的日子，整个天工集团都在认真准备。倒是田晓卫这个主人不太在意，不是疑似美女提醒，他甚至差一点搞错了约定的时间。还好，最终他没有迟到，在Tiger到达前来了办公室。

此时他接到了张邕的电话："晓卫，我想请假。"

"不舒服了？那就休息一天吧。可惜了，本来想叫你一起开会，你那个美女朋友应该会陪着那只老虎过来。"

"晓卫，我不是请今天的假，我想请个长假。"

"长假？"晓卫觉察到一丝异样，"多长？你要干吗？"

"不知道，或许到工程中心项目有了结果，或者你和Skydon之间有了结果，我再继续回来上班。"

"张邕，发生了什么？"

"发生了什么？"张邕苦笑着重复了一句，"晓卫，我是否出卖天工，出卖你，是否出卖那份报告，只是一瞬间的事。我都不敢回想昨天的事，做人还是做鬼，可能只是那一秒的状态，这太残忍，太可怕。我庆幸我没有做错决定，但我不想再经历，也不敢再面对。晓卫，你让我休息吧，等我安静下来，再重新干活。"

田晓卫并不奇怪发生了什么，只是有点奇怪张邕的态度，问道："怎么会这样？我说过，我有交易优先权，你可以和我谈，挣一份合法的收入。"

"晓卫，我现在特别同意你的观点，我是太幼稚了，诱惑之下，世界哪有规则。我甚至可以理解那些出卖自己老板的人，不是老板不给他们机会谈，而是他们自觉心理愧疚，不敢面对老板，宁愿选择背叛。"

田晓卫笑了笑说道："相信自己，你不是这样的人。"

"我的确不是。我只是一个没有见过钱的人。晓卫，不是每一个人在25岁年纪可以挣到100万。我听到10万的时候，脑子里已经是空白，后来想到也许可以拿到50万，我都不知道当时自己是如何呼吸的。我甚至庆幸，我居然活下来了。我早忘了你的交易优先权，我仅有的一点点理智告诉自己不该拿，但我身体的99%的器官和组织都让我去接受。当我拒绝，我的身体就报复似的出现了各种不适。我几乎不能行走。晓卫，我知道你理解不了，我们不是一个世界的人。但无论如何，我不想再面对一次这样的煎熬和考验。我非常确定，我经不起下一次的考验，真的。晓卫，我要休息。"

田晓卫认真地听着，说道："你说得对，我的确理解不了你说的状态，我从没经历过。我喜欢钱，但钱对我的诱惑从来都不是致命的。但我很奇怪谁给了你这个理工男这么好的语言能力，你的感受我居然听懂了。张邕，谢谢。假期我可以给你。但是你想过没有，难道你未来就不会再面对这样的诱惑了吗？你这么年轻，人生刚刚开始。依我看，你应该回来面对，让自己的承受能力从10万、50万，长到100万、1000万，怎么样？"

张邕笑了，笑声中似乎有无尽的痛苦，说道："我可以自信地告诉你，我永远无法抵抗这种诱惑，这一次经历就足够了。关于未来，我想过了，也许我能做的是让自己强大起来，挣更多的钱。我有50万，50万就不能诱惑我，我有1000万，1000万就不能诱惑我。我不像你那么聪明，这就是我能想到的仅有的办法。如果我做不到，就尽量避免去面对这些诱惑，我抵挡住了一次，但很难再有下一次。还有，晓卫，我向你道歉。我太幼稚，太自以为是了，我以为这个世界应该是有清晰的规则的，我们都应该去维护一些东西。但现在，我终于知道，这个世界根本不是理性的，所有的规则都是一定条件下才成立。我对这个世界的认识刚刚开始，我还要更多的学习。"

田晓卫却叹了口气道："有时候，只是某些时候，我很希望你能一直保持你的幼稚。好，随你吧，我们之间3万的账还没清，3万之内，你就休息吧，我不会扣你的薪水。但3万过了，我们就该重新计算一次。张邕，其实我不该准你的假，而是收回你的报告，断了你的诱惑。因为未来很难说，我都不知道，你回来的时候，世界是什么样子。但我希望，有些东西，还是老样子。再见。"

田晓卫没等张邕的回答就挂了电话，然后坐在办公室里发呆，直到疑似美女进来，告诉他Tiger已经到了。

是到了一代新人换旧人的时候了吗？Tiger和田晓卫在会议室面对面打量着彼此。只是旧人似乎稳操胜券智珠在握，新人却稍显狼狈。

"你来北京多久了？"

"我刚到不久，高琳来得早，她在这替我料理一切。"

"无论是你，还是高琳，都没有来找过我。如今这个时候过来，我很欢迎二位，但不知道还有什么可以谈？"

"这样的，田总，"高琳先给了田晓卫一个迷人微笑，然后开口解释道，"我和Tiger这次……"

田晓卫一摆手，轻描淡写地打断了高琳："叫我晓卫。高琳，你等一下，我想听Tiger说。"

高琳又一次被一个男人打击了，但她连不满都不敢表现出来，又是莞尔一笑，说道："好的，晓卫。"

她对田晓卫和张邕有不同的感受。她觉得张邕就是块木头，或者品位缺失，根本看不到自己的美。而田晓卫却是越过了她的美貌而看到了更远的地方，她的美丽对田晓卫而言根本没有价值。她在心里怨恨张邕，但对田晓卫，她自己有一种被人看穿的局促感，这几乎是她人生中从未有过的感觉。

Tiger很直接，既然牌面都已经这样了，没必要再遮遮掩掩了。如果在田晓卫这种人的面前耍心机，他一定过不了关。

"是的，抱歉，我想错了很多事，我本该第一时间就来和你见面的。但今天能见面，总比不见面要好。"

田晓卫对这样的态度表示满意，说道："我知道，你们可能在等一张牌。但昨天晚上，这张牌你们还是没拿到，一把同花顺，哪怕只差一张梅花三，就依然是一副烂牌。"

"晓卫，都是明牌阶段了，我们不说牌了。我想的是，如今有没有什么方案，让我们双赢。我在海外多年了，如今终于有一个机会回家，我想留下来，这是我今天来拜访的主要原因。"

田晓卫微微一笑，Tiger和高琳都觉得那笑容中带着轻蔑。

"Tiger你想留下来？好呀，但我生在北京，长在北京，我在这里快生活了30年了，你觉得我会不会想离开呢？如果在让你留下来和我必须离开之间二选一的话，我想还是自己留下来比较好。"

Tiger不想再这样绕圈子，说道："你和Skydon的合约快到期了，我保证，合同继续签订，明年起3年的新合约。"

"谢谢，Tiger，可是没人和我说过要终止合同呀，这不是要自动签订的吗？"

"晓卫，我们都知道发生了什么，我没猜错的话，现在雷就在天工的办公室里。"

"雷是我的老朋友，他随时可以来。未来如果我们是朋友，你也一样。"

Tiger决定不再和田晓卫闲扯："北方公司也依然保留给你，我只是新增加两个区域代理来加强我们的散单销售。你的主业几乎不变，你觉得可以吗？你要知道，这次Skydon是下了决心要拿回中国市场的，我这样做对你已经是我所能做到的最好的结果。"

高琳听到"北方公司"，眉宇间一丝恼怒：这样一张王牌也要交出去吗？

田晓卫却没太在意，说道："明明是从我手中拿走了一块业务，听起来倒像是我占了多大便宜。Tiger，有条件吗？"

"有，我要工程中心的合同。"Tiger一咬牙，脸上一片决然。

"我先和你们二位说句实话，工程中心从来都是我的项目，Skydon却认为是我抢了你们的项目，这多少有点蠢。所以我只是证明，有没有Skydon，我一定都可以拿到这个单子。就算你们搞定了张邕，拿到了那份测试报告，只能是多了些竞争的筹码而已。如果这份报告真的这么有用，我不会让它留在张邕手上的。但没有这份报告的话，你们根本没有任何机会。"

Tiger依然执拗在他的话题上："晓卫，我的条件可以吗？这份报告对我已经是过去时了。当一切矛盾核心都围绕着一份报告的时候，我们都发生了误判，觉得说服一个年轻人并不难。晓卫，我佩服你，你有一个好员工。"

他们觉察到，田晓卫脸上有一丝难得的笑意。

"这是一个奇怪的家伙，有时聪明有时很笨。因为他，很多事情变得简单了。你真以为拿到那份报告，就能解决你们的问题？我会用法律手段和Skydon打一场官司，并因为Skydon官司缠身，令工程中心彻底打消采购你们设备的念头。Tiger，到时你就不仅仅是丢了项目的问题，而且因为让Skydon惹上法律问题而遭到处罚。甚至我还可以向FBI举报你们和Skydon……我不一定能赢，但你和Skydon都要付出巨大的代价。而我这边，依然轻松签下工程中心的合同，对我的生意毫无影响。你们喜欢这种结果吗？张邕很奇怪，他总在坚持保护自己的一些东西。实际上，他保护了很多人，比如你们。"

Tiger被镇住了，脸上变色，一头冷汗。

高琳一旁道："晓卫，但这只是对你最理想的结果，拿到报告，我们就有机会赢得工程中心的合同。只要做到这一点，Tiger其他的问题或许都可以被Skydon接受。至于你说的FBI的商业调查，Skydon只是拿回自己的报告，只要你不能证明有人和张邕之间存在交易，Skydon不会有后果的。"

田晓卫第一次认真地看了一眼高琳，又看了看正擦去额头汗水的Tiger，心中有个和李文宇一样的结论。

他依然不动声色地说道："高琳，你很聪明，说得也对。只是真发生这种事，我能赌得起，你觉得Tiger可以和我赌吗？"

高琳看了一眼Tiger说道："Tiger是个绅士，他并不善于与人相争，但我相信他会有办法解决问题。"

田晓卫又看了高琳一眼，对这个女人的评价加了一分。

Tiger也终于在高琳的赞美声中缓过神来。

"晓卫，不要谈论没有发生的事情吧。我这次来，是真的想和你达成合作，甚至推翻我来中国之前的一些计划和想法，来重新制定中国市场规则。世界在变，Skydon这样的企业终究要进入中国的，我觉得你和我之间，我们可以一起来改变。"

田晓卫点头道："好，Tiger。既然如此诚恳，我们就继续沟通，我的条件很简单。还是之前和卡尔谈的条件，价格已经定好，我没问题。重新谈，我也是一样，要12个月账期。Tiger，不要在这件事上有任何纠缠了，你知道，我根本不在意，是你要来谈的，我不会有任何改变。"

"你知道，这个条件我是无法答应你的，但我今晚就再次和卡尔商量此事。如果卡尔答应了，是不是工程中心的项目就是我们的。"

"不，"田晓卫脸上绽放和蔼的笑容，令Tiger心中莫名地一寒，"这个条件是我年初就通过雷向Skydon提出的，如今已经快一年的时间过去了。事态发展到今天，如果一切都变得和当初一样，那这一年的时间岂不浪费了，我会做一些小小的调整。"

"怎么调整？"

"如果你们不答应我的条件，工程中心你们会完全出局。如果答应我的条件，我会分给Skydon一半，钛科和Skydon一家一半。"

"晓卫，你不能如此，我是真诚来找你谈判的，一家一半这样的结果，Skydon是无法接受的。"Tiger因为急迫，声音不自觉地提高了。

田晓卫还是一如既往地平静，说道："Tiger，我不想再浪费时间了。因为你的真诚，你为Skydon争取了一个机会，可以从工程中心拿走一半的合同，这是值得恭喜的，Skydon会感谢你。好了，今天的交流很愉快，谢谢二位来访，我会等候你们的消息，我会等一周的时间。凯西，安排午饭了吗？我想招待一下Tiger和美丽的高琳。"

田晓卫不再看向Tiger那张激动的脸，他转向了疑似美女，悠闲地谈着中午的菜单。

Tiger让自己平静下来，他缓缓站起。

"晓卫，午餐不用了，你要是不想再谈，那我们就先告辞了。"

"哦，看来你对泰山大酒店的餐饮水平看不上，好吧。你要不要见见雷？"

高琳道："不用了，Tiger和我加入Skydon的时候，他已经离职了，我们其实没什么好谈的。张邕在吗？Tiger没见过他，我们想看看他。"

"可惜，"田晓卫叹了一声，"昨晚不知道谁吓到了他，现在连我都无法见到他了。他请了长假，近期估计都不会回来了。"

第40章 张邕的假期（二）

车上，高琳紧紧地挎着Tiger的手臂，感受着他纷乱又低落的情绪。

"你准备怎么办？"

"没什么办法，直接汇报给卡尔。"

"会影响你在中国的位置吗？"高琳问这句话的时候，心中不无担忧。

"也许还好，或许我早该这样做，要感谢一下那个张邕。我只是一个外派主管，之前我太急于证明自己了，中国的事情我既然没有能力处理，就不该硬撑，我们把决定权还给卡尔吧。想证明自己，就先保住这个位置，这样才有机会。"

"你好睿智。"高琳依然一脸的崇拜。

卡尔准备引咎辞职。

"我们不得不接受田晓卫的无理条件，却还是丢掉了一半的合同。如果有人需要为此负责，那我来负全部责任，我很抱歉。"

克里斯无奈道："卡尔，我很抱歉，但现在看来，这可能是最佳方案，这件事我们在董事会上很难交代。"

史蒂夫对卡尔摆了摆手，说道："你们都觉得我们必须接受田晓卫的条件吗？"

几个人的目光都投向了总裁。

"还能怎样呢？"

史蒂夫冷冷地哼了一声，表达对所有人的不满。

"我们付出了这么大的代价，最后却什么也没改变，还要有人为此负责，你们觉得，这也值得吗？既然如此，我们可以有另外一种选择，付出更大的代价，做出彻底的改变。"

所有人面面相觑。

"史蒂夫，我怕这种代价太大，我们付不起。"

史蒂夫看了发言者一眼说道："如果不考虑工程中心项目，我们的整个业绩并没有受到太大的影响，因为北方公司的采购增加，以及新代理的折扣下行，我们在中国的业绩今年肯定还会增加。这种情况下，我们为什么要为此负责。"

"可是这个项目的影响……"

"如果我输给了Eka这样的老对手，自然是个大问题，但钛科有什么资格和我们相提并论。放心们，绅士们，这一个项目根本救不了钛科的命。钛科被收购已成定局，我们何必在乎一个项目的输赢，哪怕这个项目真的很大。"

"可是，我们收购钛科的计划不是已经停滞了吗？"

"我们不收购，还会有别人，这个以后再谈。我手里有一份关于中国市场的调研报告，这里有一个预测，在未来的5~10年里，中国会进入高速发展期，像基站网络这样的大项目可能会层出不穷，甚至在那时候，我们会觉得现在的基站网络项目根本不算什么，但是我有一个问题……"说到这里，史蒂夫顿了一下，所有人注意力都被吸引过来，"如果未来3年内，我们要面对无数来自中国的大项目，那么我是否每一个项目都要和田晓卫纠缠，经历一遍今天发生的事吗？"

卡尔猛然抬起了头，他听懂了总裁的意思，心中充满了惊讶和感激，同时一种豪情壮志重新在心中升起。

史蒂夫正看向他，说道："卡尔，不要离开我们，去做你该做的事吧。你告诉你那只老虎，我们会在以后3年里，每一年都评估他的业绩和表现，但不会现在就要求他太多，让他们继续向前走吧。"

张邕没有享受自己的假期，他只是在消化自己的心情。他曾经离50万无限接近，唾手可得，但他没有伸手，如今便只剩下了失去50万的痛苦。

他甚至无法用正义来形容自己的行为，他只是对晓卫是正义的，那么晓卫本身是正义的吗？如果不是，自己这就失去一笔钱是不是有些蠢。

怀着丢了50万的失落心情，他每天去分局等Madam下班。不久，分局的人都知道了Madam有个身长肩阔的男朋友，有些人进出还会和他打招呼。他不太认识，但都客气地回应。这看起来是他一生中为数不多的平静的日子，只是没人看出他心底的煎熬。

时间可以治愈一切吧，或许还有爱情，每当他看到Madam的笑脸，心里的痛苦就会少一些。他甚至想，如果是Madam彻底治愈了他的感情伤，那么未来某天会不会有一大笔钱堆在他的眼前，彻底治愈他的50万之踵。

他不知道这一个月来外面都发生了什么，不知道工程中心项目花落谁家。他有点享受现在的日子，很想相忘于江湖，但是江湖应该就在他心里，并不会真的隐去，或许，回归的日子越来越近了，他需要一个理由，一个契机，但不是身边的江湖人。

这一周，高琳呼他，他没回。天工呼他，他没回。赵爷呼他，他没回。

直到新的一周，他闲暇无事，拿起寻呼机，翻看着一堆没有回过的电话号码，有熟悉的，有不太熟悉的，一一删除，直到……

他看到了一个外地的长途号码，这个区号他最熟悉不过，他曾经无数次想拨这个区号，然后加上一个叫芊芊的女孩的宿舍电话，但一直都忍住了。如今想起来，他没什么特别的感觉，只是庆幸自己没有拨打那个号码。

然后看到姓氏代码，很明显，不是芊芊呼他，芊芊也没有他的寻呼机号码。

他看了看今天的日期，日子过得这么快吗？这么久了，或许，该回个电话给外界了。

第41章　再归江湖

家里电话没开通长途，他来到外面电话亭，拨打了这个外地的号码。

"喂，你找谁？等下，有人给北京打传呼了吗？刘老师，哦哦，好的。"

电话那头一阵乱七八糟的寻人广告，然后接电话的人对张邕说："你稍等，马上来了。"

"张邕，你死哪去了？"这话很耳熟。

听着熟悉的声音，张邕一阵恍惚，或许他的江湖生涯又要开始了，接电话的是怒发狂人。

"师兄，你真的回学校了？"

"废话，我爱情没了，还不拿学业找补一下，总不能什么都没有吧。别说我，先说你，我3天前呼的你，你的世界是时间错乱了吗？我打电话到天工，他们说也正找你呢，你到底怎么啦？这是要修仙吗？"

"我不知道该怎么对你说，我受了点刺激，不过快好了。但还是有点迷茫，不知道何去何从。"

"年纪轻轻，怎么那么多愁善感。你这样的能受什么刺激？别无病呻吟了，赶紧地，把自己洗漱干净去工作。现在乱世之秋，正是英雄崛起之时。"

"有人想花50万买我手里的一份报告，我拒绝了。"张邕发现，他今天说出这句话的时候，不是特别难过，看来这些日子的假期治愈，对他是有效的。

"50万？"怒发狂人在电话另外一头忽然被自己的口水呛到了，一口气咳了十几秒才恢复过来。

"师兄，怎么啦，要不要我帮你叫救护车？"

"滚蛋，小子，本事见长呀，都能值50万了？什么情况？"

"一句两句说不清楚。大哥，现在是我打长途给你呀，你几时回来？我们坐下来慢慢说吧。"

"一个50万都可以不要的家伙，居然心疼块儿八毛电话费，无语。不过巧了，我这周末就回北京，碰个面吧。记住，看好你的呼机，我在北京可没时间等你3天回电话。还有，我现在和朱院士一起，在做关于固定基站RTK的研究，我需要你去Skydon帮我找一些资料。我不知道你最近在干什么。按理说，你早该知道这些资料，并为之着迷了。甭管什么刺激，刺激过了，就继续生活。我看你是被晓卫和易目给惯坏了，怎么年纪长了，还越发娇生惯养了。晓卫也是个奇葩，天王老子都不买账，对你居然还不错。"

"什么类型的资料？"

"自己去查吧，Skydon有一种新兴的技术，你看了自然知道。周末保持呼机畅通，我回去找你，不浪费你电话费了。"

晚上，张邕打开了沉睡了很久的电脑，插上了电话线。

听着久违的电话拨号音，一种熟悉的感觉慢慢回到张邕的心里。他打开了Skydon的网站，然后登录了自己的账号，很快被吸引了。他又在谷歌上检索了相关的网站，一一详细地做了笔记，当他合上电脑的时候，发现天光已经亮了。

这是某位学者首次提出的永久性固定参考站的概念，用像IGS（全球GNSS数据服务系统）站一样的RTK固定站，蜂窝电话网络取代UHF（特高频通信）电台，固定基站的差分数据通过电话线接入移动网络，通过移动网络的数据打包服务，发送给移动站。而移动站只需要开通数据服务手机拨打固定站的电话号码，就可以获取差分数据。

张邕有点心驰神往，他想起了戈壁滩上的测试。他不需要再搬动巨大的汽车电瓶，不需要小心翼翼地架设基站，不用人看守，只需要背着移动站出来，然后在戈壁上打个电话，数据就连通了。如果这样，曹公公根本没有办法算计他。

曹公公？为什么会想起这个人，接着更多的人回到他脑海中，赵爷，高琳，晓卫，当然还有怒发狂人。

他知道自己的假期结束了。

天光完全亮了，他打给了Madam，准备回去上班。

"好呀，什么时候回去？"

"或许下周吧，周末你有空吗？我想去买一部手机。"

"好呀，以后我就随时可以找到你了。需要赞助吗？一个廉洁的警官钱不会太多，但可以给你凑500。"

"我手里的钱勉强够了，但买了手机，就没有余粮了，必须回去上班。我可是拒绝了50万的大英雄，现实中的英雄都是这么拮据的吗？"

Madam在电话另一头笑得很开心，张邕最近一直都很低落，当他可以拿这事调侃的时候，或许，这事在他心里就真的过去了。

北京的通信商家一条街，高琳依偎着Tiger走进了一家最大的手机店。

谁也没有料到，Skydon在工程中心项目上已经输定了，看不到任何机会，但Tiger却莫名地成了赢家，Skydon给了他更多的肯定和权限，这大概是连田晓卫都没有想到的。

高琳很满意自己的眼光，自己没有选错人。她的眼光当然一直很好，比如这一次，她看中了诺基亚最新推出的一款不锈钢外壳的金属质感手机，只需一个眼神几个表情，Tiger便带着她出现在这里。

那款手机冷漠地闪着金属光泽，高傲地躺在柜台里，只要路过的人都会被吸引而驻足，但没人问津，大家纷纷被标签上的价格吓退。售货员也是一脸冷漠，好东西人人都爱，但她一眼就能分辨哪些是真正的买主。

忽然，售货小姐的眼睛一亮，她看到了风情万种的高琳，以及身边衣着考究的Tiger大叔，笑容立刻出现在她脸上，她笑着和高琳打招呼：

"女士，您看哪一款手机？"

完全不出她所料，高琳高傲地指了指那冰冷的金属壳。

"您太有品位了，稍等。"

Tiger也被这款手机吸引了。"果然很好看，和你很配。"

高琳一语双关道："你的品位一直都这么好。"

相比之下，隔壁店铺的张邕就寒酸了很多，他的第一选择不是手机，而是价格。他翻来覆去地挑选，早就让店员不耐烦了。而当他问到手机是否有数据服务的时候，没有店员懂他的意思，他问出GPRS（通用分组无线业务），对方则直接给他一个白眼。

大概店家唯一没把他赶出去的原因，是他身边高挑的长发美女，而且这个女孩不仅好看，还带着某种威严，店家觉得最好不要得罪。

但买到手机的张邕，心情大概比高琳还好，他拎着装手机的袋子，一种小人物的满足感充满他的内心，痛失50万的伤害又淡了许多。

Madam看着张邕的样子，她心里也是充满了喜悦，这才是她想要的氛围。

直到，她发现张邕的眼睛居然毫不掩饰地看向前面一个时尚美女。

一丝愠怒出现在Madam美丽但绝不娇柔的脸上，她狠狠地给了张邕一拳，喊道："看够了没有？"

张邕疼得几乎叫出来，立刻明白自己犯了什么错误，赶紧咧着嘴解释道："那个女人我认识，就是我和你说起过的高琳。"

"哦，不过你没说过，她还是个这么漂亮的女人。"

"漂亮吗？一般啦，哪有我们警花好看。"

Madam很好哄，立刻就高兴起来："那个男人呢？作为情侣，两人年龄差距大了点吧。"

"我其实看的就是那个男人，如果我没错猜的话，那个应该是中国区的新掌门Tiger，这样看，他们就不仅仅是工作关系了。"

"怎么，你嫉妒呀？"

"你可能不知道，高琳一直不喜欢我。我也从来没在乎过，但现在看，她对这个中国区老大的影响应该非常大。"

"不喜欢就不喜欢，反正我喜欢。"Madam挑衅似的把张邕挎得更紧。

"我只是看到他们的情绪非常好，你要知道。如果一个人很得意，那么一定是他的对手很失意，我想我该赶紧回去看看晓卫了。"

Tiger忽然向路边挥手，他的司机开着车离开了。

后面一辆车上前，停在了二人面前，一人下来，殷勤地替二人拉开了车门。

Madam觉察到张邕的呼吸有些沉重，问道："怎么啦？这是谁？"

张邕苦笑道："他叫韦少，是我损失的20万。"

韦少的车带着Tiger和高琳走远了，张邕腰边的寻呼机忽然响了起来，怒发狂人回来了吧，他拿起寻呼机看了一眼，却长叹了一声。

Madam问怎么啦，张邕苦笑道："刚才是我的20万，这个是我的50万。"

寻呼机又响，这次真的是怒发狂人。

韦少将Tiger带进了一家酒店的包房，李文宇已经在等待。

"高琳，买新手机了。能给我看看吗？"李文宇对高琳的新手机表现出极大的兴趣。

"时尚，高端，很适合你。但是有一点冷色调，没有你这么艳丽，能交给我处理一下吗？"

"好呀，李总，您准备怎么修饰我这款手机？"

李文宇接过手机，递给了韦少，说："简单，可以镶钻，但不要像暴发户一样镶满钻石，而是一颗红宝石配一些碎钻，在合适的位置，镶一朵玫瑰出来。冷艳的金属配热情的玫瑰，高琳你的特性都表达出来了。"

"太谢谢李总了，我听得都心动，有点迫不及待想看到了。"高琳笑得无比妩媚。

李文宇转向Tiger说道："办公室装修得差不多了，选了一些办公家具,您看看,这是您的办公桌。高琳这边的注册,应该年底前就下来了,一切顺利的话,您的代表处明年春节就可以正式开张。我们市场部正在和高琳一起商量策划发布会的安排,包括一些领导和重要客户的邀请名单。"

"文宇,谢谢你。没有你的帮忙,我们真不知道该如何是好。北方那边怎么样?"

"采购计划已经定下来了,比魏总所说的还要多,可能接近70%。"

"那太好了。"Tiger一脸喜色。

"但魏总提到一个问题,我们必须解决。"

"什么问题?"

"北方的采购一年一次,都在年底,但年中设备不够的时候,他们就会去找晓卫,先拿设备用,然后年底采购的时候一起结账。如今他们手里有一二十台没有付钱给天工的设备。这个事必须解决,否则我们很麻烦……而且这个和工程中心还不太一样,客户本来就要购买两个以上品牌,如果我们自己内部有问题,他们没有丝毫犹豫,直接就会考虑买另一家的设备。"

Tiger皱眉沉吟不语。高琳问道:"李总,您有什么想法?我猜您一定有办法。"

"嗯,这二十几台仪器,双方是没有合同的,不会有太大法律问题。我要Tiger和我一起正式拜访一次北方公司,以Skydon的名义。只要他们领导确认了我们的身份,这20台设备可以算在我们合同里,然后我付钱给天工。"

Tiger点头道:"我也该正式去拜访一次北方公司了,高琳,帮我拟一封正式的拜访函吧。"

第42章　对酒不当歌

张邕给他的"50万"回电话，赵爷并没有再提50万和测试报告的事。

"张邕，你这次去敦煌吗？"

敦煌？大漠戈壁，奸诈的曹公公，朴实忠厚的司机大哥，张邕本已为数不多的沉睡记忆，完全被唤醒了。

正如告别时孙工所说的，最终天石和天工都列入候选之中，两家在测试中的表现几乎不分伯仲。现在进行的则是邀请制的商务谈判，看谁的商务条件更好。但邀请发出之后，天工迟迟没有回应，赵爷当然愿意天工退出，但为了防止有诈，决定问一下张邕。

不想张邕不但对这个项目一问三不知，而且对最近发生的一切都不知道，他的问题比赵爷还多，赵爷明白自己找错人了。

夜晚的京城，张邕、怒发狂人和赵爷第一次坐在了同一张酒桌前。

听完原委的怒发狂人端起了酒杯。

"我敬你们俩，一个能给出50万，赵总，佩服你的气魄。一个居然能不要，张邕，鄙视你的智商。来，一起干一个。"

赵爷一口喝干了杯中酒，说："张邕没有答应我的条件，很有可能是救了我的命。我想要做成的事从来不在乎成本，当我知道米河可能用重金打动张邕，想拿这份报告的时候，我决定不惜一切代价进行阻击。这笔账大家都算得很清，只要拿下工程中心项目，拿到Skydon的最大份额，别说50万，就是100万给张邕也值得。我没想到韦少会这么小家子气，居然一咬牙才出到20万，我本来是做了100万的准备的。我账上仅有的现金就这么多，我想赌上一把……"

张邕一捂心口，说道："大哥，别再玩我了，100万？你还让不让我活。"

怒发狂人笑道："我挺佩服你，小子，别说50万，100万，只要10

万，我连电脑一起交出去，还要问问有没有其他需要，看中我什么，别说身外之物，人都可以给他。你只是对我说，受了点刺激，这刺激未免太大了，你了不起。"

张邕苦笑。赵爷继续说道："如今看来，如果我真拿50万买了你的这份报告，很可能成为最大输家，会成全了Tiger和米河，而天石的处境还不如现在。张邕，这杯敬你，先喝了再说。"

三人又喝了一杯。

"赵总，发生了什么？"

赵爷继续道："高琳来中国第一个见的就是我，我们相处一直很不错，而在敦煌的表现，张邕你看到的，无论专业程度，还是敬业精神，我们都远胜米河，米河可是除了东方公司外第一个被淘汰的。所以我感觉良好，我觉得我们将是天工之后，最大的一家Skydon代理。但自从高琳和Tiger去见了李文宇之后，一切都变了。我们再没有碰过面，迄今为止，我还没见过Tiger。高琳只给我打过一个电话，问我有没有什么办法能从你手里拿到这份报告。我很容易想到，李文宇和韦少一定比我先知道此事，而且一定会和你联系，所以我决定把赌注押在你身上，我告诉你，无论他们出多少，我都出双倍……但现在看，如果你真的拿了我这50万，我只是帮了Tiger，而不是帮天石得到了工程中心的项目。Tiger如果拿到报告，他一定会把这个项目交给米河，那么我就变成竹篮打水。即便米河对我有所补偿，也是得不偿失，而且，我不喜欢看米河的脸色。所以，张邕，你不用低落，只要你想，你依然有机会拿到这50万，但我不要你的报告，而是要你不要把报告交给米河。"

"可我从来也没想把报告交给他们呀。"

"是的，"赵爷笑得很忠厚，"所以这笔钱我省下了。"

怒发狂人一旁问道："是什么改变了Tiger的态度，赵总，不会是你对高琳什么不轨心思被人发现了。"

赵爷的脸居然红了一下，他当然没做过什么，只是当一个美女就在身边，且是同一战线的时候，彼此间总有些不可名状的情绪。

这点他很佩服张邕，觉得张邕似乎对美女免疫，只是他不知道张邕第一次见到Madam时的失态模样。

"我们相处很正常，而在敦煌的时候，我们的信任度是最高的，我那时感觉Skydon会把最大的区域交给我。所以她态度的改变，应该不是我做了什么，而是我没做什么，而李文宇和韦少做了。"

张邕想起了白天的所见，但没有说出来，他觉得Tiger和韦少的接触可以讲，但高琳挎着Tiger，这要说了岂不是背后讲别人的八卦。

他只是避重就轻地说道："我知道他们走得很近，我猜，不是韦少，而是那位李总用什么方式打动了高琳的心。"

怒发狂人皱眉道："你们说得没道理呀，高琳只是一个打工者，真正做主的应该是那只老虎呀……"他忽然反应过来，"我太幼稚了，自罚一杯，当我什么都没说过。"

"我陪你。""我也陪你。"三人又喝一杯。

"赵总，现在局面岂不是和之前一样，主动权还在田晓卫手里，但我看Tiger似乎并不着急。还有，"张邕说到这顿了一下，"韦少也没有再联系我要报告，我一直不敢看呼机，就是怕看到他呼我，怕再受一次刺激。但有时也希望他再来找我，也许自己一时软弱，就答应他了。"张邕也笑了笑，但笑得有些难看，"直到我前天看呼机的时候，我发现米河从来没有再找过我。我只是短短数天不在，怎么一切变得这么奇怪。"

"想弄明白，你周一回天工去问田晓卫吧，我猜，是Skydon的态度发生了改变。现在看，天工从Skydon出局已成定局。但田晓卫拿下基站网络项目也已经没有任何问题。张邕，现在是暗流涌动，局面看着和你休假前似乎完全一样，没有什么变化，实际上，巨变一触即发，也许几个月后，一切就彻底不一样了。你还坚持留在天工吗？不如早做打算，我这里随时欢迎你过来。"

怒发狂人打断了赵爷："赵总，你别忽悠张邕呀。你前面说得都对，我也不反对我这小兄弟早做准备，但现在的问题是，天工和田晓卫是有自己的退路的，米河差不多傍上了Tiger，最大的问题反而在你这里，你准备怎么办？你自己的事还没明了，我可不能把我这傻傻的小师弟交给你。"

赵爷点点头说道："好，我不忽悠他。但天工在中国市场已经没什么未来了，收获工程中心的基站网络项目，应该是田晓卫最后的辉煌。至于我，我相信Skydon还是会有我一席之地。或许远不如米河风光，但我是一个善于拼命的人，我可以在贫瘠的土地，靠努力来拥有更多的收获。米河和天石都是刚入Skydon的门而已，就算他们领先了我一个身位，最后冲刺的是谁，并不好说。张邕来我这，我们一起拼而已，我相信他会喜欢我们公司的文化。"

张邕想起了戈壁上赵爷和手下的一群勇将，点点头道："赵总，我敬您一杯。"

"敦煌的事什么情况了？"

"天工根本没有回应用户，所以目前我可能轻易中标，所以我有点后悔，告诉了你这个项目的消息。"

"赵总，你连田晓卫和Tiger都不怕，何必怕我呢。"

"你有些时候比他们要可怕，而最可怕的是，你自己根本不知道。"

怒发狂人笑道："这个比喻很有趣，我敬你。"

张邕给了怒发狂人要的一些资料，说道："我查过了，中国移动还没开通GPRS数据服务，我们需要另外想办法。"

怒发狂人摇摇头道："不一定要GPRS，用directin的方式也可以拨入，我推荐你一个西门子的手机模块，你可以试试，但我需要Skydon的interface（通信接口协议）来加工合适的电缆。"

"这些是保密资料，Skydon不对外开放的，不过7-pin接口而已，RT17和RTCM，我看看，能不能自己搞定。"

赵爷有点迷糊地听着二人对话："你们能不能说一些我能听懂的东西。"

怒发狂人想了一下说道:"好,有件事我们都能听懂。张邕,记得我们的三个赌约吗?你已经输了两个,现在看,第三个你也马上要输了。"

张邕想起了二人上次喝醉的情景:"北斗卫星?"

"北斗系统一期的卫星发射已经倒计时,应该在两年之内,就会升空,无论是明年,还是后年,张邕,你都已经输定了。"

"真的吗?这么快?"张邕一脸不可思议。

赵爷则是问道:"有什么我们可以做的吗?"

"暂时可能还不会有,但卫星是我们自己的了,装备的国产化一定也是早晚的事,赵总这样的企业家可以考虑一下。"

三人又喝了一杯,赵爷借着酒力闭目安静了一两分钟,他想到的是戈壁滩上东方公司的郭小雨第一个退出测试的情景。

他摇了摇头道:"此时谈国产化,为时尚早。我觉得,北斗系统可能要经过更长的发展时间,才能慢慢崛起。"

怒发狂人道:"或许吧,但就像我和张邕打的赌,有时候,我们以为客观的想法不一定是正确的。"

他转向张邕说道:"其实赵总说得没错,天工的时代应该已经结束了。我当初劝你过去,是要你走出第一步,不是要你在那里待一辈子。如果最终要离开,还是尽早考虑,今天我和赵总第一次见面,但如果你选择的话,我觉得赵总这里是值得你考虑一下的。"

赵爷微笑道:"谢谢刘老师。"

张邕终于回到了久违的天工办公室,但没见到田晓卫。易目、凯西等人都不在,就连宫少侠今天都请假了。就剩下可爱的前台女孩,她以为张邕是去度蜜月了,叽叽喳喳讨喜糖吃,张邕无奈只得答应了。

此时的易目正开车送田晓卫去机场,田晓卫准备去美国与妻儿汇合。

"3年很快,你把工程中心的事情弄完,就来美国吧,我们一起做些其他事。"

易目很犹豫地说道:"我老婆不愿意离开,家里人都想留在北京。"

"随你，我说过了，但走不走你自己决定。"

"张邕怎么办？你考虑过吗？"

"留下他，至少3年吧，他的薪水你给他翻一番，再高点我也不介意。我是做好了他出卖测试报告的准备的，所以他做了我也输不了，但他居然没有这样做，我省去了很多麻烦和代价，多给他一些是应该的。但是，不要安排他做太多事，更不要做重要的事，也别接触太重要的客户。就高薪养着他吧，哪怕是在公司里打打游戏，总比出去给我们找麻烦要好得多。"

易目微微点头，令人不易察觉地微微叹了口气，但没有多说话。

第43章 老虎再来

几个月过去了，新的一年就要开始了。

罗伊和斯玛特又来过几次中国，田教授陪着他们到工程中心做了几次深入交流，但田晓卫再没有出现过。技术人员希望看到的张邕，也再没出现过。

Skydon也来过，代表处注册完成，Tiger终于以正式的名义拜访了国家局和工程中心的领导。他提交了一些Skydon内部的测试报告，表达了希望合作的意愿。工程中心领导也进行了礼貌的回应，双方没有再谈起那份测试报告的事。只是告辞的时候，秦总不无遗憾地说："可惜，真的很可惜。"

这天晚上，雷在北京招待罗伊和斯玛特共进晚餐，这次没有中国人在场，三个外国人畅所欲言。

"收购的事，进展如何？"雷问。

"只差商务部最后的审批，只要通过，钛科就要换招牌了。"

斯玛特叹了口气说道："我以为，这次拿下中国项目，一定可以给股东们信心，可以拯救钛科的命运。但是田晓卫的条件太过苛刻，成了我们的另一杯毒酒。当收购完成后,我估计新公司财务审计一定对这不合理的合同条款追责,到时我和罗伊不但不是功臣,很可能会成为罪人。不出意外的话,收购完成后半年之内,我和罗伊就会被解职。我个人对此没什么遗憾,毕竟拿到一笔赔偿离开这个是非之地,没什么不好。但是很可惜,钛科这个和Skydon曾经齐名的企业,居然连自己的名字都要失去了。"

罗伊善意地拍了拍斯玛特的肩膀说道:"想开点,伙计。当钛科的研发投入开始缩水并解聘掉一批资深的工程师的时候,它的结局就已经注定了。他们把科学和工程化混淆了,以为有顶尖的学者就可以有好的产品。钛科用尖端的技术,做着一堆最垃圾的产品。被收购或许是好事。我们都不用难过,生活总是要继续的。"

雷问道:"你们没想过去欧洲Mag总部吗?他们对高精度定位并没有多少经验,一定会需要你们这样的人才,但留在美国,估计只能被解聘。"

二人对视一眼,彼此摇摇头道:"我们都不想去欧洲,法国人,"斯玛特摇摇头,带着无尽的轻蔑,"C'est la vie,"他耸耸肩夸张地说了一句法语,"我们不会去法国总部的。"

"对了,田晓卫这个混蛋,去哪了?"

"他就在你们热爱的美国,回去之后就可以见到他。我也快回去了。感谢你们二位,田晓卫给了我一笔不错的佣金,我如今算是在中国度假,我在等我的妻子和孩子过来,C'est la vie。来,干杯,二位。"他重复了一遍斯玛特刚刚说的法语,但一脸的得意,斯玛特很想把酒杯砸在那张胖脸上。

Tiger又一次来到了天工拜访,这次除了高琳,身边还有李文宇、韦少和赵爷以及中国台湾的代理商。而天工这边,只有易目。

天工的高层,几乎走光了。Tiger来的前一天,本就是夫妻关系的凯西和大区经理李博超正式提出了辞职。易目当然没有理由拒绝,简单问了下去处,不出所料,果然是在业内公司继续做老本行。易目感慨,天工就是卫星导航人才学校,又培养出一代人来。

进来给大家倒茶的前台女孩,看着一堆人包围着形单影只的易总,形成压迫之势,心中愤愤不平,她忽然想,要是张邕在这就好了。

Tiger这次来是解决天工过了账期的款项以及手中的库存,包括给北方公司的未付款设备等一系列事情。

想到上次被田晓卫全程压制,如今阵容豪华的Tiger心中有一种复仇的快感。尤其是面对瘦弱的易目,而不是气场强大的田晓卫,他这种感觉就格外地强烈。

"易总,条件就是这些,天工这边还有什么问题吗?没有,你们几方就签字吧。"Tiger礼貌中带着居高临下的味道。

他们眼中,天工只有田晓卫,易目这样一个傀儡总经理,实在不值得他们花太多精力来对付。

易目笑了笑,先转向了赵爷,说道:"就算签协议,也是一家一家签,对吧。赵总,先说说您这边的事。"

赵爷没料到易目在众人之中居然第一个找到自己,他客气地回复:"好呀,易总请讲。"

"我知道天石最终中了敦煌的标,但是签的合同却不是佳瓦,而是Skydon,对吧。我也能想象,如果不是Tiger的要求,赵总肯定不会愿意从我这里拿货的,毕竟这份业绩如何计算,还要和Tiger以及Skydon协商。但你一个新晋代理,不可能对首代提出什么反对意见,所以才出现在这里。你现在很急吧,离你正式签下合同已经几个月了,用户的催货电话应该快打爆了,对吗?"

不仅是赵爷,所有人都愣了一下,他们几乎没听过易目讲过这么长的一段话,他永远只是安静地躲在田晓卫身后。

赵爷不敢怠慢,赶紧回答:"正是如此,所以想和易总快速达成协议。"

"其他的项目其实都好说,晓卫没有意见,我也不会计较。但敦煌这一单,因为是张邕亲自参与的,他一直很关注。天工并没有参与后续的跟进，但用户那边有人联系了张邕，而且问了天工的情况，并问他赵总这边说的情况是否属实。"

赵爷想了想说道："以我对张邕的了解，他不会对用户不负责任地乱讲。"

"的确，他很负责任，他对用户坦白了一切，包括天工的现状以及您这边会成为新代理的事。但他又太负责了一点，他说，并不认为天工的销售不合法，因为天工是在代理期间以合法身份合法渠道从Skydon进的货，无论什么时候，这些货物都是合法的，而且Skydon必须承担服务的义务，这是一个厂家该做的。目前这一型号的设备还没换代，就算天石销售，也是一样的产品，而天工目前的状况，销售一定会更优惠。而偏偏赵总一直没有交货，所以用户又一次联系了张邕。他说如果这个月底再看不到赵总的货，他们将终止合同，讨回预付款，然后从天工进货。赵总，我猜即使现在Skydon接受你的订单，从出厂发货，到海关清关，我怕你来不及给用户交货了，对吗？那么这种情况下，您说，我的货要不要给你呢？"

会议室安静下来，没有人说话。因为面对的不是田晓卫，所有人都没有做太充足的准备，以为只是走个过场，签字走人，没人想到，易目还有这一手。

在赵爷还没想好怎么开口的时候，易目继续道："但张邕还和我说了，他很佩服赵总的为人，也觉得敦煌项目是天石人自己拼下来的，值得尊重，所以特别和我说，如果价格合适，就支持赵总吧。"

赵爷轻轻叹了口气道："他在吗？我想谢谢他。"

高琳气哼哼地说道："是呀，他在吗？我也想见见他。"

"可惜，他最近一直在做一些培训的事，很久没回公司了，你们可以直接联系他。赵总，我不愿意替张邕做决定，既然他这样说了，我必须考虑。所以您看这样，在这个价格之上再加10%，我们马上交货，您离开的时候，就可以把货从库房带走。甚至我可以直接帮您发给用户。您看可以吗？"

赵爷看了看Tiger和高琳，二人满脸不悦，但并没有表态，他不想再这样浪费时间，说道："就按易总说的，加10%，合同您签字，我马上安排付款。"

"好的，谢谢赵总，"易目说完转向了Tiger和米河，众人这才发现，易目消瘦的脸庞上有种一种不易察觉的坚定。他不像田晓卫那样藐视一切，但他从不会躲闪和逃避，为了某些原则，他可以站出来坚持一切。

"李总，韦总，Tiger，张邑从来没有接触过北方公司，所以他也没对我有过任何交代。您看我们的合同是不是要重新商量一下呢？"这句话之后，易目平和的目光下忽然锋芒一闪。

前台女孩再次进门给大家倒茶，她忽然觉得孤单的易目似乎看起来高大了很多，在众人的包围下，不但没有被压制，反而绽放出她从没见过的光彩，她以前只在田晓卫身上见到过这样的情景。

众人告辞出门，韦少恨恨地说道："妈的，败军之将，有什么可牛的。"

赵爷劝解道："天工只是输在了田晓卫的自负上，田晓卫因为狂妄而根本不在乎输赢。但易目并没有做错任何事，所以他依然如此有底气。"

高琳叹道："张邑这个小鬼又跑哪去了？Tiger想见他一面，居然见不到，真是不识抬举的家伙。"

而此时的张邑，正远在新疆。

大漠之中，一群石油地质工人，因为长期受强紫外线辐射，脸上早已灼伤、蜕皮，而一层皮没有蜕完，又一层皮开始裂开，整张脸已经不成样子。

张邑就在他们中间，认真讲解着设备的使用方法，他的脸也成了紫红色，开始蜕第一层皮，但并不影响他认真地讲解。

第44章　你不属于这里

有了正式的身份，Tiger在米河和赵爷的介绍下，开始拜访一些领导和重要用户。

在一个石油系统的用户见面会上，一名基层的技术主管站起来对Tiger表达了真心的感谢。

"龙先生，我代表我们在第一线测绘的外业人员，向您说一声感谢，感谢您带给中国市场的变化。"

Tiger带着得体的微笑，并谦虚地点头回应。

基层主管继续道："我们外业人员性子比较直，Skydon之前的服务实在不好，解决问题时间周期很长，总要由天工反馈到美国厂家，再返回来答复我们。偶尔来个技术人员，水平非常有限，还没有我们的外业人员熟练，复杂问题一问三不知。我们知道您会带来改变，但没想到会这么快。这次您派来的这个叫张邕的小伙子，技术一流，敬业吃苦，态度也非常好。这么多年我们从来没有得到过这样系统的培训。他还带给我们一种全新的手机通信模式，虽然我们在沙漠里用不到，但大家都很感兴趣，我们一线的作业人员，其实最希望了解新技术。"

当然主管的话里并没有说出全部，他们很喜欢手机通信模式，因为如果这个模式走通，就可以在采购设备的时候正式地为自己的小队申请几部手机。

一丝尴尬出现在Tiger的脸上，高琳和米河的人也互相对视了一下，各个露出奇怪的表情，唯有李文宇完全不动声色。

Tiger莫名地被称赞，却是把别人的功绩算错了在他身上，他不知道该怎么回应，也不好意思公开纠正，说张邕不是自己的人。

高琳一旁道："谢谢您的夸奖，Skydon的服务会越来越好的。"

对接天工的主管领导当然知道自己人闹了乌龙，但也不好公开解释，只能带头说："谢谢龙总，谢谢Skydon。"

他完全不明白易目此刻派张邕来的目的，但肯定没必要拒绝，而手下的人则对张邕无比地欢迎和喜爱。

自从田晓卫离开中国，张邕就没在公众前露过面，因为淮州和敦煌的事，刚开始有人记得他，但如今也差不多都忘了。

易目按田晓卫说的，给他加了薪水，大概是之前薪水的3倍。这次张邕没有拒绝，发生了这么多事之后，他终于明白，自己没有拒绝财富的能力。既然大笔的钱因为心中的执念不肯去拿，那么可以到手的这些小财富他坚定地收下。

他终于有了一定范围内的财富自由，至少可以不为房租和柴米油盐发愁。他想给Madam也买一部手机，Madam说算了，她拿着没啥用，给她买一个汉显的寻呼机好了，有什么事，他拿手机直接给她留言，很方便了。

可惜之后，他并没有太多时间和Madam一起相处，易目将他派了出去，对一些老用户进行回访和持续的技术支持。几个月里来，他有一多半的时间泡在外面。

他几乎用数月的时间将天工这么多年缺失的技术支持完全地弥补回来，用户多数和那个油田的领导一样，完全不明白天工什么时候有个这么好的技术人员，有这么好的售后服务。

外面有很多风言风语，说天工已经不是Skydon的代理，这时张邕的出现让人无法理解。但是否理解并不重要，张邕得到了一线测绘人的大力欢迎。

张邕在新疆的沙漠里待了两周，与一线测工同吃同住，解决技术问题，培训测工使用软件，帮助设备升级，当他离开的时候，他的肤色已经和大家难分伯仲。

一名测工拍着他的肩膀说道："兄弟，我一直以为北京人都是高高在上，既吃不了我们的苦，也和我们做不成朋友，现在，你让我对北京人的印象彻底改观。"

张邕笑着道别："真正了解之前，世界上到处都是偏见。什么时候来北京，我请大家。"

沙漠里没有手机信号，离开沙漠，张邑看到手机屏幕上信号逐渐满格，第一时间打给了Madam。

"小子，你去了什么鬼地方，我每天早中晚各打一个电话，从来没接通过。"

"我在大漠孤烟直、长河落日圆的地方。"

"难怪，你怎么样？据说沙漠里出来的男人，不要说看到女人，看到红颜色都会激动，你最好管好你自己。"Madam说着，咯咯地笑出声来。

"我还好，没有太激动。你怎么样？"

"我一切都好，就是很想你。"

"我……"坐在用户越野车上的张邑，看看身边粗犷的汉子们，含糊地说了一句，"我也是。"

感觉到张邑处境的Madam又笑个不停。

"对了，有位高女士这两天呼你，肯定是你当着我面都敢偷看的美女，你抽空给她回个电话。"张邑离京时，因为寻呼机不是每个城市都能漫游，所以留在了北京，让Madam照看。

"高琳找我？不会有急事，号码给我，我抽空回她吧。"

"你什么时候回来呀？都出去那么久了。我自己一个人很闷，也没心情和同事们去喝酒吃饭。"

"很快了，我去乌鲁木齐见我一个师兄，然后从乌鲁木齐乘飞机回去，我向易总申请了机票，他同意了。"

"太好了，航班号呼我汉显上，我去机场接你。"

当张邑出现在师兄郭定面前的时候，郭定被吓了一跳，说道："我的天哪，你这是去非洲看日出去了吗？怎么黑成这样了？"

郭定带着他见了自己的总工，安排他给全体GPS应用人员做了一次细致讲座。之后在办公室里，郭定拿出一摞厚厚的A4纸。

"你看这是什么？"

张邕哑然失笑，那是他寄给郭定那本手册的复印件。因为手册太厚铺不开，复印出来各种变形，而且纸张太厚，又是单面，一本手册变成了将近半米高的纸垛子。

"你别笑，虽然看着简陋，但你这套东西帮了我们很大忙，这事真的要好好谢谢，今天晚上咱们一醉方休。"

张邕想了想，打开自己的电脑，要了郭定一张软盘，说："我有这个手册的电子版，拷给你吧，可以直接看，也可以打印或者印刷。我建议你们直接看电子版，因为这个型号以后不会再出了，印刷没有意义。"

郭定如获至宝，但又无比迷惑地说道："你这不违反公司纪律吧，当初田教授可是要1800元，你这连原文件都给了，老东西还不收5万元。"

张邕摇头道："不会了，这套东西对天工已经没太大用了，但天工不会把这套东西轻易给人的。我只是在自己权限内做一些该做的事，你拿着吧。"

张邕感觉到自己的变化，他知道自己以前一定不会把这套东西给郭定，因为他觉得这不是他的，他没权力做主。如今他对这种所有权以及公义本身有了更多的解读，他不确定是以前做得对还是现在做得对，但至少现在这样做会让更多人受益，而实际上天工并没有任何损失。

晚上，郭定带张邕去了一家新疆特色十足的小馆，红柳串、大盘鸡、手抓羊肉，配上伊犁特曲，张邕大快朵颐，二人谈笑甚欢。

郭定看着张邕那斑驳的紫黑色脸庞，心中一阵心疼。谁还能把大学球场上那个帅气阳光的大男孩和眼前这个几乎破了相的家伙联系起来。紫外线不只伤害皮肤，还有头发。张邕曾经的一头黑发，变成了没有光泽的土灰色，干枯分叉。长期在野外的人都懂，这样的头发绝对不是电视广告里的洗发水可以修复的。

"你出来多久了，怎么成了这个样子，我们长期一线的也没你这么惨。"

"出来一段时间了,这次沙漠里待得比较久。其实没什么,有人长期都是这样的工作,我偶尔体会一下,不算什么。"

郭定摇了摇头道:"来,先喝一杯,慢慢吃。"

"出来久了,就快回去吧,作为师兄,我说你几句,要是错了,你别见怪。"

"师兄你讲。"

"我毕业后一直在外业,现在当个队长,严格说,还算是外业编制。我从没觉得有什么不好,正如你说的,有些人一辈子都在做这样的工作,都是值得尊敬的。但是人和人不一样,你不一样。你不该属于这里,你来了,我随时欢迎,但你不该把大把的时间耗在野外。我不知道你能做什么,但我很确定,一定不仅限于野外这点事,或许是那本手册,或许是你说的什么参考站网络,什么北斗系统,还有很多我不知道的东西。我不知道你们公司为什么要把你长期放在野外,但该做的你已经做了,回去做一点自己的事吧。你要是想做这些事,根本没必要离开GPS中心。既然你离开了,就无法再回头了,往前走吧。来,师兄敬你一杯。"

"谢谢师兄,我敬你。"

二人聊了很久,回酒店时,张邕有了醉意,怎么也睡不着。

他从来都不笨,当前的局面看得非常清楚,只是他不知道该如何选择。他认识的人中,似乎没人喜欢田晓卫,但他一直很佩服田晓卫,他很羡慕田晓卫那种成功者的气度,以及藐视一切的自信。他知道自己永远做不了这样的人,所以他羡慕。同时,他很感谢田晓卫的知遇之恩。

至于易目,他是这个公司最照顾他的人,虽然直接接触并不多,但他知道易目对他的照顾远比田晓卫和田教授多,因为易目很少有自己的私心。至于易目的能力,他也感觉到绝对不是宫少侠说的"是个好人"这么简单。如果现在去美国的是易目,坐镇公司的是田晓卫,他无法想象天工集团会变成什么样子。

只是天工未来如何发展呢,钛科被收购的事国内还没人知道,但常上网的他早已看到了各种真假的资讯。以他对钛科产品的评估,他觉得这事最终一定会发生。

自己该何去何从呢?现在的收入他很满意,即便是大漠的培训,他也不觉得有什么问题。只是关于未来,这是一个难题,他不确定,自己和天工的步伐是否还能保持一致。

一夜无梦,早晨起床时张邕感到非常疲劳。很奇怪,真的在野外干活的时候,他反而没有这种感觉。

他收拾东西退房,在去机场的路上,给高琳回了电话。

"你找我?"

"你去哪了?去几次天工见不到你,但Tiger去拜访用户,他们却都提起你的名字。我从来没见过比你还奇葩的家伙。"

第一次见高琳,她高高在上,仿佛智慧与美貌的化身,之后就逐渐变得尖刻。张邕一直不是很喜欢这个人,或许第一次见面,就感觉到那张美丽的脸庞之后的其他东西吧。

高琳接着在电话里问:"你过来参加吗?"

"什么?"张邕一头雾水,"你要我参加什么?"

"张邕,您老人家真是充耳不闻窗外事呀,Skydon北京代表处开业仪式呀,天工的协议3个月后到期,虽然彼此已经不相往来,Tiger还是发了两张邀请函过去。其实主要是给你的,因为别人也不太可能会参加,你会来吗?"

张邕认真地想了片刻,回道:"我觉得我可能不会去。第一,我无法代表天工,除非易总带我去。第二,如果是个人,我没什么资格去,去了也不知道该做什么。"

高琳几乎要脱口而出那句"不识抬举"了,但终究还是忍住。

"我只是通知你,来不来随便。Tiger一直想见你,据说是Skydon副总裁卡尔的推荐。Skydon高层的眼光一直不怎么高明,否则也不会让田晓卫和雷在这里肆无忌惮这么多年。"

"哦,"张邕做出一副恍然大悟状,"你和Tiger是谁选中的?"

电话里传出嘀嘀的忙音，张邕隔空都能感觉到高琳的怒火，他笑了，但笑了之后又长叹了一声。

Skydon代表处终于正式浮出水面了，他没有任何怀疑，Skydon的业务一定会进入一个新阶段。这与Tiger和高琳的能力无关，Skydon本身就具有巨大的潜力。田晓卫从来就没有把生意做大的想法，他只是喜欢用最小的代价获取最大的利润，而新的代理们，尤其是赵爷这样的人，很快能把Skydon的生意提高到一个新的高度。

随着中国经济发展的提速，未来几年Skydon在中国的前途一片光明。

而天工这边，张邕觉得一片迷茫，田晓卫似乎并不想多做事，工程中心的项目将维持3年，所以无论易目还是他都无须为生计发愁，他们不会缺钱。只是3年无忧的生活，对未来会是什么样的影响呢？

现在无论是Skydon还是赵爷都在邀请他，他知道，发展之初他们都需要他这种人，但这个邀请是有时效性的，他不知道多久，但一定不会持续3年。3年之后，自己会在哪里？

第45章　开业

一个阳光明媚的日子，明媚得犹如高琳现在的笑脸。

在韦少和米河员工的安排下，Skydon代表处的开业仪式盛大而又热闹非凡。出席的嘉宾也都是星光璀璨，主管的行业领导、协会领导、著名的学者、用户代表、行业翘楚汇聚一堂。北方公司的测绘中心领导也赶来北京祝贺。

高琳是市场部主管，也是Tiger的助理，此时却分明是以一副老板娘的姿态出现在公众视野，一袭纯白的职业套装，显得美丽而高贵。她热情地与每一位来宾打招呼。于是私下里传出很多议论："这个女人是谁？好漂亮。"她能感觉得到，就笑得愈发灿烂，这是她最喜欢的场景。

真正的主角Tiger就沉稳低调了许多，李文宇陪着，把一些重量级嘉宾一一介绍给他。Tiger如沐春风，得体地回应，与客人交换名片。

一个本该欢喜庆祝的日子，而同在会场的赵爷却显得无比落寞。

本来他和李文宇都是Skydon的新晋代理，此时他也应该陪在Tiger和李文宇旁边，但是没有人招呼他过去，他的身份就像一个普通的来宾。

Tiger和米河办公室都位于落成不久的华鑫科技园，二者只差几个楼层。 Skydon的一切都是米河安排的，除了办公室的选址装修、办公家具，甚至注册和人员招聘后面都有米河的影子，二者俨然成了一家人。

这次活动也是米河市场部配合高琳一手策划，李文宇看着像Tiger的管家，但暗地里他更像个真正的主人，因为他才知道今天的一切内容。Tiger的行动看似是他在陪同，但其实都是他在指挥。

赵爷发现，他自己也被安排了。他什么事都插不上手，什么也做不了。

他一进门，就被热情的礼仪小姐拦住，问道："赵总吗？欢迎您，您跟我来。您看，这是您的座位。中午用餐时，在酒店二楼盛大厅，您和Tiger、李总他们一起坐在主桌，桌上有您的铭牌。离正式开始还有一个半小时，这段时间，您可以自己走走，和嘉宾们聊聊天，也可以去Skydon的展厅看看，那边也有人接待。"

赵爷很想说，我也应该算半个主人，但终究没有说出口。他去了Skydon展厅，却愈发失落，代表处并没有那么大的空间，所以展厅是安排在米河的工作区。很多地方，米河的标识大大方方地与Skydon的标识并列在一起。

赵爷心底生出一股愤怒，又生出一种鄙夷："这算什么，难道李文宇要成为第二个田晓卫吗？"

他愤怒的并不只是今天看到的一切，一周前，几个新代理商聚集在代表处和Tiger一起开会，目的是划分中国市场。

赵爷拿出了厚厚的方案，这是天石人一个月的辛苦成果，里面有各种行业数据和专业分析,当然也包括天石的业务能力分析。他相信这一套完整的数据,别人一定做不出,因为这不是买来的数据,而是善于拼命的天石人通过多年的市场打拼获取的实实在在的数字。

然而当他看到坐在对面的李文宇拿出打印精良但只有薄薄一纸的方案的时候,他有些不好的预感。

结果就真如他所预料但最不希望的那样,他准备的一切根本没有人认真看一眼。

划分很快就结束了,北方公司,米河的;工程中心,米河的;北京各大部委,米河的。剩下的地方区域里,和北方公司相关的地方企业,也是米河的。在米河拿走了这一切之后,大家才开始以省为单位,分配剩下的地盘,但米河依旧是份额最多的一家。

赵爷无比愤怒,但他发现,没有人吭声和表示反对。另外两家都是地方小企业,能有一两个省已经相当满意,而和他份额差不多的是一家闻所未闻的新公司,老板也是一副陌生面孔。

但这位陌生的钱老板显然对自己的地盘非常满意,整个会议室,他是唯一不满意的人。

赵爷隐隐地感觉到李文宇已经不知不觉中掌控了一切,但他不甘心。

"Tiger,李总和米河这边拥有了所有的部委,还包括了北方公司这样的大客户。我觉得地方的生意,李总应该让出一些来,现在天石的业务范围明显太小了,天石的实力是值得有更多的业务的。"

李文宇笑道:"赵总,每个人都会觉得自己的地盘不够,都会觉得自己的能力更强。米河虽然地盘看起来很大,但实际上我们的员工也是最多的,按比例来说大家差不多。各大部委的项目看起来诱人,但其实投入大、周期长,并不好做。比起来,我看天石的区域其实是最好的,各位说呢?"

会议室里立刻响起了一片附和之声,以及对赵爷的调侃:"是呀,是呀,李总说得对。赵总,您这地盘不小了,要不咱们换换?"

赵爷不理其他人，他一脸严肃地说道："李总，公司的能力并不是以员工数量和办公室大小来衡量的，我这里有一份数据，可以清晰地评估每个公司的业务能力。而就部委项目而言，我们还有一张图表，解释你所说的大项目的投入和产出。"

李文宇微微一笑，说道："赵总，做出对自己有利的数据并不难，我没有准备，如果需要，下次我也能带一堆报表来，证明米河的业务区域是完全合理的。"

"赵总，"一个娇柔妩媚的声音从Tiger身边响起，"我来北京，第一个接触的就是您，您和天石人的职业素养给我留下了很深的印象。我跟代表处的同事说起您，都是非常敬佩的。所以这次业务划分，我们也是充分地考虑了天石人的能力，尽量给您最佳的方案。最富裕的华东区本来是划给米河的，我们经过协商，李总愿意拿华北来交换，把最富裕的区域留给您。"

说到这，高琳转向李文宇说道："谢谢李总的理解。"

李文宇礼貌地回答："没什么，应该的，我们每一个代理商都应该尽量支持Skydon代表处的工作。"

高琳再次转向赵爷说道："所以我们真的已经尽力考虑了您的利益。这次划分，我们几个同事先内部沟通了一下，我们觉得当前的划分还是挺合理的。你们说呢？"

几个代表处的业务经理立刻对高琳表示了赞同和支持。

高琳继续道："米河看似区域大，但任务也是最高的，他的任务额大概是天石的两倍。赵总，这真的是个不小的数字。"

赵爷觉得自己进入了一张网，李文宇编织的网。他发现，整个代表处都是李文宇的人。同时，他注意到，一直没有表态的Tiger赞赏地看着高琳侃侃而谈，应该是完全没有考虑自己所说的话。

然后他忽然笑道："高琳说得对，是我太计较了，谢谢李总，谢谢高琳和代表处各位，我没问题了。"

同赵爷一起来的李辉焦急地拉了一下他的衣角，但被赵爷悄悄制止了。

Tiger满意地笑了，他总结道："谢谢赵总理解，谢谢各位。代表处刚刚成立，这次业务划分也是我们的第一次，想完全公平是不可能的。但大家不要急，我们还是要看未来。根据各位的业务表现，未来我们还有很多调整的余地。赵总，只要你的业绩足够好，那自然会有更广阔的天地等着你，你相信我说的吗？"

"我当然相信，谢谢Tiger。"

今天的发布会，让赵爷内心的愤怒上了一个新台阶，同时心里有一丝鄙夷。李文宇和Tiger真的能成为亲兄弟吗？一丝不屑浮上了赵爷的嘴角。

但此后的进程中，赵爷始终保持憨厚的笑容，仿佛对一切毫无知觉。新代理商上台和大家见面是赵爷全程唯一露脸的机会，和一群人一同站在台上他表现得很开心。

吃饭的时候，他注意到高琳手里有一款漂亮的新手机，上面有一朵钻石玫瑰。赵爷这次过来，其实也给高琳准备了一件小礼物，以赵爷一贯的作风，这件礼物的价值应该远在这部手机之上。但他改变了主意，没有拿出来。

第46章　师兄路线

开业仪式的第二天，赵爷立刻安排召开公司的高管会，本质是一次公司的内部动员会。

会上的气氛很悲情，李辉已经把区域划分的事告诉了每一个主管，每个人都义愤填膺。

赵爷很简单地说了几句："既然事情已经无法更改，那我们就接受挑战，各位喜欢现在的Skydon，还是回去做佳瓦。"

阿坤第一个站了出来，说："老大，我们若是退出，难道要让米河成为第二个天工？我不服，和他们干。"阿坤的话立刻引起整个天石人的共鸣。

"好，既然都这么想，我就不用多说了。我重复一遍阿坤的话，我们干！"

会议室里传出一阵笑声，气氛不再悲情，愤怒中有了力量。

"李辉，你去新注册一家公司。新公司，新名字，继续经营佳瓦设备，只要不是我们的地盘，就用佳瓦去打Skydon，不计成本利益，只要不赔钱就打。特别是米河的地盘，米河的生意，让他们散单一个也做不成。其他人，现在世界上最好的设备交给你们了。我们要在自己的地盘一统天下，将所有的品牌全部赶出去。"

话说完，赵爷满意地看着自己摩拳擦掌的手下们，天石人最大的财富从来不是设备而是人。

李辉提醒道："老大，米河拿走的并不只是北方公司，而是整个行业，地方的相关公司，哪怕我们区域内的，也是他们的，我们怎么处理。"

赵爷冷笑道："怎么处理，照做不误，你们不要管，尽管放开手去抢单，我们区域的一切生意都是我们的，如果遇到问题，我去找李文宇道歉。但你们不要考虑任何其他因素，找用户把生意做下来才是王道。"

"好的，老大。就米河那几块料，好东西拿在手上又能如何，咱们拼了。"

一番铁血誓师之后，平静下来的赵爷，回到自己办公室，拨通了怒发狂人的电话。

"赵总，有何吩咐？"

"刘老师，我怎么敢。就一件事，劝劝你的小师弟。"

"张邕，他又怎么惹到你了？"

"他没有，但是我邀请他几次，他不肯来。我现在有个想法，想你劝劝他。"

"你说。"

"如果他还是看不上我们这个摊子，我推荐他一个去处，希望他可以考虑。"

"你推荐的是那只老虎吧。"

"正是，我知道你能猜到。但天工真的已经快要淡出江湖了，他在浪费自己的职业生涯，我无法说服他，但他会听你的。"

"好，我去劝他，但你告诉我实话，你的目的是什么。他去Skydon，对你有什么好处？"

"当然有，他的专业水平和敬业程度，我们都知道的，他拿着Skydon的薪水，依然可以帮我们处理问题，这是其一。"

"嗯，估计重要的理由是其二。"

"是的，其二，Skydon代表处现在都是李文宇的人。你能明白我的意思吗？"

怒发狂人沉默了片刻，说道："赵总，谢谢你的坦诚。虽然有你的私心，但这件事对张邕并没有坏处。只是你知道，这是一个我不忍欺骗的孩子，所以我若直说你的理由，他一定会拒绝。他最不喜欢的大概就是这种办公室文化。而对我来说，李总他们和我并无恩怨，甚至对我还不错，即使口头上，我也不会对抗米河。"

"那怎么对他说合适？"

"赵总，你要是相信我的话，这件事交我处理，你先不要急，我们现在不要和他谈。你等上一段时间，等一个合适的契机，这个机会我想应该很快就会到来了。另外，工程中心的招标快启动了吧，这个项目如果张邕不帮田晓卫和易目做完，他一定不会离开的，这是他的底线。中标之后，我去找他。我一定有办法，让他接受Skydon的邀请。"

第47章　创造历史

有史以来最大的高精度卫星导航产品采购项目终于揭开面纱。

其实最惊心动魄的明争暗斗早已经过去了,真正到了揭幕时刻,整个招标过程反而波澜不惊,没有淮州时彼此的精彩辩论,更没有大漠戈壁的血性对决。

标书递进去,就剩下了漫长而无聊的等待。

张邑和易目安静地坐在招标大厅外等待。张邑有些紧张,虽然谁都知道这个项目已经落入天工之手,但一旦来到现场感受着肃穆的氛围,在结果没有最终确定之前心中依然忐忑。这时他才感觉到易目非常放松和自如,他自愧不如。

评审大厅的门开了,韦少和一名米河的技术人员走了出来。没人高声说话,附近的人只是稍稍点头招呼,然后韦少在大厅里找座位坐下。

"下一个,天工集团。你们的设备带了吗?一起拿进来。"

闪着黄金一样光泽的扼流圈天线和一台钛科的大地型GPS接收机摆在了工作台上,处于评委和厂家之间。

其中几个评委不由自主地彼此对望了一眼,这个天线和坐在天线之后的那个年轻人他们都太熟悉了,只是那时候和这天线摆在一起的是一台金黄色的仪器。

没有什么具体技术问题,该问的问题几个月前就已经都问清楚了。但一名高校的学者,还是问了一个很奇怪的问题。

"刚刚有个厂家说,其他厂家没有生产扼流圈天线的技术能力,如果看到有相应的天线,其实都是他们出产的。这个问题在标书中涉及制造商声明以及服务条款,你们能简单解释一下吗?"

其中几个评委轻微地摇了摇头,似乎觉得这个问题很多余。

这个天线当然就是Skydon提供的天线,易目面对Tiger和一群"江湖好汉"的围攻,最终还是留下了天线,返还了Skydon接收机,而且通过资金往来和设备的互抵,最终拉平了双方的账目,没有向Skydon支付一分钱。这就是外人一直看不到的易目的谈判能力。

但这个问题并不是问题,张邑回答道:"所有的扼流圈天线都来自NASA下属的JPL,我不知道这个厂家说只有他们可以生产是什么意思。"

我们在标书里有JPL的制造声明文件，也有翔实的技术参数。"

如果张邕接受高琳的邀请，参加了Skydon代表处的开业仪式，他就会对这位学者有印象.他在开业典礼的宴会上与Tiger、李文宇和赵爷坐在主桌。

"这个厂家不是说JPL，他说你们拿的天线是Skydon的。有什么要解释的吗？"

易目拦住了要开口的张邕，他笑着对所有评委淡淡地说道："这个问题我们不解释，如果这会带来问题，您和各位评委可以从标书上扣分。"

评委席中有轻微的笑声，学者的脸色微微有点涨红。

张邕还是开口了："我知道，Skydon……"

"这位天工的工程师，如果你们投标品牌是钛科，请不要提起其他厂家的名字。"

"好的，对不起。卫星导航业内公认的扼流圈天线，就是现在这款JPL的天线。虽然我知道的确有一些厂家自己在制造扼流圈天线……"他站了起来，上前一步，指着天线上一圈圈的金属结构，"这个结构就是扼流圈，谁做出这个结构的天线，就可以自己称之为扼流圈天线，但大家公认的依然只有JPL。我不是专家，无法解释其中的差距，也不能评估其他厂家的产品。但我相信，各位专家评委都了解其中的技术区别，如果没有严格的技术规格，没有长时间的连续测试，这一类自产的扼流圈想得到市场认可，还需要很长的时间。"

学者看了一眼张邕，不再提问。李文宇联系过他，并没要去他做什么过分的事，只是让他强调一下Skydon有自己的扼流圈天线，希望这能得到一个好的加分。但现在看来，评委们本身并不认可，而这个年轻人，已经将自己的话都堵回去了。

他有一种老师被学生问住了的不舒服感觉，但对项目本身，并没有太在意，自己一时不慎，答应了老友李文宇的要求，但该说的也都说了，那就这样吧。他也并不想真的难为张邕，不用猜也能知道，这孩子多半又是晚他二十几年的师弟。

接下来易目回答了一些商务的问题，特别是交货期以及服务条款，一条一条非常严苛。但易目越来越放松，他知道，严厉的背后意味着目标的接近。

主持人看了看时间，提示道："还有5分钟，各位还有问题请尽快提问。"

评审组长秦总道："我们没有其他问题了，但有一点想提醒天工的二位。有人向我们提供了钛科公司的一些新情况，因为这些不在今天的评标范围之内，所以我们拒绝了他们的信息。同时这些新的信息也不会影响今天的评审和打分。但是……如果你们最终中标的话，我是说如果，那么这家公司必然会在公示期前来质疑，那个时候，这个意见有可能会被接纳并要求你们给出答复，所以请你们做好准备。"

"是哪一类的问题？"

"目前无可奉告，只能说，是关于厂家的，而不是关于天工的，你们的资格我们评标中审查过了，没有问题。好了，你们可以出去了。"

李文宇正待在Tiger的办公室里，他们等待着韦少的消息。同时，大洋彼岸的卡尔也在紧张地关注着这里的一切。

韦少的电话来了："该做的都做了，好像很难改变什么。"

"好，我知道了。"

放下电话的李文宇转向Tiger说道："没什么转机，韦少已经尽力了。接下来质疑的事，您看我们还要继续吗？"

Tiger难掩失望，虽早知败局已定，但他希望能有奇迹发生。米河刚刚签下了北方公司的大合同，赵爷那边也是好消息不断，因此他产生了一种错觉，觉得自己是一个蒙神眷顾、可以改变一切的人。

"我需要请示一下卡尔。"

易目则是打给了美国的田晓卫，田晓卫的身旁坐着罗伊和斯玛特。

"恭喜二位，钛科即将创造历史，拿下中国乃至世界的最大GPS采购合同。"

"晓卫，恭喜你自己吧，这里已经没有钛科了，我们也很快不是钛科的人了。认识你是我一生的错误之一，合作并不愉快，希望以后不要再见。"

田晓卫笑道："至少这几天我们还要再见，这件事不会这样轻易结束的，马上会有风暴来袭，我需要二位帮我准备一些资料。"

第48章　成功总伴着收购

德国，慕尼黑郊外，两名工程师正在测试一款看起来很特别的RTK产品，其中有一张华人面孔。

没有电台，设备上连接的正是怒发狂人向张邕推荐的那款西门子蜂窝电话模块，但不是一个，而是四个。

华人工程师将四个模块的四个数据流接入同一个数据同步模块，然后导出一个融合的数据流，没有接入RTK流动站，而是先接入了自己的笔记本电脑。

数据流通过超级终端打开，他认真地核对着字段。最终他点了点头，合上了笔记本，将数据电缆接入了RTK流动站。

接着二人紧张地盯着RTK控制手簿的屏幕，很快二人面露喜色。

"成了吗？"

"看一下参考站距离。"

"1.3米。天哪，我们成功了。"两个人拥抱后，激动地跳了起来。

在遥远的北京，工程中心的网络基站招标项目在全世界瞩目中刚刚创造了GPS高精度硬件的采购历史。

而在慕尼黑的郊外，还没人知道，这两个人的测试正在创造另一项历史。这是有史以来首次多基站差分系统的接入，他们用了四个基站的数据生成了一个新的差分数据。这个差分数据跨越了地域的界限，将RTK的作用距离延伸到无穷远。

刚才他们说的1.3米，不是真的基站距离，而是信号融合后在移动站身边生成的一个伪基站。

目前，研发团队将这个技术命名为伪基站技术。

二人将好消息报告回了公司，众人隔着电话庆祝的同时，他们还被告知了另外一个稍显意外的消息。

全球知名卫星导航巨头Skydon正在和他们商谈收购事宜，而老板海兰德博士已经基本同意。不久之后，他们的公司，包括他们刚刚取得成功的研究成果，都将属于Skydon。

Skydon总裁史蒂夫亲自主持的又一场高层会议上，本来与今天内容并没有直接关系的卡尔，居然又一次成了主角。

对此，他有点费解："史蒂夫，研发从来不是我负责的范围，这件事为什么要我来管。"

"这不是研发，董事会对此技术应用和推广有着非常高的期望值。而且，我们刚刚好有中国的这个契机。中国市场不是你最关心的区域之一吗？"

"对不起，史蒂夫。我的理解是，凡是不能直接作为商品出售的，都是属于产品和研发部门的工作。难道伪基站技术已经成熟到可以拿出去换钱了吗？"

"当然还不行，这个系统还需要更多的完善和提高，但我们需要一个实际的测试和应用环境，中国可能是最合适的地方。卡尔，你不知道，中国一位教授的研究和海兰德博士的研究不谋而合，虽然还没取得海兰德博士这样的成果，但却已经成功地搭建起了一套真正的测试网络。所以这件事最好交给你和你那只老虎负责。相信我，卡尔，你不会后悔的，中国的辽阔国土最需要这样的技术，也许这套技术能够在中国迅速成熟，同时能够得到快速推广。到时，这依然是你负责的商务范畴。"

卡尔被老板说服了，但还是皱起了眉头，说道："我们需要一个非常专业的工程师来负责此项目。但目前中国代表处只有商务市场和技术支持。"

史蒂夫说道:"我可以通知人事部门,在中国代表处创造这样一个职位,马上生效。这是我唯一能做的,其他的交给你啦。"

会议即将结束的时候,卡尔提起了中国基站网络项目。

史蒂夫说道:"这件事情的结论我们早就已经有了,所以不必为此纠结。钛科是否被收购,都不会改变我对这件事的态度。如果有机会,那就去争取。争取不下来,就放手。但有一点……"总裁先生忽然转向卡尔,并提高了声调,"不要因为丢掉这个项目,而放弃这个用户。如果按日本的基站数量和密度计算,以中国国土面积计算,他们需要的不仅仅是150台,未来可能是上万台。我们不排除这个项目还会有二期、三期。"

正如秦总所言,在宣布天工集团中标后不久,招标小组就收到了一份米河公司联合几家公司一起递交的质疑函。

信函中并没有对钛科产品和天工的资质提出疑问,而是聚焦在钛科的企业身份合法性。

钛科被法国Mag公司收购的消息已经正式被披露,大家质疑天工投标时所用钛科授权书是否还具有法律效力,这一项目是否会得到新东家的支持,未来的供货以及售后服务是否能得到保证。

米河还专门提出,钛科在中国没有任何合法的办公机构,而现在投标的天工集团,不久前还是Skydon代理,他们怀疑钛科公司在中国做生意的诚意。

米河还提交了一份Skydon出具的证明材料,证明Skydon一年之前就安排了工程中心的测试,只是最终的结果因为Skydon与天工之间的矛盾,被天工隐藏了。现在因为钛科公司的变化,Skydon恳请工程中心推迟此次招标,Skydon愿意赠送两台设备,并重新开始设备测试。同时Skydon还愿意为工程中心因推迟采购而受影响的项目做出补偿。

Skydon文件的中文版是Tiger亲自翻译和撰写的,他对自己的文字修养很自信,同时看不上手下写的文章。

这封质疑函收到了预想的效果，通常招标公司只需要将质疑函转给被质疑的公司，让他们限时内做出答复。但这次，在天工集团做出答复之前，工程中心内部就展开了激烈的讨论。

M大的朱院士收到了Skydon总裁史蒂夫的回信，对朱院士关于新一代基站网络的研究表示盛赞，同时表示愿意全力配合和支持朱院士的研究。他们将对接技术人员，与朱院士一起共建中国第一个基于伪基站技术的永远固定站网络。稍后，Skydon北京代表处将会与朱院士联系，沟通具体的方案。

当晚，赵爷接到了怒发狂人的电话："我早说过了，机会很快就会来，如今已经来了。"

赵爷轻轻出了一口气，他当然不认为一个张邕能解决他的问题，但至少代表处里不再完全地向米河倾斜。

卡尔和Tiger也通了一次电话。卡尔在电话中说了伪基站项目以及招聘基站项目主管的决定，最后卡尔又一次提起了那个名字："那个Yong你一直没见到吗？"

Tiger回道："我猜我们很快就可以见到。他目前是我们的敌人，正在和我们竞争基站网络项目，或许我可以在工程中心见到他。"

第49章　风起云涌（一）

张邕正在回复招标公司转来的质疑函，此时，他又一次领略了田晓卫的过人智慧。几乎质疑函上的每一条都在田晓卫的意料之中，甚至在这封函到来之前，田晓卫已经将准备好的材料发了过来。

张邕无比地佩服，又无比地疑惑，以田晓卫这样的智商，如果全力投入做Skydon生意又会是一种什么局面呢？他的选择究竟是对还是错？或许，田晓卫的问题是他太过聪明了一点。

田晓卫送来了Mag关于此项目的声明，他们确认钛科的授权合法有效，同时承认钛科标书中的一切服务承诺和条款。

接下来就更加精彩，田晓卫没有展示钛科近年来的惨淡数据，而是把Mag的近年来的财务数字做成了漂亮的表格，展示新公司的良好成长性。

然后是一篇媒体上某位专家对Mag收购钛科一案的具体分析，分析认为，Mag多年以来一直想参与到高精度卫星导航业务中来，这次终于梦想成真。而钛科虽然市场占有率逐年下滑，但在技术上依然处于一线水准，二者的结合，必将推动一个更成功的Mag-钛科系列产品出现，甚至成为知名品牌Skydon最强竞争对手。

没人知道，这篇文章其实出自一家美国的私人媒体，作者其实就是用了外国名字的田晓卫本人。

张邑耐心地将资料一一整理，需要的地方就翻译加标注，然后重新排版，生成一个完整的文件，并配上附件。

整理完一切后，张邑想给Madam打个电话，才发现已经很晚了，警花应该已经睡了。

他把整理好的文件放到了总经理办公室易目的办公桌上，然后坐下来环顾四周，一种突如其来的空虚感忽然涌上心头。

办公室的人越来越少，宫少侠那天给他的寻呼机留了言，说自己去韦少那边了，就再没有出现。马小青去帮赵爷交货和培训，之后就正式请辞，去了天石。

他想到一个问题，如果公示期过了后，天工正式中标，这个创造历史的巨大成就，办公室里居然没有多少人能和他一起庆祝。或许田教授会来庆祝？张邑自嘲地笑着摇了摇头。

白天，他接到了怒发狂人的电话，他以为这是怒发老师的又一次游说。但怒发狂人只是告诉他，去看看Skydon收购德国兰德公司的资讯，并告诉他，朱院士和他也在进行类似的研究，如果张邑对此感兴趣的话，Skydon中国将会任命一位参考站项目经理，专门对接德国团队和朱院士团队，代表Skydon负责伪基站（XNZ）项目。他不妨去试试看，但前提是，他需要真的对这套系统感兴趣。

张邑叹道："我常以为田晓卫是我见过的最聪明的人，但现在我改变了想法，田晓卫只是最聪明外露的那一个。赵总、易总、高琳，还有你，你们每一个人的智商都是可以碾压我的。你知道，我一定会被某些东西吸引，然后就会不自觉走上你要我走的那条路。无论你还是田晓卫，都能准确地引导我的想法，你们把卫星精准导航用在了我身上。我永远被动跟着你们的卫星信号走，然后我还以为那是我自己的选择。"

怒发狂人大笑道："小师弟，你从来都是主动的，没有任何人代你做主。只是很多时候，你搞不清自己的想法，我们帮你一把而已。你应该知道，导航卫星只提供坐标，路径是你自己选的。好，我现在向你道歉，而且收回我刚才说的一切话，你不要去看Skydon网站，不要去看兰德公司的网络技术，你什么都不要做。然后等我回北京，我请你喝酒。"

张邑也笑道："师兄，我给你讲一个故事。从前有一个吉普赛人在集市上卖一块石头，他说只要将石头放在水中煮上24小时，然后配上他的咒语，石头就会变成一块黄金。有个富翁高价买下了石头，临走时，吉普赛人对他说，记住一件事，你在煮这块石头的时候，脑子里一定不要去想跳舞的白熊，否则这块石头就会失去灵性，永远也变不成黄金。富翁说，我从来没见过什么跳舞的白熊，放心吧，我不会想它的，然后就回家了。"

怒发狂人已经笑弯了腰，说道："别讲了，我知道了。富翁回家煮石头，但怎么煮，脑子都在想跳舞的白熊，越不让自己想，就想得越多。所以石头没有变成黄金，他也认为这是自己的问题。小子，这个故事很不错，但有一点，富翁煮石头是为了得到黄金。而你，如果对黄金不感兴趣，那么无论有没有白熊，你都不会动心的。所以还是一样，我只是给你一颗导航星，你规划自己的路吧。我还有课，拜拜。"

张邑最终还是打开了电脑，连上了网络，然后他痴迷了。

直到天色渐黑，他才醒悟过来，开始整理给招标公司的回复函。若非如此，他是不用熬到这么晚的。但他在心里无比感谢怒发狂人，怒发师兄给的不是一块石头，就是一块黄金呀。

此刻，他脑子有点乱，不想回去睡觉，于是想再多看一下XNZ的资料，却发现自己的权限已经不够了，这是他第一次遇到权限的问题。接着他收到了一封来自Skydon support的邮件，告诉他，因为SkydonChina（天工集团）已经和Skydon解除了合作协议，所以他的账户权限被降为普通权限。如果他想继续保持自己的权限，请与Skydon北京代表处联系。

张邑醒悟过来，他和田晓卫早已经不再是Skydon的人了。

这一晚，高琳和Tiger之间爆发了二人之间第一次正式的争吵。

"Darling，你是中国区首席代表，中国的人事任免是你的职责。张邑只是个小人物，根本不值得你去关注。我不理解，为什么你一定要见他呢？"

"Lynn，你要明白，这是卡尔的意思。目前我们绕过了新加坡办公室，归卡尔直接领导，这意味着北京代表处和新加坡亚洲总部平级。这件事会写在我的履历上，所以卡尔说的每一句话，我们都要尽力做到，来维持这种上下级的管理关系。"

"卡尔只是问你是否见过了张邑，从没明确指示，这个职位是给张邑的。张邑是否够资格，是由你说了算的，卡尔绝对不会干涉你的决定，Darling。"高琳噘起嘴唇，风情万种的同时又有一种我见犹怜的柔弱姿态，似乎在等待着Tiger的保护和拯救。

"你就直接告诉卡尔，你见过张邑了，他不合适，不就可以了吗？"

"其他人可以这样处理，张邑不行。卡尔几乎不认识什么中国人，却一直提起张邑。他们之间应该是有某种联系的。是否够资格，见面之后再做决定，但我必须见到他，才可以向卡尔汇报此事。"

"亲爱的，这事我不同意，我不想张邑这小子出现在Skydon办公室。如果不是他不肯配合，工程中心的项目我们何至如此呢？无论对

Skydon，还是对你，他都是罪人。"

"Lynn，你不要任性。先帮我约见他。然后按你说的，我想我会有办法把他淘汰掉。"

高琳难过地叹了口气道："你就会欺负我，看你现在这个样子，我觉得你很难把他淘汰掉吧？"

"总有办法的。"

是的，总会有办法的，高琳在心里恶狠狠地对自己说："张邕，我曾经力邀你加盟，你不肯。如今却要靠卡尔的关系上位，你凭什么？我一定不会让你得逞的。"

第50章 风起云涌（二）

招标公司的答复函发走了，米河和天工都在等待最终的确认。

从招标角度看，天工的回复和解释没有任何问题，而且米河所提的很多内容并不在标书的内容之内，所以评委们根本无须考虑，所以这次质疑只是耽搁了几天的时间，根本无法阻止天工中标。

但招标之外的影响，米河做到了最好。虽然招标本身没有问题，但工程中心内部却因为米河的质疑，导致了两方的争论。

不止一个声音认为，虽然天工在招标流程上没有任何问题，但如此重大的项目，采购一个刚刚被收购的品牌，还是有着巨大的隐患的。

至于Mag公司，实力的确很强，但一直是一家导航公司，从没有过高精度定位产品的经验，所谓的强强联合目前只是一纸空文，没人能真正预料到未来的发展。而这个项目将维持3年，中间任何的一点不确定性都会影响整个项目的后果。

甚至有从未关心过此项目的部分总局领导亲自来问秦主任，为什么没有给Skydon第二次测试的机会。

秦主任和数据中心的陈总都非常气愤，他们直接顶撞了回去，所有厂家都是只有一次机会，是Skydon自己出了问题，工程中心这边没有任何失职。

开标的时间又一次被推迟。因为有领导建议，是否重新给Skydon一次测试的机会，被秦主任拒绝，如果他们还有那么多时间，根本就不用现在急着招标。

又有人提出，是否可以考虑Skydon和钛科一家买一半。工程中心并没有拒绝这个建议，秦总对这个建议其实很心动，但招标公司拒绝了。

招标公司认为："你们发的一个包，我怎么可以让两家中标？除非先把这个标废掉，然后重新发包，但废标，我需要一个理由。"

双方争论未果，只能先延期，由领导定夺。

张邕去了易目的办公室。

"易总，忙吗？"

"我忙的事就是你做的事，你忙完了，我也就不忙了。有什么事，说吧。"

"您觉得这个标还要拖多久？"

"不会太久的。米河人找了局里的关系，对工程中心施压，这未必有用，反而会有副作用。我们的一切都是合规的，想废掉我们，他们很难。"说到这，易目忽然抬头直视张邕的眼睛，"我知道你来找我，一定不是为了这个标的事。有话直接说吧，现在公司里人不多了，我们之间更不用彼此隐瞒什么了。"

"Skydon副总裁卡尔给我来了一封信，让我去见一下Tiger。而Tiger这边，也安排了高琳来约我见面。本来是计划这个标结束后，我们再见面的，所以我没和您说。但现在开标延期，Tiger希望我们可以提前见面。我过来就是和您汇报这件事。"

易目微微笑了一下："其实你不用告诉我这事，工作时间之外，你见什么人都是你自己的事。"

"但Skydon不是一般人，也不是我的私人朋友，我想，这并不是我一个人的私事。"

"晓卫出国的时候，让我把你留在身边，至少3年，等这个项目做完。这3年里，可以给你优厚的薪水。"

"易总，我挺感谢晓卫的，如今我的薪水都快接近五位数了，我非常满意。"

"但我知道，你愿意留在天工，并不仅仅是因为这份薪水，而是你觉得晓卫对你有知遇之恩，同时，你也不愿意看到我成为孤家寡人，对吧？"易目脸上始终有一丝笑意。

"我，易总，其实……"张邕面对易目，忽然有些说不出话来。

"你知道，天工是晓卫的，每个人也都这样认为，也有人背后骂我，说我只是个晓卫的傀儡，或者提线木偶而已，你应该也听过。"

张邕点头说道："是的，我听过，但我从来不这样想。而且因为您从不解释，我也不屑于和别人解释。"

"嗯，谢谢你，张邕。其实呢，做一个傀儡没什么不好，可惜了我不是，我终究还是有自己的思想的。所以晓卫对我说留你3年，我有一些自己的理解。我有3年的职位和不错的薪水给你，3年之后我什么都不能保证。而这3年里，你要是有更好的机会，让自己有更好的发展，那你随时可以离开。如果你在外面遇到了困难，或者是发展瓶颈，只要还在3年期内，你就可以回来，天工和我随时欢迎你回来。这是一个3年保险，也是我对晓卫原话的理解。"

张邕鼻子有点酸，他强笑道："易总，不用对我这么好吧，我若真离开了，也没有面子再回来找你。"

"那就是你的问题，我听晓卫的，给你3年的职位。"

"易总，如果工程中心的标中了，天工现在人手凋零，你怎么应对？"

"放心吧，你在天工不过一年而已，没有你的日子，我们所有的事一样处理得很好。晓卫虽然不在，但他一定能搞定一切。不过……"易目说着，眼中微微流露出一丝失望，"你问到这个问题了，看来是真的要走了。"

"易总，如果Skydon的这个职位真的是我师兄说的那个，我不向您隐瞒，我真的很感兴趣。所以我想见过Tiger之后，再做决定。"

"不用等到那个时候。"易目忽然脸色一变，他拿起电话，"刘莉，过来一下。"刘莉是凯西离职后新招进来的行政主管，说是主管，其实只是个年轻的女孩，如今的天工，也的确不再需要经验丰富的主管。

"刘莉，帮张邕办理离职手续，现在，本月薪水照发，我们再补偿一个月的薪水。"

"好的，易总。"

张邕有点不知所措地看着易目，不明白说得好好的，怎么会突然变脸。

"易总，你这是赶我出门吗？我，我，我还没说要走。"

易目走到了张邕面前，用力地拍了拍他的肩膀。

"你很聪明，但有时候太软弱，顾虑太多，瞻前顾后。如果你对Skydon的这个职位这么动心，那就尽力去争取，不要吃着碗里的看着锅里的，想去，又想留。人有时候需要给自己一点压力。你抗压能力很强，压得越狠，你的反弹越大。但你似乎从不愿意把压力放在自己身上。从今天起，去改变一下。你要是能和晓卫中和一下，就好了。好了，我的话说完了，不用告别，你出去吧。你那台破电脑，不用还了，作为离职纪念，我送给你了。最后一句临别赠言，要不要听？"

张邕站了起来，他恭恭敬敬地给易目鞠了个躬，然后道："您讲，我在听。"

"世界上没有容易得来的事，不要以为Skydon的大门真的那么好进。不要只看到卡尔和Tiger的邀请，这背后一定还有很多你看不到的东西。没有成果是唾手可得的。既然你选定了目标，就去拼吧。天工的大门随时为你敞开，但我真的不想看到你再回来。"

第51章　风起云涌（三）

走出天工的张邕，没有回头。他对这里的一切感情很复杂，他喜欢这里，这里也欢迎他，但是他无法再留下来了。

他给Madam打了电话："我失业了。"

"哦，需要我养你的话，就直接说，不用不好意思。" Madam笑得依然灿烂，张邕的心情好了很多。

Skydon代表处，高琳把销售经理封耘约到了会议室。

封耘和田晓卫一样，同出清华，专业出色，而且讲一口流利的英文。对于高琳，大家都稍稍地敬畏，虽然她总是微笑着面对每一个同事，但那微笑总有主人对仆人的感觉。

"封耘，有时间吗？我有些事和你商量。"

高琳很有礼貌地发出询问和邀请，但办公室里似乎还没有人拒绝过她。

"Skydon招聘中国区CORS①网主管的事，你知道吧？"

"知道。"

"有什么想法？"

"我？没什么想法，与我无关呀。"

"如果有关呢？比如，你对这个职位是否有兴趣？"

封耘摇摇头道："这是新职位，没有说从公司内部选人。我现在有自己的工作，总不可能我先离职然后再来应聘新职位吧。"

高琳道："这事情我来处理，我只想知道你是否对这个职位感兴趣。代表处的销售经理可不是真的销售，一切事情都由米河这样的经销商负责。你真的不想做一些更有意义、更有挑战的事情吗？你这么年轻，又这么优秀，Tiger其实一直很看好你，我也是。"说到"我也是"的时候，高琳轻轻甩一甩头发，给了封耘一个意味深长的眼神，封耘当

---

① 连续运行基准站，简称"基准站"。

然知道眼前这位是准老板娘，但还是不由自主地心中一动。

"这个是全新的技术、全新的职位，可能代表着未来的发展方向。高琳，你如果真的可以为我争取这个机会，我当然感兴趣。"

"好的，我就知道，越优秀的人越愿意去挑战。"高琳满意地点了点头，然后递给封耘一沓厚厚的资料。

"尽快通读所有的技术资料吧，注意，这里一部分是保密资料，不要在办公室里外传。还有，封耘，这个职位应该会面对一些竞争，我和Tiger都会支持你。堂堂清华学霸，不要令我们失望哟。"

封耘点了点头，他感到了一丝压力。

Tiger终于在自己的办公室见到了张邕。

他上下打量着这个年轻人，很普通，既看不出哪里值得卡尔欣赏，也看不出哪里值得高琳讨厌。

"我来中国的时候，就有人建议让我见见你。我太忙，于是安排了高琳和你对接，高琳一直说你很聪明，可是我没想到的是，来了快一年的时间，我们居然从没有碰面。真不知道你在忙什么，比我这首代还要忙一些。"Tiger似乎在开玩笑，但其中的责备意味似乎隐藏不住。

"对不起了，Tiger，我也没想到会这样。"

"你和卡尔是怎么认识的？"

"我不认识卡尔，是有一天他忽然发邮件给我，并提到他是Skydon的副总裁。在此之前，我们从没有过交集。"

"就这么简单？"Tiger很认真地追问，他不太相信张邕的答案。

"就这么简单，我觉得我和卡尔应该不能算认识，只是彼此知道名字而已。"

Tiger的脸色忽然缓和了很多，说道："你对这个职位怎么看？"

"我很喜欢，这项技术会有非常好的未来。我……"

Tiger忽然伸手拦住了他，说道："好，不用多说了，我现在问你另外一件事。"

"你应该知道，工程中心的项目还没有开标，理论上说，Skydon依然有机会赢下这个项目。作为Skydon中国区未来的一员,你觉得这个关键时刻,你有什么可以做的吗?"

张邕微微沉默了一下,然后笃定地摇头道:"没有,我做不了什么。"

他并没有多解释,即使易目也不知道一件事,他把电脑里的测试报告进行了彻底删除,即使他自己也已经无法再找回。

他已经清楚地知道了自己的底线,知道自己很难抵挡诱惑,所以干脆将可能要面对的艰难抉择扼杀在摇篮里。

所以现在他不再犹豫,也不想解释。他也知道,无论Tiger还是高琳,都不会相信他的话。

Tiger语气中带着明显的不悦:"年轻人,我很不理解你。你上门来,要在Skydon谋一份职业。可是你却不愿意为Skydon做一点贡献,哪怕是你举手之劳。你这样的态度,觉得Skydon会接受你吗?"

"当我进了Skydon的门之后,我会尽心地为您和Skydon服务。如果有人想高价收买关于Skydon的资料,我也会拒绝。Tiger,我真的对您感到抱歉,但是有些事我做不了。"

他说有些事做不了的意思,包含着现在他即使想做也做不了的意思,这句话只有他自己明白。

"坦率地说,张邕,我对你很失望,这件事上我对你很失望。不过你不用担心,这件事并不会影响我们对你当前职位申请的审核。但是你要知道,我可能很难给你一个很高的分数。好了,谢谢你能来,你的简历留下吧。有什么进展,高琳会联系你。你出去时候可以和她打个招呼,我不确定她是否有话对你说。再见。"

"谢谢您,Tiger。"二人礼节性地握手,Tiger离开,去了自己的办公室。

高琳果然在外面等他,重新把张邕迎回了办公室。

"好久不见,去了天工几次,都是生不见人死不见尸,你怎么黑了这么多?"

张邕的确黑了，大漠阳光留下的痕迹并不是很容易褪去，他没回答。

"我猜，Tiger刚刚又被你拒绝了一次。你觉得Skydon会开心地接受你吗？"

"我只知道，你肯定不会。但我不介意和你成为同事。"

高琳冷笑了一笑，她忽然发现了张邕的一样好处，就是在他面前，她可以直接表现她的喜怒哀乐，不用卖弄风情，这种木头根本不会懂，也不用考虑举手投足的得体，更不用表现自己的睿智。

"我在敦煌力邀你加盟，你拒绝，如今又来求职，不觉得自己有点可笑吗？"

"因为你邀请的从来不是我的人，而是我手中的其他东西。我不聪明，也知道自己不入大小姐的法眼，所以不必自找没趣。但这次不同，我喜欢这个职位，我想争取。"

"你想争取便来争取，你比我想象得要骄傲很多。和田晓卫学的吗？我没有权力替Skydon做决定，但在我有话语权的范围内，我会反对你来这里工作。所以，即使你真的来了Skydon，也要考虑，在这里的日子，每天面对我不会是一件愉快的事。"

"我希望未来能和你和睦相处，如果你真的要让我不愉快，那你想过没有，让我不愉快的同时，你自己其实也不愉快。"

高琳又一次在张邕面前无语。

第52章　风起云涌（四）

清晨，卡尔在自己的办公室打开电脑，第一眼就看到Tiger的邮件，第一句话就是："我今天见到了张邕，我很怀疑他是否是我们需要的人。"

"我和张邕进行了深入细致的交流，他是M大的毕业生，对测绘以及卫星导航都有不错的了解。但CORS涉及的知识并不仅限于测绘和GPS，它集成了通信技术、无线信号、电子技术、计算机技术以及网络技术。M大只是以测绘和地理信息而闻名全球的，而CORS网的主管，我这里有更好的人选。销售经理封耘，来自中国顶级的学府清华大学，有着更好的专业背景和技术能力。在与张邕的比较中，封耘几乎每一方面相比，都是更好的一个。我与封耘也交流过，他对这份工作表现出极大的兴趣，有非常专业的产品规划。对于张邕，我在私人感情上缺乏认同。目前工程中心的项目在北京办公室的努力之下，依然还有中标的机会。但张邕作为一个来Skydon的求职者，依然拒绝向我们提供帮助。我对此表示遗憾。"

工程中心的项目开始缓慢地向Skydon倾斜，越来越多的人建议终止此次投标，然后重新发包，两个品牌各买一半。

易目打了越洋电话给田晓卫，田晓卫很不高兴，但不是因为工程中心的项目。

"你就这样放张邕走了？"

"我没什么理由留他呀。"

"易目，你总是这样过于善良，我留张邕在这里，可并没有亏待他。3年的高薪加一份闲职，多少人梦寐以求的待遇呀。3年之后，谁能知道3年之后的事情。你以为他去了Skydon，3年之后就能比现在更好吗？"

"难说。我看Tiger和高琳都不是好相处的，而且李文宇其实是个比你更难缠的人，只是你名气太大，遮蔽了他人的光芒而已。"

"易目，别给我打岔了。有时候你这样轻重不分，我真的很不喜欢。就算让他走，也要拖到工程中心有个结果之后呀。你以为张邕能够拒绝收买一次，就每一次都能抗拒诱惑吗？他自己都认为做不到，否则不会去休假了。还有，他也许可以抵制住一大笔钱的诱惑，但一份心仪的工作，也许就可以让他降服。世界上有各种各样的人，并不是每个人的软肋都是金钱和美色，总有些奇怪的家伙为一些莫名的理由出卖自己或者别人……工程中心的项目，主动权依然在我们手里。但如果这个时候Skydon得到测试报告，我们真的无力回天了。"

易目轻笑，他对田晓卫一直是这样的态度。

"你说过，就算张邕交出报告，你也会赢。"

"那是之前，不是现在。这个时候这份报告的威力是致命的。我有时感到很奇怪，难道你觉得天工挣的都是我的钱，难道这里没有你的那一份吗？"

易目依然云淡风轻地说道："张邕他不会的，晓卫，你如果可以相信我，那你这次就和我一起相信他吧。其实我想给他一点压力，如果工程中心这个项目尘埃落定，他去Skydon求职就会轻松得多。但这时候手里拿着报告去Skydon办公室，我想他很不容易。Tiger和他的那位美女助理一定不会轻易放过他的。"

田晓卫发出一声无奈的叹息："这都什么时候了，你在想什么乱七八糟的事情。易目，你要真的想成为一名合格的企业家，至少要专心一些。"

"我不是企业家，也不想。我只是跟在你后面卖葡萄的兄弟，跟着你就够了。"

一向自傲的田晓卫，眼中也流露出一丝温暖之意，但只是一闪而过。

"我这里还有一封函，你给工程中心发过去吧，这次是一刀毙命，Skydon再无翻盘可能。除非你看错了张邕。"

"我没看错你，也没看错他。"易目微笑。

张邕主动找到了怒发狂人，说道："你把石块卖给我了，就要负责帮我把它熬成黄金，无论白熊是否跳舞，你都要帮我。"

怒发狂人显然有些意外，说道："好像Skydon总部以及北京代表处都希望你能加盟，一切不是顺理成章吗？只是你一直没同意而已，现在什么情况？"

"还是和之前一样，我既然不肯拿报告换一笔财富，现在也不会拿报告去换一份工作。但天工那边，易总已经赶我出门了，我无处可去。Skydon的工作我一定要拿下，我喜欢这份工作。"

"很少听到你一定要做什么，什么时候下了这么大的决心？"

"就在易总赶我出门的时候，他说我有时候软弱，需要自己给自己一点压力。"

怒放狂人沉吟："我怎么能帮到你呢？"

"现在不是朱院士和Skydon在谈合作吗？如果朱院士肯推荐我，我就有很大的机会。"

怒发狂人沉默了一段，直到张邕再次呼唤"喂"才出声。

"没问题，我会尽量去和朱院士谈，让他来推荐你。我不敢替院士向你保证，但我认为不会有什么问题。朱院士人很好，上次你提供的资料不错，老人家挺满意，我顺便提了下你，他应该记得。不会介意推荐一下晚辈。嗯……"怒发狂人又一次欲言又止。

"师兄，什么情况？你想说什么？"

"我不知道想说什么，怎么说呢，我很愿意朱院士推荐你，但我没想到你会找我提这个要求。在以前，你一定不会如此，即使自己无法得到这份工作，也不会去求人，哪怕求的是我。你别误会，我没说这样不好，就是有一点不适应。毕竟没有每天面对你那双巨大的牛眼，有些变化，我在学校里还真感觉不到。"

"这个呀，"张邕笑了，他早已适应了自己的变化，"这不重要，我还是我，只是这份工作我要得到，我不想任何人能拦阻我。如果说变化，我只是学会了找人求助，还是自己的师兄。这道理杠杠的，站天安门广场我都敢说。"

"无耻的家伙。"怒发狂人骂了一句。

田晓卫通过易目向招标公司和工程中心递交的，是一份重磅炸弹。易目知道，这个项目没有太大悬念了，虽然一直追随田晓卫，对一切都已习惯，但这次还是生起了和张邕一样的想法：田晓卫，怎么可以这么聪明？

当田晓卫和罗伊以及斯玛特讨要12个月账期的时候，易目认为这又是田晓卫一贯的强势和蛮不讲理，却没想到，田晓卫居然在差不多一年之前就埋下了这样一招狠棋。

易目挂了电话，环视着空荡荡的办公室，还是和张邕一样的想法，这么聪明的一个人，怎么会把公司做成空了，他很怀念卖葡萄的那个田晓卫。

第53章　风起云涌（五）

招标公司将天工的文件转给了评委和工程中心的领导。

秦主任看着这份文件，沉思良久，最后开口道："这还有什么可以疑虑的呢？不要再浪费时间了。我维持自己之前打的分数，其他按招标流程决定吧。"

天工这份文件，只承诺了一件事。为了保证用户的利益，以及消除用户本不必有的担心，钛科决定不收任何预付款的情况下提前交货。而用户验收之后，在6个月内付款，而在6个月内，钛科设备出现重大问题，用户有退回全部货物的权利。

这份文件基本打消了工程中心最后的疑虑，同时让支持Skydon的人无话可说。招标公司的人感到了天工集团的一丝悲壮，将满满的同情分给了易目。没人知道，田晓卫在此项目上，根本没有付出什么代价。

李文宇知道了这一消息，并迅速上楼，告知了Tiger。

二人一度沉默，但Tiger还是很快恢复过来。

"本就预料之中的事，其实没什么遗憾的，我们还是向前看吧。我猜钛科的日子并不好过，3年的项目，未来很难说。"

李文宇点头道："您说得对，其实这个项目只是目前看起来很大，未来一定还会有更多的大项目出现。北方公司的订单今年增加了很多，我最近会下一个比较大的订单，同时您可以吩咐一下他们几家公司，我们按生意比例分配一下，一起下一批订单，大家都压一些货，这样总数可能比工程中心的数量还多。我想，Skydon一定会满意您的工作。"

Tiger眼中露出一丝喜色，工程中心的阴霾似乎一扫而光。

"真的能有这么多吗？"

"肯定会有，但光靠米河不够，大家要一起帮您分忧，米河会承担最大的份额，特别天石那边，您要特别关注一下，老赵这个人有时很坚持自己的想法。"

"好的，文宇，米河做出榜样，其他公司一定会跟着配合，我让高琳去沟通。"

"对了，还有一件事，我听说老赵并没有放弃佳瓦，两个品牌还在一起做。这应该是Skydon不允许的吧。北方旗下的一些散单，我们和天石人也时不时有冲突，您是否过问一下？都是Skydon的代理，彼此之间应该团结。"

Tiger愁眉道："你说的有证据吗？"

"拿到证据应该不难，我们正在整理。证据确凿，我们再发给您。"

Tiger点头，李文宇在告辞出门的瞬间，又转过身来说道："让您的司机和我下去一趟吧，出差回来，给您带了点土特产，待会直接装您车上。"

"太客气了，文宇，谢谢哦。"

送走了李文宇，Tiger盯着桌上的两份简历，一份张邕的，一份封耘的。既然工程中心已经没什么机会了，那就先解决这个问题吧。

田晓卫今天见了一个衣着考究的法国人，当然想找一个衣着普通的法国人也并不容易。

罗伊和斯玛特也在，但二人只是安静地坐在一边，连性格暴躁的斯玛特也没有多说话。

"我叫弗朗索瓦，是Mag公司亚太区总监，很高兴认识你，田晓卫。"是的，这正是小色娃。

田晓卫还是老样子，没表现出特别的尊敬。

"既然你是亚太区总监，为什么出现在美国？"

"因为你在美国，我只是特地来见你。而你的公司在中国，那里是我负责的。田晓卫，我很感谢你为Mag-钛科产品在中国项目上做的努力。有人认为你这某些不合理的条款可能会伤害到钛科，乃至Mag的未来，但我不这样看。钛科的问题已经不是短期问题，无论是否有这些条款，它都很难坚持下去了。恰恰相反，因为你杰出的表现，为钛科赢得一个3年内可以继续发展的机会，我代表Mag向你表示感谢。"

"弗朗索瓦，除了感谢，你还有其他要说的吗？对我来说，谢谢这词不值钱，如果你有更好的东西，我们可以谈谈价格。"

小色娃笑道："你果然很直接。我有一个问题，我看到你中了中国基站网络项目后，似乎不想再碰钛科的业务，为什么？"

"为什么？"田晓卫揶揄地看了一眼罗伊和斯玛特二人，"钛科的产品到了穷途末路，我只是帮他们体面地去死而已，却没能力让他们起死回生。"

斯玛特的脸开始涨红，但忍住了没出声。

"哈哈。"小色娃没生气，反而笑了，"过去的事都过去了。我相信，未来的Mag高精度系列产品一定会有更好的发展。你销售的基站产品将是最后一代钛科产品，新一代的Mag接收机将很快上市。你觉得有没有可能，我们继续合作下去呢。"

田晓卫有了点兴趣，说道："如果是这样，我当然有兴趣合作。"

"很高兴听到你这么说，我介绍一个人给你。"小色娃招了招手。

田晓卫眼睛一亮，小色娃的身后转出一个华裔女人，既有东方人的美貌，又有法国人的优雅。

"这是赛琳娜，她即将前往中国，开设Mag北京代表处，我希望，你们之间能合作愉快。"

田晓卫点了点头，在他眼中，高琳只是一个极力装作优雅和睿智的漂亮女人。而这个赛琳娜，正是高琳拼命想装却怎么也装不像的那种优雅女士。

赛琳娜走到田晓卫面前,用中文说道:"田先生,你好,你可以叫我的中文名字,方舒。"

田晓卫平生第一次没有纠正对方,说:"叫我晓卫。"

张邕接到了Skydon代表处前台的电话,看来高琳已经不想再和他通话。

他通知张邕,下周二来Skydon代表处进行一次电话面试。面试方将是Skydon一个独立的部门,不属于美国、中国和德国,而是位于新西兰的一个技术部门。这个部门的主管,将亲自面试张邕。

张邕道了声感谢,挂了电话不久,接到了宫少侠的电话。

"喂,这位好汉,20万都不要的北京爷们儿,怎么听说你也要上Skydon这条贼船,与我同流合污了。"

"咱同船不同污,你污你的,我清我的,没关系。"

"你牛,"宫少侠表示了赞赏,"也就是你,换个人敢这么跟我装,我早灭了丫的。告诉你件事。"

"您请讲。"

"你的面试不纯粹,那个美女背后算计你。我现在知道你为什么不喜欢她了,她在推荐代表处的另一位同事,封耘。兄弟我不是打击你,人家是清华高才生,你虽然不错,但和人家比差距还是相当明显。至于高琳有没有其他作弊行为,我就无法知道了。我帮不了你,只是提前安慰你一声,你面试没通过的话,不用太难过,这本来就不是一场公平的对决。如果万一不慎落马,听我的……我在米河等你!"

第54章 风起云涌(六)

周末,张邕陪着Madam逛街。

"我见过你失魂落魄,但没见过你这种状态,你有点紧张。"张邕的变化总是被Madam准确地捕捉到。

"晓卫给了我3年的闲职和不错的薪水,我觉得不满意,很纠结。但这一切忽然就没有了,我要面临一场新的对决,这感觉很怪,而且我……其实你说得对,我很紧张。"

"哼,什么面试敢让我男朋友紧张,叫他们出来,我和他们较量较量。"

张邕笑道:"易总断了我的后路,让我全力去拼。但这次不比其他,我对自己信心不足。竞争者很优秀,又有内部人支持,而电话面试,他的语言能力应该有绝对的优势。最重要一点……"张邕叹了口气,"我找不到以前的感觉了。我在戈壁上和人拼命,我心无旁骛,自己做到最好就行,败了离场也没关系。但这一次我很怕自己做不到,如果没得到这个职位,我应该不会再回天工,我不知道该怎么办?"

"不知道该怎么办,就先回你的小出租屋,我会在你的小屋里等你。你拒绝50万的时候,觉得是世界末日了,一切不还都是好好的。如今你又把这工作当作了人生唯一选择,你顾虑太多。有时候觉得,你比我老爸还老。乖,不怕,警察姐姐在这里,人民警察为你撑腰。"Madam轻轻拍打他的头,分明是把张邕当作了一只可爱的宠物。

张邕笑了,Madam总能用一些方式让他放松下来。

"小子,要不咱们不逛街了,你回去好好准备下,面试时候让他们惊掉下巴,跪下求你入职。"

张邕紧紧拉住Madam的手说道:"不用,再准备也没意义,走,哥哥带你去买金鱼。"

封耘已经读完了高琳给他的所有资料,对整套系统,除了核心算法的部分,所有细节已经了如指掌。周五的时候,高琳又一次问了他的准备情况,封耘对高琳的态度很礼貌,心中却有隐隐地不喜。他不明白高琳和Tiger担心的是什么,只要是这种和考试类似的竞争,他从来没有败过。

通常封耘表现得都很低调,他有一句自以为很谦虚的话:"上了清华，我才知道自己很一般，没那么优秀。"却从没注意过，别人听了这句话的感受。

当他知道，他的竞争者只是一个比他还要小几岁的M大毕业生，封耘心中生出一种胜之不武的感觉。但高琳如此小心，也激发了他的好胜之心，他决定来一场碾压式的胜利。

一直到面试当天，张邕没有等到怒发狂人的电话，他也没有再去问。有时候没有回复本身就是一种答复。既然无可依靠，那就靠自己吧，当那熟悉的表情又一次出现在张邕脸上的时候，他忽然变得无比平静。

其实怒发狂人和张邕的状态差不多，他和恩师朱院士提了张邕的事。朱院士点头说可以，之后再没有下文，他也不敢再继续催问，心中一直替张邕着急。

事情没有进展，怒发狂人不好和张邕讲，怕反而影响他的情绪，最后，他干脆打给了赵爷。

"张邕的事没我们想象得那么乐观，我们错估了形势。如果他那边不顺利，赵总，你有什么想法？"

"我听说了一些事。Skydon北京代表处推荐了一名自己内部员工参与这个职位的竞争，你应该能猜到这是谁的手笔。而这个内部的候选者，是个BOB。"

"什么是BOB？"

"best of best，精英中的精英。"

"张邕是不是死定了？赵兄，你不能不管他。"

"不是我的问题，无论发生什么，他只要想来天石，我一定都会欢迎。但我猜我并没有这个机会。"

"为什么？难道这小子会死得这么彻底，到你这起死回生的生机都被断送了。"

赵爷道："你还是不够了解你这位师弟，他有一种特别的韧性，如果一件事，大家都看好他，他可能会让人失望，但如果90%的人都认为他没有机会,他一定能给你意外惊喜。"

怒发狂人稍稍迟疑了一下说道:"赵总,我希望你说得对。好运,张邕!"

张邕准时来到了Skydon代表处,比约定的时间早了10分钟,他就在门口稍稍等了一会,然后提前1分钟,进了代表处的门。

高琳示意前台女孩去忙吧,她亲自把张邕带到了会议室的外间。

然后高琳微笑着对张邕说:"按时间安排,上一位面试者应该已经结束了,但看来双方兴致很高,一直聊到现在,只能委屈你多在外面坐一会了。这样也好,至少,你可以在这办公室多待一会,以后的机会可能不太多。"

"没事,我可以等。其实每个地方我们都不可能待上一辈子,你就呆得多,我很少。"

高琳不屑地接了句"莫名其妙",然后转身离开,五步之后,忽然驻足,转过身来,美目圆睁,"张邕,你才呆得多,你就是一不折不扣的大呆子!今天的面试你根本没机会。"

"也许吧。至少,你骂我的话,我不会3秒之后才反应过来。"

"你……"脸上变色的高琳几乎要立刻发作,但此时会议室的门开了,封耘气定神闲地走了出来。

于是高琳咽下了到嘴边的话,转向封耘问道:"怎么样?"

"很好,交流很愉快。你们稍等,李察说,休息5分钟。"

他转向张邕说道:"你是张邕吧,你好,我叫封耘。其实我们不算竞争者,我无论是否能通过面试,都是这个办公室的一员。所以,祝你好运。"

封耘的面试的确有些超时,因为面试的新西兰主管李察和他有过工作接触,双方算是故交。

而李察准备的问题,封耘不假思索,答案脱口而出。到了最后,已经不是面试,而是二人之间的一种讨论,进入状态的李察一不小心拖延了时间,还好,很快纠正了过来。

高琳扔下张邕，陪封耘回到座位上，然后问了一句："感觉如何？"

"没什么特别吧，也许过一段我需要换一张新的办公桌、新的办公室。"

高琳回来，带张邕进了会议室。她拨通了电话："李察，准备好了吗？"然后将电话递给了张邕，"祝你好运。"关门离开了。

"你好，我是李察，Skydon新西兰技术中心主管，很高兴你能来参加这一次面试。你的简历我看了，能再简单地做一个自我介绍吗？"

"李察，认识你很高兴。我叫张邕，毕业于M大……"这一部分，张邕是精心背过的，他知道自己的英文口语并没有那么好，所以必须在前面程式化的对话部分取得一个好分数。不然，他将在面试开始就会被淘汰。

很显然，他的精心设计和准备取得了不错的效果，等他介绍完自己，李察居然问了一句："你的英文很不错，我没有在你的简历上看到你有国外教育的经历，你漏了吗？"

"不，我只是有很好的学习能力和态度，就像面对伪基站这样的全新系统，我愿意通过自己的学习，能够全面和深入地了解它，并通过这套系统去帮助更多的测绘人，用我们的卫星导航技术来改变世界。"

张邕不知道的是，这个身在新西兰的李察，其实是个美国人。

美国人最喜欢的就是改变世界，只能说张邕或许真的聪明，也可能只是个运气很好的人，他这段话非常打动这个美国人的心。李察本来决定象征性地问几个问题，然后快速结束这段面试，并向卡尔汇报，封耘是个更好的选择。但因为这句"改变世界"，他决定再多给张邕几分钟。

"这套系统，你理解多少？"

"你觉得最核心的部分在哪里？"

"你觉得这套系统想尽快完善的话，我们需要做哪些事？"

"说说你认为哪些行业的发展会对这项技术产生影响？而这项技术

本身又会促进哪些行业的发展?"

"这套系统会有怎样的未来?你的职责和它的未来怎样联系起来?"

李察的问题源源不断,越来越深入。

张邕开始的时候遇到了一些困难,他的英文表达出现了一些混乱。但李察从他的回答中听到了一些自己感兴趣的东西,于是他说:"我没太听懂你的意思,你能重新解释一遍吗?不用着急,我的朋友,今天的面试你是最后一个,可以慢慢说。"

张邕放松下来,他捕捉了李察声音中的善意,于是越来越自如。就像那天他第一次从Skydon网站看到这套东西一样,他把自己的惊喜、痴迷以及衍生出的一切想法都表达出来。他的英文依然不够流畅,有时还要停下来想一想,但已经不再影响他的表达。

高琳在自己的座位忐忑地等待,对耕耘生出来的信心开始动摇。张邕的面试时间几乎要超过封耘了,这样一个土里土气的小子,李察怎么会有那么多话对他说。

她往返了会议室几次,希望看到张邕正在会议室门外哭泣,但门一直关着,她隐约听见里面不太流利但一直在持续的英文对话。

就这样的英文水平,要聊这么久吗?她有点费解。

李察不想再继续提问了,他对张邕已经有了基本的了解。他尽量多地问了几个问题,是想在封耘和张邕中分出高下,但张邕表现得一直很好。

看来只能结束这次面试了,他有点替张邕可惜,真的是个很不错的年轻人,只是无论经验,还是专业水平,比封耘还是稍稍差一些。他很赞叹张邕的一些想法,也许未来他是更好的那一个,但按现在的水平看,他只能推荐封耘。

"好了,张邕,谢谢你的时间。最后一个问题,用两个词语来形容一下这套系统。"

他心里有一份答案,是封耘给他的,封耘说的是:科技,改变。他很满意,所以并不期待张邕能有更好的答案。

"自由，梦想！"张邕毫不迟疑。

李察被这个答案震惊了一下："解释一下。"

"人类一直被自然束缚，但我们一直在进步，在改变，这种改变就是我们寻求自由和梦想的过程。GPS就是这样一套系统，它提供位置服务，从天上给我们指引，让我们的方向不再迷茫，但我们，特别是测绘人，依然有很多的束缚在我们面前。在我们面前，有山川，有河流，有树林，有建筑，让我们永远障碍重重。在我们身上，有沉重的仪器，有巨大的电池，有大功率电台，让我们不堪重负。在我们的电脑里，有坐标系统、转换参数，有无穷的计算。这一切依然捆绑着测绘人，让我们举步维艰。伪基站系统，让测绘人进一步获得自由。我们将摆脱基站，摆脱电台，摆脱复杂的计算。设备可以更轻、更小、更便携，我们可以走得更远，走得更快，走得更平稳。未来不再需要我和封耘这样的专业人士，测绘也不再是一份辛苦的工作。任何一个人，都可以使用RTK自由地作业，这就是测绘人的自由。它还可以扩展到更广阔的天地，装在各种载体上，给更多的行业、更多的人群带来自由。让每个人都自由，是人类的梦想，也是我的。所以我说，这套系统意味着自由和梦想！"

张邕说完了，他的胸口轻微地起伏，他忘了面试，忘了自己讲的是英文，他只是全心投入地说出了自己的梦想。

说完这段话，他突然释然了，就像他在戈壁最后一天的测试。他知道，自己做到了最好，无论结果如何，他都可以笑着离开。

话筒另一端久久地沉默，李察迟迟没有发出声音。

"你好，李察，你还在吗？"

"我还在，只是有点走神。你说得非常好，如果你没有问题问我的话，今天的面试就到这里，你出去吧，顺便叫Lynn进来，谢谢你的时间。"

"李察，也谢谢你。"

高琳就等在会议室的门外，不用张邕招呼。他也没过多停留，大步走出去，离开了Skydon代表处。

第55章　风起云涌（七）

封耘在自己的工位上，远远地看见张邕离去的背影，心中有一种隐隐的不安，难道我会输给这个年轻人吗？不可能。

卡尔看着自己面前的三封推荐信，一封是Tiger的，毫无悬念，他推荐了封耘。

还有一封，则是怒发狂人的老师，朱院士的推荐信。

朱院士并没有食言，他向Skydon推荐了张邕。他没和怒发狂人说，因为他没收到Skydon的答复，一个华人科学家的面子，并不像怒发狂人和张邕想象得那么大。

卡尔完全没打算听取朱院士的建议，他只是想在最终人选确定之后，给朱院士回一封信。根据结果，他可以说，谢谢您的推荐，他正是我们需要的人，或者，很抱歉，这个职位我们已经确定了其他人选。

现在最重要的就是李察面试后的最终意见。

"卡尔，我非常感谢你给我这样一个机会，让我参与到中国区人才选拔的事务中来，因此我认识了两个杰出的青年人。这两个中国青年都很优秀，我很难取舍。封耘，是个有着良好教育背景的天才，他对技术和知识有着超乎常人的理解能力，能够快速地捕捉到一切技术细节，他有很好的逻辑思维，能把一切复杂的问题简单化、轻量化。令我吃惊的是他对这套系统的了解程度，如果他不是来面试的，我甚至以为这是他主持开发的一套系统。顺便说一下，他的英语能力也是一流的，他的口语程度甚至接近一些母语是英语的人。他本该是最佳的CORS站主管人选，我说的是，在我遇到张邕之前。张邕，到现在我都不知道，如何形容这个年轻人，他很稚嫩，不是一个经验丰富的职业经理人。他同样优秀，但更像一个弱化了的封耘，每方面好像都不错，但都差一点，包括他的语言能力。但他身上有一种封耘不具备的品质，他有一种技术人对系统理解的直觉，这不是像封耘那样因为自己的学识而有的理解，而是他自己本身的理解。更主要的是，他身上有一种特别的热情，甚至可以称之为爱，他爱这个行业，爱这套系统，爱这个行业内的所有人。或许股东们会对这种情感嗤之以鼻，他们只对数字有兴趣。但相信我，这种热爱绝对是一种巨大的力量。在我让他们两个人分别用两个词来形容这套系统的时候，封耘的答案是：科技，改变。科技带来改变，科技改变世界，我觉得这几乎就是一个教科书一样的正确答案。但张邕给我答案让我震惊而且感动，他说：自由，梦想。他有一个梦想，让更多的人获得自由，让测绘人更自由，让人类更自由。我不了解中国的教育，也不知道什么样的教育能够让一个孩子对着钢筋水泥的建筑和冰冷质感的仪器说出自由与梦想。伪基站技术对他而言，不再是一种技术，而是一种帮助别人、帮助测绘人获取自由的手段。他的眼界已经超过了这套系统，我并不确定这种超越是不是这个职位所需要的，但是如果让我一定在二人之中选一个的话，我的选择是……张邕！"

　　看到自由与梦想，卡尔也静默了几分钟，他想起了一个人，亲手创立Skydon公司最后却被资本扫地出门的一个老人。或许是资本让Skydon变得更强大，但是没有自由和梦想，这家公司可能根本不会出现。

　　他又读了一遍"令我吃惊的是他对这套系统的了解程度，如果他不是来面试的，我甚至以为这是他主持开发的一套系统"这句评价，脸上明显地不悦。

　　他问过了技术主管，在史蒂夫决定增加这个职位以前，张邕就下载和浏览了所有的相关资料，巧合的是，这就发生在他的权限被降低前的几个小时。而耕耘从没有在Skydon的内网上下载过相关资料，也从来没有浏览过。那么，他的了解从何而来？

　　卡尔很不高兴，Tiger其实是他的人，所以他就更不允许这样的行为出现在手下的身上。

　　他对张邕其实并没有特别的感觉，那只是他接触到第一个来自中国的技术人员，所以他顺势推荐了张邕。而Tiger一年多的时间居然从没见过张邕，让他隐隐地不快。

张邕并不是他认为的唯一CORS网主管人选，封耘是个很优秀的员工，这个人选本身他也并没有意见，但北京代表处明显地排斥张邕，他不欣赏这样的态度。他准备在同意封耘就任之前，要给Tiger一个训诫，虽然同意他的推荐，但不意味着对北京代表处所作所为的认同。

如今他读着李察的这份评估报告，心中忽然升起另一种想法：为什么不可以是张邕呢？

可以对得起老友李察的推荐，可以给中国的朱院士一个人情，可以借此警告一下和他动小心思的老虎。还有，他想给张邕一个机会，看看他心中的自由与梦想。

他打开了电脑，那里有一张没有填写完整的表格，准备发给Tiger和人事部门的，他敲动着键盘，删除了"Yun"，替代的是另外几个字母"Yong"。

第56章　风起云涌（八）

澳大利亚的黄金海岸，阳光，沙滩，湛蓝透明的海水，浪漫的棕榈林，以及各色比基尼美女，勾勒出一幅人间天堂的景象。Skydon的全球大会就在这里召开。

这是Tiger加盟Skydon以来参加的第二次全球大会。上一次的时候，他只是个无足轻重的新人，老老实实地坐在卡尔身后。但这一次，他却是以英雄的姿态出现这里的。

西装革履的Tiger如沐春风，坐在一个显眼的位置，身边有高琳和北京代表处的同事，身后则是李文宇、赵爷、钱总等一众中国代理商，如同众星捧月一般。只是一众人中，唯独缺少了张邕的身影，他并没有参会。

相比之下，卡尔则暗淡了很多，一个人安静地坐在一个角落上。他已经退休了，现在属于Skydon的顾问，对Tiger不再有直接的上下级关系，Tiger的老板是此刻正在台上讲话的新晋亚太区总监罗伯特。

高琳依然万般风情，让一众外国人也纷纷另目，她认真地听着罗伯特的报告，但似乎有一些不开心，美人好像有心事。

"Next，中国，"罗伯特终于讲到了中国的部分，"今年，中国的业务份额首次超过了日本，如今已经成为Skydon全球第一大市场，让我们恭喜北京代表处，Great Job，Tiger！"全场掌声雷动。

Tiger风度翩翩，微笑着向四周挥手致意。

罗伯特又向中国军团的区域看了一眼说道："也感谢所有中国代理商的努力。中国区，如今已经有3个Skydon百万俱乐部成员。而米河公司，如今已经成为Skydon全球最大的经销商。恭喜，詹姆斯！"詹姆斯是李文宇的英文名，李文宇双手合十，表示荣幸。

这是中国区众人出尽风头的一届全球大会，没人预料到，Tiger就任一年就取得如此的成绩。Skydon高管们不得不敬佩史蒂夫的谋略和气魄，如果当初接受田晓卫的条件，就算拿到一半工程中心的合同，但绝对不会有今日的辉煌。

罗伯特在众人的掌声中结束了自己的总结，他是所有业绩最好的区域的总监，所以也是最后一个上台总结并接受大家掌声的。

接下来的产品板块中，一群精力旺盛的产品经理上蹿下跳，将Skydon的新品一一展现在众人眼前，带来一阵又一阵的掌声，气氛到达了顶点。

但在技术交流部分，有人问了个扫兴的问题，提问的人来自中国区。

赵爷举手，向Skydon产品总监雅各问了一个与产品无关的问题："请问，您对中国刚刚发射的两颗北斗卫星如何评价？Skydon未来的产品设计和研发上，会把北斗信号考虑在内吗？"

雅各显然没有想到这个问题，他先是反问了一句："北斗卫星发射了吗？乔治。"引起下面一群人哄笑。

赵爷并不喜欢这种玩笑："是的，北斗一号已经发射了两颗。"

"好的，乔治，你刚才说发射了几颗？两颗，非常好，恭喜中国。请问你，导航卫星要至少几颗才能定位？"

赵爷有点迟疑："四颗，但是……"

"好了，乔治，是不是我们现在谈论北斗还有一点早。如果有一天我们需要考虑北斗信号的话，相信我，我将第一个采取行动，谢谢你的提问。各位还有其他问题吗？"

赵爷不再追问，今天对天石也一样是个值得庆贺的日子，他也是罗伯特所说的百万俱乐部的一员，北斗的小插曲，让他有一点很失望，但并没有太多影响他的情绪。

接下来的板块，正是张邕负责的CORS网络和伪基站系统，可他并不在这里。

高琳听着台上的介绍，想起了张邕，她悄悄靠近Tiger，在他耳边低声道："会不会是张邕出卖你，在罗伯特那里讲了我们的坏话。"

Tiger正尽力做着一副风度翩翩的样子，他依然看着台上，似乎完全不动声色，只是轻声回答高琳："你想太多了。张邕？你甚至可以回国直接面对面问他，他可能令人不舒服，但绝对不是背后使这种手段的人。"

第57章　错过阳光沙滩

张邕是Skydon代表处最后一个拿到签证的，因为Tiger一直在犹豫是否带他一起参会。

这一年多的时间里，张邕的表现可以用近乎完美来形容，整个CORS系统的推进卓有成效，多个地方局表达了对伪基站系统的浓厚兴趣，但大家的目光都在注视着朱院士团队在特区建设的第一个网络。如果特区的系统能够验收并且正常运转，整个CORS网络系统将很快在各省市生根发芽。

但这一切只是前景和潜力，目前整个伪基站系统还没有业绩。唯一的销售业绩是特区网络建站时购买的Skydon大地型接收机，这个业绩是算作米河的。

Skydon全球大会，这次对中国军团所表彰的只是销售数字而已。可以这样说，张邕以及他的参考站部门，是目前Skydon代表处里唯一不挣钱的部门。

Tiger对张邕表现基本是满意的，与其他员工比，张邕有一点游离在体系之外，所以Tiger又额外交给他一个职责，就是扶助新代理钱老板的天河公司。钱老板之所以能以一张陌生面孔突然空降在卫星导航圈，并进门就做了Skydon这种豪门的代理，和Tiger有莫大的关系。

张邕一半的时间是和怒发狂人一起待在特区，研究和测试伪基站。另一半时间则来往于天河和代表处之间，随着天河业绩的增长，Tiger对张邕的印象就好了很多。

高琳则不然，她一年没几个月能见到张邕，准老板娘在代表处的母仪天下，对张邕基本没有用武之地，这让她稍有不爽。而随着Tiger位置越来越稳固，她越来越被人尊重，这种不爽的情绪就不断增长。

"Honey，张邕是一个没有业绩的人，怎么有资格和我们一起去黄金海岸呢，留下他。"

Tiger还算一个顾大局的人，不过这次高琳提出的理由倒也不是完全不合理，Tiger决定采纳。

刚刚从特区归来的张邕，风尘仆仆进了办公室，正遇到高琳端着咖啡从茶水间出来。

"大忙人，好久不见。"

"是，好久不见，过几天可能还要走。"

"辛苦啦。对啦，过两周我们就去澳大利亚的黄金海岸开全球大会了，你看看，有没有什么想带的东西，我帮你买回来。"

说这句话的时候，高琳俊俏的脸上有一丝不怀好意的微笑，她笑着看着张邕的脸。

果然，张邕很严肃地迟疑了一下，高琳笑吟吟等他问出自己想听的问题。

"嗯，澳大利亚？也没什么可带的，你帮我带两瓶绵羊油吧，然后有不错的黑巧克力，帮我带两盒。对了，帮我女朋友带瓶香水，我也不懂什么牌子香型，你应该是专家，你看着办吧，多谢了，高琳。"

张邕说得有多真诚，高琳心中就有多愤怒。

还有让高琳更生气的事。Tiger得到指示，这次全球大会中CORS的推进将是一个重点，特别是在中国特区正在建设的伪基站网络将会作为一个样本来介绍。

当然没有人提名说张邕必须参会，但Tiger知道如果他不带张邕过去，一定会有人问起。

于是他找到了张邕说道："才回来呀，这几天别出差了，快点准备你的澳大利亚签证，邀请函特蕾西会发给你。全球大会都要参加，你一直不在，就差你的签证了。"

张邕略显迷茫地看了看老板说道："那我尽快，之前没人和我说，我以为这次我不用去呢。抱歉，Tiger，我抓紧。"

旁边的高琳脸色不善，而不远处的封耘偷偷笑了。

他在竞争中输给了张邕，更多的是不解，倒没太多个人恩怨。而张邕入职后的表现，让他逐渐觉得 Skydon 的选择是有道理的。大概只有一个平时不怎么聪明的人，才能在工作上完全地绽放。

他不愿得罪高琳，但张邕每次以他独特的迟钝和木讷让高琳不舒服的时候，他都有一种愉悦的感觉，就像看到别人的车撞了不守交规横穿马路的行人。

Madam帮张邕收拾行囊。她一边警告张邕不要在浪漫的海边太过放飞自我，一边细心地帮他准备了沙滩裤、防晒霜等用品。

电话响起，怒发狂人来电，正在期盼着阳光沙滩的张邕有一丝不好的预感。

"快回来吧，有些问题等你一起解决。"

张邕第一次表示了拒绝:"大哥,我现在准备去黄金海岸呀。黄金海岸!"他又高声重复了一遍,"我们已经折腾一年了吧,哪还有那么急的事情呀。等我从澳大利亚回来吧,我改一下机票,不回北京了,直接飞特区。"

"黄金海岸,白沙滩,"怒发狂人的思绪也被张邕带到了度假胜地,"这么好的地方,算了,不打搅你了,等你回来再说吧。拜!"

怒发狂人电话挂得很快,张邕愣了下还没反应过来,等他回过神来,给怒发狂人回拨了过去。

"大哥,挂那么快干吗?发生什么事了,这么急呀?"

"也不算很急。不过就算我不打给你,估计你很快会接到马克的电话,他说他亲自来一趟。"

"马克要来?我怎么不知道。师兄,你把堂堂中国区CORS网主管置于何处呀?"

"滚蛋,少给我摆谱。你离开的第二天,南山站的通信恢复了,被台风刮歪了微波站。我们不想再测试那个西门子模块了,没有Skydon授权有很多问题。Skydon新发布的那个手机模块,你正式申请的不是还没到吗?我找了钟小飞那厮,他说他们德国这边是有样机的,但不能给我们,如果能安排,可以让马克带一个过来,配合我们一起测试,测试完再带回去,不过要得到你的同意才可以。"

张邕立刻兴奋地说道:"当然同意,我怎么会不同意。还没收到他们的消息。"

怒风狂人想了一下说道:"是不是他们知道你的行程,会去黄金海岸参加你们那个什么大会,所以推迟了?看来,我不该打给你。你还是先去海边吧。"

挂了电话的张邕,思考了一会,对忙碌的Madam说:"别收拾了,我不去了。"

依稀听到电话内容的Madam诧异道:"不会吧,这么好的机会,你真的这样放弃?我知道你热爱工作,但为了工作放弃一切是不是有点变态了？好像你还没敬业到这种地步吧。"

张邕回道："也不是什么敬业，我对这次出行本身也没太大兴趣，黄金海岸当然是个好地方，但我更希望有一天咱俩一起去。"

Madam跃起来，抱住了张邕，送上一个热吻，这个男人怎么可以这么可爱，她由衷地觉得幸福。

张邕的电话，先打给了高琳："不好意思，大美女，还得麻烦你，之前拜托你帮我带的东西，还得麻烦你帮我带，我去不了澳大利亚了。"

高琳很意外，她本该高兴，却又充满疑惑："怎么啦？你发生什么事了吗？"

"没有，德国那边有人要到特区，我还是尽快赶过去，所以只能错过我们的年度大会了。你帮我转一下Tiger，我和他说。"

挂了电话的高琳完全感觉不到喜悦，就像小时候和同伴争抢一个玩具，抢到手才发现对方根本不在乎，这个男人怎么可以这样讨厌。

第58章　结婚与读书

黄金海岸的盛会依然继续，相比于白天的各种严肃话题，晚宴就是一场狂欢：香槟、红酒、澳大利亚海鲜和牛肉，还有热辣的歌舞表演。

所有的颁奖环节都是放在晚宴上的，以Tiger为首的中国军团奖项收获满满，在酒精作用下，全场都嗨了起来。就连一向严肃刻板且被手下人敬畏的总裁史蒂夫也被女郎们拉上了舞台，一起跳舞。

晚宴结束后的众人意犹未尽，有继续出去找乐子的，也有不胜酒力的，哼唱着歌曲回房间。

而一直看起来有心事的高琳，却直接去了Tiger的房间。

Tiger见高琳到来，赶紧关上门，问道："你怎么来了？这里都是Skydon的人，会被看见的。"

高琳冷笑道:"现在看不看到,还有关系吗?"

Tiger想了下,似乎也是,说道:"只是还是不要这么公开吧。"

"早晚要公开,我离开Skydon已成定局,还用在乎现在,我们还是考虑下未来吧。我就是想知道谁在背后告我们的黑状,不是张邕,那会是谁。他忽然取消行程,是不是心里有鬼?"

Tiger依然摇了摇头道:"一定不会是张邕,我猜,有可能是妒忌米河的人,李文宇的仇人干的。"

"你是说……"

"我什么也没说,只是这样猜想。"

黄金海岸之行本该是一场意气风发的荣耀之旅,但Tiger落地的当晚就遭到了一次打击。

罗伯特在酒吧单独约见了他,除了表彰他的功勋,忽然问了另一件事:"你和高琳在恋爱吗?"

Tiger愣了下,但没有隐瞒,办公室恋情当然是Skydon所不允许的,而隐瞒恋情却是要断送职业生涯的。

"罗伯特,我和高琳的确陷入了爱恋,但我们刚刚开始,我绝对没有把自己的情侣招入北京办公室。如今我们彼此相爱,我正准备合适的时间向你汇报,并且商量解决方案。抱歉,老板,让你提前来问我了。"

罗伯特点点头说道:"Tiger,你很有眼光。高琳很漂亮,正是男人心中最想要的那种女人,我得恭喜你。我对高琳也没有什么不好的印象,她很能干,为Skydon做了很多事。但Skydon的规矩你是知道的,如果你们俩相爱,那么必须有一人要离开。我猜不会是你,我暂时不会提起这件事,我给你3~6个月时间来处理这件事,可以吗?抱歉,我的朋友。就私人而言,我真的不想拆散你们俩。如果我不知道这件事,我也不会过问,但是既然有人把这件事汇报到了我这里,我只能出面处理。"

"有人汇报,罗伯特,能告诉我是谁吗?"

"是一个匿名者。但是你知道的,即使是实名,我也不大可能告诉你,Skydon一切都有规矩。很抱歉破坏你的心情,你本该是这次大会的明星,我希望你明天不要受这件事的影响,向所有人展示我们亚太区的力量。"

高琳依偎在Tiger怀里,说:"我不管,不管哪个无耻之徒背后捣鬼。我是你的女人,你必须给我安排一个好去处。"

"我可以和李文宇讲一下,让他安排你一个位置,薪水待遇都一样,甚至,你还依然可以上来办公。就算待在米河办公室,也只是隔几层楼而已,什么都不影响。"

高琳摇头道:"我才不去米河呢,谁都会知道他是冲你面子接纳我的,还是会有人到Skydon告你的。而且,无论是你还是我,到时都不好和李文宇相处。而我在那里,只是个白拿工资的人,没有实际的工作让我做。Honey,难道你也觉得我就是这样一个花瓶吗?"

"你当然不是。天石这边呢?"

"我更不想去的,他们做生意就像上战场,我怕溅一身血。"

Tiger有些为难地说道:"看来天河那边你也不会去了,以你的能力又不会甘心做个主妇,难道去其他行业求职吗?你有什么想法?"

"如果在你身边,没有合适的位置,我就不留在中国了,我想回美国继续读书,拿到博士学位,再回来帮你。"

"读书好,但是……"Tiger皱起了眉头。

Tiger并不怀疑自己中年商业精英的魅力。但老夫少妻,将一个如花似玉的年轻女孩送进荷尔蒙最旺盛的大学校园,他疑虑重重。但这个理由他不愿说出口。

"学籍的事好处理吗?现在申请学校是不是来得及,你要去哪个学校?如何申请入学,很多问题都要处理。"

"这些都不用你担心,我自己都可以搞定,但是我需要一大笔学费,包括处理这些事情的费用,你要拿给我。"

"这,"Tiger迟疑,"你知道,我所有的费用都是Skydon支付的,我在中国生活几乎不用花一分钱。但除了Skydon的薪水和奖金,我也没太多其他收入。要按你说的在北京买房,然后再加上你的求学,我应付起来并不容易。以前卡尔在,我的账务比较自由,如今完全并入亚太区,他们的财务审核制度非常严格。"

"我不是要你从Skydon拿钱,一个代表处而已,你就是把钱都给我,又能有多少。Honey,难道你真没想过吗?你看李文宇和赵野,他们的一切都是你给他们的,但他们的收入可是你这样一个打工人的几十几百倍,你不觉得他们的收入里有你一份吗?就算你扶持的老钱,等他们现金流转起来,渡过困难期,收入也会比你高得多。中国区最大的功臣,不应该连送老婆读书的钱都没有。"

Tiger闭上了眼睛,沉默不语。高琳的话刚好说进了他的心坎里。他当初来中国,并没太多想法,只是觉得自己找到了一份梦寐以求的工作,非常满意。

但随着Skydon中国业务的飞速发展,米河和天石以肉眼可见的速度开始壮大,他忽然意识到自己可能错失了一些什么。

高琳最触动他的一句话就是,他们的一切都是你给的,他深以为然。现在李文宇送给他的红酒、香烟、高档高尔夫球杆、时不时的五位数的红包,以及给高琳的珠宝奢侈品,在他眼中都已不算什么,他觉得自己应得的远不止如此。

高琳忽然娇嗔一声,钻进了Tiger怀里,说:"我知道你在担心什么?你呀,怎么这么小心眼,连我都信不过。这样吧,我们结婚吧,婚礼之后我再去美国。"

Tiger眼睛放光,说道:"真的吗?你现在就嫁给我。"

"当然是真的,早晚还不都是你的。你帮我准备好学费,我来安排婚礼。堂堂中国区首代的婚礼,估计也能收一大笔随礼呢。"

Tiger目光坚定下来,说道:"好,回去我们就准备婚礼,你的学费,我来想办法,中国区上亿的生意,我不信,连你的学费我都拿不出。"

第59章　优雅的威力

张邕匆匆和Madam告别，奔向机场，准备飞往特区。

机场候机的时候，电话响了，看了一眼号码，他立刻认真起来，来电的是工程中心的李工。他在淮州出差的时候，因为测试报告的事，曾被李工一通骂。

"李老师，好久不见。"

"你还好意思和我说这话，本该天天见才对。你弄黄了Skydon的生意，现在自己又成了Skydon的人，张邕，我该怎么称呼你呀。"

工程中心是张邕一直不怎么敢面对的客户之一，他自觉有愧，不知道该如何解释："李老师，这事一句两句也解释不明白，真的很对不起。您找我什么事？要是钛科产品退货，可不归我管。"

李工被气乐了，说道："想什么呢？钛科东西还不错，第一批已经上线了，第二批设备到货了正在验收。质量感觉不如Skydon好，但也没太大问题。退货？你以为我们退货那么容易，整个流程不会比采购简单。"

张邕当然知道，他想起了GPS中心3万元的退款，田晓卫不过是故技重施了一次，这次的金额大很多而已。

"不和你废话了，什么时候有空，过来一趟。秦主任和陈总都有事要和你谈。"

"李老师，我现在飞往特区，不知道要什么时候才回。我回北京就过去拜码头，两位领导大概什么事找我？你们还有一批钛科设备没交货呢，肯定不会现在采购新设备。"

"采购也不买你这背信弃义的，想得美。就是和你特区的事情有关，秦主任想了解一下你们的网络技术，我们这几年都不会采购设备了，你还来吗？我可以直接告诉主任，因为我们没有采购计划，张邕拒绝前来。"

张邕吓了一跳，说道："别介呀，李老师，我怎么敢，我回北京后第一时间就过去。但是和您说一句，您这边做的是地壳的变形监测，我们的基站技术主要是网络RTK技术，是给测绘人使用的技术，我觉得秦主任未必感兴趣。"

"他当然感兴趣，就是因为感兴趣，才让我约你。和你小子多说一句，我们未来的台站网可能超过3000个站，你觉得这么多站，除了地壳观测，为什么不能让它们多发挥一些其他作用呢？"

张邕被这数字吓呆了，说道："李老师，你刚才说的是3000吗？这是未来的采购吧。"

李工自知失言："你小子别废话，别说3000，就是3万和你也没关系，你早点过来，把你们的东西讲清楚，这对你肯定没有坏处。"

"谢谢李老师，我知道了。回北京前，我给您打电话，提前约时间。"

"好。约不约随你，你知道，我也没那么欢迎你来。"

张邕苦笑道："说笑了，李老师，回北京见。"

挂了电话的张邕心中寻思：3000台，工程中心这次招标，再加上之前的一些零散采购，总数还不到这个数的十分之一，那么未来，是不是还会有基站网络项目二期、三期。

他想得出神，微微有些激动，缓过神来的时候，发现已经开始登机了。

回到北京的田晓卫带着易目来到了方舒的Mag北京代表处。

Mag代表处很安静地开张了，几乎没人注意到这件事，没有Skydon代表处开张时的大肆庆祝与报道，只是在国贸写字楼里多了一块Mag导航定位的牌子。

办公室很小，面积大概不足Skydon代表处的四分之一，加上方舒总共5个人办公。但办公室的装修精致而有格调，处处透露出法式的优雅。办公家具都不算昂贵，但无论色调还是造型都让人感觉舒适，整个办公室的风格像极了它的主人。

易目微微有些不适应，不是不适应办公室的环境，也不是不适应方舒的善意微笑，而是不太适应田晓卫的变化。外人看来可能田晓卫依然强势，但易目能感觉到他对方舒的让步。

"易总，有劳了。请问工程中心的交货进展顺利吗？"

"这一批的故障率明显比第一批要低，可能有两台工作状态有问题，我们没做任何调试和修理，直接拿回来，说给他们更换。"

"做得好，谢谢，易总，这就是我们要做的。"

"和二位说一件事，天工和Mag的代理协议已经准备好了，我会发给晓卫，具体条款你们自己可以仔细阅读，我只是明确一点，Mag不会在国内签总代理，和天工一起的还会有其他公司，不知道有什么问题没有。"

易目摇摇头，他觉得田晓卫一定不会接受这份合约。

"方舒，天工无论做什么品牌都是全国总代理。这次我来合作，可是弗朗索瓦主动找的我，如果不是总代理，那天工是不会签的。"田晓卫依然高傲，但语气比平时缓和很多。

方舒笑了笑说道："晓卫，我知道你的习惯。不过习惯总是会变的，现在已经没有哪个厂家会设置总代理了。我其实是在保护彼此的利益，除了工程中心的项目，之前你对钛科产品已经没有信心，这次又何必给自己这么大压力呢？现在，我们都能看到Skydon的强势，而天工的人才似乎流失得很厉害，你们有个很不错的工程师好像也到Skydon去了。"

田晓卫给了易目一个很不满意的眼神，后者则对他笑了笑。

田晓卫转向方舒，说道："如果这样，我为什么要合作呢？如果不相信天工的能力，你的法国老板又为什么找我合作呢？我的理解，你们来找我，一定带着诚意和条件的，但目前为止，我什么都没看到。"

方舒不同于高琳，她从不会在人前卖弄风情，也从不介意在自己的美丽和优雅中加一些威严和强硬。

"条件当然有。钛科的人说你非常不好打交道，而斯玛特则直接说，你是一个……"她莞尔一笑，"抱歉，那个词我说不出口，不过你知道是什么。但我不这样看……我只是觉得，你是一个非常聪明的人，能够准确判断形势，做出最有利的选择。钛科当时已经穷途末路，你在帮他们，你这样对他们，完全是对的。但我们之间不同，我们是互相帮助，我也愿意来帮助天工。"

田晓卫不置可否地说道："给我的条件是什么？"

"晓卫，我们都知道，你对辛苦耕耘和做散单根本没兴趣，所以对代理权的控制只是你的习惯而已，我知道怎么保护你的利益。工程中心的项目要持续到明年，有没有想过以后的事呢？我们有一份评估，未来5~10年内，工程中心可能会出现更大的采购，而且极有可能远远超过现在的采购规模。如果天工一直保持着Mag代理的身份，我想，不出意外的话，我们依然会在这些项目上合作。这才是你的长处，也是我们最需要合作的。这个条件还不够吗？12个月账期我们都可以接受，你觉得未来还有什么不可谈的呢。"

易目感觉着田晓卫的情绪，他知道田晓卫被说服了，田晓卫没有答应，是因为他不喜欢或者说不习惯接受别人开出的条件，通常的对话都是他主导的。

易目替田晓卫开口道："方总，我觉得可以考虑。其实天工的用户基础还是很好的，我们愿意在这些客户基础上挖掘Mag的新用户，所以不是总代理没关系，但我们依然需要一些合理的政策。"

"没问题，细节我们可以详谈。我看晓卫有点疲倦，时差吗？小燕，给田总再来一杯咖啡。"

田晓卫笑了，他有时并不太在意别人安排他一次，只是没遇到合适的人。

"不用商量了，协议我现在就签，后面事情，易目会来推动，我们合作愉快！"

"合作愉快，"方舒重复了一遍，"我一直和弗朗索瓦说，晓卫绝对不是难打交道的人，他只是没有心情和别人浪费时间，而且只关注有用的问题而已，强势也只同样是因为不想浪费时间。甚至我可以说，你是最讲道理的一个人，不过只讲自己的道理。"

易目笑道："方总，可能晓卫第一次遇到能如此了解他的谈判对手。"

田晓卫也笑道："还有些事，除了钛科之外，我对Mag之前的系列产品有一些兴趣，我们可以谈谈吗？"

"当然可以，我很欢迎。"

第60章　我要包子

中国区团队依依不舍地离开了黄金海岸，短短几天，这里给他们留下了非常美好的印象。总裁史蒂夫晚宴时候亲自过来向Tiger和所有代理商表达了谢意，众人收获了无数羡慕的眼光。

返回北京的飞机上，赵爷见到Tiger和李文宇一起走进了头等舱，心中有些后悔。他不是一个小气的人，该花的钱从来不会舍不得，他只是还没习惯订一张头等舱的票，就这样又错失了一次与老板近距离接触的机会。

"高琳接受了我的求婚，我要结婚了。"

"恭喜呀！Tiger，天大的好消息。钻戒选定了吗？我来帮你准备一款。"

"多谢，文宇。钻戒先不急，有件事需要你帮忙。"

"婚礼吗？还是什么事？"

"婚礼肯定需要你帮忙，但这些不是最急的。高琳和我结婚，就必须离开Skydon，她准备去美国继续读书，我可能需要一笔费用，只能找你来想想办法。"

李文宇答应得很痛快，心中却忽然羡慕起坐在经济舱的赵爷。

张邕在请马克和怒发狂人吃饭，马克是典型的德国人，金发碧眼，高大健壮，对中国菜特别热爱。

通常说来，怒发狂人是把自己当作这里的主人，都是他出面招待来客，也包括张邕。但今天例外，因为这顿饭是他赢来的。

他和马克解释道："我说5年内，我们的导航卫星一定可以上天，张邕不信。我们打了赌，现在也就是3年的时间，我赢得很彻底。你来一次中国不容易，想吃什么，再点几个，张邕买单。"

马克也跟着兴奋起来，说道："发射卫星是大事呀，你们只赌一顿饭，太儿戏了。加菜，我想吃包子。"

怒发狂人和张邕对视一眼，两人看着桌上的烧鹅、海鲜，忍不住放声大笑，马克傻傻地看着他们俩。

怒发狂人用中文和张邕道："这德国人都缺心眼吧，这么多好吃的，他说他要吃包子。"

张邕笑得几乎弯了腰。

"我知道他喜欢包子，但没想到他这么喜欢。"

他招呼服务员，"加菜，有点心吗？来两笼叉烧包，一份肠粉，一份煎饺。"

怒发狂人道："可怜老外，也没吃过什么好东西。兄弟，你看着这个包子可以吗？"他把菜单上的图片拿给马克，老外拼命点头。

"其实我输得有点冤枉，我理解的北斗卫星发射，是一套可以工作的系统，如今只有两颗上天，根本没有意义。"

马克摇摇头道："你说得不对，卫星肯定是要一颗一颗发射的，逐渐覆盖整个天空的，GPS如此，欧洲的伽利略系统如此，你们的北斗也是一样，中国短短时间就有了突破，已经走在欧洲前面了。来，祝贺你们，敬北斗。"

怒发狂人拍着张邕的肩膀说道："听听国际友人的国际视野，你老是看低我们自家的东西，关于北斗系统的未来，我再和你打个赌……"

张邕立刻拦住说道："大哥，这事到此为止，我再也不和你打赌了。有话你直说吧，说什么我都信。"二人笑着喝了一杯。

马克道:"海兰德博士去了澳大利亚黄金海岸,我申请和他一起去,被他拒绝了。"他一脸的不爽,"小飞说让我来中国,我以为你肯定去澳大利亚了,没想到你居然还在这里。"

"这里也有大海、阳光沙滩,什么都有,还有黄金海岸没有的包子、饺子、炒河粉,岂不是更好。"

马克点头道:"你说得对,没去成黄金海岸,我来中国就当是一种补偿。但我不明白,你为什么要如此着急?这个测试晚几天有什么关系?"

"关系很大!"怒发狂人说。

"是的,关系非常大!"张邕跟着重复了一句。

"这套系统非常重要,而且全国的目光都聚焦在这里。马克,你不知道,中国人看似保守,其实最喜欢新东西,包括新技术。给我看一眼你的手机。"

马克不解,他掏出自己手机,老式的爱立信手机,拔插的天线,小小的液晶屏。

张邕和怒发狂人也拿出来自己的手机,最新的诺基亚彩屏手机,张邕的那款正是刚刚上映的美国大片里女主所用的并给了特写的那款手机。

"我们俩并不是手机控,也不是有钱人,这只是中国多数普通人常用的手机,你看到区别了吧?"

马克点点头说道:"中国的高速发展和这种国民性格还是有很大关系的,德国人……"他摇摇头,"傲慢,自大,墨守成规,这些很难改变。"

"所以,伪基站系统在中国的推广非常成功,在其他国家对这个新概念还不是很理解的时候,我们已经接近于实用了。什么概念呢?你看现在全球范围内,这种伪基站网络收入为零,中国看起来也一样。"

"是的,"马克插了一句,"Skydon的大股东们并不都看好对我们的收购,有些大佬已经提出,要限制我们的投入,我们目前是一个只会花钱没有产出的分公司。"

"很快就会改变了，我们现在的网络已经调试得尽善尽美。这要感谢朱院士和这位头发不受地心引力的老兄。"张邕说着指了指怒发狂人，后者直接给了他一个爆头一击。

捂着脑袋的张邕，龇牙咧嘴地继续道："我们现在的主要问题，其实是终端不给力，Skydon其他部门的配合并没有想象的那么好，interface我们拿不到，只能使用简单的输入输出指令，效果也要从测试结果反向分析。如今，中国移动的GPRS服务已经上线，我们迫切需要解决终端问题，所以Skydon自己发布的模块对我们至关重要。如果问题解决，马克，中国将成为第一个靠CORS网络赢利的国家，我手里有一串名单，伪基站网络建设将在快速崛起。到时我的部门可能从业绩为零瞬间变成整个中国业绩最好的部门。我希望我的业绩也能解决德国公司的相同困境，同时这套系统将会极大地促进RTK产品的销售，这个市场早晚会由卖产品转变成卖服务……现在，你告诉我，这个测试重要吗？"

马克眼中有点微微放光，说道："你要是个美国人，我可能觉得这只是你的一套漂亮说辞，毕竟几乎他们每个人都是卓越的政治家、演说家，还是演员。但你说的话我信，你认为这套系统明年就会在中国迅速展开吗？"

"是的，但是，我们要先搞定你手里的那个模块测试。"

三人酒足饭饱，心满意足地离开，去准备第二天的测试。

邻座站起一个30岁左右的男人，他是独立来用餐的。在三人高谈阔论的时候，他一直默默地听着三人的谈话。

此时，他想着张邕的话：这个市场早晚会从卖产品转变成卖服务。

他摇摇头，这个年轻人说得很对，但有些事他们想错了，中国并不需要这样高深的算法，等着瞧吧，他心里道。

第61章　10万美金（一）

伪基站的测试不再需要钟博士他们的四个手机模块，数据的融合在控制中心全部完成。一个基于新协议的差分数据流在控制中心的服务器产生，然后通过移动网络GPRS服务发送，而移动端则通过Ntrip协议读入差分信号。

新的手机模块是标准的Skydon黄色，与Skydon仪器完美搭配，其搭配的不仅仅是外表，这是一个与Skydon接口命令完全匹配的设备。看着这个模块，张邕与怒发狂人又是紧张又是激动，他昨晚描绘的一切美好前景，最终要看短短几分钟的测试效果。

马克也很紧张，这个模块他在德国已经充分测试，不认为会有任何问题，但毕竟没有在中国特区这么大的网络里实测过。

同样，张邕昨天的话拉高了他的期盼值，虽然他并不需要对业绩负责，但如果这套系统能在中国甚至全球内赢利的话，对德国公司的好处显而易见，而且除了收益，还有一种成就感的东西在他心中激荡。

怒发狂人盯着控制中心的屏幕，看着张邕的轨迹一直跑出了市区，但轨迹始终是异常状态的红色。他脸色逐渐凝重，拿起电话，打给了张邕："怎么回事？"

张邕回答："不知道，正在和马克找问题，现在最大的问题是，看不到问题，一切都正常。"

"马克有什么建议？"

"这小子就吃包子还行，他比我还着急，但只是说，他在德国就这样做的，没任何问题。"

"确认信号收到了，不是中国移动的问题。"

"大哥，你糊涂了，是不是信号问题，你在控制中心看不出来吗？"

"哪有什么都正常，移动站不××差分的道理？"

"你在家里查一下数据流吧，这边我实在想不明白，我换回西门子试一下。"

"好的，先这样。"

张邕换回了西门子模块，简陋粗糙，与Skydon模块外形上差异很大，但设备屏幕瞬间有了反应。

怒发狂人又打电话过来："通了，用的是哪一个？"

"之前的西门子。"

"嗯，猜到了，和之前的问题一样。换回来吧，但说明信号是通的，难道Skydon的模块有问题，可是数据流也是通的，看不出任何问题。"

"马克坚持认为模块是好的，他现在正在接入德国的网络。"

怒发狂人愣了一下："他疯了吗？好几千公里，那么多费用接过去，能说明什么？"

"他想证明，能接通德国的网络，是我们的网络有问题。"

"我们的问题也是他们的软件，他接德国有个毛用，傻了吧唧的，带他回来吃包子。"

晚上，三个人来到了地摊吃饭，给马克点了一堆包子，可惜三个人愁眉不展，都没有胃口吃东西。

李文宇电话打给了赵爷，二人之间几乎很少通过电话。

"老板要送高琳出国读书，需要钱，你怎么看？"李文宇很直接。

赵爷笑道："我的哥哥，他的胃口都是你喂出来的，你继续喂就是了。"

"其实我们对Tiger还是心存感激的，但老板娘的胃口越来越大，这事很难办。给多少钱其实都还不是问题，我担心有一天我们的钱他也看不上，他会想更多的办法。"

赵爷感觉到了事态的严重，说道："我们业绩都很好，他能做什么呢？"

"现在的问题是，我们的业绩实在太好了。Skydon把主要功劳都记在了他头上，所以会给他更大的信任和权限，即使他现在拿着权限胡来的话，只怕Skydon也会纵容他，直到出现严重后果才会采取行动，我怕到时候，我们再回应可能会有点晚了。"

赵爷沉吟，他不得不佩服李文宇的先知先觉。居安思危，现在看起来一切都很好，不代表未来就真的风平浪静。

"你觉得该怎么处理？"

"这次的钱我们出吧，大家都凑一些，把这位年轻的老板娘送走，对我们没有什么坏处。但这种事不可能永远发生。"

赵爷长叹一声道："他在办公室里高高在上，以为我们轻轻松松日进斗金，岂不知我们挣得每一分钱都是血汗钱。今年的业绩是不错，可是回款有周期，而且总要有一部分压在用户手中，而手中的钱又要替他压货，以保证中国区的业绩。我们挣得钱都是账面数字，手里根本没有多少现金。李总，是你太成功了，让他误会了。"

李文宇冷冷道："好了，赵总，你不要哭穷了。大家都算得出来，谁挣了多少。我算了一下，10万美金，就按80万元人民币算，米河出一半，你和另外几家一起出一半，如何？"

赵爷咬了咬牙说道："好，我出这笔钱，但是你怎么能保证这是最后一次？要是下次变成100万美金呢？"

李文宇口气坚决地说道："放心，我绝对不会再让这种事发生第二次。我最近准备去一趟新加坡，单独见一下罗伯特。"

赵爷有点意外："不怕Tiger知道？"

"不会瞒他，我光明正大地去。唉，有时候我也疑惑，我们做的是高科技生意吗？"

"还有，老板的婚礼，我们怎么准备呀？"

李文宇想了一下说道："费用肯定还是我们的，但10万美金给了，随礼就不用太多了，酒店车队婚宴，就这些了。怎样也不能把婚房算我们头上。"

"大哥，婚房？你不如说把新娘算在你头上。"

"我年纪大了，算你的吧。"

"那就这样吧。对了，李总，还有一件事，张邕那边一直忙的事，你怎么看？"

"张邕？本来我没当回事，但这次全球大会，我看Skydon高层对此事非常重视，我也想看看他们到底做了什么。"

挂了电话的赵爷，确定李文宇没有说谎。他没想到，和Skydon楼上楼下的米河，居然完全不了解张邕做的事。想想也合理，李文宇是个能捕捉一切机会的人，但并不是个一定能看到机会的人，他决定自己关注一下张邕做的事。

第62章 老问题

此时的张邕，正待在CORS网络的控制中心，苦苦地思索着问题。

倔强的马克真的拨通了德国的测试网络信号，不过随即被德国办公室中断了连接，并向主管做了汇报。钟小飞博士，就是最早测试网络的那个华人，他打开服务器，发现访问来自中国，立刻想到了马克，和马克简单通了电话之后，他了解了情况，但也想不出原因。

清晨，怒发狂人去酒店接了马克，路上买了包子当早点，二人一边吃一边聊走进了办公室，却被蓬头垢面像条狗一样蹿出来的张邕吓了一跳。

"你疯了吗？昨晚又没回去呀？"

张邕点点头道："我想到问题了，可能和在苏州的升级一样。"

怒发狂人瞬间醒悟："又是版本问题？"

"是的，但与苏州的情况刚好相反，这次不是版本低了，而是高了。我两周前刚刚升级完这几台接收机，所以他们的版本是最新的。而德国测试的设备，一定不会像我这样随时保持更新。"

"我们说了，Skydon各个部门的协调并不是很好，这套系统，这个手机模块，以及最新的固件其实是出自三个部门，我怀疑他们之间有不兼容的指令。"

"兄弟，我爱死你了，你现在做了什么？"

"我降了个两个版本依次测试，目前在室内不收卫星信号的情况下，已经没有问题，正在等你们回来一起做正式测试。"

马克看着张邕的黑眼圈，想起了同在德国办公室的钟小飞博士。

"你们中国人干活都太疯狂了，你要不要上午休息下？"

张邕摇摇头道："我不出去了，就在控制中心检测系统运行，你们最好早一点出测试结果，等得久了，我怕自己会睡着。"

当张邕看到一条绿线在屏幕上向前滑动，兴奋之情溢于言表，他一一检查了数据质量，又仔细查看了怒发狂人在野外的每一次停车观测，失锁观测。

他拨通了怒发狂人的电话："你能步行吗？离开车道向东3公里是最接近核心的位置，也是距所有基站最远的一点，是我们之前从没有成功的难点。这个点成功，我们就算彻底成功了。"

"告诉我哪边是东。"

"你现在前进的方向大概是25度，我把这点的坐标发给你，你用RTK导航过去。"

"好的，收到。停车！"他招呼马克，"走，咱们去野营。"

"耶！"张邕在控制中心的欢呼声引起了外面工作人员的注意。

"十强赛不是今天晚上吗？现在欢呼什么？"

张邕将版本的问题写成邮件，附上测试数据，发给了技术支持部门以及德国公司，之后趴在桌子上打起了盹。

当一脸兴奋的怒发狂人和马克过来找张邕庆祝的时候，他已经躺在一张沙发上，呼噜声震天。

特区网络测试成功，消息迅速传出，发给了特区业主、M大的朱院士、海兰德、钟小飞博士、罗伯特、卡尔、史蒂夫、Tiger，以及早已跃跃欲试的中国用户。

赵爷在香格里拉酒店的咖啡厅，单独约见了高琳。

"恭喜，美女，马上要嫁入豪门了。"

高琳微笑道："谢谢赵总了，不过Tiger算什么豪门，我只是喜欢他这种成熟男人，让我觉得有安全感。"

"是的，Tiger应该是个可以托付终身的成功男人。还要恭喜你的学业。"

"这个就更不值得恭喜了，如果不是没有选择，我宁愿留在他身边，何苦自己一个人跑去美国。"

"高琳，你可不是一般的女性，你的一切也不是靠男人得来的，你肯定要有自己的事业，我觉得你去求学，走自己的路是不错的选择。"

"赵总总是这样会说话。谢谢了，你约我干吗？"

"高琳，你一直说，来中国，第一个见的就是我。但我知道，你现在其实和李文宇以及韦少走得更近，这个不怪你，是我们很多事没处理好，所以我想弥补一下。"

高琳敏锐地捕捉到赵爷的意思，说道："其实都是工作关系，没什么谁近谁远，如果说私下里，我倒觉得和赵总更谈得来，赵爷说补偿我，怎么讲。"她微微侧头，一双秋水般的眼睛笑盈盈盯着赵爷。

赵爷不再绕圈子，说："李文宇找我了，说要帮你准备10万美金，米河出一半，剩下一半我和其他几家来凑，我答应了，但我觉得你读书要四五年吧，这点钱似乎不够。"

"肯定是不够，但过两年再想办法吧，赵总怎么说？"

"我想除和米河一起的这一份之外，我再给你凑5万美金，可以吗？"

高琳立刻满脸的灿烂笑容，说道："需要我做什么，赵总直说。"

"我们在中国市场的业务范围远远配不上我们的能力，这个你应该知道，如今我们在自己区域内的市场占有率远超其他公司，包括米河，但我们业绩远远低于米河，我需要扩展我们业务范围。"

"这个有些难，米河的业务非常好，其他家的生意也比较稳定。目前的划分很难改变，我想帮你，只怕有心无力。"高琳微微有些失望。

"不，我并不想改变现在的格局，我知道这个会让你为难。但你可能没意识到，你们还有一块没有划分的业务，"

"怎么会？"高琳表示不解。

"张邕的那一块。"

高琳如梦方醒地说道："对，他那块一直不赢利，无人问津呀。"

"我就要无人问津的这一块。高琳，如果这一块的分配让我占绝对优势，我给你凑5万美金学费；如果都给我，我给你10万美金。李文宇他们那10万美金之外的10万美金。"

高琳脸色微微有点发红，说道："10万？赵总，今天就到这里，等我消息吧，我马上去和Tiger商量。再见。"

"好的，再见，我等你好消息。"赵爷心中微微有一点失望，也有一分得意。高琳不再高高在上，他看得出，她已经动心，只不过强作镇定，表现得并没有比张邕更好。但张邕之所以反应强烈，是因为他要拒绝，而不是接受。

他知道高琳一直看不上张邕，今天这场交易里，他觉得张邕的心性其实胜过自以为是的高琳。

刚刚回国的Tiger，在不明所以的情况下又得到了无数赞誉，然后他才知道是张邕这边取得了重大进展。特区的网络已经试运行，正式验收只是时间问题。到时朱院士团队、业主方以及Skydon团队会联合发布。不止Tiger会又一次出尽风头，Skydon高层也有计划出席仪式，当然，还有德国的海兰德博士。

Tiger忽然觉得自己就是个天生的赢家，马上要抱得美人归，全球大会大出风头，这次全球第一个伪基站网络正式在中国运行，还有什么是我不能做成的呢？Tiger坐在自己宽大的办公桌前，自己问自己。

李文宇这时从楼下电话上来，首先恭喜了一番，然后说自己准备去趟新加坡，于是准备了一份礼物，想以Tiger的名义送给罗伯特，问他有没有什么问题。

Tiger爽快地答应了:"当然没有问题,我给老板发个邮件说一声你要过去。"

美好的一天,当然要美人相伴。此时已经决定要去美国的高琳,已经变成Skydon代表处的编外人员,有时来办公室,有时不来。Tiger打给了高琳,约美女过来一起吃午饭。

高琳电话里回道:"知道你心情好,我肯定要过去陪你。我已经在去办公室的路上了,待会见吧,刚好有事要和你商量。"

Tiger满意于高琳的善解人意:"好呀。你有什么事?"

"和张邑有关。"

张邑正在乘飞机返回北京,他在座位上安排着自己的计划,他把一年多的时间耗在了特区,如今到了该收获的时候了,他有很多事需要处理。

只是他不知道,他做的事又一次引起了别人的注目,命中注定,他就是个总在风口浪尖上的人。

第63章 10万美金(二)

Skydon伪基站网络即将应用的消息,迅速传播。

同在慕尼黑的Geoid公司也听到了这一消息,总裁约瑟夫长叹一声,这对他绝对不是个好消息。

约瑟夫和海兰德博士做的研究也几乎一模一样,彼此也都知道对方在做类似的研究。于是在无人关注的发展期,两个公司暗地里形成了一种竞争关系,彼此都知道,双方比的是速度,谁走得快,谁将完胜。

双方的较量一直不分胜负,研发进度也难分伯仲,直到Skydon突然宣布收购海兰德博士的公司。

有了Skydon的加持,海兰德博士的研究一日千里,特别是在大型网络实测以及硬件的测试上,Skydon的资源得天独厚,Geoid公司被远远地甩在了后面。

但一年多的时间里，Skydon也并没宣布商用，这让约瑟夫心怀侥幸，一直没有放弃，直到今天。

约瑟夫知道自己完了，Geoid公司应该也走到尽头了，就在他准备向员工宣布公司即将倒闭的时候，他看到电脑里有一封新的邮件。

邮件来自欧洲百年企业——德国公司Eka，一名Eka高层在信中对约瑟夫说："我们对贵公司的研究非常感兴趣，希望有机会可以面谈。"

约瑟夫难耐心中喜悦，他站起来，在自己办公室绕了三圈，才坐下来开始给Eka回信。

赵爷约张邕见面，张邕电话里笑道："不方便呀，我身边有人。"

"一起来。是男人，我请他喝酒，是女人，我帮你安排房间。"

"是个怒发冲冠的男人，不知道能不能喝酒。"

赵爷大喜道："本来也要找他，一起。我安排饭店订个包房，庆祝你们取得重大进展。"

三人又一次聚在了一起。

"赵总，记得我和这小子打的赌吧？北斗卫星上天，我只是从他手里赢了一顿饭，他居然还请我吃包子。"

"张邕，你有点小气了。"

"你听他瞎说，是那个德国人马克，认为世界上美食虽多，包子当排第一。"三人谈笑甚欢。

赵爷问怒发狂人："刚刚说起北斗，我在澳大利亚也问过Skydon的人，但老外还没人把北斗当回事，这套系统前途到底如何呀？"

"第三颗卫星应该很快上天，到时可能会用一种主动定位的方式来完成北斗一期的建设。可能会让你们有一点很失望，但不会太久，第二期第三期的建设完成，会让你们惊掉下巴。现在很多事还不能对你们多讲，但对我们自己的系统多一些信心和耐心吧。"

赵爷点点头道："任重道远呀，但现在我只能先关心自己眼前的事吧……张邕，CORS网络可以上线了，下一步怎么打算。"

"要做事情很多，工程中心要过去一次，他们有兴趣。还有多个省，可能要去特区参观和访问，之后就要构建自己的网络。这套系统，我想5~10年内，应该会覆盖整个国土。"

赵爷眼中发光，说道："这么牛呀。业务上你怎么考虑？你们代表处不是实体，无法从事销售行为，无论是设备采购，还是技术服务，都需要我们这些代理商出面的。你这是怎么规划的？"

张邑愣住了，他居然从没有考虑过这个问题。是呀，一旦业务铺开，后续是需要代理商跟进的。

"我还真没想过，当初特区的设备是米河提供的，是不是都要这种模式呢？"

"张邑，特区的网络你们折腾了多久？你觉得以后的项目，朱院士和你师兄这边还会参与吗？这个项目可不是简单的销售，你还要一切都自己做吗？你需要一个团队。"

怒发狂人正在大口吃东西，嘴里含含糊糊地说道："说得对，小子，别老自己一个人玩命，要大家帮你。"

"赵总，你怎么想？"

"我已经正式向代表处申请了，想专门成立一个团队，配合你来做全国CORS网的事。今天也想借机问问你，看你的意见。"

"这事肯定Tiger说了算。我做不了主。如果Tiger同意，我愿意和天石这边配合，是的，我需要做的事很多，的确需要很多人帮忙。"

"你，"赵爷摇摇头，"来，我先敬你一杯。"

"你是CORS网络中国区主管，不是一个技术支持。你真是像你师兄说的，有时候聪明有时候傻……"

怒发狂人插嘴道："偶尔聪明，还是傻的时候多。"

"这些事就是你负责的，和谁合作，也是你说了算的。Tiger当然是你老板，你的计划需要得到他批准，他也有权拒绝你的方案。但是，这件事是你的职责。就算Tiger定了其他人选，也要通过你来执行，如果你坚决反对的话，Tiger也要考虑一下的。Tiger那边我已经去申请了……"

赵爷并没有告诉张邕，他是通过高琳申请的，他知道张邕一定不喜欢这样做。

"我猜他会和你商量，这事最终要你来决定。今天本来想带马小青一起过来，他有事出差走了。如果一切都没问题，我会安排马小青成立一个团队，配合你，也完全归你调遣。你觉得怎么样？"

"小青呀，他怎么样？好久不见了。"张邕听到故人的名字，心中一动。

"他很好呀，就是我们办公室一般都比较忙。他出差比较多，这次还提起过你，说你如今在代表处高高在上，也不去看看他。"

"哪有什么高高在上，我也忙呀，下次带你一起聚吧。赵总，这事我回去和Tiger商量，我这边肯定没什么问题。我之前和韦少说过，在他们的培训中加一节我这边参考站的内容，给他们讲讲伪基站，但他说时间排不开，我觉得他们兴趣不大。"

"唉，还是米河近水楼台先得月，你还主动要给别人培训，结果人家不领情。我们每天翘首以待，见不到你的身影。"

"哈哈，赵总见笑了，我敬你。师兄，你别老闷头吃了，一起。"

Tiger和高琳的这顿午餐吃得有点凝重。

"这事并不好办，我估计李文宇应该不会同意。"

"Honey，什么时候Skydon的事，需要一个中国公司老板说了算了。你做决定不需要看他的脸色吧，我觉得这件事，即使罗伯特来了，也只会任由你安排。"

"中国人还是讲究人情的，你敬我一尺，我敬你一丈。李文宇帮我很大的忙，如果不是他引荐来了北方公司，我当初只怕很难在中国立足。这次的区域金奖也有米河的巨大贡献，也是李文宇带头让所有代理商一起压货，来帮我弥补工程中心项目的损失。还有……你出国的事，李文宇第一时间就答应下来，帮你想办法，第一笔钱他出了最大的份额。最重要的是我和文宇，现在是很好的朋友，私交也很不错。我不想破坏现在这种关系。"

高琳伸出纤纤玉手，用一张纸巾帮Tiger擦了擦嘴角。

"你呀，太善良了，总是记得别人的好。可你想过没有，李文宇为什么会对你这么好？你知道光一个北方公司，米河一年就挣多少钱？你当初不听我的，非把北方交给米河，如今自己没有任何余地了吧。如果北方放在你自己的公司手里，你都不需要李文宇这样的朋友。李文宇不只对你好，对我也很好呀，这一年的礼物加起来也不少，我也很感谢他。但我更感谢的是你呀，我的Darling。你才是我的英雄，没有你，李文宇会在乎我一个小女人吗？还有，这一年多，李文宇的确给了你我不少，但加起来呢，远远没有这10万美金吧。我不管，不讲理是女人的权利，亲爱的，我现在很想要赵总的那10万美金。"

第64章　石出水涨（一）

李文宇的新加坡之行非常成功，一点小礼物让罗伯特非常高兴。

二人一起用餐的时候，罗伯特问起高琳的事："詹姆斯，很谢谢您当初提供的信息，高琳这样的事，Skydon是不允许的，我并不是机械地执行规则。办公室恋情，特别是老板和下属的恋情，会带来很大的负面影响，尤其中国代表处刚刚成立，作为中国区最高管理者的一言一行非常重要的，我其实是在保护Tiger的职业生涯。同样地，你也保护了他。"

李文宇表示同意："高琳这个女孩，太过聪明了，甚至在Tiger之上。Tiger不可能不受她的影响。中国区现在看起来顺风顺水，Skydon高高在上，但是暗流涌动，Eka和Mag都在虎视眈眈，我们犯不起错误，也经不起折腾，我宁愿花代价除去一些隐患。"

罗伯特很聪明，说道："你说的花代价，是什么代价？是一种比喻，还是……"

李文宇笑道："你是个好销售，对数字一类格外敏感，我可什么都没说。Tiger的婚礼你会来参加吗？他说会给你发邀请。"

罗伯特摇了摇头道："我出差只能是因为公务，没有办法飞一趟中国只为了一场婚礼。我会以我的方式私下来祝福Tiger。但他的私事有点过于高调了，Skydon并不喜欢，尤其高琳目前还是Skydon的员工，他至少该等到她离职，再正式宣布这个喜讯。"

"Tiger就是这样，他工作很热情，有时不可避免地将热情带入到生活中。Skydon会对员工的职业操守类进行调查吗？"

罗伯特摇头道："调查是FBI的事，我们只是企业，只是某些行为是我们严格禁止的。"

李文宇回到北京，然后听到了一些关于参考站网络业务划分的传闻，他不是很确定，叫来了韦少。

"这事你怎么看？这种业务投入很大，周期很长，专业性又高。而且目前只是在特区成功了一个，这未必就是好业务。"

韦少则比李文宇简单多了，说道："肯定不是好业务，我还是喜欢北方公司的业务，这才有意义，但是……"

"哦，但是什么？"

"我们都知道，老赵随和外表下就是一个疯子，他敢赌的事都有风险，但一定有价值。我不懂参考站，但我懂老赵。他想要的事，一定没那么简单。"

李文宇默默点头，韦少这种看似幼稚的思路，其实大有道理。

他对韦少道："你说得对。还有一点，米河现在是全球最大的经销商，Skydon任何业务都不该少了我们的一份，业务好不好，要不要介入，这需要我们说了算。我们不可能被人主动排斥在门外。这事我会去找Tiger，你也打听一下，哪里传出来的这些消息。"

"兄弟，听说你在特区又坚挺了一回。恭喜呀。"每次听到宫少侠的声音，张邕都是又想笑又无奈。

"不如你呀，据说你现在没事就去一趟北方公司，然后带一堆现金回来。"

"嘿，可以呀，学会幽默了，这值得喝一杯，啥时候有空？"

"喝一杯随时可以，但你要是有事，电话里可以提前说，不用非得喝着说。"

"就你那个什么，什么C、O、R、S，什么假基站的事。"

"哥，是伪基站，不是假基站。假的怎么用？"

"差不多吧。哈哈，韦少让我私下套你的话，问你是怎么计划的。还说最好别让你发现是他的意思。"宫少侠说完，自己先哈哈大笑，"这些人都有病，有事就问呗，你说不说都行，你怎么说，我就怎样回复两位老大。"

张邕严肃起来，他没想到这件事居然真的已经走入了各位老大们的视野。

"宫少，我说的话你会信吧？"

"废话，不信我问你干吗呀。你要说我和韦少吧，谁都不怎么靠谱，但你说的我都信。"

"好，那这样，你就回去告诉你们老大吧，我只会选择对我有帮助的，对整个业务推广有帮助的企业，如果真的有标准，也不过是经济实力、市场基础、技术积累、人才和人力投入，以及企业相应的行动方案而已，就这些。也根本不用考虑我的个人倾向。"

宫少侠深深地赞叹了一声："兄弟，我就服你。我根本不用给你打这个电话，你这答案，我自己直接说就行，标准官方答案。但是，你偏偏说的是真的，还这么认真。真是傻得让人敬佩，我问你，你这么一个老实巴交的人，怎么能泡到一个那么漂亮的警花，这根本没天理呀。"

"哥，我泡不上的，是她泡的我。"

宫少侠刚喝了一口水，直接喷在了电脑屏幕上，说道："再见，您忙您的吧。"

Tiger把刚刚出差回来的张邕叫进了自己的办公室。

他打量着这个年轻人，忽然发现，自己除了在和他第一次见面的时候，之后几乎很少这样单独面对他。他之前对张邕的印象并不好，如果不是卡尔，张邕绝对没有机会坐在这间办公室里。

但张邕其实并没有真的得罪过他，恰恰相反，这个年轻人从不参与自己职责之外的事，而对他的工作评价，Tiger无法不给出一个不错的分数。

Tiger后来看到了李察的那份面试评语：自由与梦想。他和高琳说起这件事，高琳气恼至极，她恶狠狠地说：“这只能说明，张邕和李察都是傻子而已，一个傻子打动了另外一个傻子，这就是全部事实。”

他也觉得这个年轻人天真得不像个真实的人，通常这样表现的人，更大的概率是一个大奸大恶之徒，但张邕也许真的不是，而是真的很天真。

他决定直接一些吧，不要总绕弯子。

"米河和天石，你更喜欢谁？"

"都一样吧，我和赵总打交道稍稍多些，米河虽然和我楼上楼下，大概是因为我常出差吧，见面反而更少。"

"如果我们只能选一家来负责参考站的业务，你会选谁？"

"我现在倾向于天石，但我还没和米河有过任何交流，这倾向并不合理，我需要和双方都沟通之后，才能做这个决定。我有个问题，Tiger。"

"你说。"

"为什么一定要给一家呢，谁区域上的项目就归谁，不好吗？"

Tiger认真道："之前我也是这样考虑的，但是米河的区域是最大的，业务也是最多的，还包括了各部委的项目，在地方项目的挖掘上，并不是很好，我担心他们可能没有更多的资源来做这一块。另外，从你的角度看，一家是不是更好？"

张邕点点头道："一家的好处很明显，可以更好的安排地计划和利用资源，独家也会更愿意去投入，Skydon给我们的费用并不多。但是，"他无奈地笑笑，"老板，我最怕选择，可是总要面对选择。要不这事您来决定吧，我只是执行您的决定，这样好些。"

Tiger笑了笑说道:"我做决定还是要面对选择,一样的。你的选择别人也一样会算在我的头上,你不用担心。个人而言,张邕,我这次希望是天石能负责此事,具体的你来评估吧。"极其少有地,Tiger和张邕保持了一样的立场,当然却有不同的理由。

第65章　石出水涨(二)

张邕到工程中心的时候,看到了这里的大量钛科设备,心情很是复杂。

李工拍了拍他肩膀说道:"发什么愣呀,这和你有关系吗?赶紧进去讲课去吧。"

打开电脑,将整个CORS网络系统的介绍投影在大屏幕上,张邕立刻忘记了之前的尴尬,他很快进入了状态。

痛点、方案、未来,他又变成了那个追逐梦想与自由的人。台下没有人吭声,也没人提问,但大家听得都很认真,这是一套他们从没接触过的系统。他们在商家来做报告的时候不止一次听到未来这个词,张邕的描绘很打动人,但他们不确定这套东西对自己有什么意义。

当最后一页"感谢您的聆听"定格在屏幕上,张邕等着大家的提问的时候,全场鸦雀无声,场面略显尴尬。

终于有人举手,问题却是向着秦主任的:"主任,老师介绍得非常清楚,我都听明白了,也明白了对未来测绘的巨大意义。但我们不是测绘部门,我们做的是高精度地壳监测,关心的几毫米的位移,这套系统是好东西,但根本与我们无关呀。"

会议室里立刻响起了嘈杂的议论声,这个问题正是大家的共识,却不是张邕可以回答的。

秦主任摆了摆手,他问了张邕一个问题:"我们这种静态观测站,在记录原始数据的同时,可以同时对外播发差分信号,成为伪基站的一部分吗？"

"当然可以，这个完全没有影响。"

"我们现在都是钛科的接收机，你们软件可以支持吗？"

"这套系统研发的时候，并不只是为Skydon考虑的，我们可以用一些通用的协议，比如RTCM来与其他网络进行通信。"

"如果不是同一型号甚至不是同一品牌的接收机呢？比如有钛科，有Skydon，有Eka，甚至还有国产接收机。"

"我有办法接入各种型号。"

"如果我现在把我们现在的静态观测网升级成你们的伪基站网络，有什么问题？"

"距离问题，您的站彼此的距离都太远了，都在四五百公里左右，这种距离是超乎我们的计算能力的，伪基站毕竟还是基站技术，需要依托于基站的，我们还无法这样跨越空间。"

"你觉得什么距离可以？200公里？100公里？"

"小于100公里的距离，就可以。"

"如果未来我们增加几千个站，保证每一片土地上每百公里就有这一个站，是不是可以？"

"当，当然可以。"张邕又开始口吃，这个数字太过震撼。

"好了，张邕，谢谢你。我们只是为未来的网络设计做一些了解，大家不要这么保守，谁说将来我们只做一件事，不能对公众提供服务？至少我们先了解这套系统嘛。好了，大家给张邕点掌声，谢谢他。"

从工程中心出来，张邕脑子是蒙的，久久缓不过来，几千个站，这意味着未来工程中心将会有巨额的采购，其规模可能是第一期的数十倍，这金额应该是多少，张邕一时算不清。

但更重要的一点，如果真的有这么多站的话，他和怒发狂人以及赵爷说的覆盖整个中国区的设想，不是马上就实现了吗？

走出大门，张邕看见前面一男一女的背影，女人用样式简约的衣服向人展示着什么叫低调的奢华，看不到她的正面，单凭直觉就能感觉到这是个很美的女人。而他身边的男人，张邕愣了，应该不是他，他已经不会再出现在这里了。

男人转过了身，看到张邕，他笑了。

这个张邕认为不会是田晓卫的男人，正是田晓卫。

女人也一同转过了身，张邕的直觉没错，这是个很美的女人，比高琳多了一分成熟和内敛。高琳似乎太急于在世人面前展示自己的美丽动人，但这个女人似乎将一切都深藏，让人总感觉人们看到的美似乎只是她的万分之一。

"介绍一下，这是Mag中国区的方总，我们在拜见他们局领导，听说你在工程中心讲课，特地在门口等你一下。"

"你就是张邕呀，久闻大名，我叫方舒，你可以叫我赛琳娜。"

"方总，您好。Mag什么时候在北京开代表处了，怎么没人说起过？"

"一间小小的办公室而已，不值得惊动大家。"

"晓卫，你怎么会回来，我还以为这辈子都不会再见到你了呢。"

田晓卫笑道："我从来没有说过我不回来，是你没有等到我回来。怎么样？要回天工吗？或者，方总这里也会欢迎你。"

方舒一笑："我肯定欢迎。"

"你们别开我玩笑了，晓卫，你知道我下了多大决心才离开天工吗？但我还是特别感谢你给我一份3年的工作。"

"好，过去的事先不提了。先说说吧，天工钛科交货培训，你一个Skydon的人跑过来干吗？"

"不如我问问，你们来干吗？方总都出面了，肯定不会是为交货来的。难道，未来的数千台采购是真的？"

田晓卫面不改色地说道："真的还是假的，并不重要。工程中心是我的户头，只要有项目出现，就只能是我的。"

张邕看着田晓卫熟悉的表情，心中有些感慨："晓卫，我曾经无比崇拜你的这份自信。但现在，如果我说，工程中心的项目我会与你力争，你会不会不高兴？"

"我这么多年真正不高兴就一次，就是知道易目放你走的时候。"

三人分开后，方舒问田晓卫："你觉得真有机会让他离开Skydon吗？"

田晓卫道："只有一种情况下，他可能会离开。"

"什么？"

"他自己不会离开Skydon的，除非Skydon内乱，逼他离开。"

"Skydon如日中天，怎么会乱。"

"财富迷人眼，Skydon之乱就在眼前。"

方舒不可思议地摇摇头道："如果真如你所说，无论是财富还是内乱，都来得快了点吧。"

米河给张邕准备的CORS系统推广方案还没递交，就遭到了李文宇的怒批。

"你们觉得张邕能看上你们手里的这份东西吗？"

老大发怒，所有人惶恐不安，只有宫少侠没那么在乎地说道："李总，这怪不了我们，我们真不懂呀。这些都是我谷歌搜索出来的，凑成一份报告，很不容易了。"

"张邕不是给你们培训过一次吗？"

韦少一旁道："哦，那次我们培训安排得比较满，时间不够，我和张邕说，以后再说，所以没安排。"

李文宇皱眉道："那这次全球大会的CORS论坛，没听吗？"

韦少心虚得低下头没说话，论坛时候，他带着几个弟兄偷溜去海边了。

李文宇见状，心下早已明白了，他叹了口气说道："看来这事是真难为你们了，问过其他人、其他部门吗？米河上上下下这么多人，没人熟悉这套系统？"

韦少赶紧接口："我去问问。"

宫少侠继续道："李总，韦总，我劝两位老大别忙活了。这事，就算我们这份计划的水准再提高一倍，估计也比不过天石的水准。我看赵总这次精心准备了，我问过马小青了，人家的计划不只写得好，而且都是实实在在的内容，人员和各种资源是真的都准备好了。咱们就算把这份报告精心准备好了又如何？张邕什么人？你们不知道吗？我们的报告是真的，还是办公室里瞎编的，他哪怕就用一只眼扫一下，也就全明白了。所以，我觉得我们没必要这样费劲了。李总，我和您直说。张邕这边，您就放弃吧，我们再努力，也过不了他这关，所以您也别折腾我们写报告了，没用。唯一的办法，您绕过张邕，直接找Tiger想办法，只要Tiger点头，张邕不会反对的。而且，也绝对不会因为这份报告对我们歧视，还是会一样支持我们。"

办公室里一片寂静，没人敢出声，能用这种语气和老板说话的大概天下只有宫少侠一人。

李文宇冷静下来，他不得不承认，宫少侠说的是对的。如果是其他人负责这个项目，他还可以做一些工作，张邕嘛，还是算了，去找Tiger吧。

Tiger的心情并不平静，他最终还是答应了高琳，然后也将自己的态度告诉了张邕，张邕似乎和他同一立场，这让他放心了一些。

但想起米河，他稍有点心虚，他并没觉得这事会有什么严重的后果，只是觉得有一些对不住李文宇这个朋友。

想什么来什么，前台电话过来，告诉他李总来了。

双方的关系现在宛如一家，前台只是告诉Tiger一声，李文宇是不需要通报的，他直接走进了Tiger的办公室。

在李文宇进入Skydon代表处的前几分钟，高琳打开电脑，远程检查了一下自己美国的账号，然后笑成一朵花，她收到了10万美金。但随即她又收敛了笑容，什么时候赵爷的第二笔10万美金可以入账呢？

"Tiger，CORS站的事想请你过问一下，米河现在的热情很高，而且我们的区域最大，用户基础也最好。之前我们了解不多，通过这次全球大会，我也愿意更多的投入和关注这件事。另外，我们是全球最大经销商，这件事不可能把我们排除在外吧？"

Tiger点头道："当然，Skydon的业务怎么能少了米河这一块呢，你们给张邕的计划书怎么样了？张邕评估后会和我讲，我来和他一起做决定。"

李文宇心中有一丝不适，他干脆直接挑明："我们的计划书很差，根本比不过天石的。Tiger，我承认，我们之前对这个项目准备不足。但是米河的实力摆在这里，天石的业务也就是我们的一半，只要我们现在开始认真投入，不可能没有老赵做得好。所以我来找你，因为张邕那关，我们可能过不去。我希望你能帮我。另外，高琳那边都安排好了，您尽管放心，还有什么需要我做的，你尽管吩咐。"

"文宇，你既然了解张邕，也该知道这件事他的决策权是超过我的。我只是中国业务管理，而他在整个CORS系统项目推广上并不只单纯向我汇报。他的权限甚至越过罗伯特，他可以直接对接德国海兰德博士，可以直接找李察，甚至Skydon总部的产品经理。这件事你必须先拿出一份不错的计划书，哪怕没有天石做得好，剩下的我才有发言权。"

李文宇没有表现出自己内心的不悦，Tiger说的似乎是事实，但这些部分都是技术部门，可能会有影响，但没有人可以直接决定中国的业务划分。

"高琳那边，您真的没有什么需要我再帮忙的吗？要不我回头直接问问她，不知道费用够不够？"

"文宇，多谢了，真的，我多年未回中国，老的关系都已经淡薄了，你现在几乎是我最好的朋友。CORS网这件事，主要还是张邕做主，我会尽力帮你争取。其实这块业务的未来还是很难说，将来Skydon还会有许多新的业务，张邕要是真的不给你这一块，将来我一定想办法给你补偿。"

"补偿？"李文宇轻轻重复了一句，他已经听懂了Tiger的意思，"有时候我们退一步，别人并不会因此放过我们，通常他们都会再逼上一步。Tiger，今天有张邕，未来可能还会有其他人，我们真的放弃了这一步，你想给我们补偿并不容易。这样吧，我知道您主持中国区也并不容易，我全力支持您，这次我们米河退一步。我们不要全部，但是希望给我们保留一部分，米河地盘上的生意最好归我们。如果张邕和天石坚持，我们甚至可以从我们的区域划几个省给天石，但北京必须留给我们，天石也没能力和北京的部委打交道。Tiger，这是我最大的诚意了，我觉得这也是公平的，不会让你和张邕为难，您看行吗？"

Tiger稍稍思索了一下，的确，李文宇这个方案其实已经在让步了，全球最大的经销商真的不该在新业务上失去名字，他犹豫，或许接受李文宇的条件对大家都有好处，甚至张邕也不会有太多意见。

"文宇，听得出你的诚意，你稍等……" Tiger的话被电话铃声打断了。

"Honey，还在工作吗？"坐在Tiger对面的李文宇还是依稀听出是那位准老板娘的电话。

"是的，我在开会，晚一点，我给你打过去吧。"

"不用。你开会是不是在谈CORS网络业务划分的事？尽快定下来吧，我很急，我希望尽快看到我的账户有变化。"

Tiger紧紧地将听筒贴在自己的脸上，避免高琳甜美的声音向外扩散。

"没有，我在和文宇谈一些其他的事情，没事挂了吧，我晚上回去再说，拜。"

"不好意思，文宇，虽然要结婚了，但她依然是这么任性，女人永远需要男人哄，无论她有多么良好的教育和社会地位。刚才说到哪了？哦，你建议保留北京和一部分区域。挺合理，我和张邕商量一下吧。还是刚才那句，如果这件事让米河吃亏了，我后面一定会全力弥补你。如何？文宇。"高琳及时的一个电话，将几乎要改变立场的Tiger又拉了回来。

李文宇不再多说："好吧，Tiger，既然如此，我就先下楼了。女人的确要哄，高琳这样的女孩，也值得您去在意。但是如果您用自己的职业生涯去哄老婆开心，可能并不值得。"

Tiger脸上微微变色："文宇，你这样说什么意思？"

"没什么，您别多想，就是想起了一些事，觉得高琳对您的影响好像有一点大。要说错了您别在意。"

李文宇出门，Tiger脸色变得非常难看。

"高琳果然没说错，一切尊敬都是建立在利益上的。给了米河和李文宇这么多好处，一件事没有答应他们，就要变脸吗？看来自己真的要好好想想自己在中国的前程了。"

第66章　石出水涨（三）

出了Tiger办公室的李文宇，并没有直接下楼，而是来到了张邕座位前，说道："张邕，忙吗？占用你几分钟？"

张邕抬起头，诧异地看着李文宇，说道："好的，李总，我们去会议室。"

"李总，请坐。要咖啡吗？"

"不用，"李文宇摆摆手，"直接说吧，CORS网业务划分，你的想法是什么。我刚才和Tiger谈了，他说一切以你的意见为准。"

"我跟宫少说过了，如果让我评估，我还是按我之前说的标准评估。"他笑了一下，"宫少说我说的标准根本不用说，他都知道。"

"要是不评估呢？"

"李总，这什么意思？"

"我的意思是，不做什么评估，只是按现在的区域来考虑，你会怎么划分？"

"李总，这个问题，只有您是我老板的时候，我才可能回答您。"

李文宇也愣了下，很少有人这样和他说话，就算宫少侠，也只是语气嚣张而已。他第一次认真地看了张邕一眼，他看得出张邕没有顶撞他的意思，只是说了一个他以为的事实。

"好，张邕。我以一个代理商的身份，想给代表处关于区域划分提供一点建议，你觉得我们可以谈吗？"

"您的每一条建议我都会认真听。"

"第一条，我觉得独家来负责此业务推广，不公平。"

"李总，独家负责此业务的好处显而易见，但最大的问题就是您说的公平问题。现在我在比较您和天石的计划书，我会尽我最大努力来公平判断。但我觉得单凭一份计划书来决定这事本身就不公平。不过您也知道，通常这种时候，人们都是喜欢说一句，世上从来没有绝对的公平。"

李文宇听到了一点自己想听到的信息，问道："有没有可能，有更公平一点的方案呢？"

"无论怎么划分都未必真的会更公平，只是可以给大家一个公平的机会。仅有米河和天石参与此事，对其他代理商就是一种不公平，大家都可以参与进来，我协调时间，和几家配合。一年之后，我们根据大家在CORS站网络推广的表现和成绩上，再来决定区域的归属。我觉得这依然有很大的不公，比如天石已经做了更多的工作，走在了大家的前面。但我可以在当前的划分上尽量多考虑一些天石，或许，您别介意，李总，从米河的区域拿出一部分给天石。这样做弊端也很多，但至少没有剥夺大家参与的权利。"

李文宇点头道："这样很好，是否可以就按这个方案执行呢？还是你提出这个方案，Tiger不同意？"

张邕看了看李文宇，摇摇头。他知道Tiger并不喜欢他，他也没在意过，但老板就是老板，他不为钱出卖报告，也不会为了一个难做的决定，就出卖自己的老板。

"李总，我从来不是一个好的管理者，您，赵总，还有Tiger，你们才是，我一直在向你们学习。我的这个方案只是出自我自以为的公平，但一年的时间只为一个公平，这不是一个好的企业行为。从企业管理者的角度，应该更快做决定，管理者不该优柔寡断。Tiger并没有不同意我的意见，只是作为中国区首席代表，他有他的角度。而且他的想法出于更全面的考虑，我不仅仅是因为他是老板而服从，而是我觉得他说的是对的。哪怕这个决定就是要牺牲一部分公平。如今的共识就是经过评估选择一家出来，我知道这事米河没有准备，对米河有点不公，刚才您在里面和Tiger开会的时候，我发给了宫少一部分资料，我想对他对米河应该会有很大帮助。我也和宫少讲了，提交方案的日期往后推迟一周，多给米河一点时间，李总，我能做的其实只有这么多了。"

李文宇与张邕的交流并不多，他逐渐了解和明白别人对张邕的评价，有些事很聪明，像个天才，有时候幼稚得像个白痴。

"坦率地说，我们和天石，谁的机会大一些？"

"肯定是天石，您这边缺乏准备，之前无论是您还是韦少，对这个项目的重视都不够。当然这也是我的责任。"

"不怪你，米河的事就是我的事，我没重视，所以下面人才没重视。你看，有没有办法说服Tiger，按你之前的方案执行。"

张邕摇头道："我不会去说服Tiger，他已经说服了我。现在我只是执行代表处的决定，决定一旦做出，无论聪明还是愚蠢，我都会不折不扣地执行。"

"嗯。"李文宇点点头，其实他的想法和张邕并没有太大偏差，让他们不同步的其实是Tiger。

"好，我就是想了解这些，多谢。只不过，你有没有想过，Tiger的决定，也许出发点并不是你想象的，他被人影响了，影响Tiger做决定的人，手段应该不是很光明正大。"

张邕脸色变了变，说道："李总，我不会质疑我的老板。您说的这些话，我会当作没有听见。"

"随你吧，谢谢你，我下楼了。你有时间也下来坐坐，宫少他们都老提起你。"李文宇并没有多说，起身和张邕道别，下楼。

张邕心情有些复杂，他可以当没听过李文宇的话，但却无法真的让自己不去想。

"手段不是很光明正大？什么意思？"

很多事他只是不愿多想，他的目光习惯性停留在他看到的表面。这或许是他自身对他某些能力的一种保护吧。他只是稍稍仔细想了一下最近发生的事，包括赵爷的邀约，很快就猜到了一些东西。但他摇摇头，拒绝再想下去。

如果Tiger给他的指示不变，他将依然会在米河和天石之间选择一家，目前依然倾向于赵爷。虽然他已经知道，赵爷可能瞒着他做了一些事情。

相比于张邕的无为而治，李文宇则是行动派，他又一次打给了赵爷。

"老赵，你暗地里给了老板娘什么好处？"

赵爷愣了一下，但临危不乱地回道："这话从何说起？还有，你给了老板娘什么好处，我这样问你，你会怎么回答我？"

"行，不说也可以，我也不问。但是你我都知道发生了什么，我们都瞒不过对方。我只是给你一个建议，你最好听一下。"

"李总，请讲。"

"无论你答应了那位美人什么条件，先不要急着兑现，至少要等到老板的婚礼之后吧。别怪我没提醒你，如果你的投入最终打了水漂，不要太难过。你自己说过的，你挣的可都是血汗钱。"

赵爷迟疑地问道："你准备做什么？"

"不是我，而是你和我一起。Tiger已经失控了，他拿了我很多好处，别多想，我给的都是正常范围内的好处。但因为你的一点恩惠，他就出卖了我的利益，你不要以为这是你的胜利。你一直说我在喂他，但你这次喂得有点多了。以后的日子，我们俩还要继续这样斗吗？然后看Tiger坐在我们中间收钱，这是你想要的吗？但现在事情已经变成这个样子了。"

赵爷没有出声，李文宇知道他一定在认真地听。

"我们都舍得给他一点好处换取我们的良好关系,但我们都要守各自的规矩,不可以过界。赵总,你在怂恿他过界,而且你做到了。"

"李总,在Skydon的业务划分上,米河是最大既得利益者,你要保护自己的利益,我可以理解。但是我为什么要和你站在一起呢?我和你一起来对抗Tiger吗?我的利益在哪里?"赵总脸上不再有憨厚的笑容,目光锋利如刀。

李文宇冷笑了两声道:"你以为,米河和天石的利益就都是对立的吗?如果只是你和我,我们不会有这么多争执的,那位钱老板是从哪里冒出来的?你心里没数?不要总盯着米河这一块,我们可以一起去拿得更多。"

"李总,你说得似乎对,但我没办法信你。我们之间的利益并不好平衡。无论是Tiger,还是高琳,我都惹不起,而且他们明明是你的朋友。"

"老赵,以前我们也是朋友。后来怎么就不算了呢?你可以回去想想。你不用现在决定。我只是让你不要过早兑现对那位老板娘的承诺,我们可以接下来看看会发生什么。如果在和Skydon的关系上,我未来又走得比你更进一步,我猜你也不会真的高兴。"

赵爷想了一下说道:"就按你说的,我会慎重一些,不会轻易兑现。但上次你刚刚说过,Tiger如今得到了更大的权力和信任,我不信你能做什么。最该反对Tiger的人是我,而不是你。我对你现在的转变无法理解。另外我还有一个问题,我猜你今天态度的变化应该和CORS网系统的业务划分有关系。这件事上我目前应该是占优的,李总,既然你让我和你站在一起,你要不然就让我一下,别在这件事上和我争,其他事我配合你。"

李文宇平静地说道:"你和张邕关系很好吧,你猜他会怎么决定?不用真的猜,我告诉你。他的初衷是各家都参与,然后把最大的一部分给你,一年之后才会决定最后的归属。你接受吗?"

赵爷不得不承认,这可能是张邕最有可能的分配方案,对自己也算是很有利的了。

"所以现在要选一家，根本不是张邕的主意，我猜是你和老板娘一起定的吧。而按张邕的方案，你根本不用花一分钱，你觉得怎么做才是最正确的？老赵，我很客观地和你说，你这事做得并不聪明。你既然和张邕是朋友，就该知道，他从来都不笨，他很快就会明白你做了什么。"

赵爷电话另外一头顿住，李文宇说得太对了，张邕从来都不笨，他一定会明白发生了什么。之后呢？他知道自己的确做了一个很不聪明的决定。

于是，他对李文宇说："懂了，我会知道该怎么做的。我承诺的事，一般不会食言，但我会按你说的，拖到他们的婚礼之后。这件事你到底要怎么处理？"

"我想警告一下Tiger，不要因为眼前的成功就迷失自己。如果他继续这样，我会把他敛财的事汇报给罗伯特，若真的到了这一步，Skydon不会只听我的一家之言。所以我需要你和我一起。"

"或许我该选择站在Tiger那边，借机修复我们的关系，然后取代米河。"

"你可以这样选，就像你现在做的。Tiger胃口已经开了，你每一步都要花钱，如果你完全取代米河，要花很多很多钱。你我都是正经生意人，你当然知道，这样的钱花太多，会是什么后果。"

赵爷又恢复成一脸忠厚的样子，说道："大哥，这么复杂的事，我想不清楚，我要回去好好想想。"

"你会想清楚的。"

张邕接到一个陌生女人的电话，Madam听到女声，本来就挎着张邕胳膊的她，于是挎得更紧，头也贴到了张邕肩上。

"张邕先生吗？您好，我是猎鹰人力资源的莉莉，我知道您是一个GNSS行业的资深人士，我这里有一份offer，特别适合您。而且待遇非常优厚，不知道您现在有没有想更换工作的打算？"

"对不起，暂时没有。"

"好的，张先生。这是我的电话，您可以保存一下，如果有改变想法，或者未来想换一份工作的时候，您都可以联系我。另外，我还是想把这份offer发给您看一下，也许您有其他人选可以推荐给我。您的信箱是不是姓名全拼加Skydon域名的那个？这是一家百年的欧洲名企，也许会有人感兴趣。"

"Eka？"张邕立刻反应过来。

"是的，您果然是资深人士。您有兴趣了吗？"

"你可以把资料发给我，但我近期真的没有换工作的打算，抱歉。"

"是我抱歉，打扰您了。我会把资料发过去，您保存我的电话，有事随时联系。"

"好的，多谢。"

Madam侧着头，看着张邕存电话。

"当着我的面，就敢保存其他女人的电话，还是一个声音那么好听，而且还是英文名的女孩。小子，你胆子越来越大了。"

"嗯，我胆子一向不小，因为我光明磊落，而且我的女朋友又漂亮又知性，从来不会小肚鸡肠，所以我心中坦荡没有顾虑。"

Madam笑道："不错，你所言极是。不过，如果新的offer薪水是现在两倍，你真的不考虑吗？"

张邕摇摇头道："薪水是和能力匹配的，我现在的收入已经很满意了，比晓卫当初给我的还高。如果类似的职位，我觉得Eka和Skydon薪水不会差太多，如果高很多，那么那个职位应该是和我能力不匹配的，我会做不好。所以我先不考虑。"

Madam点点头道："我就不懂你说的这些，但你这么聪明，你说得一定没错。"

"就是，这种互相恭维的感觉真好，你说我们是不是最无耻的一对情侣。"

Madam放声大笑。

张邕的道理本没有错，但有些事他却想错了。如果一个企业开展一项新业务且没有相应人才，他们会不惜重金去相关企业挖墙脚的。

高琳飞赴美国去联系她的学校事宜，Tiger稍稍松了口气，临走这几天，高琳给他的脸色并不算好。

张邕这边还在评估，迟迟没有给出最终的结论，Tiger心中原本已经快消散的对张邕的不满又逐渐开始翻涌升腾。

赵爷忍不住给张邕打了电话，问当前的事如何了。

"本来一切都很好，但现在我多了一点事。"

"什么？"

"我需要救赎我的一个朋友，让他不要犯错误。"

第67章　石出水涨（四）

Skydon代表处，Tiger召开了中国区代理第一季度总结会。

上一年度的成功，带来了奖励的同时，也带来了更高的目标。面对这个目标，所有的代理都感觉到了压力，他们太急于在第一年里证明自己了，尤其是年底的压货，是大家获得各种奖项的关键。但如今，各家在上一财政年度大量的库存还没有消化完，新的年度第一季度的订单就提上了日程。

"我们的实际订货远远落后于第一季度的目标，虽然第一季度一向是我们最差的季度，数字不好，并不会影响我们全年的销售，但今年的确滞后太多了。大家有什么解释？或者有什么好的应对？"

没人应声，以往李文宇总会第一个站起来为老大分忧，如今他一言不发，会议就开始冷场了，Tiger逐渐失去耐心，不满的情绪开始写在脸上。

"怎么？都没想法了？李总，米河这边什么情况，这个季度还有订单吗?"

"Tiger,过去一年每到了这个时候,米河都会尽力为您和代表处分忧,无论市场如何,我们都会下一批订单来支持您。但人的能力是有尽头的,公司也一样。这一年多来,我们的潜力被挖掘得差不多了,甚至开始透支,现在真是有一点心有余而力不足。但您的工作我们肯定坚决支持,只是我们稍稍向后站一站,听听大家怎么说,我跟着大家一起走。"

会议室立刻响起一片议论之声:"李总呀,您是龙头老大,这事还得您出头,大家才能跟随。您要是能力有限,我们这些小公司就根本不值一提呀。"

Tiger越发地不满意,他认识到,自己和李文宇之间的交情居然如此脆弱,经不起一点点冲击。

他目光转向赵爷,赵爷也没有躲避。

"Tiger,我们去年底压的货出货量还不到一半。出去的一半,基本没收回尾款。估计其他家和我们都差不多。李总说的状况是一种共性,我们的潜力已尽。账面收益不错,但所有的利润都在流通渠道中,真的暂时没有能力下新订单。但我保证,今年的任务一定完成,我估计从下一季度开始,我们就能缓过来,下一季度我们能把这一季度的缺口补回三分之一。"

面对一片叫苦之声,Tiger有些恍惚,这几个月以来,他一直被成功的感觉笼罩着,怎么似乎一夜之间,很多东西都变了呢?

他忽然觉得有些孤独,通常这种时候,高琳会陪在他身边。面对这种困难局面,高琳一定会代他开口解决问题。而今高琳不在,他居然忘了安排人和他一起开会。他想叫两个销售经理进来,却忽然意识到一件事,这个代表处几乎所有的员工都是米河帮他招聘的,除了……

他拿起电话:"张邕,你进来一下。"

所有人都愣了一下,张邕以前从来没有参加过他们的销售会议。而且所有人都知道,Tiger和高琳都不怎么喜欢张邕。今天这是怎么啦?

落座的张邕心里充满和大家类似的疑问，他不知道情况，也不知道该说些什么，直到Tiger把全年的业务预报表格扔给他，然后用手点了点第一季度的曲线。对数字格外敏感的他一眼就看明白了当前的一切状况。

他先是看向钱老板说道："钱总，别人的业务预报我不知道，但您的这份是和我一起做的，您这边有什么问题。"

钱老板长叹一声道："张经理呀，这个业务预报的数字没有问题，是你和我一起核对的。但我对卫星导航的生意太不熟悉了，对压货和回款的流程和周期都估计不足，虽然生意上没有大问题，但是订单的压力我们真的承受不起。我现在要等这一轮的周转完成，现金回笼，才有能力下新的订单。"

张邕很快明白，这些小公司应该是真的能力已尽，这和Tiger上一年的好大喜功不无关系。

现在大概能有些余力的，就剩下米河和赵爷了。但不知道为什么，二人第一次没有争着对Tiger表达忠心，二人都如此，特别是赵爷也是这样的态度，张邕心中有一种不祥的预感。

Tiger的脸色已经非常难看，但李文宇似乎完全不在乎。张邕心里叹了口气，这不关他的事，也不明白老板这时候为什么选择了他，他想为老板分忧，但似乎无从下手。

见Tiger不语，无奈的张邕只好按自己的想法接了下去。

"各位，业务预报之所以精确到月、季度，而不是只有全年的任务，是为了对销售行为进行精确把控，对可能出现的风险和波动提前采取行动。如果大家面对都是一样的压货、回款以及现金流的问题，我想先问一下各位，除第一年我们经验不足、对整个流程缺乏把控之外，我们全年的任务有没有问题，会受多大影响？"

赵爷很给张邕面子，回道："我们第二季度如果能缓过来，第三、四季度问题不大，今年任务应该是可以的。完成率不会低于70%。"

张邕稍稍松了口气，口中却道："赵总，70%可不行，Skydon的数字可是没多少水分。"

赵爷点头道："好，我尽力。"

大家都跟着表示差不多，等到众人都表态完毕，李文宇忽然道："米河可能有些困难。"全场立刻安静。

张邕不解地看向李文宇说道："李总，以米河的实力，以及这么大的区域和业务范围支撑，最不该有问题的就是您这边。"

"正常业务我们是没问题，但去年除了为代表处压货外，我们还分别吃进了天工的一笔库存，以及天工卖给北方公司的一笔货。这些业务因为已经计算在天工的业绩内，所以无法计算成我们的业绩，我们只是纯粹地为代表处分忧而已。这有两个问题，易目是个厉害角色，我们在和天工的交易中并没占到任何便宜，反而付出了更高的价格。而北方公司这批货，我们是按天工和北方公司签的合同价支付给天工的。我之前没提这些事，是不想给代表处添麻烦，想自己消化就算了。但如今看来，这些交易对我们的现金流影响很大，已经会影响到我们今年的订单，除非Skydon把这些业务转换成我们的业绩，否则，我们今年的订单一定会遇到问题。当然，米河肯定会尽力完成任务，我也希望我们和天石一样，第二、三季度能够缓过来。我只是先把风险提出来预警，不代表我们会不为销售目标而努力。"

Tiger的脸色彻底变了，问道："文宇，你现在提天工的库存是什么意思？这些事情可是发生在你们和Skydon签下协议之初。而这些交易是我和高琳亲自协调，大家签的几方协议，都达成共识的。如今你却拿这些事作为借口，来和今年的业务掺杂在一起。你到底想做什么？"口气逐渐严厉。

Tiger本就是个很有威仪的男人，这一发火，全场寂静，没人敢出声，连呼吸声似乎都静止了。

李文宇也做出一副恭敬的样子，但心里却多了几分轻蔑。没有高琳，这个Tiger真的只是个自以为是的笨蛋。

"Tiger，对不起，我没别的意思。只是当初我确实考虑不周，这些事也真的影响到了今天的业务。我尽量消化吧，不让这些事影响今年的订单，但真的不能保证。"

张邕抢在Tiger把一杯茶泼向李文宇之前及时开口："李总，您如今是全球最大代理商，中国第一个百万俱乐部成员，刚刚进入Skydon就成为全球的焦点和所有代理商的楷模。如果今年您的业绩突然下滑严重，就已经不再是您自己的事了，可能会引起Skydon的特别关注，影响可能比您想象的还要大。如今米河的一举一动对Skydon都是大事，我们可能都要向Skydon提供详细的报告，如果代表处能力不够，会由Skydon高层出面，大家一起来帮米河分析和解决问题。这很难说是好事还是坏事。如果您还有其他方案，或者有什么北京代表处可以为您做的，能在中国区内解决问题的方案，您不妨直说。最好我们还是把一切事情都放在中国区，您觉得如何？"

张邕在某种情况下会突然变身成为一个大家陌生的家伙，他止住了Tiger的怒火，然后有理有据向李文宇提出了问题。

除了赵爷，几乎没有人听到过张邕一口气讲这么多话，还如此自然。其中，也包括李文宇。

"米河这样的小公司，哪里值得Skydon这么重视，张邕，你在逗我吧？"

"李总，米河什么地位您其实最清楚，否则您就不会这样谈条件了。您知道，您的任何意见，Skydon都会无比重视的。"张邕礼貌中带着锋芒。

赵爷之外的所有人开始用一种不同的眼光审视眼前的这个年轻人，这不是他们熟悉的那个张邕。

李文宇心中有了怒意，但随即想到，他根本没必要和张邕理论，他转向Tiger。

"Tiger，张邕说的是真的吗？我都不知道米河在Skydon那里有这么重要。其实张邕说的方案，也不是没有。如果我们有一块新的业务增长，缓解我们的业务压力，也许我们可以解决自己的问题，并为代表处和您来分忧。"

会议室又一次出现了寂静，所有人都明白了李文宇说的是什么，但没人知道该如何回应。

钱老板等人觉得不关自己的事，赵爷就在等这件事的结果，他并不希望李文宇得逞。Tiger心中的底线已经被高琳固定，无法移动。而张邑，他很想回答，但没有Tiger的明确表示，他不能直接说出自己的想法。

当停顿时间要超过5秒，张邑见Tiger依然没有开口，决定不能继续这样冷场。

"李总，我这里有一块新业务。您应该知道我负责的是什么，不知道您是否有兴趣。"

"你那块，好呀，米河肯定有兴趣。"

Tiger的怒火已经到了眉眼之中，马上就要喷发，这种怒火不只是对李文宇的，也有部分是对张邑的。

张邑用快速开口来又一次阻止Tiger的爆发："对不起，李总。这件事Tiger很早就交给我处理，但是我耽误了时间，所以一直还没有结论，是我的问题，我给在座的各位道歉。今天会后，我会尽快和Tiger协商。关于新业务的划分，我们拿一个方案出来。但是今天的议题是第一季度的订单问题，您的问题我会考虑。我希望第一季度，您能适当地下一些订单。不只您了，还有各位老总，赵总……不需要让大家第一季度完成任务，我想要第一季度业务预报上数字的三分之一，大家都没有问题吧。"

所有人都看向李文宇。

"三分之一？可以考虑。但我需要看到你新业务的具体前景，否则我不敢冒着风险下这么大的订单。"

张邑摇头，他眼中有一种Tiger没有的坚定，让人感觉无法拒绝。

"李总，新业务刚刚开始，还有很多问题，我不仅要请示Tiger，还要和Skydon其他部门沟通。而且CORS网业务，不是简单的销售业务，涉及很多复杂的东西。李总，我答应您，会尽量有一个公平的结果。但这个不该成为影响您第一季度订单的借口。再强调一次，米河现在是全球最大的经销商，您的任何决定都对Skydon意义重大，我们都会重点评估，包括米河和新业务之间的相互促进和影响。"

张邕说完，看向Tiger，但老板并没有表态。

李文宇转向Tiger说道："Tiger，我可以暂时按张邕说的先下三分之一的订单，您那里有问题吗？我希望Skydon也要给我一个公平的结果。"

Tiger脸色铁青，牙缝里挤出几个字："没有问题，谢谢你。"

有了李文宇的带头，所有代理商迅速达成了一致，包括赵爷。

"那今天的会就到这里，谢谢大家。" Tiger起身向大家致意，然后头也不回地离开了会议室。

李文宇边向外走，边回身对张邕道："我做了我该做的，我等你的结果。"

"谢谢李总，您慢走。赵总，您等一下，我有点事要和您商量。"

张邕和赵爷换了一间小会议室，张邕给自己和赵爷各要了一杯咖啡。

"有时候真的很难评价你，你觉得今天做的事很聪明吗？"赵爷问。

"我做事一向不太聪明，我就是解决问题呀，我解决了第一季度订单的问题。"张邕连续用了三个我来表达自己做的事。

"我说的就是这个。你看起来很聪明，你的表现让所有人眼前一亮，觉得你是个厉害角色。可是，你要解决的问题根本就不是你的问题。你做了这些事，有些喧宾夺主，抢了Tiger的话语权，你的老板未必开心。你看似聪明的举动，对你自己没一点好处。很可能你解决了所有人的问题，但所有人对你都不满意。你要真的聪明，就不该管这件事，不要惹不属于自己的麻烦。"

"我惹麻烦的时候，一般不看是谁的麻烦。今天的局面有点紧张，

Tiger有点应付不了，如果他陷入自己的情绪中，我个人不会有麻烦，但整个中国区业务可能都会有麻烦。我没说自己高尚哦，我就是不喜欢这种局面，所以要先解决问题。这一点，我有一点受晓卫的影响，别人是否喜欢我，哪有那么重要。"

"别人当然不重要，但你的老板是否喜欢你，就是件非常重要的事。"

"好吧，但我已经做了，重不重要都已经发生了，待会我会进去和老板解释。但现在，赵爷！你有没有什么事，需要给我一个解释的？"

赵爷叹了口气道："果然没有什么真的能瞒过你，不用我说了吧，我猜你也知道了。现在我需要你帮我。"

"你要我往哪个方向去帮你？左还是右？"

"我答应别人的事，都会做到。现在我知道自己错了，但有点骑虎难下。"

"我知道了，你需要一个毁约的结果，而不是要之前你要的结果，对吗？"

"是的。但是有一点，CORS网业务，我们的确做好了准备，你是看到的，我只是急了一点，特别是看到李文宇和老板的关系如此之好。"

"我猜，你和我师兄密谋，极力保荐我来代表处也有同样的原因吧。"

赵爷稍有一点尴尬，但没否认。

"天石在参考站项目做好了准备，那这些准备是不会被浪费的。无论业务范围怎么划分，你们都将是领先的一方。你刚才说我不聪明，其实咱俩彼此彼此。谁都知道，天石成功的秘诀在于有一个能拼命的老总，总能把生意中的不可能变成可能，可以拿着三流的设备打败Skydon。但现在，你在做什么？你在做自己最不擅长的事，而不是发挥自己的长处。我可能不聪明，但至少我不会去碰自己根本做不好的事，比如，去讨老板喜欢。"

赵爷点头道："看来我们各有各的聪明，各有各的不聪明。"

张邕笑了，看见他笑，赵爷的心情也放松了很多。

"你记住了，我帮你，代表着我又一次得罪老板。所以我并没有不够聪明，只是被你连累了而已。"

"不然，"赵爷摇头，"你要是真的聪明，是不会被我连累的。"

第68章 虎过河（一）

张邕轻轻敲了敲Tiger办公室的门，得到Tiger允许，小心翼翼进了门。他已经做好了心理准备，预料到会面对怎样的Tiger，但毕竟是面对自己的老板，还是难免紧张。

Tiger已经平静了很多，他指了指面前的椅子，示意张邕坐。

"Tiger，我没参加过销售的会议，也不知道该怎么处理今天的局面。如果有些不合适的言行，我给您道歉。"

Tiger摇摇头道："没有，你今天做得很好。如果我们连三分之一的订单都没有，可能会非常被动。但是，你今天的举动，又给我们带来一个新的麻烦。"

张邕点头道："是的，CORS网络业务划分的事，您要说这个吧。"

"你的评估怎样了？"

"我给了米河一些时间，希望他们能整理一份更有价值的计划书，目前为止，天石依然是领先的一方。我进来找您，就是想问您一个问题。"

"你问吧。" Tiger已经猜到了张邕的问题。

"经过今天的会议，您会在CORS网业务划分上的决定有所改变吗？"

"如果我说没有，张邕，你会怎么做？"

"我会执行您的决定。但如今局面有点复杂，我希望您能重新考虑一下。"

Tiger最终没有坚持，说道："好的，张邕，我会回去再仔细考虑一下再做决定。"

"还有一件事，我需要向您汇报一下。"

"什么事？"

"我刚和赵总谈过，他说天石的立场有变化，不再想要独家的CORS网业务，压力太大，更想寻求一种更合理的方式。"

Tiger眼中忽然冒出一股怒火："张邕，是你在说服他这样做吗？"

张邕平静地面对着Tiger的目光："我没有，刚好相反，是他要我劝您改变决定。"

韦少和天科公司的刘洋吵了起来，声音很大，甚至传到了李文宇的办公室。

李文宇皱了皱眉，刚想叫秘书过去过问一下，门外却传来了脚步声，接着有人急促地敲门，刘洋气哼哼地闯了进来。

"李总，我和韦少谈不明白，想和您聊一下。"

韦少随后也进了门，说道："老刘，你有意思吗？打扰李总干吗？你就几台设备的事，不用这样吧。"

刘洋毫不示弱地说道："韦少，你们米河这种大公司当然可以说不在乎几台设备，对我们来说，这上百万的生意，就是超级大生意，今天不给我一个交代，我肯定不答应。"

李文宇摆摆手道："你们俩都先坐下。刘总，不要在我的办公室这样大吵大闹，这样对解决问题没帮助。"

刘洋是米河的二级代理，负责米河的某些区域某些行业的Skydon业务。自从米河签下Skydon的一级代理，他们这样的伙伴并不少。

"李总，我也不想呀。但咱们做事得讲规矩，当初说好价格，如今项目快成交了，韦少突然涨价，这是不是太没有道义了。"

李文宇探询的目光看向韦少，其实发生什么他早已心知肚明。

韦少义正词严地说："老刘，咱别颠倒是非。去年一年你也挣了不少吧，我给你的价格可是不错。"

"去年是去年，你是给我的价格不错，可我还帮你们出货呢，咱不扯这个。挣多少钱那是我靠本事挣出来的，你不能因为我挣钱了就加价吧。"

李文宇阻止了双方的争吵："价格的事呀，刘总好好商量嘛，Skydon给我们的价格也是每年调整，我们每年给经销商调整，都是正常的，干吗这么大脾气？"

"我脾气大？李总，价格调整没这么大幅度吧？这个价格分明就是冲我们海港油田项目来的，看到我这个项目利润高，眼红了吧。这项目我可是跟了一年多，这一年跑多少次，花多少钱。你们就盯着我这笔的利润看，没看到我付出多少。"

"老刘，你跑得多？难道我们就少了，这一年没少给你技术支持吧，光各种测试就做了多少次。"

刘洋冷笑道："是呀，我的韦大少爷，你们是派人支持我几次，可是这一路的花费，所有人的吃喝玩乐，哪个不是我花的钱。两位老总，你们真的不知道自己手下人多鸡贼吗？每次一打车，全钻后座，下车大摇大摆就走，从来没想过付钱。就一次，我提前坐在后座，心想你们坐在副驾的人怎么也得结一次账吧。可你们那个姓宫的小子，他不付钱，还一下车就按住了后座的车门，我不结账不让我下车。"

这的确是宫少侠做得出来的，刘洋说到此处自己也气乐了，李文宇和韦少也忍俊不禁，气氛因为刘洋的吐槽反而有所缓和。

"韦总，再给刘总让一点吧，别因为价格的事毁了咱们的良好合作。"

"我给刘总让了，但刘总坚持要和去年一样的价格，这个我们做不到。"

"哦，"李文宇转向刘洋，"刘总，去年的价格真的做不到。去年是打江山，我们也是赔本赚吆喝，没什么利润，如今咱们都步入正轨了，肯定要考虑多挣一些。刘总，只要有的挣，咱们长期合作，还怕没有钱收吗？"

刘洋依然冷笑,但笑得很无奈:"我知道你们想的是什么,这个项目我辛辛苦苦做了一年多的工作,如今上上下下都把Skydon当作首选,就算是我也很难换型号了,所以到了你们拿Skydon设备来卡我的时候了。不是当初两位大佬一起来说服我,让我放弃Eka,和你们合作的时候了。我没说错吧?唉,还是我本事不大呀,田晓卫只有一个,别人做不了呀。"

"刘总,这话见外了。咱们是自己人,您干吗都形容得这么不堪呀。韦总,你说的价格再给刘总让一点,咱不能对不起朋友。"

刘洋不怒反笑道:"朋友?李总,从你嘴里说出这么个词,让我误以为朋友是句骂街的话呢。"

"我说老刘,别臭来劲,李总已经说再给你让了。走吧,别打扰他了,咱俩再谈谈。"

出了米河大门的刘洋,满脸不快。

等电梯的时候,他心中忽然一动,按了电梯的向上键。稍后,他来到了Skydon代表处的门口,进门,试探着问前台:"龙总在吗?"

"龙总在,请问您有预约吗?"

"没有,但我临时想见见龙总,不知道可不可以。"

"您贵姓?"

"天科公司,刘洋。"

Tiger在和高琳通越洋电话。

"学校这边差不多都联系好了,8月份就可以入学。我很快就会回国,Honey,你要给我一个怎样的婚礼呢?"

"我准备……"

"不要告诉我细节,女人需要惊喜。"

"Lynn,谢谢你。为什么你没再问起关于那10万美金的事?"

"我很想要那笔钱,但只是为了我的学业,为了我回到你身边的那一天。你不会觉得我真的是一个那么在乎钱的女人吧?"

"当然不会,我知道你不是那样的女人。"

"谢谢，亲爱的。我临出行没有拿到那笔钱，之后你又没有提起，我也没接到赵爷的电话。我想，这事一定有麻烦了。我是有一些任性，但是，我从不想真的给你添麻烦。"

Tiger很感动，甚至觉得鼻子一酸，内心又升起一股强烈的歉疚感，同时滋生的还有男子汉的责任感。

"你不在的这几天，我很想你。我很盼望我们的婚礼，但是不愿意它尽快来临。因为婚礼也意味着我们的分别，我舍不得你。"

"我也想你，Honey，但别说分别这种词，我不喜欢。时间过得很快的，每年一到暑期，我就回来了。我真的希望能帮到你，让你的事业更上一层楼。"

Tiger脸上浮现出一种决然的表情："你放心，我会为自己，更为你的未来负责。这10万美金本来也不算什么，我会让你得到更多。"

"我的英雄，你又有什么计划？"

"你说得对，无论米河还是天石，我给他们的都太多了。或许是时候我拿回一点了，为你也为我拿回一点该属于我们的东西。我会向罗伯特提议，增加新的代理，然后逐渐找回属于我们自己的势力。"

高琳因为兴奋，脸上出现了一丝红晕，说道："Honey，你终于想明白了。之前你太过慷慨了，北方公司这样的客户居然没有掌控在自己手里。还有就是你扶持的人，钱老板显然不堪大用，现在还没摆脱自己的困境，根本帮不上忙，你需要些好的帮手。"

"可惜，你不能帮我了，但不用担心，我会有办法的。"

"你那么厉害，当然会有办法。李文宇不过是地头蛇而已，怎么能和你这种真正的海归精英相比。我现在就安排机票，尽快回去和你团聚。"

Tiger和罗伯特的关系有一点微妙，Tiger本来是卡尔选的，也一直向卡尔直接汇报，如果不是卡尔退休，从汇报关系上说，二人是平级。但现在，罗伯特却是Tiger的老板。

所以，当Tiger写给罗伯特的报告又一次出现在卡尔面前，老卡尔有一点意外，但看着熟悉的人和事，心中又难免感慨。

他摘下花镜，把打印的文档又推回给了史蒂夫："这已经不是我的业务了，和我没有关系，我不会再为这些事做决定。"

史蒂夫笑道："Skydon在中国业务的成功，是离不开你的功劳的。你现在是我们的顾问，可以不参与管理，但有对中国事务提供咨询和建议的义务，我的老朋友，我在征询你的意见。"

"如果这是让我提供意见的话，我没问题。中国市场的成功，并不是我们做得有多好，而是得益于中国改革开放以来的经济发展，同时晓卫一直压制Skydon生意而获取利润。当我们用正确方式打开中国市场之后，增长是件自然而然的事情。所以，我并不喜欢你们在全球大会上对中国团队特别是对Tiger的过分赞誉，没有稳固根基的成功，会带来一些不该有的骄傲情绪，然后就会带来潜在的风险。"

史蒂夫点点头道："你说的很对。对Tiger现在这份建议，你有什么意见？"

二人与卡尔的继任者，新晋副总裁保罗，商谈了很久。

没人知道三人具体商谈的内容，会后，保罗回了一封邮件给罗伯特。收到邮件的罗伯特眉头紧锁，他当然不知道这封邮件有史蒂夫和卡尔的建议在里面，他无法理解保罗对中国问题的态度，甚至这封信里完全忽略了他的建议。

他想了很久，然后给Tiger回了一封邮件，只写了一句话——去做吧，然后他拨通了李文宇的电话。

张邕打开了莉莉发给他的邮件，他不得不佩服这些猎头的本事，这个职位几乎就是为他量身定做的。

而莉莉在文件之外，简单提了一下薪酬范围，很显然，这个薪水远远高过他现在的薪酬标准。他有点意外，他不觉得这个岗位可以值这么多。

知道了情况的Madam问了一句："怎么，动心了？"

张邕摇摇头道："没有。但这种百年企业的视野是非常超前的，他们这样寻求人才的唯一理由就是，未来的市场有更大的潜力。现在看来，未来出现大项目是必然，而且参考站市场的争夺也将进入一个新阶段。"

Madam貌似认真地点了点头道："我听懂了，你越来越值钱了。"张邕笑了。

Tiger召开了Skydon代表处的内部会议。

"我写给罗伯特的计划，他已经批准了，我们将在中国区增加两家新的代理商。我会在你们之中抽调一名新的经销商管理经理，和我一起负责新代理的事，你们有什么想法？"Tiger的语气中不无兴奋。

会议室内陷入了短暂的安静，稍后，销售经理丽贝卡开口道："Tiger，为什么这个时间考虑增加代理商呢？我们去年取得了巨大成功，按理说，现在不宜改变，以免发生负面的影响。"

Tiger严厉的目光盯在丽贝卡身上，说道："在Skydon代表处，我们只讨论该讨论的事情。而对于已经做出的决定，你们，甚至我，只有执行权。你们谁还有相关的疑问吗？"

丽贝卡低下头道："对不起，Tiger，我没有其他意见了。"

Tiger看着办公室里的一张张木讷的面孔，这些是跟在他身后在Skydon全球大会一起享受鲜花和掌声的团队，都是名牌大学的精英，如今面对一个他为之兴奋的决定，竟都是如此的反应。他不只生气，还有点伤心。

"对经销商管理经理一职，你们谁有兴趣？"

无人回答，恼怒的Tiger忽然把目光投向了安静坐在角落的张邕，毫无心理准备的张邕心中一惊。

第69章　虎过河（二）

李文宇和赵爷相识其实已经很多年，但最近通话的次数大概超过以往的总和。

"张邕所公布的CORS网络业务划分，你满意吗？"

赵爷回答："这没什么满意不满意，这个划分就和没有划分是一样的，米河依然是受益最大的一方，对比销售区域，我们虽然在区域上有所增加，但可以忽略不计，这件事我又一次没有处理好。李总，你始终才是GNSS界的老大。"

"收回你的恭维吧。怎么，你对你的朋友张邕不满意吗？"

"没有。我可以得到更多，关键时刻，我却要让他帮我拿走一些。这件事我收获了的不是地盘，而是一个教训。张邕告诉我，我们都要做自己擅长的事情。李总，但我不得不想，有什么事是你李总不擅长的呢？"

李文宇冷笑，他能想象出，电话另外一端，赵爷一脸忠厚且无比诚恳的样子。

"但这件事还没完，Tiger要同时对我们下手了。注意，不是只有米河，是米河和天石。我说过，要你和我站在一起，如今，你的立场呢？"

赵爷不语，他不像李文宇和罗伯特直接有联系。但代表处的员工中，总有一些可以互通有无的人，这里并不包括张邕，虽然张邕是唯一可以算朋友的人。很正常地，他也听到了一些消息，他无法不佩服李文宇的谋略和眼光，李文宇料到了一切，他就在等着李文宇的电话。

"我不知道能做什么，李总，我会和你在一起保护我们共同的利益。"

"不用担心，罗伯特也和我们一起。Tiger太高调了，他在Skydon并没什么根基，他赢不了我们。"

"他身后不是有卡尔吗？"

"卡尔，全球大会时我没怎么看到他，你看到了吗？"

中国区第二季度的数字依然惨不忍睹，而这一次，Tiger居然没有召开代理商会。

整个代表处的气氛很沉闷，大家似乎都有些无所事事，唯一忙碌的是Tiger、张邕和刚从美国赶回来的高琳，但其他人不知道他们在忙些什么。

罗伯特在电话里训斥了Tiger："Tiger，我知道你的婚期将至，我也由衷地为你高兴，但这份业绩摆在这里，我甚至不觉得你在婚礼上能够开心。"

Tiger被成功地激怒了："罗伯特，请不能拿我的私事和工作混为一谈。这才是半个年度而已，我们还有足够的时间扭转局面。我在给中国市场带来改变，就像我去年做的一样，但改变总要付出代价。别忘了，一年多之前，我们也失去了工程中心的合同，但最终我们是成功的。哦，抱歉，一年多之前，你并不在这里，所以你不知道发生了什么。"

罗伯特不为所动地说道："抱歉，朋友。我不想谈论你的私事，但高琳目前还在Skydon，是我批准的，你该知道这事并不是完全与我无关。我同意了你增加代理商的请求，让你带来改变，但现在的一切与一年前完全不同，如今的改变绝不能影响现在的业绩，否则，不只是你，我也一样要担责。如今整个亚太区，我在靠澳大利亚和日韩的业绩来填补中国的巨大缺口。很遗憾，Tiger，我不愿在第二季度的业绩上给你一个不合格的分数，但现在看我不得不如此，我们也没有更多的时间了。现在我会等你的第三季度业绩，如果依然问题严重，只怕你我很难坐在这里继续通话了。"

Tiger一副不成功则成仁的姿态，说道："罗伯特，我会在后面两个季度彻底翻身。现在，能不能给我一点时间，我向你汇报一下新代理商的进展情况。"

罗伯特拒绝道："在看不到实际的业绩之前，我对他们没有兴趣。高层确实做了决定，授权你来完成此事，但最终的签约并不是你或者我可以做主的。如今的中国市场举足轻重，除了业绩，我还无法关心到其他事情。"

挂了电话的Tiger眉头紧锁，业绩始终是避不过去的问题，但这次他很难从米河和天石得到帮助了。他刚刚和负责米河和天石业务的经理开了会，代表处的催单被几个公司以各种理由委婉拒绝，第三季度的订单和第一季度类似，大概只有三分之一。

他拿起电话，召唤张邕进来。

"CORS网的业务你划分了，李文宇曾说有新业务的增长，他可以下订单。你也说过，你这部门可能会变成Skydon业务最好的部门，现在我需要你这部分的增长。"

张邕在代表处里一直是透明的存在，基本上也没参与过任何重大的事项，他其实很享受这种被人遗忘的时光。但自从特区网络被调通的那一刻起，他忽然发现，自己的宁静生活彻底被打破。更不可思议的是，当初力阻他进入代表处的Tiger，忽然把他当成了最看重的手下，这多少让他有点啼笑皆非。

"Tiger，我当初并不急于划分CORS业务范围，就是这个原因。这种项目周期很长，即使划分了，也很难拿到当年订单。一旦业务被划分，就会引起大家争抢，但抢了之后做不成，反而会放下。本来今年我们有一些机会，但现在有一点困难。"

"为什么现在有一点困难？"

"您有没有从新闻看到，南方最近有一种非典型病原体肺炎流行，很多工程都停了，我们本来组织安排特区网络发布，这个您还是要参加的，还会邀请重点用户前来。除了发布，还有现场测试，天石的多个用户已经表达了兴趣。但因为非典的缘故，这次发布只能搁置。目前我们什么都做不了，订单还遥遥无期。"

Tiger皱眉道："有没有可能，比如天石先订一套系统作为样机拿进来，未来推广时候用。"

张邕依然摇头道："这套系统不搭建起来，软硬件拿在手里都是没用的。我们是有一个搭建临时网络的计划，但还需要一些时间。"

Tiger语气中有了明显的不悦："一套样机先进来，可以搭建的时候再搭建起来好了，是赵总不愿意订货，还是你没有要求他们订货。"

张邕微微停顿，Tiger说得不错，他的确没有尽力让赵爷订货，因为他自己觉得意义不大。或许Tiger是对的，这里的一切都应该建立在销售数字上，自己一年多活得像个科研人员，已经是Skydon的宽容。

"Tiger，第四季度，我们会有订单。"

Tiger脸色微微缓和，说道："那么，有没有可能，让他们提前到第三季度来。"

"做不到。因为整个CORS系统的报价还没正式上线，我手里有一份参考价格，是德国的最初版本，我们无法作为最终价格使用。我和天石一直有个推广计划，本来也是建立在特区网络验收以及发布会基础之上的，可以用尽量低的成本来模拟实现网络功能。这个样机，不仅天石，我想其他几个公司也都会下单的，除非他们确定想放弃这块业务。"

Tiger看到了希望，但他不喜欢其中某些词语，比如低成本。

"为什么要用低成本方案？让他们原价买不好吗？"

张邕愣了下，他没想到老板能问出这样的问题。

"标准的系统是正式搭建网络后才能使用，这个除设备和软件之外，还有基建和通信的费用，昂贵而且周期长。而且贸易公司没有资格提供数据服务，这套系统只能用来演示，这样高的投入，包括设备和建设的投入，会让所有的公司望而止步。只有这样低成本的方案，才会打动代理商下订单。而且这样的低成本配置很容易搭建，我们可以在全国迅速铺开，数量上去，对我们的业绩才是最好的。"

Tiger点点头，对张邕的答案表示满意："做得好。可是我们这一季度依然有很大的问题，你的成绩无法弥补现在的数字。"

张邕看着愁眉不展的Tiger，终于忍不住道："其实您不用太过操心，这个季度的业绩应该很难挽救了，但后面两个季度的业绩会足够好的，如果加上我刚刚说的参考站那一板块，再加上……"张邕有点犹豫，他很不想说出后面的内容，但还是继续下去，"如果您选的新代理商可以做一些贡献，那么今年的业绩或许没有去年那么好，但绝对会是一个说得过去的数字，无论美国还是亚太区都会接受的。特别是第三季度，不需要您去催，订单应该马上就来了。"

Tiger抬起头说道："你这么肯定？"

张邕在心里叹了口气，他相信，如果是高琳在这里，她应该很快就明白了，不会让Tiger问出这种问题来。他稍稍低下头，用尽量平和的语气小心地向老板解释。

"第一季度的问题是比较明显的，我们本无力解决，除非米河和天石做额外的贡献，但现在看，他们是不愿意做这种贡献。第二季度的问题在于库存压力和代理商的订货意愿两个方面，第一季度的问题基本已经结束了，如果他们愿意配合，我们可以在第二季度取得不错的业绩，但同样地，他们不愿意配合。"

Tiger依然没有听明白张邕的解释："第三季度如果他们依然不配合呢？"

"我不知道他们会有怎样的态度来对待后面两个季度，但我知道的是，他们不会拿自己的生意开玩笑。库存消化完了，生意还在继续，这时候只怕您不让他们订货都不行，该有的订单最终还是会来。特别是北方公司的业务，李总绝对不敢怠慢。所以第二季度是他们向您表达不满的最后一个季节，接下来的季节，他们的订单随时会来。但第四季度，年末需要为业绩冲刺的时候，这几家恐怕不会像上一年度那样同心协力，但也要考虑自己任务的完成度，或许不会像去年一样让您满意，但应该是个过得去的数字。而您现在的布局是否成功，将直接体现在年终任务的完成上。如果新代理是称职的，加上他们的贡献，甚至有一种可能……"

"什么可能？" Tiger听懂了张邕的意思，但他很想亲耳听到张邕说出来。

"很有可能，我们能保持去年的业绩，甚至更好。"

Tiger的眉头舒展了，整个人也放松下来，张邕说的他未必都信，只是这个时候，他太需要听到一些自己想要的答案。而这个答案从张邕口中出来，又比其他人的可信度高很多。

"但是，这里有一个前提。"张邕不想看老板愁眉不展，也不想看他现在就开始得意。

"什么前提？"

"新代理带来的是新的业务，而不是从旧代理地盘上分出来的业务。如果我们内部争抢本就属于我们的业务，不但对我们没有帮助，只怕还有副作用。"

Tiger的目光重新盯在张邕身上，带着几分严厉。

"你是不是在说天科公司的项目？现在什么进展了？"

张邕没否认："海港油田的项目，刘总希望您能亲自出面，向用户解释一下。我建议您不要去。这个项目本来是米河的，到底是米河做的工作，还是天科？根本不重要，这都已经是Skydon的业务。他们之间的问题，我们不该插手。不然可能会有不良的影响。"

Tiger的目光依然紧紧盯住张邕，说道："米河现在不服从代表处的管理，我决定给他们一些教训，顺便也警告一下天石的赵总。张邕，如果我现在决定限制米河的业务，你会怎么做？"

张邕苦笑了一下，为什么他最不喜欢面对的选择，却总是伴随着他的职业生涯。

"我是Skydon的员工，您是Skydon的中国区首席代表，所以您的决定，对我就是Skydon的命令，我会不打折扣地执行。但我依然劝您，最好不要参与此事。我刚说的年末的订单冲刺，如果都是这样的订单，我们的业绩一定会遇到不小的麻烦。"

Tiger这次没有继续坚持，说："好，我考虑一下。高琳和你联系了吗？"

张邕点点头，嘴角的苦笑越发明显："她说会安排我见一位故人，我准备出差了，出差申请待会在线给您。"

"好的，你先出去做事吧。"

李文宇给罗伯特提供了一份资料，有几家经销商的汇款底单，有高琳的美国账号信息。

"詹姆斯，既然他是向几家代理索要钱财，为什么文件只有你一家的签名？"

"你知道的，中国人都有敬畏权力的心理，事情不明朗之前，他们不愿意出面，怕给自己带来麻烦。乔治一直在犹豫，你可以直接给他打个电话吗？"

"好，我会亲自给他打个电话。"

"罗伯特，其实我也很紧张，Tiger毕竟是中国区的主管，而且你说寻找新代理的决定出于Skydon高层，我不知道这事态会如何发展？"

"你放心吧，詹姆斯，保罗的确同意他增加新代理的决定，但从没有拒绝对他非法谋取私利的调查，他只是要我提供确实的证据。或许同意他的请求，只是让他安心而已。毕竟中国区的代理合同，一定要经过我的。我并不希望改变现在的格局。"

第70章　虎过河（三）

怒发狂人正在校园里踱步，左肩被人拍了一下，他回头，不见人，另一侧转过头来，右侧站着笑嘻嘻的张邕。

怒发狂人抬腿便踢，张邕一个侧步跳开。他相信，以他的身手，给怒发狂人十次机会，也一样踢不到他。

"学者，斯文人，不要动粗，我们这里有客人。"张邕边躲闪边向后指去。

怒发狂人转身，立刻变身成一副深沉的学者模样，一名丽人正笑盈盈地看着他和张邕打闹。

怒发狂人上前招呼道："你一定就是张邕每次都提起的漂亮老板娘吧，幸会，我姓刘，是张邕师兄。我都当学者好几年了，这厮一来，就废我的功夫，让老板娘见笑了。"

高琳笑道："一口一个老板娘，太难听了，刘老师您好，叫我高琳。"

怒发狂人看了看表说道："还有时间，去我办公室坐会，你小子回学校干吗？也不提前和我打个招呼。"

张邕苦着脸说道："我是陪老板娘来的，公务，来之前不知道有没有时间见你，谁知道你这么闲，没事校园里自己遛自己。哎哟，咱别动手行吗？"

"来了就一起吃顿饭吧，你要见朱院士吗？"

高琳见二人旁若无人地叫着老板娘，有些无奈，听见可以见朱院士，立刻一脸笑容："有机会见朱院士吗？"

怒发狂人似乎刚刚忘了美人在侧，他正色道："高琳，你恐怕不行。张邕是我们一起建设CORS站的战友，是熟人。他来，就是顺便看望和问候一下朱院士。但你要是见朱院士，恐怕要Skydon出具正式的拜访函，太麻烦，我觉得还是算了。要是楼道或者食堂碰见，我可以给你引荐一下。"

高琳微笑点头道："好呀，谢谢刘老师。"心中却颇为不爽，不是不能见院士的问题，而是居然张邕可以，她不可以。

三人落座，张邕道："直接告诉你吧，不要浪费你那颗属于中国北斗的大脑来猜无聊的事。我们这次是来找梁老师的。"

"梁会？"

"是的，但具体目的恕我不能奉告。或者老板娘不在的时候，我偷着告诉你。"

高琳翻了个白眼，那一瞬间形象有些崩塌，好在没人注意。

"不用告诉我，如果是公务，还能有什么特别的。这位梁大侠是神人，我已经确定他是你们需要的人。"

高琳认真道："刘老师，我们其实和梁老师还没谋面，您能多给我们一些信息吗？"

"梁老师早就不教课了，他出去在外面企业任职，混得风生水起，但关系一直都还在学校。后来和企业发生了不愉快，就又回学校了。

回来后，学校没有职位安排他，让他去后勤，别人肯定会不高兴，这位梁大侠开心得不得了。到了后勤人家也为难，他离职前差不多是个副处级，怎么给他安排工作呢？结果这位大侠说，不用那么麻烦，给我一个保洁的活就行。如今梁大侠就在保洁的房间办公，自己承担一栋教学楼的打扫。但他怎会去扫楼道，自己花个人钱雇了两名临时工扫地，本尊优哉游哉当个副处级保洁。你们说，这么无耻的家伙难道不适合你们Skydon吗？"

张邕和高琳都笑了，没想到来拜访的居然是个这么有趣的家伙。

"能力和专业水平，你们都不用担心，他是做到公司管理层级别的人，放到哪当个总经理都绰绰有余。我就知道这老小子不甘寂寞，没想到做着保洁就又勾引了Skydon，今晚宰他一顿吧，咱们去吃莲藕排骨汤。"

张邕见怒发狂人本相逐渐暴露，赶紧拦阻道："大哥，冷静，咱做学者都好几个礼拜了，注意素质。"

待怒发狂人稍稍做回老师的模样，张邕问道："我知道梁老师，能力这些我都不怀疑，我就一个问题，他有没有足够的资金实力呀？"

"我一个堂堂做学问的人，你老问我这些恶俗之物，我怎么知道。不过他在外面没少挣钱，而且，真需要用钱，我觉得他应该有渠道筹钱。毕竟他本人就是一堆行走的财富。"

"他现在手下还有人吗？"

"这个你们去问他吧，但这里是哪，全球卫星导航遥感地理信息人才基地，这里做事，怎么会缺人才。"

与梁老师的见面居然真的就在保洁办公室，梁会毫不在意自己的身份。

他坐在一张破旧的课桌后面，那桌子应该是从哪个教室搬来的。但他坐在那里，就像坐在自己王国的宝座上，礼貌但是高傲。

"我很有兴趣。本来我要去北京拜访龙总的，我不知道他出于什么目的，反而让你们来跑一趟。这里待客，有点失礼了，对不住。"

高琳坐在一把同样破旧的学生椅上，极力掩饰身体的不适和内心的不喜。她心里暗暗骂道："这个学校的家伙都和张邕一样讨厌，他既然知道我们要来，可以安排个好一点的地方见面呀。"

嘴上却微笑道："这也挺好，很特别。就是不知道如果我们真的合作的话，您也要在这里办公吗？"

梁会笑道："不会。"他向外一指，透过窗户看到校园外不远处几栋高耸的写字楼，"我在那里安排好了办公室，正在装修。只是我现在还在职，工作时间，虽然没有人管，但擅自离岗是不对的，所以我在这里来见二位。"

听到"擅自离岗"几个字，张邕忍不住想笑，但还是忍住，说道："关于Skydon产品，您……"

"没什么可说的，我都看过了，任何一种型号，一种行业应用，你随时可以出题考我。对了，你是负责参考站项目的吧，你那套我也很熟，德国的钟小飞博士，本科时候是我学弟。"

"资金和订货？"

"你们提任务就好了，资金是我的事。我就一个要求，我要签正式的代理合同。我从来不做别人的二级代理，你们北京的那两家公司都找过我，但我没兴趣。我只会跟厂家直接合作。"

高琳还想说点什么，张邕点头道："梁老师，我没有问题。后续我们可能要先签一份保密协议，然后我会发一些资料给您，您确认后，我们再继续下一步。"

梁会向张邕翻了翻白眼说道："不要什么事都开口那么快，老板娘还在这呢。对吧，高琳，你还有什么意见？"他给了高琳一个貌似恭敬的微笑。

高琳感觉自己被对方的笑容冒犯到了，她一刻也不想在这间奇葩的办公室里多待。

张邕没有选择和怒发狂人或梁会一起吃晚饭，他带着高琳来到一家小店。这里有怒发狂人说的莲藕排骨汤卖，价钱不高，但味道很好。

小店里有张邕和芊芊的回忆,他曾经以为有一天他故地重游,心中可能会难过,但看来他没有自己想象的那样深情。他来这里唯一的原因,就是真的思念这里莲藕的味道。

高琳毫不掩饰对这种地方的厌恶,这里没有梁会,甚至不需要伪装自己。

不过当张邕绅士般地先盛了一碗汤给她尝试着喝了一口之后,她感觉就好多了。新鲜原生的食材经过最简单却又认真地烹调后,那股最自然的香鲜被激发,在味蕾中炸开,整个人立刻沉浸在一种美好的感觉之中。

"你不喜欢梁老师吗?"

"只要他有钱订货,我喜不喜欢都不重要。只是我觉得他神神道道的,很难把他和Skydon业务联系起来。"

张邕道:"你也是去过大漠戈壁的人,居然还这样看待这个行业。你觉得做Skydon生意的该是什么样的人呢?米河李总那样的?"

每当张邕话开始多起来,高琳就会拒绝再和他谈下去,这个时候,她在口舌上绝对占不到便宜。

她反问:"那天科的刘总呢?"

"我不说天科的事,因为这件事Tiger差不多已经确定了,我不对老板已经做出的决定发表议论。"

"听起来就是不满意,但偏偏还要做出一副公平公正规规矩矩的样子。张邕,你这样装,累不累呀?"

"如果我不是装的,那就不累。"

高琳习惯性地又一次在张邕面前无话可说。

吃过晚饭,张邕说:"我去看望个朋友,你先回酒店吧。"

待高琳走远,他拿出手机,打给了怒发狂人:"饭我吃过了,找个地方,我给你机会,请我喝一杯。"

灯红酒绿的河畔酒吧,张邕和怒发狂人大口喝着啤酒。

"干吗不带老板娘一起?"

"老板娘,当然老板带着才合道理。我躲着来不及呢。"

"你怎么了?好像又是不太开心的样子,这一年多没见过你这样了。"

"或许我有点悲观,但是我很可能又要失业了。"

"你又发什么疯?你们不是好好的,过来找梁大侠,不是要拓展业务吗?特区网络也通了,你功不可没,怎么就突然变成要失业了。"

"你们都说过,我并不笨,只是不愿意多想。思考是件费心费力的事,我如今稍稍动动脑子,就知道当前的状况不正常。"

"怎么啦?"

"我来找梁老师,你应该知道,这并不是我的工作。Tiger为什么选我和老板娘一起来?你没想法?"

"我是有一点奇怪,不过以为,你是想来学校看看我。毕竟这一段时间都没去特区,我的手脚难免有点发痒。"

"Tiger派我来,是因为他在办公室里找不到可用的人,最后发现居然只有我这个他最不喜欢的人可以信任。他曾因为我不肯出卖天工而不高兴,但他现在理解了,我至少是个不会出卖他的人。如今谁都知道,代表处,或者说Tiger和米河之间出现了问题,而赵爷少有地没有站在Tiger一边,是否与李文宇联手,还不确定。"

"不太可能吧,代理商怎么敢和厂家斗?现在GNSS还是卖方市场,找一个好产品并不容易。"

"所以这事才复杂,我怀疑李文宇背后有Skydon的支持。而且Tiger在增加代理商一事上有很多自己的情绪,他摆明了要收拾米河。这件事伤害的将会是Skydon的生意,甚至比晓卫当初的负面影响更大。毕竟,晓卫还不是Skydon的人,Tiger却是的。如果因为Tiger的不当行为,让Skydon业务受损,Skydon一定会有所行动。"

"刚刚吃饱饭,就开始内斗,这帮人呀。对不住呀,兄弟,每次我都想帮你,但每次都推你进旋涡。"

"可能还是我自带不安定的属性吧。但有一点我无法理解。"

"什么？"

"Tiger之所以信心满满，敢做一些明显不合规的事情，甚至拒绝了和米河的对话，是因为他也得到了Skydon的一些支持，他的经销商扩展计划是Skydon批准的。而米河的势力过大，会不会让Skydon有所提防，怕出现第二个天工和田晓卫，从而削弱其力量，这也是合理的。所以我猜不到结果，不知道米河和Tiger，谁是最后的胜利者。"

"你只是一个CORS业务主管，一个打工者，谁输谁赢不会影响到你的，你好好做你的事吧。等这一阵非典过去，咱们特区的发布还得正常进行。"

"非也呀，老大，"张邕摇头，"本来完全不关我的事，本来办公室里所有人被牵连其中，也不该轮到我。但是现在我被Tiger钦点了，你以为谁都有资格陪着老板娘吗？如果未来Skydon中国有所变化，Tiger之外，我首当其冲。没人在乎我是否愿意，没人会想我只是个打工者。一定会把账算在我头上。"

怒发狂人端起啤酒杯，两人碰了碰，对饮了一杯。

"既然想得这么明白，没什么办法吗？或者，我让朱院士找Tiger，说我们这边需要支持，把你弄到学校来待一段。"

张邕摇摇头道："我不会让朱院士、你还有我们的学校参与到这么低级的事情中。我自己把握吧，除了你，我没和别人聊过这些，我的应对办法就是，该做什么做什么吧。Tiger还是我老板，我就尽量服从，但会尽我忠告的义务。未来的事，交给未来，我现在做什么都未必是正确的。再来一杯吧，我今晚还想喝，喝完这杯，我们就不再谈这些扫兴的事情了。"

"好吧，我并不喜欢Tiger，你们这位美丽的老板娘看起来也并不真的好相处。但如果只从你的角度，我希望Tiger能在斗争中取胜，至少这样对你好。"

"多谢，干杯！"

韦少怒气冲冲向李文宇汇报工作。

"刘洋这个狗东西,他不但和海港油田的用户说,他是Skydon代理,不需要通过米河拿货,甚至还去了北方公司,也是同样的说辞。"

"北方公司应该不会理他吧?"

"是的,但还是通知了我,告诉我,北方公司今年的采购在即,希望我们这边不要总出现这样的问题,给他们添麻烦。据说Eka那边也有类似的事情,让他们很心烦。他们警告我们,世界上不是只有Skydon和Eka,我们再捋不顺,他们宁可选择国产。"

"国产?"两个人对视一下,然后笑了,"气话而已。"

李文宇恢复严肃,说道:"但我必须将此事汇报给罗伯特,Tiger这样胡来,后果他根本承受不了。"

第71章 虎过河(四)

赵爷没有想到,他会接到罗伯特的电话。

惯例的寒暄之后,当罗伯特问他Tiger是否因为高琳出国而向他索要钱财的时候,赵爷知道,自己无法再沉默了,必须做出选择了。

很多事赵爷并没有完全想明白,Tiger要增加新的代理商,势必会重新划分区域,分出一部分给这些新代理,这些是他无法接受的。毕竟按天石的实力,目前的区域都还不够,怎么可能会分给别人,所以他愿意和李文宇站在一起,保护自己的利益。

但这里最大的问题是,和李文宇站在一起,米河拥有Skydon业务划分的最大利益,一种对他和天石来说很不公平的利益。但和李文宇站在一起,意味着他保护的同时是米河的利益。

他很佩服李文宇的先知卓见,但心中更多的是不忿,难道真的有人就是天生的赢家?无论发生什么,都早早地占据了最有利的高点,而自己却不得不跟随。

他忽然想起张邕类似的叹息,心中有一些愤怒,他是一个企业家,而不是政治家，他想争取自己的正当权利，却发现只能通过一些不入流的手段进行。

"罗伯特，高琳出国读书，我的确给了一笔钱，但不是Tiger直接向我要的，是詹姆斯安排的，但我相信是Tiger的意思。我觉得Tiger最大的问题，是没把Skydon的利益放在第一位，有太多自己的考虑。无论是当初的业务划分，还是如今的新增代理，都是如此。但Tiger在中国取得的成就还是有目共睹的，如今的问题，可能需要你和Skydon介入来监管一下。"

这个答案似乎是罗伯特想要的，又似乎不是，他追问一句："所以Tiger拿了你们的钱送高琳出国读书，是一个事实？"

"算是事实吧，但没人直接和我说。罗伯特，我准备了一份详细的报告，解释中国市场现状以及Skydon业务的划分，我想发给你看一下。我觉得我们应该更合理地来划分中国的业务。"

"比如多增加中国区代理？"不太高兴的罗伯特反问了一句，赵爷顿时语塞。

"我开玩笑的，乔治，你发给我吧，谢谢你的报告，有时间的时候，我会看的。现在中国市场有一些不正常，当务之急是让一切回归正常的秩序中，到那时，也许我会亲自去中国和你当面交流你关心的事情。"

"那就太好了，我衷心地欢迎您的光临。"

"我会去的，乔治。詹姆斯有一份反映Tiger问题的文件，你最好一起签字吧。"

"好的，我会签。"电话这头的罗伯特，看不到赵爷的一脸无奈和愤怒。

第三季度的订单如约而至，和张邕预测的基本吻合，虽然不足以弥补前两个季度的缺口，至少这个季度的任务是可以完成的。

Tiger心中舒服了好多，这个业绩并没有包含北方公司的订货，那么第四季度有了北方公司的订单，再加上两个新代理的订货，就像张邕说的，即使李文宇他们不帮他压货，那么他的业绩也不会有太大问题了。

业绩始终是天平上最重的那个砝码，这个解决了，他就可以安心解决其他的问题。他越发觉得自己明智，若不是新增这两个代理，只怕今年的一切都很难顺利。

他踌躇满志地舒了口气，尽量舒服地靠在自己的老板椅上。是的，自己是个天生的赢家，终究自己才是中国区GNSS老大，他想做的事，即使是罗伯特也一样拦不住他。

门外传来敲门声，没经前台通知而来的应该是自己人，他应了一声"请进"，然后脸色就变得难看起来，李文宇走了进来。

"Tiger，能占用您几分钟吗？"

"我待会有个电话会议，李总，你有什么话就尽快说。"

"好，那我就简单点。天科的刘洋最近一直在我们的区域捣乱，总说他是Skydon一级代理，搞得用户人心惶惶，不知真假。我们一直试图和他交流，也没来打搅您，但最近事态有点严重，他居然去了北方公司。您知道的，北方还是Skydon最大的户头，如果这里的业务出现问题，无论是米河还是您，只怕我们都负担不起。"

"哦，是刘洋的事。李总，刚好你上来，咱们就正式聊几句。这样内部竞争当然不好，我们内部的问题不该让用户承担后果。但明确告诉你，Skydon正在通过增加代理商来寻求新的增长，而天科是我们的考察对象之一。为了避免内部竞争，你看有没有可能，提前把一些区域划出来，拿给天科，这样我们就都没有问题了。"

李文宇没想到，Tiger居然这样直接地提出这样的要求。他心底一阵冷笑，真的以为Skydon是你龙家的？

"米河让出来区域，不是不可以。但是，依据是什么呢？我们现在的区域和业务，都是写在代理协议上的。除非Skydon有正式的文件，否则没有道理我现在让给他。Tiger，刘洋一直是我的二级代理，完全是我们一手扶植起来的。Skydon越过我们直接签他，是否有一点不讲道义。而且这对Skydon的生意完全没有帮助，他们拿走的本就是米河已经存在的生意。我觉得您这种新增代理的思路是有问题的。"

"米河拥有全世界最好的区域,却连续两个季度业绩远低于预期,甚至连一半都没有做到,这才是有问题的。"Tiger毫不退让。

"Tiger,我知道我们之间现在有一些误会,其实半年前,我们都还合作融洽。您看,有没有什么可能,我们依然像以前那样合作?"

Tiger嘴角一丝冷笑:"可以呀,很简单,你把北方公司交出来,然后给刘洋两个省,包括他这次的海港油田项目,我们就像以前一样继续好好合作。"

"No way."李文宇终于忍耐不住,他说了一句英文,这句话出口,他知道,他和Tiger之间已经不存在和解的可能,只能是一场你死我活的战争。

他站起身说道:"北方公司您可以不让刘洋去捣乱吗?这是Skydon最重要的生意,出了问题我们都会有麻烦。"

"好,北方的事我会考虑。"

"谢谢您。您真的以为你这些事可以做成吗?罗伯特和Skydon会放任不管,让您这样在中国独断专行吗?"

"我所做的一切,都是符合Skydon利益的。Skydon当然会支持我,罗伯特从来没有反对过我增加代理的进程。如果年底我的业绩达标,罗伯特也没有任何借口来阻止我削减米河的生意。文字,"Tiger放缓了语气,把对李文宇的称呼从冰冷的李总又换成了文字,"我终究还是Skydon中国区的负责人,这里最终一切还是我说了算。我也想按你说的,我们继续好好合作。但一切要听我的安排,甚至北方公司我也可以留给你,比如我们一起成立一个新公司,把北京部委这些央企的投标都拿出来单独操作。我这整个代表处的资源和人力也都是你的。我们一起去争取更大的利益,你觉得这样不好吗?"

李文宇深深地叹了口气道:"龙总,等您真的可以坐稳这个位子,您说什么都好。我先下去了,再见。"转身大步出门。

这是张邕最尴尬的时刻,Tiger不但没有听他的建议,依然前往了海港油田，而且还带上了他和高琳。

对于Skydon中国区负责人的到来，用户还是无比尊重的，而陪在Tiger一行人身边的刘洋则彻底地扬眉吐气。

他先是介绍了海港油田的相关领导，然后把Tiger一行人介绍给用户，介绍到张邕的时候，他说："这位张总是Skydon中国区技术总监和参考站业务总监，是Skydon中国区的二号人物。"对方立刻给出"张总年轻有为呀"的赞誉，张邕极力让自己表现得很正常，但脸上微微发烫，他还没被称呼过张总。

这时候他发现了Tiger的优点，他风度翩翩，应答有度，再加上考究的衣着以及身边一位风情万种的女助理，很快就获得了对方的认可。

技术交流环节是张邕唯一感到舒服的时间，他把Skydon产品做了一次系统完整的讲解，并回答了用户的一些技术问题。可惜这个环节的时间并不长，因为用户早就认可了Skydon，刘洋请Tiger来主要是为了给自己正名。

技术环节结束，海港油田的吴总对Tiger称赞道："龙先生手下真是人才济济呀，无论这位高小姐，还是张总，都是青年才俊，佩服您。"

Tiger则微笑点头道："我们的人都是为您服务的。"

吴总点头道："龙先生，再一次代表我们油田领导向您一行表示欢迎。您这次的来访非常重要，不知道您是否知道，我们是准备采购Skydon设备，但从哪里采购一直是个问题。"

刘洋一旁扬扬得意地插嘴："吴总，这次放心了吧。龙先生在这里，你还信不过我吗？"

"刘总，你也别介意。我们是正规国企，对采购的正规性要求还是非常高的。之前你一直拿的是米河给你的授权，现在米河发文，说你的授权无效，我们实在无法从你手里进行采购。但没想到，Skydon是直接对你进行支持的。龙先生，您能对中国区的业务划分以及代理结构做一个说明吗？采购临近，我们的确是有点疑惑。"

Tiger依旧保持着应有的风度，说道："吴总，我可以向您保证，刘总这边的渠道是绝对合法的，Skydon也会对其销售负责售后服务和技术支持。中国在发展，Skydon也会随之变化，我们总会有一些业务调整，有些变化没有及时反馈到用户那里，是我们的责任，我们给您道歉。"

"哪里话，哪里话，您太客气了。您堂堂中国区首代，能亲自来一趟和我们面对面解释，我们非常荣幸。"

高琳一旁道："吴总，就像Tiger刚说的，Skydon有一些业务调整。之前刘总拿着米河的授权也是正常的，但因为刘总的出色表现，在今年的代理商调整中，我们会增加刘总的席位，他将成为我们的正式代理。虽然还有很多手续要处理，代理协议也需要Skydon法律部门准备，但天科和刘总的身份是完全合法的，您尽可放心。"

吴总道："高小姐呀，如果刘总的正式代理协议还没有签，可不可以由Skydon代表处这边给天科出一个授权给我们，来澄清他的身份。"

Tiger点头道："好的，这个我们没有问题。"

刘洋道："吴总呀，我早说我可以拿到Skydon的授权，你却说授权意义不大，怎么如今又要起授权来了。"

"不一样，当初你和米河各说各话，米河也有正式授权，你拿来授权，我们也一样无法确定。如今龙先生在这里，"说到这，他看了一眼张邕，补充道，"还有张总。"张邕内心无比地煎熬。

"他们都来了，能证明你的合法性了。这时候我要授权，只是需要一份正式的文件备案。"

好客的油田人安排了丰盛的晚宴，吴总坐了首席，拉Tiger坐到了自己身边。几番敬酒下来，气氛立刻达到了顶点。

唯一格格不入的是我们年轻的张总，虽然如此，他发现Tiger不胜酒力的时候，还是挡在了老板身前，替Tiger喝了几杯。

回到酒店房间的张邕，刚刚打开电脑，却接到了刘洋的电话。

"老板那边已经休息了，你干吗呢？我带你出去转转吧，介绍几个漂亮妞给你。"

"算了吧，刘总，我没兴趣，而且累了。"

"我看你一天都不怎么高兴，你什么情况？"

"我没什么，真的就是累了。"

"兄弟，有什么话和我直说。我看老板最信任的就是你，以后咱们常来常往，哥哥我还需要你多多帮忙。"

听到"老板最信任的就是你"，张邕无奈地苦笑。

"刘总，我劝您一句，海港油田的项目如果能成交，就尽快签合同吧。至于订货，赶紧和Tiger申请，要是订货没那么快，您可以考虑先从米河拿货。没必要和生意为难，也没必要只计较这一单的利润，等您代理协议捋顺了，Skydon生意还是有不错的收益的。"

刘洋已经喝多了，他没听出张邕话中的深意，以为张邕还在劝自己和米河合作，说道："姥姥，韦少这小子背信弃义，我帮他打天下，他却算计我，我这辈子都不会跟丫的合作。算了，你要不出去泡妞，就早点睡吧。"

挂了电话，张邕叹了口气，自己该做的已经做了，他希望所有人都能有好运。

给远在北京的Madam道了晚安，张邕继续看自己的电脑。

看到一封新的邮件，他点开，揉了揉自己的眼睛，确认没有看错，来信的居然还是很久没有联系、已经淡出江湖的卡尔。

第72章　虎过河（五）

Skydon代表处随天科公司拜访用户一事并没有瞒住众人耳目，或许是刘洋在得意之下有意地推波助澜，消息迅速在Skydon代理商中发酵。

天石的反应似乎比米河更激烈，李辉等主管都聚在赵爷的办公室中。

"我们最近是遇到一些项目有人报价，并说自己是Skydon代理。这种招摇撞骗报低价的宵小行为一直都有，所以我们并没有太当回事。

但如果这后面真的有Skydon支持，这事就复杂了。老大，Skydon怎么会允许这样的事情发生？自己抢自己的生意吗？你要不要问下张邕什么情况？"

赵爷不知道如何解释："可能会乱一段吧，但终究一切都会好的，只要天不曾塌下来，我们就继续做我们的事。"

"如果那只老虎忽然又出现在我们的地盘怎么办？"

赵爷认真地沉吟道："应该不会，海港油田算是一个中型的项目，还值得去一趟。我们这里都是散单，Tiger怎么也是堂堂首代，应该不会这么没品，而且我们跟踪的散单多，他也不可能一一跑一遍。"

阿坤一旁道："他们可以拿着代表处的授权给用户看呀？"

赵爷道："我安排行政，以后不只有授权，我们还要带着和Skydon签的正式销售代理协议，那上面是Skydon总裁的签字。和用户讲，授权我们随时可以开，但只有这个代理协议才是真正的代理。信不信都没关系，至少不会被对方完全误导。"

"不是长久之计。"

"放心吧，Skydon不会让这种状况长久的。"

米河相对反而平静，因为李文宇提前安抚了大家。他告诉大家，不用向大家隐瞒，米河和Skydon代表处之间的确出现了问题。但大家不要看眼前，无论发生了什么，米河最终会是那个胜利的一方。请大家照常努力工作，同时克制自己的情绪。

并不是每个人都那么听话，宫少侠电话打给了刘洋。

"刘总，不仗义吧。"

"哎哟，少爷，你回去问问韦少，我辛辛苦苦跑了一年，这你知道吧，你和我去了几次，我可没亏了你。结果要成交了，韦少给我涨价30%，谁不仗义呀？我说不行，韦少就直接联系用户，说米河才是代理，我就是一骗子，太不是东西了，背信弃义呀。你以为我想做一级代理呀？自己拿钱压货，还要完成业绩，多累呀，我从米河拿货才舒服，没压力呀。这一年合作挺好的，不是他们逼我，我怎么可能自己往前冲。这么着，兄弟，海港油田你应该拿多少提成，哥哥出给你。"

宫少侠有点愣："这么多故事？你丫的怎么看起来你比我还委屈。是你抢了我的合同呀。"

"宫少，你拍着自己良心说，米河和天科，这是谁抢的谁？"

"甭管怎么说，大哥，你把那只老虎牵用户那去了，这事有点过了，整个市场都乱了，我其他项目也弄不下去了，你说吧，怎么赔我？"

"我不带他去怎么办？让韦少踢我出局，一年费心费力还费钱，最后什么也拿不到？兔子急了还抄板砖呢，我真是没办法了。你其他项目和我有多大关系？要不这么着，我代理也要签了，你来我这，项目都给你做。"

"这你别指望了，韦少做人确实不太地道，但怎么也是我哥哥，我还是先和他同床共枕吧。咱俩这账怎么算？"

"你们隔壁香格里拉饭店，里面日料不错，我下次过去，那儿请你，行吗？"

"成交，你要敢蒙我，咱俩没完。看你这么真诚，我也和你说一句吧。"

"什么，兄弟你说。"

"老李说了，这场斗争他百分百会赢，我劝你一句，小心为上，生意可以做。米河既然不地道，抢了也就抢了，但别把自己搭进去。"

"行，谢谢兄弟。"

挂了电话，刘洋想了想，驾车向Skydon代表处驶去，那晚喝多了他没在意张邕的话，但今天宫少侠给他提了个醒，他觉得有些事真的要和Tiger谈清楚。

刘洋去找Tiger的同时，张邕接到了梁会的电话。

"张邕，你发的东西该看的我都看了，没什么问题。这边公司注册，办公室装修都好了，主要员工也已经就位，现在该怎么办？我要不要过去，拜访一下你们那位龙大老板。"

"梁老师，我的意见，你去找Tiger要样机，我帮您联系。但订货的事，您最好小心，我觉得您最好签了代理合同之后，再下单订货。"

梁会可不是刘洋，立刻嗅到其中的味道："怎么？这里还有其他蹊跷？"

"我不清楚，只是按Skydon的流程提醒您，马上到年底，中国的业绩压力还是很大的，老板需要你们新代理的新订单来缓解压力。其实这本身很正常，没有什么问题。但压力之下，他可能都会做出一些超常规的操作，这在外企里是很危险的事。我希望得到您的订单，但不想让您有一些本不该有的风险。"

"张邕，你不用和我这么含蓄，直接说吧，最大的风险在哪里，中间有什么问题。"

"我真的不好说，只能说两点，增加新代理的确是Skydon同意的，Tiger是在执行高层的决定，这个并没有问题。但在整件事上的沟通上，比如与原代理的沟通，与Skydon亚太区的沟通，都还不够顺畅，我希望您在最合适的机会入场。Skydon是不错的生意，您的能力也是一流的，从我这里，不管发生什么，我会尽力保证您签下协议。但您自己还是要按最正规的流程来处理。"

梁会沉声道："好，我知道了，谢谢你。下次过来，老师请你喝酒。"

那晚，卡尔发了这样一封邮件给张邕。

邕：

很遗憾在黄金海岸没有见到你。你应该知道，我已经退休，目前只是以顾问的身份给Skydon提供一些咨询的服务。

很高兴看到Skydon在中国取得的成就，同时我们也发现了一些问题。史蒂夫让我以顾问的身份前往中国，帮助Skydon，特别是帮助Tiger和北京代表处进行商务扩展。

请注意，我做的是业务发展，而不是销售。所以我并不会参与到Skydon的当前业务上来，也不会参与代表处的管理。我会与霍顿咨询公司一起,开展对中国的业务促进,我们所做的所有事,是与北京代表处并行的,我们之间并不需要直接的联系,只是必要的时候,我们会彼此支持。

现在,我需要一名中国区的助理协助我进行与中国用户的沟通和拜访,我觉得你是一个非常合适的人选,我向史蒂夫推荐了你。

这封信并不是一封调令,我们也不存在上下级的关系,我只是询问你,你是否对这个职位感兴趣。如果你有兴趣,不必和Tiger请示,我会通过史蒂夫和保罗来和Tiger协调,将你暂时调到我身边。必须说明的是,我们将会把上海作为基地,这意味着你会有大量的时间离开你的家人,而和我以及霍顿待在上海。所以我愿意先询问你的意见,然后再做决定。

我会非常感谢能收到你的回复。祝好,卡尔。

张邕已经拖了几天,没给卡尔回复,他很难去做决定。但今天已经是周五,他给自己的最后期限是本周,所以今天必须要给卡尔一个答复。

他能感觉到,卡尔一定知道中国发生的一切,他很想问卡尔,Skydon高层对目前中国局势的想法,但卡尔不提,他并不合适主动去问。

他其实很想答应卡尔,这样最大的好处就是远离这个是非之地,无论米河还是老板Tiger,都暂时与他无关,关于他们的斗争,谁赢谁输,也不再会影响他的前途。

但让他抛下做了一半的事,留下一个不知方向的烂摊子,对于某些方面有洁癖的他来说,似乎很难下决心。

他拿起电话,打给了Madam。

"小子,周末又有什么安排?我想吃香辣蟹。"

"堂堂人民警察,不要开口就吃吃喝喝。"

"好的,人民警察今晚想检查一种海产品和辣椒融合后的口感,要一起吗?张总?"然后发出一串笑声。张邕曾把自己在海港油田的窘迫讲给Madam听，不知怎的，这在警花心中变成了超好笑的段子，于是会时不时称呼一声张总，然后报以欢畅的笑声。

张邕并不觉得这事多好笑，更不理解为什么Madam能说一次笑一次，但只要他听到Madam的笑声，就会跟着很开心，也不再觉得这事尴尬。

"先不急着去检查海产品，张总要请教人民警察一个问题。"

"张总请讲。"Madam依然笑个不停。

"我需要做一个选择，一边是一堆麻烦，另一边是离开麻烦，你说我该怎么选？"

"这就完了？"Madam语气中充满疑问，"你确定这是个完整的问题，你还是看漏题了？"

"当然没有，请警官马上回答。"

"那我选麻烦。"

"为什么？"张邕一脸不可思议。

"废话，你要是想选离开麻烦，还问我干吗，自己岂不早就做决定了。问我当然是选麻烦，你明明已经做了选择，却偏偏要我说出来。小子，我同事都说你老实，我看你是善于伪装吧。"

张邕笑道："下班单位等我，我过去带你去吃香辣蟹。现在，我先去处理麻烦。"

因为时差的关系，卡尔在周四的早晨就收到了张邕的回信。

尊敬的卡尔：

您好。

我非常愿意成为您的助理，帮您开展中国业务的扩展，谢谢您看重我，这是我的荣幸。

待在上海我也没有问题，当然，我会利用周末和假期回京探望家人。

但是，我不知道您的具体行程，而我，至少现阶段无法离开代表处去帮助您。现在，Skydon中国的问题有一些复杂，我相信您也了解部分情况。

我知道我做不了太多的事，我也不是可以做决定，或者改变某些事情的人。只是Tiger安排了我一些工作，我想无论发生什么，我都先把北京的事处理完，然后再去辅助您。

请您原谅我的坚持，欢迎您来中国，我希望能有机会为您服务……

卡尔看着这封回信，对身旁的保罗道："他知道了北京代表处和米河的乱局，却坚持先留下来，这是个什么样的奇怪家伙？"

保罗道："我不知道，你应该比我更熟悉他。我只知道，米河对Tiger和北京代表处提出了很严重的指控。米河指控的二号人物就是这个张邕，很多事情，都是Tiger通过张邕完成的。这次海港油田的拜访，也是他和Tiger同行的。有没有一种可能，他拿了Tiger的好处，因为有利益关系，所以在辅助Tiger，不肯现在离开。"

卡尔道："我不觉得他是个这样的人，但是没有确凿的证据前，我不会下任何结论。但调查他是否清白，并不是我的事，我只是个顾问，保罗，他是你的人。"

第73章 虎过河（六）

刘洋和梁会对订货的态度非常不一样。

刘洋要马上订货，越快越好，他说海港油田的项目马上就要签了，他不能再拖，如果他还不能尽快交货，吴总依然可能会从米河购买。毕竟，米河的授权也是合法的。

"龙先生，我从没听说过付款给别人还会遇到问题。我的代理协议，您尽可以慢慢按流程处理。我提前订货有什么问题吗？我先付款，而且是全款，这还不能接受吗？"

而梁会的态度则是："龙先生，订单我们已经确定了，资金也已经到位。现在我们就在等您的代理合同。这个公司不只是我一个人的，还有其他股东和投资人，我们也有严苛的规则需要遵守，代理协议不生效，即使我愿意，我们也没办法处理订单和付款的事情。"

Tiger终于有些着急，其实两家新代理的问题是同一个问题，都是代理协议的问题。

他已经把两家的资料都发给了罗伯特，罗伯特说已经交给保罗并抄送了Skydon法律部门，现在要等候他们的处理，但一直都没有任何反馈。

眼看第四季度就要来临，Tiger和罗伯特商量，是否可以让新代理先下订单，毕竟这是实实在在的业绩，Skydon没理由接受。

但是罗伯特依然拒绝了，没有代理协议，我们不可能接受他们的订单，或者他们可以先通过米河或者天石订货。

Tiger终于愤怒了，他在电话里和罗伯特吵了起来。

"罗伯特，我怀疑你利用手中的权力，故意阻挠和拖延中国区新代理商的合同处理，因为我没有听到任何关于代理协议的消息，你是不是做了什么手脚？罗伯特，如果这样，我将越过你，向保罗以及Skydon高层，甚至直接向史蒂夫汇报。"

罗伯特冷笑道："Tiger，我提醒你。Skydon一直以来的管理都很忌讳这种事发生。其实不只是Skydon，这种越级在任何一个企业里都很难被接受，而越级者很少会有好下场。我并不怕你告状，只是给你一个提醒，虽然我很确定，你并没有这么大的胆子。我所做的一切，都是符合Skydon的管理和程序的，而你做了什么，你自己知道。Skydon的确是一个业绩为王的企业，但这个企业有着深厚的文化底蕴，并不是什么样的业绩我们都会嘉奖。现在我明确告诉你，我根本不同意你新增代理商的计划，但我从没有拖延你递交的任何文件。但现在起，我会正式地向保罗提出申请，反对你的一切计划。只要我在亚太区，今年就不会让任何新的代理商走进Skydon。至于你，Tiger，你依然这样坚持的话，按Skydon的管理，像你我这种上下级的冲突状况发生，那么二人之间只能留一个，你猜谁会是留下的哪个？"

Tiger想揭开扣着的牌，和罗伯特来一场明着的牌局，但他没想到的是，罗伯特居然更彻底，如今连桌子都掀翻了，二人之间如今连虚假的客套都省了，只剩下剑拔弩张。

Tiger忽然问道："老板，你觉得二人之间如果只留一个的话，Skydon会怎样选择呢？"

罗伯特没想到此时的Tiger居然有此一问，他回答："Skydon有自己的企业准则，有专业的法律团队，并不会像中国人一样讲求关系和感情，史蒂夫他们会做出正确的决定。"

"不，你错了，我的老板。"Tiger的语气中居然有一些得意，"通常谁对谁错并不重要，老板只会留下那个更有用的人。好运！"他直接挂断了电话。

罗伯特忽然有一种不好的感觉，他知道这次Tiger说的是对的。那么他和Tiger谁是更有用的人呢？他不觉得Tiger是，但很显然，Tiger自我感觉非常好。那么保罗和史蒂夫会如何判断呢？他忽然有点紧张，觉得自己并不是很有把握。

Tiger又一次召集了代表处全体会，除了前台，所有员工都集中到了会议室。

"和大家说件事。我和罗伯特已经彻底闹翻了，我认为这个亚太区总监是个彻头彻尾的小人，无能而且卑劣。我已经决定，正式地向Skydon副总裁保罗和总裁史蒂夫提出申请，不再接受罗伯特的管理。同时我需要高层支持我的代理商计划，以彻底保证今年业绩的达标。今天召集大家过来，就是希望大家同舟共济，一起来保护北京代表处的共同利益。大家不要怕，只要我们的业绩能完成，Skydon高层最终一定会站在我们这一方。你们愿意和我一起来参与斗争吗？"

Tiger慷慨激昂的声音停止后，会议室里出现了短暂的寂静，然后有人说："Tiger，我们支持你！"于是更多的声音发了出来，最终，所有人都看似坚定地站到了Tiger一边。

但Tiger发现，张邕没有表态。他近来对张邕的工作比较满意，已经把他当作半个自己人，此时也没特意当众问他。以他对张邕的了解，张邕很有可能说出些与当前气氛不符的话，他实在不想如此。

"谢谢大家的支持，放心吧，等我们胜利之后，我一定会为大家争取更多的利益。"

"谢谢老板""谢谢Tiger！"感谢声不绝于耳，Tiger有些得意，他隐隐嗅到了胜利的味道。

"Tiger，"封耘举手，"是不是应该叫代理商一起参与进来，这样才对Skydon高层更有说服力。"

Tiger点了点头道："你说得对，我会安排。"

此时的他，忽然和罗伯特一样，生出一丝没有把握的感觉，因为他发现，最有话语权的两个代理商并不在自己手里。

已经顾不得这么多了，他想起胡适的诗："做了过河卒子，只能拼命向前。"

"我现在希望大家和我一起做一件事，我会写一封邮件给副总裁保罗，细数罗伯特所犯的过错。我需要大家和我一起，请你们以各自的角度写一封邮件，来阐述罗伯特的不尽职以及对我们的负面影响，写完后先发给我，我确认后，我们一起发给保罗，有问题吗？"

又是静了几秒，封耘问道："Tiger，我们很愿意和您一起面对问题，但是我们和罗伯特的实际接触是很少的，我们可以写，只怕写不出太多内容。"

Tiger眼中锋芒一闪，封耘觉得心头掠过一片剑光。

"封耘，你现在负责的是什么？"

"我负责的目前是华东大区的业务。"

"很好，就写罗伯特不作为，以及压制新代理商订单对华东大区的影响。你们每个人都一样，结合自己的工作职责来写。今天下班前先发给我，发给我后先不要下班，都等在办公室，等我确认无须修改后，你们发了邮件再离开。有问题吗？没有就出去写邮件吧。"

众人陆陆续续地走出了会议室，封耘发现张邕并没有出来。他摇了摇头，眼中不无鄙视。他曾经很欣赏张邕，哪怕张邕在面试的比拼中赢了他。他敬重的是张邕的人品，当然不是能力，清华高才生眼中，所有人都很平庸。

但自从Tiger和米河对立之后，他觉得张邕似乎变了一个人，整天跟在老板后面，参与那些本不该他参与的事情。

"看来我以前看错他了，一切都是装的，有了向上爬的机会，本质就都出来了。"

封耘觉得自己很正义，却没想过，他岂不是正在服从老板并不正义的命令，做着自己本不该做的事情。

会议室中只剩下Tiger和张邕两个人，Tiger询问的目光看向张邕："怎么，有事？"

"是的，Tiger，我不写这封邮件。"张邕声音很轻但是带着坚定。

"为什么？你不和我们站在一起吗？刚才为什么不说？"

"我刚才不说，是因为我不想影响其他人的态度，每个人都要自己做决定。Tiger，我通常会服从你的所有命令，但这个一是超越了我的工作范围，二是我负责的本就是参考站业务，目前并不赢利，罗伯特任何决定都没有影响过我，所以我不能写。"

"为什么不能？"Tiger语气开始严厉，"别忘了你刚刚的参考站业务划分，业务终究要靠代理商来做的，这些都和你有关。"

"您说得对，但只是理论上，现在罗伯特做的任何事都和我无关。我可以给您一份数据，讲中国市场，我们的代理区域以及未来潜力。所有数据都是真实有效的，您可以用这份数据报告，来证明您是对的，但这件事我实在无法参与。"

"张邕，你是不是怕承受后果，所以故意找借口不发这封邮件？"

张邕笑了笑道："我是级别最低的，你们都是我老板。您站在我面前，我都不怕承担后果，还会在乎远在国外的老板吗？"

Tiger对视着张邕的眼睛，最后终于放弃，说道："好，我谢谢你的报告。你帮我做另一件事吧。"

"您讲。"

"你抽空去一趟天石,我想知道乔治在这件事上到底扮演了什么角色,他的态度到底是什么。"

张邕没有拒绝:"好的,我尽快去见一下赵总。"

"张先生,你好。我是猎豹人力资源的莉莉,给您发的资料,您都看过了吗?"

"是的,我都看过了。的确是个很适合我的职位。"

"太好了,您会改变主意吗?"

"说实话,如果不是我在Skydon有一份正式的工作,我会非常乐意接受这个offer,但现在我还没有想法。我给你推荐一个人怎么样?"

"好呀,张先生,您推荐的人一定会符合我们的要求,谢谢您。"

"我的一个同学,毕业后就去加拿大深造了,如今毕业回国,正在求职,他的专业水平远在我之上了,我想你们会满意的。"

莉莉并没有张邕想象的那样开心,说道:"您是说国外刚刚毕业,并没有实际工作经验的高学历海归精英吗?"

"是的,不好吗?"

"不,这种背景很好,您可以把他的简历给我,我可以推荐他合适的职位。但是Eka的这个职位,需要很好的本地背景和工作经验,您的同学并不合适。如果有一天,您改变主意了,可以随时联系我。谢谢您,再见。"

保罗和卡尔面前,厚厚地堆着两沓打印的文件。

一沓来自罗伯特和以米河李文宇为首的中国区代理商,一沓来自Tiger为首的北京代表处全体,也包括了钱老板等一些小代理的信件。

双方都在指责对方破坏Skydon市场的稳定、违规、接受贿赂索取贿赂的劣行。

保罗道:"这还有什么可看的,这就是两个阵营的斗争。我替他们感到抱歉,不知道罗伯特和Tiger是怎样想的,他们想不到这样做的后果，很有可能最后没有一个胜利者吗？卡尔，你在找什么？"

"我发现，所有北京代表处的邮件里，唯独缺乏了张邕的一封，我们没有遗漏，他就是没有写。"

"那又能说明什么呢？你想以此来证明他的清白吗？"

"我说过了，他是否清白，是你的事。我只是觉得他总是很特别，从在GPS中心，到天工，如今到Skydon，他有一种自己独特的步伐，和别人始终不完全一致，但又一直走在一起，没有被别人甩开。"

保罗不屑于老家伙的这些理论。

"好吧，我的哲学家，你说得很对，但与我要做的事无关，我会让人去考评他的人品的，但现在……"他看着卡尔，"给我一个建议，我把谁拿走？听着，老家伙，不要再和我说什么这不是你的业务。我不需要你做主，我会自己做决定。现在，我只想听一下你的意见。请！"

卡尔认真地端详着眼前的两摞资料，就像看着他曾经的两个属下，他们都曾是他的人，如今，他的一句话，可能就会影响这个人的命运。

他思索了一会，拿起其中一摞资料放到了另外一边，说道："我们刚刚兴起的非洲市场该任命一个新主管了。"

张邕按Tiger说的，来天石拜访了赵爷。其实就算没有Tiger安排，他也早想过来问问赵爷的态度。

"喝茶，你很少来我们公司，马小青说你高高在上，可惜，你今天来了，他又出差了。"

"我联系他了，他骂我为什么没早和他说。我怎么和他说呢，我当时并不确定我会过来。"

"Tiger让你来的？来对我劝降吗？"赵爷还是笑得一脸忠厚。

"看来我不该来，一句劝降你已经把自己放在对立面了，为什么这样？我以为你会给我打电话，但你从没和我聊过。"

"如果我打给你，你能给我一些正确的建议吗？"

"很难，我自己都不知道怎么做才是对的。"

"所以我没打给你。那个梁会是你新找来的？"

"高琳不知道通过什么方法联系到的,但梁老师和我见过几面,又是校友,所以我去了。我知道这件事并不讨喜,但Tiger安排我的,我只能执行。"

"梁会很厉害?他能取代我们?"

张邕摇了摇头道:"如果他能刚入门就能取代天石这种10年的企业,那不是很厉害,是太厉害了,这么厉害的公司,一般影视剧里才有。赵总,你有一点想错了。不要说我,即使是Tiger,从不敢找人取代你。新代理从Skydon的角度说,是增加有生力量,从Tiger私人角度说,是想寻找更听话的代理。但天石的地位是很难动摇的。Tiger让我来,是希望你能直接表态,你到底站在哪一边。而我来是想问问:为什么你忽然和米河同一阵营了呢?"

"张邕,我从不低估你的智商,你不会真的想不明白,我为什么忽然和米河同一阵营了吧?因为我根本没得选,我能怎么办?我想支持Tiger,但Tiger找来新的代理要划走我的地盘。我根本没有选米河,只是米河反对新代理,我只能和他站在一起。但即使我们赢了,赢家只是李文宇而已。我一切都和之前一样,却不得不为这样一个结果得罪中国区老大。"

"你相信李文宇会胜过Tiger?"

"我不确定,但我只能希望他赢。但后来罗伯特亲自给我打了电话,我觉得李文宇机会很大。但就像你看到的,我绝对不会因为李文宇的胜利而开心。算了,兄弟,我现在有点后悔,的确该和你商量一下,但现在你能不能告诉我你的预测,Tiger和李文宇,谁会是笑到最后的人?"

"现在已经不是李文宇的问题,是Tiger和罗伯特的对决,赵总,你高估我了,其实我根本看不清结局。"

张邕的手机铃声忽然响了起来,他对赵爷说了声对不起,先接听了电话,是Skydon代表处的同事丽贝卡。他接了电话,想告诉他自己会议中,稍后给她回电。但丽贝卡一句话就镇住了他,他一直听完丽贝卡说的所有话，之后才挂断了电话。

赵爷看着神色怪异的张邕，问道："你怎么啦？发生了什么事？怎么一下子变成这个样子了？"

张邕极力让自己恢复平静，他告诉赵爷："最新消息，罗伯特被调职了，他将去非洲工作，目前亚太区总监职位空缺。"

"这怎么可能？"

他无比困惑地抬起头，却发现眼前的赵爷脸如死灰。

第74章　虎过河（七）

比起罗伯特的离任这样的重磅消息，Tiger对海港油田的拜访轻微到完全不值一提。

Tiger把大家都叫到了会议室中，然后尽量轻描淡写地宣布："告诉大家一个消息，应该算是好消息。罗伯特已经被调往了非洲，如今职位空缺，而我将直接向副总裁保罗汇报。"

短暂的寂静后，大家立刻反应过来。

"Tiger，祝贺。"

"Tiger，恭喜。"

Tiger已经喜形于色，但极力装出一副云淡风轻的样子。

"说祝贺和恭喜都不合适，只是公司内部的人事调整而已。但是他的离开对我们中国区肯定是一个利好，也感谢大家，你们的支持都发挥了重要的作用。后边代理商的事情，相信保罗也会很快有一个决定，我们要赶在年底前快速推进一切。没人能阻挡我们，北京代表处会越来越好，我年底会为大家申请加薪。"

听到"加薪"一词，会议室里立刻响起了掌声，Tiger优雅地向大家摆手示意。

环视四周，Tiger忽然有点失落，高琳不在这里。他决定待会儿放下一切工作，早点回家，当面向高琳宣布这个好消息。

封耘则发现，张邕又一次在这么重要的时刻没和大家一起。

丽贝卡的电话是封耘让打的，他想看看张邕是不是早就知道此事。挂了电话的丽贝卡对封耘道："我感觉他应该是不知道的，和我们一样震惊。如果这是他装出来的，那心机就太深沉了。我不知道你为什么会这样想张邕，这么久了，你还不了解那个实心木头人。"

"好吧，是我以小人之心度小人之腹……"丽贝卡和周围听到这句话的人都笑了，"但如果张邕什么都不知道就能跟对老板，那他就不可能是个木头人。"

丽贝卡摇头道："大才子，你想得太多了。"

赵爷控制住自己的情绪，他问张邕："消息确实？你怎么看？"

"消息肯定确实，但我没想到。即使我想到这个结果，也绝对不会想到会发生得如此之快。"

"如果Tiger彻底赢了这场战争，他会怎么做？我该怎么做？"

"记得咱们以前聊过，继续做你和天石最擅长的事，开展业务，订货付款。Skydon永远需要这样的合作伙伴，我觉得你无须担心。"

赵爷依然不无忧虑地说道："我担心Tiger会报复我，如今他志得意满，大权在握，削去我们一半地盘，我们就会非常艰难了。"

"Tiger让我过来，就是要探听你的态度。所以他至少没有完全把你当作对立的一方。"

"李文宇写了一封控告Tiger的信，罗伯特亲自打电话给我，让我共同签字，我最终就签了。因为罗伯特答应我，他会来中国与我面谈关于代理商区域的问题。你说这封信会被Tiger看到吗？"赵爷很懊恼，他这次判断失误，很可能会影响到天石的前途。

很多事都和张邕猜到的近似，只是没亲眼看到的，他不愿多想。

"罗伯特的离任，和这封信或多或少都有关系。赵总，先不要管Tiger是否能看到，我们先确认一点，你签字的这封信上所指控的是否都是事实。但是求求你，大哥，千万不要告诉我这些事实是什么，我实在是不想知道。"

"你总该相信我的为人，我只是想保护我的利益，但绝对不会做更下作的事。"

"我觉得没什么可担心的。我能想到，此刻Tiger和代表处的高涨情绪，但可能一切为时尚早。准备好你的第四季度订单吧，这可能才是你最重要的事，即使不是，除此之外你也做不了其他任何事了。"

"好。但我们有一些麻烦，有人在我们地盘上报价，我们不确定是不是梁会的人，当然也有可能是刘洋的人。这一定程度上会影响到我们的生意。除了这个不利因素，我们今年的销售势头很好，第四季度我可以拿出一份不错的成绩。"

"这些问题我帮你解决。如果需要，你把我的手机和办公室分机给用户，我来帮你澄清。如果是梁老师的人，我想大家还可以沟通下。刘洋的业务范围，我是说，未来计划的业务范围，应该和你冲突的不多。但是刘洋是个不按套路出牌的家伙，人还算讲道理。不能叫讲道理吧，北京爷们儿讲的不是道理，叫道义，只要合他的规矩，怎么都可以。有问题，我来尽量协调吧。但是如果Tiger直接下令，我没办法，只能尽力。"

"好，"赵爷终于稍稍安心了一点，"你刚才说，这事还没结束？Tiger得胜如今对你不是最好的结局吗？"

"谁得胜，我都是继续干活。只是Tiger如果失利，我被扫地出门的机会很大，虽然你知道我是冤枉的，但没人真的在意。如今这个局面，我大概还能暂时待下去。其实像你刚才说的，无论怎样，赢家注定是李文宇一样，我怎样都是输家。Tiger赢了，我依然不会有什么地位。不过这样对我算好事。"

"怎么会？大家都说，如今你是Tiger最信任的人。"

张邕笑了，嘴角一丝自嘲："他信任我，是因为办公室里他无人可用。如今随着他得势，很快所有人都会变成心腹。我很快就要靠边站了，你拭目以待。"

赵爷认真地看着张邑说道:"你好像不担心,还很享受。"

"有一点儿。你不知道,有时候被老板信任才是件真正痛苦的事。"

"奇怪的家伙。你那位怒发冲冠的师兄,最近有联系你吗?"

"狂人师兄最近很忙。不错,他要我们注意一件事。"

"什么?"

"北斗一期的第三颗卫星马上发射,虽然离他说的未来还很远,但是,这已经是一套可以实现主动式定位的系统。"

赵爷没有多说,只是心中某些梦想隐隐地又要发芽。

随后赵爷又想到了一些事:"我要不要做一些事,来缓和一下和Tiger的关系?"

"如果你想做的事,是我不想知道的,你就别告诉我。不过倒是有一个比较正当的机会,你可以多为Tiger尽一点力。"

"哦,什么事?"

"我的大哥呀,你真是个专注的企业家,怎么忘掉老板的婚礼一定会在高琳去美国之前进行。不要说是老板,就算一般朋友婚礼,我们也该尽力吧。或许老板不是第一次,但依然是人生最重要的时刻,让他开心一点吧。"

回到家中的Tiger,搂着高琳翩翩起舞。高琳幸福地笑着,用一种妩媚但又充满了崇拜的目光看着自己的男人。

"Honey,接下来,你会怎么做?"

"接下来?接下来我会好好准备我们的婚礼,周末我想去挑个钻戒,你要忙就不用去了。"

高琳的双手从Tiger的手臂中滑到了他的脖子上:"你真是个坏男人,但是我的英雄。"

当二人结束一曲,彼此依偎着坐下的时候,高琳问道:"你觉得这件事就这样结束了吗?罗伯特还会不会回来?亚太区的未来会怎么样?"

Tiger踌躇满志地说道:"我会再次邀请保罗来参加我的婚礼,也许这一次他会接受。在婚礼上,将中国代理商团结努力以及紧紧跟随代表处跟随我的局面,在这个喜庆的日子里向他展示。当然还有无数的重量级嘉宾,让他知道我在中国的举足轻重。随着新代理的推进,我会将中国的所有生意都牢牢拿在自己手中。米河的北方公司可以暂时不动,但等我大局稳定,一定会把我想要的都拿过来。等你美国毕业归来,我给你一个我的老虎商业帝国。"

高琳紧紧地靠在Tiger怀中说道:"有没有想过,会调你去亚太区?"

Tiger的眼中露出一丝狂热,说道:"你真是冰雪聪明,我的确想过这个可能性。一般常理,即使要把罗伯特调走,也不会这样快,通常是准备了替代者,哪怕是临时替代的,才会做出这种决定。这次的调动太突然了,我都没有想到,我们的诉求这么快就得到响应。而且保罗并没有给亚太区准备后备,我总觉得这里有一种可能,就是因为我在中国的出色表现,让我来接替罗伯特,管理整个亚太区。"

"那就太好了。如果真的如此,你会怎么来安排现在的中国区呢?"

"我会安排一个自己人,同时我把亚太总部迁到中国,我依然留在北京。"

"你的自己人不会是张邕吧?"

"怎么会,我知道你不喜欢他。我无人可用的时候,他是我手中为数不多的牌。但我掌握大权,手里的牌就会很多。我也不喜欢这个关键时刻并不一定和你一条心的家伙。"

二人越谈越激动,深深沉浸在对未来无限美好的想象之中。

同样得到消息的米河呈现出一种人心惶惶的状态。

与天石不同,天石最受影响的只是赵爷一人,其他人并不清楚发生了什么。而在米河,则是李文宇告诉过大家,米河必将是最后的赢家,所以每个人都知道了这场斗争。

一时间气氛低沉，大家议论纷纷，连肆无忌惮的宫少侠，和别人谈起此事，也压低了声音。

韦少走进李文宇办公室的时候，发现李文宇的脸色也有些难看，他心中的沉重就又增加了一分。

"李总，你清楚到底发生了什么吗？"

李文宇略带沉重地摇摇头道："消息太突然了，我没收到任何消息。我刚刚给罗伯特打了电话，他已经不在亚太区办公室里。而他的手机一直是关机状态，看来一切应该都是真的了。"

"怎么办？公司里上上下下士气都低落到了极点。刘洋那厮更是在外面胡说八道，很多用户也在质疑我们的正式资格。"

李文宇稍稍停顿了一下说道："这件事不可能如此简单地以Tiger的胜利结束，一定还有下篇。"

"是的。有一种说法，说Tiger有可能会调往亚太区，顶替之前罗伯特的位置。"

李文宇忽然笑道："我想绝对不可能。我们反映的Tiger的问题都属实，如果Skydon出于某种考虑先牺牲掉罗伯特是可能的，但绝对不会反而让Tiger胜任更高的位置。有了这个消息，我反而确认，这事应该没那么容易结束。"

"可是对员工们怎么解释？"

"我们不好公开解释了，你去和宫少那几个大嘴巴的家伙说。就说罗伯特的事情早就定下来了，我们一直都知道。但这并不意味着米河的失败，很多事情还没有结果，让大家继续努力吧。你只是去告诉大家，公司一定不会让他们失望的，一切都在我们的掌握之中。其他的细节就让宫少他们去说，大家尽管猜，没关系，Skydon代表处的人也在猜。"

"好的，我知道了。和Tiger那边的关系怎么处理？"

"先缓和关系吧，不要逼Tiger尽快对我们出手。我和他吵过了，不方便出面，你联系老板娘。我猜Tiger如今志得意满，很快就会把婚礼的事提上日程，我们多做一点贡献吧。刘洋那边拿到货了吗？"

"没有。我感觉他虽然一直在外面嘴硬,但也有一点紧张,他的货再拿不到,海港油田可能依然会选择我们。"

"那就好,你看,一切的变化并不大,不要自己吓唬自己,天还没塌下来。"

"知道了,李总。我出去了。"

看着韦少出门,李文宇深深地吸了一口气。他并没有像表面上看起来的那么轻松,他本能地感觉这件事不应该就以罗伯特的调离而结束,但也并没有太大的把握。

如果Tiger真的取得了最后的胜利,那么米河的境遇一定不会太好。他心里拿不定主意,是继续抗争好,还是赶紧跪下向Tiger求饶。

高琳始终面带笑意地接听了韦少的电话,然后说:"谢谢韦少,我和Tiger商量一下。"

挂了电话,高琳不等Tiger询问,就直接道:"韦少说李文宇有一个朋友是做珠宝私人订制的。可不是商场里那种普通店铺,都是名流才会光顾的地方。他说知道我们的婚期近了,李总答应过你要帮你准备钻戒,所以问我们的时间,想带我们去挑几件珠宝。亲爱的,成功者身边永远不缺表忠心的人。我没直接答应他,你说,我们要接受他们的和解信号吗?"

Tiger开心地笑出了声:"当然接受,我从来都不是一个小气的人,你和他约时间吧。只是有一点,我们已经不再是一年之前的我们,并不会因为一点小恩小惠就感恩戴德。我喜欢他们释放的善意,但未来如何,还要看他们更多的表现。"

"Honey,你真是男人中的男人,好,我和他约时间。"

李文宇接到了一个电话:"Hello,是李文宇先生吗?"电话里是一个讲英文的女声。

"我是,请问您还是哪位?"

"我是保罗的助理西西莉亚,请问您现在有没有时间?保罗想和你通个电话。"

"好的，我可以，现在就可以通话。"李文宇有一点轻微的激动。

"您稍等。"

李文宇在拿着电话等了足足5分钟，以至于他怀疑对方是不是把他忘记了。

终于电话里传来一个男声："李先生，您好，我是保罗。"

"您好，副总裁先生。"

"叫我保罗。"

第75章　虎过河（八）

Skydon代表处，刘洋和韦少面对面坐着，这是他们第一次一起面对Tiger。

张邕坐在Tiger身旁，高琳不在，另外一侧，是Skydon的另一名区域经理李可飞。

刘洋有些激动地说道："龙先生，这不合理。我之前是米河的二级代理，一直从米河拿货。但您刚刚已经说了，我的代理协议正在处理之中，Skydon对我的代理资格审核已经通过了。那么我还有什么理由继续从米河订货？"

韦少道："刘总，海港油田一直是我们的合作项目，这个远发生在你和龙先生接触之前。本就该算米河的项目，从我这订货，没什么不合理吧。"

"没什么不合理？你要说给我一个合理的价格，今天还有这么多不合理的事吗？"

"米河支持了你一年，如今你要完全踢开我们，这就是你的道理？"

二人声音渐高。

张邕见李可飞没有制止争吵的意思，他忽然抓起了电话，在众目睽睽之下平静地打给了前台。

"小于，给两位老总的咖啡先不要送进来，我怕他们会泼在彼此身上。"

争吵的二人尴尬地顿住，Tiger嘴角浮现一丝笑意。

"两位，不然这样。我们先让Tiger回自己的办公室，中国区首代，很多事要处理。而且有人在他面前这样吵架，他又不愿指责。不如我们先吵，动手也无妨。直到大家都不想吵，只想沟通的时候，我再把老板请过来。"

二人冷静下来，不再争吵。

刘洋转向Tiger说道："龙先生，这事您做主吧，我听您的。"

韦少立刻表态："对不起，Tiger，我们真的太没礼貌了。我也完全听您的，您来安排吧。"

刘洋补充一点："但是龙先生，我们真的已经准备好订货和付款了，如今重新从米河拿货，会影响我的计划，以及账目。"

Tiger见自己的威严得到了全面的尊敬，清了清嗓子，开始讲话。

"刘总，你的代理协议没有问题。现在没签，是因为我的老板，也就是Skydon的全球副总裁保罗近期会来中国，还会带着相关的法务人员，他们将和你当面签订合同。你的订单，现在Skydon也是接受的，这一切都没有问题。现在不是让你从米河拿货，你的订单和米河没关系。我们谈的只是海港油田这一单，不是你拿货，而是Skydon要米河出货给你。这一单却是发生在米河的原区域，而且已经是一年多前开始的项目。我和保罗经过商议后，认为这的确是属于米河的项目，但也的确是你辛苦工作的结果，所以我们让米河支持你来做这个项目，我不觉得会有什么问题。"

张邕补充道："其实这是一个新老代理的过渡。当初米河也做过同样的事。对吧，韦总。"

韦少对张邕报以感激的微笑："是的。刘总，你可能不知道，我们当初几乎吃下了天工的所有库存。还有一大批天工卖给北方公司但还没付款的设备，也是通过我们来完成的。你这几台设备，跟我们当初比，根本不值一提。"

刘洋依然不情愿，却不好再多说："是不值一提呀。我这小公司和米河比，也是不值一提。龙先生，您既然这样说，那我听您安排，但是米河给我之前的价格真的高得离谱，这个价格您也要做主。"

Tiger转向韦少说道："我可以做主吗？"

韦少忽然想起了易目，想起了上一次一群人在天工围着他签城下之盟的情景。他知道所有人都低估了易目，他自己现在就不能如易目一般平静地面对Tiger的目光。

"中国区的事，您都可以做主。"

"好，那就这样。米河的进货价，加15%，出给天科。"

韦少笑得很勉强："好吧，Tiger。您既然这样说了，那么我们只能接受。"

刘洋毫不掩饰自己的喜悦，作为新晋代理，他已经拿到了Skydon的价单，他当然知道，这个价格，比他一年前从米河拿货的价格更好。

"刘总，"张邕忽然开口，"我得给您加个条件。"

"你说，兄……，张经理。"

"北方公司目前依旧是米河的业务，也是Skydon最看重的一块业务。没人希望看到我们在这一块业务上发生问题，否则，我们在座的所有人都承受不起。既然已经和米河达成了协议，北方那边不要再触碰，不然大家都不好过。"

刘洋点点头，没有吭声。

Tiger满意地笑了，这是他的王国，他又重新掌控了一切。

不久之前，Tiger第一次接到了新老板保罗的电话。

保罗赞扬了Tiger的代理商推进计划，他非常认同。日益发展的中国市场需要更多的新生力量，而且对Tiger挑选的两个新代理商也表示了欣赏。只是特别提出了新代理商业务划分的问题，他将在不久的中国之行中和Tiger当面商议并一起和新代理商面谈，来决定一切。对此Tiger当然无比欢迎，他借机向保罗发出了参加自己婚礼的邀请。

保罗思考了一下，告诉Tiger，因为考虑和新代理签约等问题，他会带一个团队前往中国，包括法务、人事还有亚太地区的财务以及亚太区的一些主管，他们将和Tiger一起开会。所以他无法带着这样一个团队以私人朋友的身份出现在Tiger的婚礼上，所以他将在Tiger婚礼后的第二周前往中国。

说到这里，保罗开玩笑道："Tiger，我希望一周多的蜜月期对你足够，如果你实在应付不了，我可以稍稍提前我的行程，早一点去中国解救你。"

Tiger放声大笑："老板，我甚至可以放下婚礼去和你谈工作。但你若只是考虑我的身体原因，那很遗憾，我的蜜月可以一直继续，你只怕没有机会前来中国了。"

关于第四季度订单的问题，保罗特别提到了天科的海港油田订单，这也是Tiger专门约米河和天科一起开会的原因。

虽然Tiger有一点奇怪，为什么保罗对这个项目知道得如此清楚，但随即自己解释为应该是罗伯特在任时向保罗汇报了此事吧。

保罗的建议和他的想法稍有冲突，但并不影响他的整体布局。而且如今中国市场都控制在他手里，米河和天科也只能接受他开出的条件，所以他很乐于接受老板的想法。

通话的最后，保罗向Tiger表达了对他婚礼的祝贺，并再次为自己不能接受他的邀请而道歉。

和保罗通过电话后的Tiger很兴奋，他感觉到保罗对他的态度非常友好，和罗伯特是完全不同的一种状态。

他和高琳分享了和保罗通话的全过程，并告诉她，保罗会带一个团队在他们婚礼之后来到中国和他一起开会。

高琳望着他藏不住喜色的脸说道："Honey，你想到了什么？"

Tiger道："如果只是和我商量中国区的事，他是没必要带一个团队来的。他带来的人甚至不是同一个地方，美国、新加坡、澳大利亚的都有，财务、人力资源、律师和亚太区其他高管。所以我只是猜测，或许，他们的中国之行，也是我的一次升职仪式。"

高琳满面桃花地说道："真的是这样，我们就真的是双喜临门。提前恭喜你，我的男人。"

Tiger深沉道："只是猜测，未必如此。但感觉可能会有很大机会吧。别提前恭喜我，我可不敢保证就任亚太区总监，但我敢保证一点，我们的将来会愈来愈好。我会等着你早一点从美国回来。"

韦少回到了公司，将和天科之间的结果向李文宇做了汇报。与在代表处时表现不同，他现在很气愤。

"15%，还不如我们拿出去放贷的利息高。我们给高琳的珠宝首饰可是价值不菲，这只老虎如今的胃口越来越大了。"

"你冷静点，他现在正在得势，我们就多顺从他吧。那些珠宝就当抹平之前的恩怨，如今的Tiger不会因此向你感恩的。不过他得意似乎早了些，我并不觉得他真的赢了罗伯特。保罗那天打电话给我，没说其他，就是问了海港油田的一些具体情况。今天我们拿回这15%，我猜已经是保罗为我们周旋的结果。如果保罗真的完全信任Tiger，他何必给我打电话。暂时忍耐下，未来很难说。"

"对，李总，你说起这个保罗。Tiger说他不久后，应该差不多在他的婚礼时间吧，会带团队来中国。Tiger说此事的时候，非常兴奋，似乎会有什么喜事发生。"

李文宇这次皱了皱眉道："你说Tiger很兴奋？有些不好理解。"

"为什么不像对罗伯特一样，你去找一下保罗呢？反正他主动联系你了。"

"他职位太高，我又摸不准他的脾气，不好随便采取行动。但你说得对，既然他能主动联系我，我当然可以联系他。我的感觉可能会和Tiger有些不一样，但还难说谁是对的。"

"保罗和您通电话的时候，只提了海港油田的项目，没有说其他吗？"

"没有。不，确实还说了一件事，他问张邕这个人怎么样，我们对他的指控是否都是确实的。"

"没有问Tiger的事,却只问了关于张邕的?"

"是的,我告诉他,我们并不了解他。因为他在代表处差不多两年的时间里,和我们交流非常有限。我只知道,Tiger目前做的事,在代表处似乎只有张邕真正支持他,他是Tiger的自己人。"

"干得漂亮,老大。什么都没说,似乎又什么都说了,最高境界。"

李文宇笑了一下:"让你多教教你的小弟宫少,你倒好,还把他的技巧都学过来了。我只是进一步把Tiger和张邕绑在一起。我也在赌,如果Tiger没事,那他们就一起得势,如果Tiger失利,我让张邕和他一起滚蛋。"

韦少脸上浮现出一个百分之百宫少侠式的微笑:"老大英明。"

张邕接到了卡尔的回信。

很高兴听到你愿意辅助我做业务开发的工作,我想你所说中国区的局面很快就会稳定下来。你应该已经知道,罗伯特已经调往非洲。他和Tiger这种在亚太区内斗的事已经结束了。

保罗将很快前往中国,我会和他一同前往。但我不会去北京,而是按上一封信说的,我将和霍顿前往上海。

我会衷心祝福你能通过保罗的一些考验,然后尽快来上海与我汇合。我相信,我一定会等到你。

张邕看着这封邮件,双眉紧皱。他似乎无意识地抓起笔,在面前的白纸上写下了一个单词:Tiger!

赵爷离开了北京,和张邕沟通后,他也想明白了一些事情。

卿本佳人奈何做贼,天石本就是一批生意场上冲锋陷阵的勇士,为什么自己要和李文宇一起,参与到自己并不擅长的政治斗争中。

他并没有刻意去缓和与代表处的矛盾,只是借着中秋节给代表处每人送了一盒月饼,月饼规格和他送给客户的是一样的。

保罗要来的事他也听说了,但没有像李文宇一样做什么特别准备，只是将之前那份准备给罗伯特看的报告重新准备了一下，之后便出差了。

一旦回到自己熟悉的领域，赵爷依然是那个战无不胜、可以拼下一个个项目的高能战士。有张邕帮天石向用户澄清他们的合法资质，年底的日子天石生意不断，第四季度的订单将会是一个令Skydon无比满意的数字。

这一天，当赵爷来到杭州某院的时候，他发现了一件有意思的事。

在用户的办公桌上，他发现了一份极其熟悉的资料——佳瓦。

赵爷笑了，他拿起资料，第一感觉是李辉有点捞过界了，怎么资料都发到自己的Skydon区域了。但随后他发现这不是李辉的资料，是一个陌生的新公司，资料上附着一张名片，他拿起来，凯西。

赵爷脑海中浮现出一个总是化着浓妆的面孔，通常这张面孔是和田晓卫站在一起的。

时间倒流回卡尔和保罗开会的那一晚。

保罗问卡尔，应该把谁拿出去。卡尔将罗伯特的资料拿起，放在了一旁。

但这并不是二人对话的全部。

"如果罗伯特和米河反映的Tiger的问题是事实，那么Tiger已经严重违反了Skydon的条例，甚至是美国法律，这样的错误对我们来说，是不可原谅的。但增加代理商的计划，虽然出于他的私心，却完全地符合Skydon的利益，所以我们该支持他去做。米河如今的势力也的确大了些，就借着Tiger的手去收拾他们。把罗伯特拿走，不要让他妨碍Tiger做事。现在看来，他并不适合亚太区，对东方文化缺乏了解。而且以内斗的方式解决问题，我不得不怀疑他的能力。但他并没犯太多的错误，送他走吧。我们新兴的非洲市场，需要这样一个主管。你该做的，是去查明Tiger犯的错是否属实，如果是后者，你知道该怎么做的。"

保罗看着这位亦师亦友的前辈，心中不无佩服，说道："卡尔，你的建议和我想的一样，我会这样处理。只有一件事，米河的指控里还提到了你很欣赏的张邕。如果他的问题也是事实，我想你可能没有机会在中国见到他了。"

"再说一次，调查他是否有问题是你的事。我会前往上海，如果你觉得他是清白的，让他来上海找我。"

第76章　发布，婚礼，自由与梦想

拖延已久的特区CORS网验收仪式终于开始了。

Tiger坐在了主席台上，西装革履，风度翩翩。面对台下的人群和媒体的长枪短炮，他志得意满。

行业领导、地方领导、业主领导、M大朱院士团队，大家依次排位，Tiger坐在主席台的最边缘。但这无法阻止他内心的热情和喜悦，因为他是台上唯一的企业代表。

领导们的致辞和讲话中多次提及了Skydon的名字，并向他和北京代表处表示了感谢。他知道，领导们讲完话就会离开，这里Skydon和朱院士才是主角。

怒发狂人将在系统介绍的环节上台，此时他待在一个角落，正百无聊赖地和张邕通着电话，后者并不在现场。

"你老板看起来很开心呀，其实我应该告诉记者们，这个项目上你才是真正的主角。"

"主角永远是老板，我们是工程师，是解决问题的一批人。"

"待会你们这只老虎致辞的时候，我要仔细听一下，如果他没有提到你的名字，那就绝对不会是一个好人。真的出现你预测的结局，也并不冤枉。"

"我的名字很多人都不知道怎么读，他要是提了，唯一的好处也不过促进了人民群众的文化素质教育。"

片刻后，怒发狂人骂了出来："妈的，功劳都归在自己身上了，顺便恭维了朱院士，拍了领导马屁，我们俩成透明的了吗？"

张邕电话另一头笑道："冷静，我的学者大哥。一个搞学术的人要淡泊名利。对了，那篇提交科技通报的论文已经通过了。Tiger象征地问了问我，要不要把我的名字也加上，我说算了，还是只署您的名吧，您才能代表Skydon，他没有再坚持。"

"我呸，老子可以淡泊名利，但一篇学术论文，他一个外企高管要这名干吗？你也是脑子有病，这篇论文对你将来有很多好处的，就这么拱手让了。"

"我无所谓呀，没有Skydon和你的支持，我也没法完成这篇论文，就当我为Skydon写的吧。"

"唉，无语。有时候你真是傻得不可救药，这只老虎对我们来说不过是个局外人，有一天他离开这个行业，就没人记得他。但你，很有可能在这里混一辈子，你这么大度，但类似明珠暗投，那篇文章对他根本没什么用。这么好虚名的老板很难做大事的。算了，不说了，我要上台了，你准备好，我们两边随时接通。"

"收到，师兄一切顺利。对了，你的头发有没有打一点发胶，让它们稍稍服帖一些。如果它们一如平时地倔强，可能显得你脸过长，屏幕上装不下。"

"你给我滚蛋！"

张邕和怒发狂人都没有想到的是，他的这篇论文后来成了相关行业和技术论文里引用最多的一篇，也被无数人转载，成为GNSS网络论文模板。但大家始终不知道这位姓龙的作者到底何许人也，有人猜测，是怒发狂人的化名。

张邕的上衣已经被汗湿透，此时的他正带着一群来自全国各地的技术人员在野外测试网络移动端。特区的高温，让每个人不堪重负。

"张老师，您休息下，设备我来背一会儿。"一个年轻的技术人员实在看不过，想过来帮他分担下压力。

张邕制止了他，他翻起设备腰带的一角说道："里面都湿透了，这件衣服回去也就废了。我们还是只废我一件衣服好了,不要连累你的。"

张邕其实很喜欢和这些人在一起,他们更像同一类人,他们的领导可能也都在发布会现场,而这些人未来都是和他一样真正使用网络的人。

演示和各种技术问题始终没有停过,张邕一一解答,他能看出众人眼中的期盼,他觉得一切离自己的自由与梦想又近了一步。

怒发狂人又一次拨通了张邕的电话,他开了免提,此时他站在台上对着下面的无数听众和媒体。

"土豆土豆,准备好了吗?"

"地瓜地瓜,我这里准备完毕。"

台上发出轰然的笑声,这个环节大概比领导们的讲话有趣很多。

"土豆,我这里有现场领导指定的几个位置,已经通过网络发给你。你按顺序依次到达这些点,并在每个位置停留5分钟,我会在发布会现场给领导演示我们的最终成果。"

"土豆明白,地瓜你稍等。"

电话挂断,现场的笑声逐渐地变成了掌声,而且越响越烈。

从现场的大屏上,大家看到那个代表张邕位置的黑点,一步一步接近了第一个点。同时屏幕上清晰地显示着基站距离、实际精度、质量控制以及伪基站的状态。

渐渐地掌声又起。

怒发狂人并不像大家看起来的那么开心,这套系统他和张邕测试太多次了,他不觉得会有任何问题,但对某些领导近乎刁难的位置选择,他心中隐隐不快。

"你们只是随意地用手一指,可我的小兄弟却要在这样的温度里爬山越岭。"

伴随着全场的掌声,这一环节完美落幕。

"土豆土豆,任务圆满完成,你们回来吧。"

"土豆明白,现在返程,祝贺地瓜的演示成功。"

挂了电话,怒发狂人觉得有必要说些什么。

"这颗土豆,是Skydon中国区CORS网络业务的主管张邕,他本该在这里和我们一起接受掌声,但他选择了野外,希望大家能记得他。"

台下没什么反应,一切略显尴尬,大家对一个陌生的名字并不感兴趣,而熟知这个名字的人多数都和张邕在野外。只有台下坐在VIP席的Tiger不满地扫了一眼怒发狂人。

提问环节,问题并不太多。因为真正有问题的人,也都在野外和张邕一起,他们的问题,已经被张邕一一解答过了。

"我有一个问题。"有人举手。怒发狂人顺着声音看去,看到一张忠厚的脸。

"赵总,您请讲。"

"不久前,我们的第三颗北斗卫星已经上天,目前北斗已经是一套可以主动定位的系统。在基站网络技术上,未来会加入我们的北斗信号吗?"

现场的媒体听到北斗,立刻认真地打开小本子或者录音笔。一天的发布他们听得云里雾里,这当然并不会影响他们的发稿,但此时,他们终于听到了一个感兴趣的问题。

怒发狂人忽然意识到,赵爷已经不是第一次问他北斗相关的问题了,难道这家伙有什么想法?

"北斗系统目前还很简单,一期只是我们的一个实验而已。现在就要求一期发挥作用,有点要求过高了。但之后我们一定还会有北斗二期、三期,不仅是基站网络,就是常规的卫星导航设备,也一定都会接入我们自己的北斗系统。"

"俄罗斯已经宣布,不兼容GLONASS[①]的卫星导航产品,将不得在俄罗斯境内销售。我们离那一天还有多远?"

---

① GLONASS:格洛纳斯,由苏联开发,俄罗斯继续建设的中高轨道导航卫星系统。

"不好意思，赵总，今天是CORS网络发布专场，你有点走错片场了。我欢迎您未来参加北斗的发布会，好吗？"

第二天几个媒体在报道特区CORS通过验收并开始运营的时候，说道："M大博士亲承，未来的GNSS网络建设，一定会兼容我国的北斗系统。"

这场发布会对张邕的业务有着巨大的促进作用，十几个项目提上了日程。张邕感觉到自己无法应付了，他和赵爷商量了一下，决定让马小青团队和他一起动起来，回北京后，他会和Tiger去请示。

晚宴的时候，最不想引人注目的张邕又一次抢了Tiger的风头，无数用户跑到他和怒发狂人的桌前来敬酒，他应接不暇，场面一度混乱。

相比之下，朱院士、Tiger和领导们坐的首席略显冷清。朱院士近乎得意地远远看着自己的弟子，笑容一直挂在脸上。而Tiger远远地看着张邕，则是不怎么开心。

结束了特区之行的张邕，本该忙碌起来。但他的时间被其他事占据了，而且又一次，他在办公室里成了透明的存在。

整个公司都在准备Tiger和高琳的婚礼。

代理商们都贡献了自己的资源——酒店，宴席，婚纱，多层蛋糕，香槟塔，主持人。代表处的人则检查每一个细节和步骤，和高琳一一核对。有些有本事的同事，比如封耘、李可飞等人，则从各种渠道借来了各种豪华车辆，为Tiger组成了车队。

而可怜的张邕，只有一件事可做，就是给嘉宾打电话邀请，并确认对方是否出席。

"郭教授，您好。我是Skydon代表处的张邕，我们首代Tiger的婚礼请柬您收到了吗？谢谢您，您有同行的人吗？好的，请问您爱人的具体姓名，嗯，收到，我记下来了。欢迎您的光临。"

他这天不厌其烦地打着一个个电话，然后将确认的结果交给前台女孩，女孩在这个重大项目上毫无疑问是他的领导。结束一个任务后，她就会安排他下一个任务。

"你没其他事了吗？去帮Tiger买一个SKII的面膜，注意，一般地方没有，你可以去双安商场的SKII专柜去看一下。"

张邕得令，准备出发，一转身看到封耘。

封耘也听到了张邕的任务，他笑着问道："你说这面膜贴脸上，能看起来像30多岁的吗？"

张邕回道："当然，你贴上就能像30多的。"年方二十八的封耘哈哈大笑。

张邕打车奔向双安商场，心中忽然又浮现出自己面试时提到过的词：自由，梦想。他自嘲地笑笑，至少我现在有买面膜的自由。

相比于Skydon刚刚开完发布会就投入轰轰烈烈的婚礼大计中，很多知名企业却深深地被特区CORS网络发布的消息所震惊，Skydon又一次走在了他们的前面。

Eka亚太区总监汉斯从澳大利亚飞到了北京，和中国区副总裁埃里克专门就此事会谈。

Eka的职位设置有一些特别，地方的最高长官都是副职，正职都由上一级主管担任。比如汉斯就是中国区总裁，但却是亚太区的副总裁，而亚太区总裁则由Eka的副总裁担任。

"埃里克，很抱歉，我对你们在参考站业务上的推进非常不满。为了和Skydon抗衡，Eka已经重金收购了Geoid，但我们取得的成就非常有限。本来慕尼黑那边对中国市场寄予厚望，你却一直说中国的基础设施和科技水平非常低下，近期难以推广网络技术。我尽全力试着让高层们相信这一切。然而当他们刚刚接受，却传来Skydon网络在中国验收的消息。我现在已经不知道该怎么向高层解释，你又能给我一个怎样的解释呢？"

"老板，我没有解释，这事我很抱歉，愿意承担责任。但我到任的这近一年里，看似业务推进不错，但实际上，我们每一天都在和劳伦斯内耗中，我苦不堪言，实在没有能力做更多的事。不久前，两批Eka的人在北方公司吵了起来，令用户非常不满。他们说，如果再有此类事情发生,就让Eka出局,找一个其他品牌顶上,然后给Skydon更多的份额。"

汉斯皱眉道:"我们已经明确分工,劳伦斯只负责香港、澳门、台湾的业务,他现在很少到北京来吧?"

"他的确很少来。但这里的经销商队伍都是他的,老板,我这个副总裁坚持在这里并不容易。"

汉斯沉浸一下说道:"埃里克,劳伦斯的问题我们现在并不好处理,你要知道他不是一般的打工人员,而是Eka中国的股东。所以我们先放下这件事。你告诉我,除此之外,我还有什么可以帮到你,能让我们的参考站业务尽快有所起色。"

"我需要人,合适的人。其实猎头公司一直在帮我们找人,但很难找到合适的人选,他们甚至帮我们挖掘到了Skydon负责此业务的主管,但是对方明确表示,没有换工作的意向。"

听到Skydon主管,汉斯显然来了兴趣。

"让猎头继续沟通吧,这是我们需要的人。如果是薪资问题,我可以考虑增加费用。Skydon最近似乎有些动荡,而且动荡还没有结束,你盯住这个主管,很有可能他会突然改变主意。"

"好的,老板,我会的。我还需要一些人,一个经销商管理经理,或者我还需要一个新的人事经理。"

"我都可以考虑,但还是去做好你的事吧,业绩还是第一,参考站业绩则是紧紧排在第二。"

卡尔和保罗分别在准备他们的中国之行,特别是保罗,他需要和多个部门多个主管进行协调。

他最后一次问卡尔:"如果张邕并不是清白的,你会因为想留下他而为他讲情吗?"

"我若讲情,你会答应吗?"

"我想不会吧。"

"那就对了,我什么都不会说。只是我想,我能在上海见到他。"

第77章　老虎末路

执着的莉莉再一次打通了张邕的电话，从张邕通话的嘈杂环境和现场对话来判断，这个看起来让Eka无比动心的男人好像在买面膜。

她心中生出一点小小的怀疑：Eka的选择是正确的吗？

"张先生，您好。我是……"

"我知道你是莉莉，你好。我在商场有一点乱，你可以15分钟后再打给我。如果还是那份工作的事，我态度还和以前一样，我觉得你没必要浪费时间。"

"好的，张先生。我不用15分钟以后再麻烦您，就在这里和您说一句，Eka愿意提高这个职位的待遇，比我之前说的范围还要高出很多。如果您有兴趣，对方有兴趣和您安排见面。"

张邕稍稍犹豫，说道："好的，我会记住你今天的信息，也许某天我会联系你吧。"

莉莉第一次得到了一个没有完全拒绝的结果，她听到了一丝希望。

"谢谢您，张先生。我希望不久的未来，能接到您的电话。"

一场盛大的婚礼在香格里拉酒店举行。

"你愿意娶高琳为妻，爱她、忠诚于她，无论她贫困或者富有，健康或者疾病，直至死亡，都与她在一起永不分离吗？"

"我愿意！"

"新郎，你现在可以亲吻新娘了。"

音乐，掌声，衬托着一对新人无比幸福的脸。

感谢Skydon和保罗，终究没有选择在这个美好的日子里去打搅他们的幸福。

但该来的总会来的，保罗的中国之行已经箭在弦上。他带着他的团队——财务、人力资源、Tiger的继任者约翰，以及一份Tiger必须签署的离职文件，正在路上。

约翰就是当初将雷扫地出门的亚太区副手，保罗在这次的人事调整中考虑了并不算理想的经济形势。罗伯特被调去非洲，没有选择替代者，而是直接提拔了约翰。而Tiger离职后，约翰将在中国接管Tiger的职位，同时监管亚太区，他也没有给约翰增加任何薪水。就是说，整个亚太区，他除去了两个最高薪水的职位，却没有增加一人。除了给Tiger的一些补偿金，也没多花一分钱。而Tiger其实是过错方，而且工作年限并不长，补偿只是快速并和平解决问题的手段。中国区首代是个极其重要的职位，花一点小小的代价其实很值得。

所以这次调整中，Skydon和亚太区是最大的赢家，而且赢得还要更多。

保罗特意嘱咐了约翰关于张邕的部分，这样一个小角色还不值得保罗亲自做决定。

"我理解您的意思，您刚才说，和卡尔商量过，要我们调查张邕的清白。"

"清白？"保罗轻蔑地笑了笑，"他这个级别，清白对我们重要吗？只是办公室从Tiger的换成你的，就要彻底去除一切Tiger的元素，只要他是Tiger最忠心的员工，那么我们就让他随Tiger离开。"

"这样会不会不好和卡尔交代？"

"卡尔？他还属于Skydon吗？别误会，我对卡尔一直很尊重。但是，他已经没有任何权力决定我们的事，我愿意倾听他的意见，因为他的确很有经验，但做决定，我从不会受任何人影响。"

"好的，我懂了。"

新婚的Tiger，自己给自己一周的假期。

他可能不知道，这一周是他人生最平和美好和幸福的一段时光，而且极有可能是最后的快乐时光。这对于一个中年人来说，其实难免残忍，尤其刚刚娶了一个如此美貌又胸怀大志的年轻妻子。

身处幸福中的Tiger唯一不满意的是，他收到的礼金并没有想象中的多。赵爷给了一个不大不小的红包，而米河和很多来宾一样，选择的是礼物。

这其实与Tiger给自己塑造的高大形象有关，但众人对一个人仰视的时候，不太敢直接拿钱给对方。而驻中国区首代是个令人尊重的职位，大家觉得随礼，几百块可能Tiger也看不上，于是挖空心思选了一些各色的特别礼物。

比如郭教授，送了清华大学校庆的金箔画，纯金打造可以彰显富贵，又有清华的纪念意义，觉得可以配得上Tiger的档次。她不太知道，Tiger婚礼收的都是这一类的礼物，新房已经无处安放，高琳面对一堆东西暗暗皱眉，她马上要去美国，这些东西无论好坏她都带不走。一张金箔画在新人眼中，远不如1000元红包有价值。

米河送了一套价值几千元的健身器材，占地太大，Tiger的确喜欢运动，但并不喜欢在家里健身。这是他最不喜欢的一份礼物，不喜欢还和他对米河的期望值有关。

代表处员工更是觉得给老板送红包不合规矩，于是在封耘的提议下，大家凑钱一起，买了一对折叠自行车，可以塞进Tiger那辆别克的宽大后备箱，两位新人下车后可以一起骑车漫步。

Tiger道谢的同时，心里想把自行车砸在封耘脸上。

婚后的Tiger回到了办公室，在众人的恭维声中，开始准备自己的述职报告，准备迎接保罗一行人的到来。这时候，他忽然想起了张邕，他不太想让他出现在保罗面前，于是电话将他叫进了自己的办公室。

"特区发布的事，你做得非常好。这些日子尽顾着准备婚礼了，没有和你好好交流过，我对你的工作很满意，谢谢你，张邕。"

"都是我的职责所在。其实我正要找您，我有一份新的行动方案，需要您批准，也需要代理商的配合。"

Tiger摆摆手道："不急。我对你有一个嘉奖，刚好Skydon在新西兰有一个CORS网络的培训，你去参加吧。新西兰风景如画，是刚获奖的电影《指环王》取景地，上次黄金海岸没有去成，这次新西兰你去一次吧，还可以见到你的老朋友李察，虽然你们没见过，但当初他可是极力推荐你来Skydon工作的。"

张邑微觉奇怪，说道："Tiger，新西兰的培训是马克做的吧。这套东西我比他还熟，根本用不着他来培训我，所以我一直也没准备去。签证我是现成的，因为马克想邀请我过去讲讲中国的网络，但我因为事情太忙，签证虽然申请了，但最终没有答应他。"

"那就太好了，既然签证都有了，就赶紧安排机票吧，工作回来再处理。这还是一个放松的机会，你一直也没真正休息过。另外李察和马克都是负责相关业务的，你们也需要沟通一下。别多问了，快去吧。"

"那好吧，谢谢您。"

神仙一样的一周，除了Madam不在身旁有点遗憾，张邑爱上了新西兰的一切。

课上他假装认真地听着马克讲课，下课则和马克、李察一起喝酒聊天，品尝美食。

他去了新西兰的海滩，出海去看了海豚，也坐缆车上了山顶，然后给Madam买了几样鲍鱼壳打造的首饰，算不上昂贵，但绝对精美。

他没忘给Tiger挑了一件礼物，那是一件典型的新西兰木器，一根简单的木棍，挖一个孔，做成的红酒支架。只靠酒瓶自身的重量便能和斜放的木棍在空中形成一种平衡。他希望，自己没有机会将这礼物送出。

李察还特地邀请学员们去了他家，那是郊外一处一望无际的庄园，来访者自己推开栅栏门，开车沿着草场中间的小路驶进去，10分钟才看到李察那所精致的小房子。房子后面停着几辆可以在草中行走的越野摩托，如果骑摩托继续向前走，稍后会看到一条河，河的对岸是各色植覆盖的青山。而这一切，都是属于李察的。

张邑从没有过这样的生活，这里的一切令他无比神往。他忽然明白了李察为什么当初选择他，自由与梦想，这是一个热爱自由的人。

满天的繁星之下，院子里的壁炉燃起浓浓火焰，大块的木柴在里面燃烧，大块腌制好的牛肉放进炉内烘烤。

李察将院子里几张简陋的长桌摆开，都是自己亲手用木头钉起来的，因为受风吹日晒，表面有了霉点，雪白的桌布铺上，镇着红酒白酒的冰桶和餐具放在桌布上，一切简单原始又充满诱惑。

张邕端着一块牛排，坐在炉火旁，边享受牛排的美味，边欣赏这火苗的变化，炉火映红了他的脸，他的脸上有一种孩子般的天真。

马克和李察坐在另一边闲聊，他们指点着张邕的背影说道："能看得出来，他很喜欢你的家。"

"我看得出来，他很辛苦。这是他很难得的轻松时光，可惜，我只能给他这短短的一刻。"

"拜托，他可是个中国人。中国人从来都不知道辛苦，都说我们德国人是机器，其实中国人才是，而且还是不需要保养的永动机。"

"不怕辛苦，不代表他真的不会累，他之前一定很累，所以现在格外地放松。"

这是张邕在新西兰的最后一个轻松夜晚，他接了一个电话，然后端着盘子走到了李察和马克面前。

他先是把杯中的红酒一饮而尽，然后向李察道："我非常享受现在的一切，也非常感谢您在这几天里为我做的一切。但我的新西兰之旅结束了，我需要马上赶回北京。再次感谢您，还有你，马克。我希望未来还有机会见到你们，如果没有了，今天就是我们最后的道别。"

李察很少见人用如此轻松的口气说出如此凝重的话问道："发生什么了？"

"保罗明天到达北京，后天要和Tiger开会。我听到了一些不好的消息，根据我的判断，应该不是空穴来风，我可能要回去送别老板，也许顺便送别一下我自己。"

"我听说了一些Tiger的事，他在Skydon里面口碑不算特别好。其实他并没做错太多事，只是大家对中国人的印象都是低调沉稳，他很招摇，大家不习惯。来，马克，你也来，我们一起喝一杯。"

"我们都管不了亚太区，特别是中国的事，只能在这里祝你一切顺利。"

"谢谢,干杯!"

保罗团队和Tiger的会议持续了整整一天,没人知道具体谈了什么,更没人知道踌躇满志甚至以为自己会被提拔的Tiger经历了怎样的窘迫与无奈。后来他和人谈起当时的情景时,他用英文描述——my heart is bleeding,我的心在流血。

张邕在新西兰接到的电话是宫少侠打的,他说李文宇之前一直并不确定结果,但等保罗等人到达的时候,他终于知道了结局,也并没有在公司里面隐瞒,因为已经没有必要。他告诉所有人,Tiger即将在这次会面中被Skydon开除,米河将又一次成为赢家。

张邕没有怀疑这一消息的准确性,所以他赶回来了。

他落地北京的时候打给了李可飞,这是他在代表处里为数不多可以私下交流的同事。

"已经开了一天的会了,上午有高声争吵的时刻,但很快就安静了。但一直在开会,现在也没有出来。你在哪里?"

"我刚下飞机,准备赶回办公室。"

"大哥,晚高峰开始了,你回来天都黑了,他们怎么也该散会了,还回来干吗?直接回家吧。"

"我担心,我今天不回去,可能就再也见不到老板了。"

"既然见不到了,还担心啥?"

"相逢总是一场缘分。"

"你呀,算了,不说了,他们出来了,有消息我通知你。"

Tiger面色潮红,看来有过很激动的时刻,但此刻已经平静下来了。他依然面带微笑招呼大家:"所有人,放下手中工作,来会议室,我们有一个决定要和大家宣布。"

那一瞬间,大家有一个共同的感觉,此时的Tiger比婚礼上的Tiger老了10岁。

"今天一天的时间,我和保罗以及Skydon团队达成了一项共识,就是我将离开Skydon。以后北京代表处将交给约翰来管理,希望你们也能相处愉快。我很感谢大家这两年多以来的支持。我离职的事，是不是有人提前就知道了？"

他微笑着，目光扫过每一个人，多数人摇头，也有几人低头回避着他的目光。

约翰此时开口道："保重，Tiger。"

Tiger则笑着回答："谢谢。"

随后保罗宣布了这几天的安排，约翰和他将一起和所有代理商，包括新代理商——开会，约翰会提前通知参会人员名单，今天的会议就到这里。

Tiger始终面带微笑，一直没有停下来过。

张邕打车到达办公室楼下的时候，正如李可飞所说，天已经黑了，他不确定Tiger是否还在办公室。

他收拾了行李准备进入大楼，身后又来了一辆出租车，他无意扫了一眼，立刻原地站住，车上下来的是面色苍白的高琳。

如果说Tiger是在会议上瞬间老了下去，高琳则是得到这一消息的时候瞬间变得憔悴。

她依然衣着得体，美貌过人，但却有一种落魄的感觉，看不到平日里的光彩。

张邕打招呼："高琳，你好。"

高琳看着张邕说道："你应该知道，我现在并不太好，你故意这样说的吗？"

张邕低下头，他不知道该说什么。

高琳嘀咕了一句"惺惺作态！"，然后快步进楼，张邕只能也跟着进去，二人进了同一部电梯，却相对无言，直到电梯门打开，依然是高琳在前，张邕在后面拖着行李走了出来。

二人走进Skydon办公室，却发现这里灯火通明，所有人都没有离开。而以保罗为首的团队正站在大厅的中央，和代表处的员工们聊天，大伙的情绪似乎非常不错，但看不到Tiger。

看到二人进门,认识高琳的几人,包括约翰,和她打招呼:"琳,你好。"

高琳一如Tiger那般微笑着,尽量保持着高傲地说道:"你们好,我很好,多谢了,我来接我的丈夫下班。"

约翰有点尴尬,然后指了指里面说道:"哦,他在里面。"

高琳走向Tiger的办公室,于是所有人的目光,都集中在了张邕的身上。

第78章　做回透明人

"保罗,这位就是张邕。"

"邕,你好。我是保罗,你好像刚从其他城市归来?"

"您好,副总裁先生。我刚从新西兰回来。"

"你去参加CORS网项目培训了?没记错的话,培训好像还没结束。"

"是的,听到北京办公室有变故,我就提前回来了。"

"哦,你听谁说的呢?我们可是刚刚开完会。"

张邕不想让保罗误会他在挑战副总裁的权威,他轻声地用尽量平和的语气说:"我也很奇怪,你们的会刚结束,但一天前,已经有Skydon之外的人告诉我结果了。所以我就回来了。"

保罗注视着张邕,觉得对方只是避免了和他目光直视,但并没有刻意躲避。

"好。我给你介绍一下这里的成员。约翰你应该见过,他将取代Tiger成为中国区首代,掌管北京办公室,同时负责亚太区。以后,你就要向他汇报。"

"好的。恭喜,约翰。"

"这位是Skydon的财务主管……"

保罗将成员一一介绍给张邑，在和每个人都握手之后。张邑说："保罗，我能失陪一下吗？我要进去看看Tiger。"

几乎所有人都皱起了眉头，代表处的同事们则用一种不可思议的目光看着张邑。

但保罗最终没有拦阻，他点点头道："嗯，他在里面，你进去吧。"

看着张邑的背影，保罗向约翰耸了耸肩，用身体语言表达了一句话："看，果然是Tiger的人。"

张邑走进Tiger的办公室，眼前的一幕让他心中一酸。

Tiger正在独自收拾东西，弯着腰，把属于个人的物品装进几个纸箱。如今除了高琳，没有一个人帮他，那种英雄末路的感觉一下涌上了张邑的心头。

Tiger已然不算年轻，但一直注意仪表，也一直保持身材，始终在人前保持着应有的风度。

当他和高琳站在一起，虽然能让人看到年龄差，但并不觉得二人差距大。

但今天的Tiger，让人清楚地感到，他的精气神都已不在。中年，落魄，失败，所有的标签都清晰地展现在人们面前，他弯腰的动作显得迟缓而笨拙。

很显然，保罗给了Tiger相应的尊重，并没有像对待雷一样强行扫地出门。但是此刻在大厅的保罗团队，不过是看似宽松地监视着Tiger打包。

"Tiger。"

Tiger抬头，张邑看到一张土灰色的脸和一双血红的眼睛。但这张脸很快露出了笑意，虽然，笑得有些令人心酸。

"张邑，你怎么回来了？"

"我听到消息，就赶回来了。"

"哦，你的新老板就在外面，你进来干吗？"

"我来帮您收拾东西。对了,我从新西兰给您带来一件礼物。"

张邕取出了那件木制品,说道:"可以放一瓶好酒,希望您喜欢。"

高琳眼中冒火,似乎想奚落张邕几句,但被Tiger摆手止住了。他接了过来那根木棍,说:"我知道这是什么,我很喜欢这个,谢谢你了。这里不用你帮忙,我自己收拾吧。你最好还是出去和同事们一起。"

"没事,Tiger,我还有更长的时间和他们一起。"

Tiger的东西并不多,曾经整个办公室都是他的,如今允许他带走的只是两三个纸箱而已。

三人捧着纸箱,依次穿过大厅,在众人的注视下,走向门口。Tiger和保罗等人,再次口头做了道别,因为拿着东西,双方没有握手。

电梯下行,三人进去地下仓库的时候,张邕的手机响了。

他腾出手来接听,是办公室的电话,丽贝卡轻声地对他说:"你还和Tiger在一起吗?约翰刚才说,Tiger的车是代表处租的,现在已经不属于Tiger,让他把车和钥匙都留下。"

张邕转头,看见身材越发佝偻的Tiger,正将一个个箱子往车上装,他无法对这样一个人说出这句话。犹豫了一下,他说:"我送他们回家,车我会开回来。"

丽贝卡有点急了:"可是……"

"没什么可是,我一会儿就回来。"他挂了电话。

对话已经被Tiger听到,他转身,眼中有怒火,脸上却在微笑,说道:"怎么?你会开车吗?"

"我不会,我女朋友会,我可以叫她陪我一起。"

"不用那么麻烦了,高琳,东西搬下来,我们把车留下吧。"

"Tiger,你不用这样。"

"张邕,谢谢你,有些事我很抱歉。我需要服从他们的条件,他们给了我一份还算不错的离职补偿,这时候了,我不想因为一点小事起冲突。"

最终,Tiger卸下了所有的东西,将车钥匙扔给了张邕,然后和高琳一起捧着东西走向地库出口。高琳眼泪在眼圈打转,她从没受过这样的委屈,但走到出门的时候,她转身,看着依然站在原地一脸沉重的张邕。

高琳忽然也笑了一下,说道:"谢谢你,张邕。祝你一切顺利!"这是第一次,张邕觉得高琳其实也挺好看的,可惜这一笑里似乎有无尽的辛酸。

Tiger当然并不值得同情,一切都是咎由自取,但张邕还是想好好送别一下昔日的老板。他始终觉得人与人之间的相处应该是善意的,他在职场已经经历过很多,见过很多人,金太郎,田晓卫,易目,田教授,Tiger,当然还有赵爷和怒放狂人,他希望每一个人都平安。

Skydon代表处热闹起来,米河、天石、钱老板、刘洋、梁会,还有其他的经销商,按照约翰的时间表,一一前来代表处开会。

每一位代理商前来,约翰会安排相应销售经理,封耘、李可飞、丽贝卡等人根据约翰的安排分别进入会议室,一同开会。

张邕则又一次成了透明的存在,他不能出差,因为一切都要等到这一轮会议结束。

但一切的事都与他无关,他没有参加任何一个会议,看着身边的同事们,起身开会,回来坐下,再次起身开会。他只能对着自己的电脑,处理一些文本的工作。

午餐的时候,老板们偶尔会邀请某经销商一起,办公室相关人员也会参加,张邕也从来没有被邀请参与过任何一次午餐会,他有点思念李察的庄园。

这是代表处成立以来,最繁忙的一周,也是张邕几乎完全无事可做的一周。

这滋味并不太好受,除了早晨见面的问候,张邕一天里似乎连说话的机会都没有,每个人都很紧张,没人与他闲聊。

他不怕闷,但比较怕闲,尤其是手边满满的计划,却什么也做不了。他稍稍有一点愤怒,可以让我留,也可以让我走,但不可以剥夺我做事的权利。所以当他看到前台女孩又准备了一壶咖啡的时候,他忽然决定给自己找一点乐子。

"小于,咖啡给我吧。"他上前顺手接过了咖啡壶,或者说抢过了咖啡壶。

小姑娘有点着急地说:"不,你,这个……"

"没事。约翰相信我能做好的。"

当张邕端着一壶咖啡推开会议室的门时,里面所有人都愣了一下,里面的会议居然暂停了。

张邕嘴角流露出一丝微笑,他内心隐隐有一种报复的快感。

"绅士们,咖啡。"

保罗的目光投向约翰,后者则起身说道:"谢谢,邕,给我吧,你去做你该做的事情吧。"

"那我可以安排出差了吗?"

"哦,暂时不要,我们还会有事情找你商议,等到保罗他们离开以后,我们再安排手里的工作。"

张邕走出了会议室,他心情好了很多,如同恶作剧之后的顽童。

约翰悄然离开了会议室,和前台女孩低语了几句,然后转身回到会议室。女孩则看着张邕的方向,狠狠瞪了他一眼,张邕偷笑着趴到了桌子上。

会议室的门又一次打开,约翰送赵爷走了出来,他和赵爷握手道别,然后让等候的刘洋和他一起回到会议室。

赵爷路过大厅,远远地向张邕招手,于是张邕跑了过来,他和前台说了一声,我出去一下,然后和赵爷一起下了楼。

院子里,赵爷掏出一支烟问道:"你还不抽?"见张邕摇头,就自己点上。

"这几天我什么都没有参与,也不知道发生什么事了。你给我剧透一点,我快闷死了。"

赵爷深吸一口香烟说道:"我没有李文宇老到,他比我更早地认清了这个局，所以早早地与保罗有了联系。但这次内斗的解决，也并不是按李文宇设想的发展。保罗和Skydon才是真正的最大赢家。"

"新代理们入围了？"

"是的，无论是刘洋还是梁会，都入围了。李文宇也算错了一件事，他以为除去Tiger，就会废掉Tiger做的一切事。和Skydon比起来，我发现他也是天真的一个。新代理根本不只是Tiger的个人行为，而是完全符合Skydon的意愿的，他们除去了罗伯特和Tiger，然后缩小了我和米河的地盘，米河依然还是最大的一家，也保住了北方公司和北京部委，但是大片的区域被重新划分了。我也以为这次可以拿到更多的区域，结果不但没有，反而被拿走了一块。但Skydon也确实分享了他们更多的产品系列，比如农业和地理信息，要我们深耕，这一部分我们会去好好研究一下，也许真的是新的机会。总的来说……有失去也有得到，机遇与挑战并存，正如你说的，天石的特长就是用命抢单，我们不怕这种挑战。"

说到这里，赵爷忽然抬起头看着张邕："我们也提出了关于参考站的业务，我说一直都是你在操盘，目前有了很大进展。他们似乎刻意回避了你的部分，也没有叫你一起开会的意思。你能知道接下来会发生什么吗？你有什么想法？"

张邕摇摇头道："目前我只是等待，不能做事的滋味比较痛苦，除此之外，我觉得一切还好。我现在没什么其他想法，脑子里满满都是参考站业务的想法。我只想确定，保罗和约翰他们是否觉得我脑子的想法是有价值的，如果答案是否定的，我只有离开了。我其实会非常舍不得。你应该知道当初我为什么来的，狂人师兄非常了解我，他知道我一定会被某些东西吸引。特区网络是我和师兄一点一点打造的，如今我手里累积的各种项目和人力资源，也是基于这套系统的。我毫不怀疑，离开了我会难过。但如今我已经不是GPS中心和在天工的我，难过与否，并不是我做决定要考虑的因素。"

赵爷点头道："和第一次在敦煌见到你相比，你如今有了很大的不同。你端着咖啡走进会议室的时候，我看到了你有一丝笑意。这种抗争没有任何意义，但它很有趣，你以前一定不会这样做，但现在你学会了。但你相信我，有些东西是注定不会改变的，比如你可以背着仪器虚脱在戈壁里的那种动力，我也不希望你改变。有没有想过……你所迷恋的这套参考站系统，即使再好，也依然是别人家的孩子。我费尽心力拿到的Skydon代理，说到最后，也是别人家的娃，我们如何呵护，也只是一个保姆的身份。或许，我们该做一点真正的完全属于自己的东西。"

"我知道你一直以来的想法，狂人师兄说你又问起了北斗的事。可是你看，三颗同步卫星要靠地面端信号才勉强凑成一套能用的系统。我觉得一切离你的梦想，说实话还太远。"

赵爷摇摇头道："如果梦想都不能太远，等别人都看到的时候，那就不是自己的梦想了。怎么样？我们一起来试试。"

张邕想起一句关于美国梦的话："美国人热爱做梦，中国人喜欢现实。"

"赵总，我的眼界看不到那么远，我总觉得那一切还遥遥无期，等我能和你视线一样的时候，我们再考虑合作。"

"好吧，"赵爷悻悻地掐灭了香烟，将烟头丢进垃圾桶，"我先走了。知道吗？张邕，你永远成不了一个好的企业家，因为你缺乏冒险精神，你对自己能看到的东西，可以一眼就彻底看透，但你看不到的地方，你不愿意去尝试，但你不是胆怯，只是因为太聪明而鄙视一切。你看似谦虚其实比谁都骄傲。如果你总在Skydon这样的地方消耗自己，我不确定，你的未来会在哪里。"

张邕和赵爷挥手道别："你说得对。但你还说了，有些事情，注定永远不会改变。如果我真从Skydon离开了，有一天我们江湖再见。"

一场Skydon中国区的清洗大戏落下帷幕，该走的走，该留的留。

保罗一行人也都离开，飞回各自的领地。临别前一天，一群外国人和中国区所有员工一同共进晚餐。这是张邕唯一被邀请的一次聚餐，但晚宴上，他依然是那个透明的存在。于是他干脆低下了头，对永远不会疏远他的美食发起了猛攻。

第79章 霍之乱（一）

保罗等人离开后的第一个工作日，约翰独立管理北京代表处的第一天。

他做的第一件事就是将行政主管伊莲娜叫进了办公室："把张邕的所有资料拿给我。"

"张邕的合同还有半年到期？"

"是的，老板。其实现在裁人对我们不划算，对业务没帮助，而且我们也没理由。"

"我们不需要理由。赔偿金不算什么，给Tiger的赔偿足够我们裁掉办公室所有人了，Skydon财务审核虽然近乎严苛，但为了做正确的事，从来不惜代价。帮我准备他的离职文件吧。"

伊莲娜看了看约翰，欲言又止。

"怎么？你要为张邕讲情吗？"

"不，约翰，我在外企服务了很多年，我当然知道，职场上从来没有情面。我只想提醒你一件事。"

"你说。"

"我是兼职HR，你应该了解，我们HR有一个圈子，会有一些彼此相通的资源。我听到的一些消息是，张邕可能是代表处里最有行情的一个，他比其他人值钱，所以我并没有为他担心，只是考虑这样是否对公司有利。"

"这样？那你帮我准备一份竞业协议？"

伊莲娜居然露出一丝笑容："好的，老板，我去准备。"

约翰一瞬间有一丝怪异的感觉，她笑什么，这事哪里好笑。

张邕终于有机会和新老板同坐在一起，却不是一次美好的谈话。

"张邕，很抱歉。我刚来中国，就有不好的消息带给你。"

张邕沮丧地摇了摇头道："没关系，约翰。需要我签字吗？"

约翰有些奇怪地说："你知道我要说什么？你没有什么要说的吗？"

"我听说你们和Tiger整整开了一天的会，我不想这样浪费时间。你知道我已经一周什么事都没做了，我需要抓紧时间。"

这大概是约翰经历过的最奇怪的离职场面，没有争吵和质疑，只是感叹浪费时间。

"好吧，那我们就简单一些。这是你的离职文件，包括你的补偿条件，你可以看一下，也可以直接签字。还有，你不好奇，问一下理由吗？"

"Skydon一定有Skydon的理由，也许我并不认同，但说了也没意义。我在哪里签字？7个月补偿？很不错，谢谢。"

张邕快速地签上了自己的名字，速度之快，让约翰感觉是否自己做错了什么，应该重新考虑一下。

他又递给张邕一份文件，张邕接过。"Competition Agreement？"张邕笑了，他把协议扔回给了约翰，"这个我不签。"

"你可能没有看，这个竞业的赔偿是独立的，不包括在离职协议里面。"

"不用看，老板。我猜没有100万人民币吧。"

约翰眼中现出一丝怒火："你觉得自己值这么多？"

"不是。我并不觉得我自己值钱。只是几年之前，我就拒绝了这样一笔钱，那时的几十万，比现在的含金量更高。而那时的我比现在更穷，但我还是没有接受。我最穷的时候，没有因为钱出卖我的公司，如今更不会因为钱出卖我自己。我的一位学长告诉我，Tiger只是卫星导航行业里的一个过客。约翰，也许你也是，甚至保罗，你们都是了不起的职场经理人，但都不需要一定在这个领域里活着。但我不同，这里是我的根，我注定永远在卫星导航领域中。我怎么可能为了那点微不足道的赔偿金，出卖我在行业生存的机会。现在两份协议，我们都不需要协商，第一份我一定会签，第二份，无论怎样，我都不会签。"

"你要知道,你所有的资源,包括客户资源,都是在Skydon取得的,如果你未来随便使用这些资源,Skydon有权对你进行法律诉讼。"

"约翰,这份东西我不会签的,未来我也不会对你保证任何事。如果你确定这里有法律问题,那就交给法律来处理吧。我的客户资源的确是在Skydon获取的,但他们认可的不只是Skydon,也包括我的人。我们没有权力限制用户选择谁,他们都是我的朋友,我也不会限制自己和朋友们交流。"

不久前,约翰跟着保罗降服了那只老虎,但面对平静的张邕,他感觉有点不好下手。

"好,既然你承认所有的资源都是在Skydon取得的,即使你不签竞业协议,也该把所有的资源和项目和代表处做一个交接。"

"我在这里浪费了一周的时间,到现在也没有人和我交接。我都准备好了,给您这个。"张邕递上了一张存储卡,"所有的资料我都准备好了,我不再等着交接了,我的继任者可以直接使用这些资料,如果有问题的话,他们可以随时问我。"

约翰有些怀疑地说:"你这里就是全部吗?"

"职场教会你们要怀疑一切,但我从不怀疑自己。约翰,所有资料都在你手上,你自己看吧。对资料有疑问也可以联系我。该签的字我签了,办公室里也没有什么我的东西,电脑我会留在工位上。没有其他事,我就走了。"

约翰呆呆地看着张邕转身离开了自己的办公室,那种做错事的感觉又一次涌了上来。

张邕的离开,没有惊动任何人。他本来就是一个透明的存在,如今他什么都没收拾,只是背起自己的双肩背,但里面的电脑已经留在自己的办公桌上,也没和任何人打招呼,就离开了。看到他的同事,也只是觉得他出差了,甚至只是临时出去一下。

张邕并不是不想道别,只是不想烦琐,他预先写好了一封道别邮件,已经发给了伊莲娜,伊莲娜会在正式通知大家之后,将他的邮件转给大家。

张邕出门,第一件事打给Madam:"你今天会上勤吗?"

"没有,我就在分局。"

"那就好,会准时下班吧?"

"应该会。怎么啦,又有什么安排?不能每天都过那么好日子,老老实实回家做饭吧。"

"是的。我就是这么想的,我现在回家,去给你做饭。"

Madam咯咯地笑道:"傻瓜,你会做什么饭呀,等我回去吧。你这么早,难怪你……这样吧,你要是不开心,或者太开心,都可以现在过来找我。"

"我本来是真的想给你做饭的,但你既然这么诚意邀请,我还是现在去找你吧。"

"好吧,你永远这么真诚。" Madam笑着答应了。

"我们买辆车吧,我想以后可以接你上下班。"

"好主意,周末可以去看看。但是正确的顺序应该是你先去报个驾校,把驾照考了。"

卡尔和保罗一行是同一天到达的中国,但他直接落地了上海。

此时他正和霍顿一起在四季酒店的行政楼层,刚刚送别了两个神秘的客人。

霍顿也是华裔,如Tiger一般衣着得体,相貌堂堂,但是眉眼间比Tiger多了一丝强势,似乎还有狡诈。而对卡尔的态度,也完全不同。Tiger会习惯性地躲在卡尔身后,做一个乖巧的小跟班。而霍顿却是与卡尔平起平坐,甚至二人比起来,卡尔更谦卑一些。

当田晓卫和他的天工还在垄断着中国生意的时候,卡尔通过各种渠道想来解决中国问题,在众多的商务咨询公司中,他一眼就被霍顿所吸引。原因很简单,霍顿咨询公司在他们的网站以及私人名片上都有一句话——"专为您解决中国问题",这完全符合卡尔的心思。

他与霍顿有过简单的交流,立刻被霍顿的惊天背景所折服,虽然最终他选择了Tiger前往中国就任，但始终和霍顿公司以及霍顿本人保持着联系。

他一直试图说服史蒂夫与霍顿合作，一起在中国争取更大的发展。但史蒂夫似乎对霍顿公司并没有兴趣，他依然恪守Skydon的原则和理念，一步步地在全球建立销售网络，并取得了巨大的成功。所以，霍顿与Skydon合作一直都没有到来。

当中国市场再一次出现一些小问题的时候，保罗以雷霆手段快速处理了一切，但却又给了卡尔一次说服史蒂夫的机会，这一次史蒂夫居然没有拒绝。可能这和卡尔的退休身份也有一定的关系，以一个顾问身份和一个咨询公司合作，在北京代表处之外的并行渠道帮Skydon拓展业务，这对Skydon是一个尝试，同时也不会影响Skydon本身的经营，这是史蒂夫的想法。

当初霍顿是这样向卡尔介绍自己的："我的祖父是新中国的一名元勋，他的名字恕我不能直接披露，否则会引起很多麻烦。我的父亲是祖父几个儿子中唯一没有从政的一位，他对政治不感兴趣，所以很早送我来美国读书。现在中国的几大企业掌门人……"他说了一串企业和管理者的名字，卡尔查阅过资料，这些公司在国际上都不算知名，在中国却是举足轻重的存在，有着非同一般的背景，"他们都是我从小到大的玩伴，我们一起在同一个大院里长大的。我回国之后，在某总局当过一段时间的领导，你查不到我的名字，因为我们不会使用真正的名字，然后又离职，再次回到美国。在此期间，此局引进了数十亿美元的设备，这里的每一笔交易，都是我在幕后来真正推动的。"

卡尔查过资料，霍顿说的这些交易是真实存在的。

"我不是很懂你们的行业，但我可以找到任何一个你们所关心的行业的最高级别的领导，甚至是更高层。在中国的任何一个城市，包括北京和上海，我甚至可以帮你们引荐市长。这些就是我能做的，我是个生意人，又不是纯粹的生意人。我不知道该怎么做你们的生意，但我能把所有的生意都做得很大。"

卡尔找人查过霍顿的背景，却发现他的背景成谜，什么也查不到，这倒是的确符合某一类人的特征。

在霍顿的办公室里，有一些他本人和各级领导合影的照片，卡尔看到了一些熟悉的脸。他和霍顿商量，想拿一张照片回去给史蒂夫看看，让他支持Skydon与霍顿合作，被霍顿拒绝了。

"你怎么会有这样的想法？我连自己的名字都不能透露，怎么会让你把这么敏感的照片拿走？这些照片不会离开我的办公室一步，也只限在这里观看。"

霍顿的办公室处于硅谷最昂贵的地段，霍顿本人出手豪阔，举手投足都是富豪做派，但办公室只是简简单单的一块霍顿咨询的牌子，没有更多的信息。

这一切，都说明了主人的不同寻常。于是，在支付了一笔不菲的咨询费用之后，卡尔和霍顿一同飞往了中国。

选择上海而不是北京也是霍顿的建议。他说毫无疑问北京是首都，但上海才是真正的金融中心、现代化都市，做业务最好的选择是在这里，这里才能更好地发挥他的人脉优势。

这些天，霍顿带着卡尔在酒店里见了一些人，包括刚才两个神秘的客人。霍顿介绍他们来自军方，身份不能过多透露。

双方所有的交流都是通过霍顿的翻译进行的，虽然语言不通，但卡尔能看出，这些人对霍顿都很尊敬，甚至有些敬畏。而他们对卡尔拿出的Skydon资料都非常重视和认真。这一切，让卡尔对这次中国之行充满了更多的期望。

他给史蒂夫发了到达中国后的第一份顾问报告，对霍顿的能力有了极大的肯定。下一步的计划，则是围绕卡尔提出的一些行业，霍顿会逐一安排与行业领导面谈。他向史蒂夫保证，经过这一次推广，Skydon在中国的业务必将走上一个新的高度，或许，史蒂夫可以近期来上海参加一些大型的推广活动。

这是卡尔例行的一份顾问报告，还没涉及太多的内容。但他没想到，他的报告得到了史蒂夫的热烈回应。史蒂夫确认，如果卡尔可以在上海安排一次大型的市场活动，他将亲自率队前往参加。

随着史蒂夫回信一同而来的，还有霍顿的又一笔咨询费，这个结果无疑是让大家都感到愉快的。特别是总裁欲亲自前来的计划，令卡尔兴奋不已，他第一时间和霍顿进行了协商。

霍顿笑着对卡尔表示了祝贺，他愿意全力帮助卡尔，让已经退休的他达到自己人生的另一个巅峰。

接下来，霍顿和卡尔商议道："我现在需要你的具体名单，你的确说了一些行业给我，我也能对接他们的领导。但是中国的管理结构与美国完全不同，我所认识的领导也不会关心到你们产品的细节，我需要知道你们在这个行业里对接的是哪个部下面哪个局，细分领域的哪个部门，这样我才能针对性地开展工作。否则就白白浪费了我们与高层见面的机会。"

卡尔深以为然，然后他给约翰和保罗写了一封信，希望约翰和北京办公室能配合此事，提供相应的名单。

接着，霍顿又提出："卡尔，你的中国助理人选如何了？你知道，我并不方便出面，我会帮你对接一切资源，然后由你和你的团队前去交流，单纯地以Skydon的身份前去沟通，而我会在幕后来帮助你们。"

卡尔想起了一个人，已经过去快两周了，他没有从保罗那里得到任何消息。

他正准备询问一下约翰事情进展的时候，他的电话响了。

"卡尔，你好，我是张邕。我已经取得了约翰的同意，明天就飞往上海，前来辅助您的工作。"

第80章　霍之乱（二）

虽然张邕签了离职文件，但最终约翰并没有在上面签字，而是让伊莲娜将张邕签字的文件永远封存了。

他写了一封邮件给保罗。

张邕毫不犹豫地签字了，但看过他给我资料后，我改变了主意。

你知道集团内部正在推行SAP系统和Salesforce，大家都在执行，但上上下下真正支持的人并不多，多数人觉得这是难以忍受的Paper Work，增加了无数的工作量，但并没有实际的意义。

这套系统并没有在美国本土之外使用，可能也是担心会遇到本土文化和办公习惯的冲突。

但当我打开张邕留给我的资料，我产生了错觉。不是简单的资料，不是客户名单和项目名称。那简直就是一套迷你版的ERP系统，有所有你想要的信息，还有历史信息的查询，基于信息分析总结后的行动方案。

我看得出，这套东西他应该费了很多时间和精力，但我问了代表处的其他同事，没有人知道这套系统，从没人听他提起过。我的意思是，他只是把这当作自己管理项目的工具而已，觉得就应该是这样的。

除了销售部分外，还有大量的技术细节，也有后续相应的技术方案，甚至交给谁，是钟小飞博士解决，还是马克，或者李察，都有明确的标注。

他把全套资料都给了我，没任何保留，也看不出有什么不舍。我有一种感觉，这些资料他都已经记在自己心里，就算我们将他强制搜身，也无法把这些资料从他身上拿走。

附件是我从他手里借过来的资料，我没做什么处理，给我的时候就是这个样子的。

现在，我有两个难题。

一个是把这份资料传给谁？找一个张邕的继任者并不难，有了他的这份资料，后来者也应该很快就可以上手。但是我们还能看到这份资料这样继续更新吗？我想很难。

　　还有一个难题就是关于留在他脑子里的部分，我觉得很难有人真的从张邕手里夺走它，我说的不只是这些资料，而是实际的项目。

　　我知道Skydon的管理，是靠体系运转而减少对某个人的依赖，但这个张邕很特别，他能使我们的体系运转得更好。

　　还有一件事，我要向您汇报。田晓卫并没有离开中国，他还在这里。这是个从来不做小生意的人，结合卡尔之前的报告，我认为工程中心近年来出现更大项目的概率是非常大的。这次我们不容有失，我们需要一个经验丰富且对用户熟悉的人在此项目上操盘。

　　可是，我们明明已经有了一个现成的人选在这里，为什么要改变？

　　所以，我想申请，将张邕留下。从他这份资料里，我也很难相信他会单一地跟随某个人，我觉得他的视野应该是高过Tiger的。

保罗皱着眉读完了这封邮件，然后又打开了附件。

　　最后，他给约翰回信："我从没有下达过让张邕离职的命令，这一切本来就是交给你来评估的，他本就是你的人，你可以自己做决定的。"

　　莉莉离自己的成功只差一秒。

　　张邕终于拿起电话打给了他，但电话接通的瞬间，忽然又一个来电打了进来。张邕看了一眼手机屏幕，他挂断了自己拨出的电话，而是接起了打入的电话。

　　来电的是伊莲娜："老板说你签的那份文件没有通过，已经让我永久封存了。他希望你即刻回来上班，如果有什么疑问，可以随时打给他。"

　　"好的，太突然。我需要考虑一下。"

　　"嗯，我只是帮老板传达他的态度而已。私人角度，我劝你慎重考虑，我不喜欢这种出尔反尔的做法，这不符合公司的管理，也没有体现对人的尊重。我知道你的选择很多，自己考虑清楚吧。"

"我知道了，谢谢您。"

莉莉的电话随后就回拨了过来："张先生，我好像错过了您的电话，您在找我吗？"

"对不起，莉莉，打扰你了。刚才的确是要找你，但是现在不需要了。我们还是保持联系，好吗？"

莉莉不无失望地说道："好的，张先生。希望未来还能接到您的电话，Eka这个职位我们推荐了很多人选，他们都不满意。其实，您为什么不过去谈谈呢？这对您又没什么损失。"

"我会考虑的，谢谢你，莉莉。"

张邕第二天正常上班了，和平时一样与大家打招呼。除了伊琳娜，没人知道曾经发生了什么。甚至见到了约翰，也是问候了一声早上好，就再没多说一句话。约翰心中感觉颇为复杂，他说不清，是自己给了张邕一次机会，还是张邕给了自己一次机会。

远方的怒发狂人前一晚刚好找张邕要资料，知道此事，怒发狂人大怒道："小子，你还有没有点骨气？让你走就走，让你留下就留下！至少要让你们那个什么鸟约翰出来下跪，净水泼街黄土垫道抬你回去才行。你为什么一定要留下？就算Skydon这个平台不错，你该做的也都做完了，不用一定在这里委屈自己。"

"舍不得。"

"有点出息好吗？Skydon再好，又不是你的，真把自己当Skydon主人了。以后的路还长，哪有那么多儿女情长。"

"我不是舍不得Skydon，这点我早就想明白了。"

"那是什么？"

"舍不得推翻自己做的事。我如果离开，比如说到了Eka，我一定还会做同样的事，势必会和Skydon产生竞争。我不怕竞争，只是Skydon参考站的一切都是我亲手做的。竞争，意味着我要将自己做的事全部废掉，换上新的系统。我舍不得废掉自己曾经的努力。"

怒发狂人声音低了很多："不可救药。"

"那怎么办？师兄你改行学医还来得及吗？开点药给我。"

"十大名医活着也救不了你了，滚回你的Skydon吧。"怒发狂人最后附上了一句F开头的英文。

在保罗给约翰回信后不久，约翰又给保罗打了一个电话。

职场的人都知道，如果有些内容不适合留下记录，电话才是最好的沟通方式，这次的内容关于卡尔。

"我觉得有一点奇怪。卡尔来中国，不是和中国办公室并行来做业务发展吗？我们可以支持，但不需要参与的。如今卡尔要我们提供行业用户名单，这里会不会有潜在的风险？"

保罗沉吟道："但是卡尔的计划是史蒂夫明确支持的，为此我们可是向霍顿支付了相当可观的咨询费，还是支持吧。"

"可是这不属于代表处的工作，我们做了，将来的功劳要算在卡尔和霍顿身上。而影响了我们的业务，卡尔不会为我们负责的，这很难处理。"

"卡尔不是想要张邕去辅助吗？就派张邕一个人去好了，有什么事都让张邕处理，这就是我们最大的支持了。"

"张邕的业务怎么办？我看到他的资料后，对中国的参考站业务充满了信心，这可能是我们最重要的增长点。"

保罗嗤笑了一声："你刚刚在你的邮件里给了张邕高度评价，现在是我检验你的评价是否客观的时候了。既然这么能干，那就一边去帮助卡尔，一边处理自己的业务，两边都要做好。中国有句谚语，是不是好马，要跑起来看。"同样是西方人的约翰，没觉得保罗这句中国谚语哪里不对。

于是张邕在被辞退又再次召回的第三天，就拨打了卡尔的电话，然后奔赴了上海。

张邕不喜欢霍顿，这种感觉并不常见，他很难随便去讨厌一个陌生人。即使Tiger一直不喜欢他，他也会把Tiger当作自己的老板来尊敬。

但这个霍顿给他的感觉很奇怪,他看似高傲,对谁都是一副高高在上的态度,见张邕只是随意地点点头,然后就像是张邕老板一样安排他的工作。

张邕不在乎别人狂妄,毕竟,这世界上很少有比田晓卫更狂妄的人。但他知道,田晓卫从来不是霍顿这样子的,他的狂妄主要表现在"直接"上面。他不喜欢客套,一句话就直指人心,在于与人交流时候的强大气场,令对方压抑,且不自觉地服从。

但平时的田晓卫其实是个很有礼貌的人,无论是对前台,还是清洁工,都很有礼貌。就是谈判的时候,如果对方不主动挑衅,他也会很平和应对。他是一种真的强大和骄傲,强大到根本不屑去和别人争得失,连经营多年的Skydon也说丢弃就丢弃,毫不心疼。

所以他觉得霍顿的强大和高傲有一种不真实的感觉,如果一个人不分场合不分对象地秀肌肉,张邕想起一句姐姐张虹爱说的形容词:"这不是二傻子吗?"

与霍顿的交流更是如此,田晓卫从来都是直接的,他不在乎你喜欢还是不喜欢。而霍顿每句话都在绕,用一种委婉的方式来回避问题,而这种所谓"委婉"表现的具体形式,就是我很有背景,我和他们领导的领导很熟。

张邕有一丝不舒服的感觉,他觉得一个真正有背景的人不会把自己的背景总挂在嘴上。

霍顿也非常地不喜欢张邕。他以为卡尔看中的人,应该是一个才华与激情并存的职场精英,拿着名牌大学文凭,穿着考究的西装,满口别人很难懂的理论和名词,讲话神采飞扬滔滔不绝且口才过人。

但张邕很显然太过普通了,而且他很安静,话很少。但一旦开口,就是在寻求一个最正确的答案,这让他有一种被拷问的感觉。

他最不喜欢的是张邕的眼睛,那双眼睛根本不是属于职场的,甚至不是属于成年人的。那双眼睛太单纯,单纯得反而让人害怕,因为他似乎你能用最简单的方式,将一个人彻底看穿。

霍顿有些后悔，他不该让卡尔安排助理过来。他可以自己出面，至少安排一个自己人来陪卡尔一起。

他看着张邕，心里的念头和当初赵爷一样："哪来的这样一个怪物？"

"霍先生，对不起，您是姓霍吗？"

霍顿很明显地不悦："我姓李，叫我霍顿好了。"

"好的，霍顿。我问您，这封拜访函是您通过协会的渠道正式递交的拜访函，我不理解，有了您的关系，为什么还要这样费事？我们直接和他们高层对话不好吗？至于您说的专业问题，领导可能不懂技术，但是不会连自己的业务都不知道，只要我们提供相应的解决方案，他会把我们介绍给相应的部门的。目前的交流方式，我觉得可以让我们的代理商直接处理，根本不需要我们三个人在这里。"

霍顿的声音立刻提高，带着训斥的语气："你见过的最高级别领导是哪一级的？你一个外企职员根本不懂高层的事，也不懂高层的运作。我在动用我的关系，而你要做的，是从相应的渠道入门。你们老板派你来，是让你辅助卡尔来工作的，不是来质疑我们的计划的。Understand？"

"我是老板派来辅助卡尔的，您说得很对，但这句话里我没听到您在哪里。我会按卡尔的计划执行，您可以把您的建议给卡尔，但您直接和我这样下令以及发怒，似乎没有用，也没有道理。"

"小子，知道你面对的是谁吗？小心你在Skydon的饭碗，更小心你在上海的安全。"

"霍顿，目前我们是合作状态，如果您再次出言威胁我的安全，我现在就报警。"

卡尔一头雾水地看着两个吵起来的人，二人说的是中文，他不知道发生了什么。

"没事的，卡尔。我和霍顿在具体行程的顺序上有一些小的争执，我们会达成一致的。"

张邕转向霍顿说道："你最好客气一点，我现在还不想在卡尔面前说太多的话。"

霍顿的气势弱了很多，或许他本就不是强大的那一个。

"对不起，卡尔，邕说得对，我们有一点小争执，但会没事的。抱歉，邕，我没控制住我的脾气。"

这也是卡尔第一次真正见到张邕，他倒没有太失望，张邕和他想象的相差并不太多。当然他觉得一个可以说出自由和梦想的人应该更加阳光一些，但张邕这个样子他也可以接受。他知道，有些人的阳光在外表，但有些人是藏在心里的。

但张邕对卡尔有一点不解。

他心目中的卡尔，是曾经的Skydon全球第一副总裁，成熟睿智，将这个世界上所有的每一个角落的Skydon生意都操控在自己手上。

他不理解，为什么像卡尔这样的人，会受霍顿的影响。而在他看来，霍顿远远算不上高明。

一次并不愉快的交流，没有想象中的结果，三人约定第二天继续商议，然后各自回房。

张邕刚刚进入自己的房间，房间的电话就响了，他接起来，是霍顿的声音。

"我还在刚才的位子上，你下来，我们需要单独交流一下。"

第81章　霍之乱（三）

再次坐在霍顿对面的张邕，感觉霍顿像变了一个人。

没了之前的虚张声势，霍顿沉稳了很多。

"你看出了什么？"

"我只看出了你不是卡尔以为的那种人。"

"嗯，其实我的身份不难被看穿，我知道根本瞒不过国人，我只是和卡尔这样的老外做生意而已。至于你，我以为只是个老外的应声虫而已，看来我看错了你。你是不是在奇怪，卡尔为什么看不穿我？"

"是有些奇怪，Skydon的副总裁，不应该没有识人之能，怎么会看不穿你这样拙劣的骗术。"

霍顿此时和刚才完全不同，他没有生气，甚至嘴角还有一丝微笑。

"先收回你这句话。没什么骗术，我也不是骗子，我做的是正当生意，和Skydon签的也是合法的合同，我只挣合理的钱。这件事后，我还要回到美国，绝对不想FBI找我的麻烦。所以我绝不做违法的事。至于我这么拙劣的表演，对，是表演，而不是欺骗。表演只是一种营销手段，美国社会本来就是一个大舞台，大家都是表演型人格。我的表演能被卡尔接受，是因为他自以为是地以为自己了解中国。"

张邕终究还是年轻，他的想法没有错，但对卡尔这种西方人还是缺乏足够的了解。

卡尔在Skydon内部是公认的最懂中国的人，所以即使是史蒂夫，在中国问题上也会第一时间听取卡尔的意见。

他对中国的所谓了解让他陷入了一个误区。卡尔并没有真的在中国生活，他的一切中国知识都是从各种渠道调研而来的，是他辛苦研究和学习的结果，而不是实践得出的结论。

从研究中，他了解到，中国的确有这样一个阶层存在，他们拥有特别的权力和复杂的关系网，他们子弟很多在海外，在美国尤其多。他们身份隐晦，很多事都不宜公开……

他接触霍顿后，发现霍顿几乎所有的特征都与他认识中的那个阶层符合，所以他以为自己捕捉到了一个机会。

正如张邕所想，霍顿并不高明，卡尔也不愚蠢，只是霍顿的一切布置就是针对卡尔这种自以为懂中国的人设计的。

霍顿的确做的是合法的咨询业务，一般也就是给美国公司提供一些中国的行业报告之类。当卡尔以为他的身份特别的时候，他就趁机引导，加深以及确定了卡尔的想法。

他做这个行业很多年，的确是有很多自己的人脉，也能帮卡尔对接一些资源，但远远达不到卡尔期盼的那种高度。

张邕大致明白了一切，说道："我想起一个钉子汤的故事，没想到真的碰到了。"

霍顿不懂："没听过。"

"有个流浪汉在一妇人家借宿，想讨口吃的，妇人说家里什么都没有。于是流浪汉拿出一根钉子，说他会法术，可以用钉子煮一锅汤。钉子下锅，流浪汉一会儿说加一点洋葱会更美味，一会儿说，有一点奶酪，就是国王的美食。最后妇人几乎将家中所有的美味都加进了锅里，流浪汉则偷偷捞出了钉子。妇人却认为这一锅美食都是流浪汉用钉子煮出来的。"

霍顿大笑道："你很会讲笑话，的确类似。但流浪汉并没有用违法的手段强迫妇人拿出一切。"

"可你知道吗？你这样不道德，你激起了一个退休的老人的雄心壮志，却让他无法收场。如今我们北京代表处也参与进来了，你浪费了我们很多的资源，却做着没有意义的事情。"

霍顿耸耸肩道："我并没有做什么不道德的事，我也没有叫你们参与进来，一切都是卡尔和Skydon自己的选择。我的合同上有你们总裁史蒂夫的签字，是受法律保护的。只是我没想到，他们中国区居然有你这样一个员工，你好像胆子很大，不太害怕权势。"

张邕笑了，他从没听过这么好笑的笑话。

"我只是个普通人，谁不害怕权势。我只是相信自己的眼睛，我不认为你真的能威胁到我。"

"哦，那看来是我的演技的问题。你打算怎么办？可不可以和我一起合作？"

"你威胁我，我都不会合作。现在我确认了你没威胁，我怎么可能会和你合作。"

霍顿耸耸肩道："叫你下来，其实就是为了这一句话，其他都是废话，不能合作。我们就各自安睡吧。"

"你好像不怕我向卡尔揭穿你。"

"我说了，我做的是正经生意，签的是合法有效的合同，我当然不怕你说什么。可能这会带给我一点小麻烦，但无关紧要。我反而要劝你一句，这件事你现在阻止不了，你若说得多了，可能会让Skydon高层不高兴。大家就这样相安无事最好。否则的话……"

"你又要威胁我？"

"不。否则的话，我最多损失咨询费尾款，这无所谓，该拿的我已经都拿了。而你，会让Skydon内部很多人不开心，你的后果比我严重。不信的话，我们拭目以待。记住，年轻人，政治正确并不只是中国特色，你身边这些绅士般的老外，他们比中国人更在乎。晚安，谢谢你的精彩故事。"

保罗给约翰打了一个电话："卡尔那边的事，张邕一个人可能不够了。可以的话，你们代表处都动起来帮助他吧。当然，我们年底的业绩也非常重要，你尽量兼顾吧。"

约翰不解道："为什么这样做？"

"卡尔得到了史蒂夫的支持，总裁会亲自来中国参加卡尔那边的活动。你不会希望到时只有卡尔和史蒂夫站在一起，没有你和北京代表处的身影吧？这件事已经不是简简单单一个退休顾问的事了，这次随史蒂夫前往中国的会是一批高层。现在整个Skydon都在准备总裁的出行，你觉得你可以不动吗？"

约翰被惊得长出一口气："好的，我明白了，我立刻安排。卡尔这么大能量吗？上海他们到底做了什么？"

"张邕不是在卡尔身边吗？你直接问他好了，我们没人知道，这老家伙到底做了什么。"

新的一天，张邕和卡尔在同一张餐桌上共进早餐。

"卡尔，我想和你说一下霍顿的事情。"

"我能看出你不喜欢他，昨天你们已经吵过了，但这是你的工作，你需要配合他。"

"霍顿做的所有事,我们都可以直接做,根本无需他的任何帮助。而他口中的所谓高层,根本不存在。"

"一切都是你的推测,邕,你不能这样恶意推测我们的合作伙伴。"

"我不是推测。昨天我们交流过,他并不否认。"

张邕听到"砰"的一声,他惊讶地抬头,发现卡尔重重地将刀叉砸在桌子上,面沉似水。

"邕,你的想法我听到了,我会考虑的。现在我们的计划中是以霍顿为主的,你有想法,可以暂时放下,我们必须按照霍顿的安排来。"

张邕对卡尔态度的突然变化一时无法适应,他愣住了,不明白卡尔的怒火从何而来。

"抱歉,卡尔。我不想冲撞你,我只是想告诉你,这个霍顿有问题。"

卡尔的喉结抖动了一下,张邕能感觉到对方强行压下的怒火。

卡尔尽量用一种平和的语气对张邕说道:"我也很抱歉,我不该对你这样发火。我不知道你是否知道,我一直都很看好你,你当初在Skydon技术支持注册的账号,是我让人给了你最高权限。当初你来Skydon面试的时候,Tiger并不想接受你,也是我亲自招你进北京代表处的。"

张邕觉得话题似乎扯远了,但他还是说了声"谢谢"。他知道卡尔说的都是真的,他也是真的感谢这个老人,只是这不代表霍顿是对的。

卡尔继续道:"我说这些,并不是要你感谢我,选择你也是我的工作而已。但现在,我已经退休,这是我职业末期的一次机会,我要拥有一个完美的职业生涯,不想在最后时刻出现什么污点。你明白我的意思吗?邕,再说一遍,我一直很看好你。这次活动结束之后,我依然会向保罗甚至史蒂夫推荐你。但现在,我需要你帮助我。"

张邕隐隐地明白了一点,他一直没有把昨晚霍顿的话当回事,如今看来,霍顿极有可能是对的。

"我能为您做什么呢？如果完全按霍顿的安排，我们的收获可能会非常有限，而且会浪费大量的时间和精力。"

"那就不管霍顿，你来帮我安排一些有收获的活动。不用担心北京代表处，我会和保罗以及约翰沟通，甚至他们也会参与进来。"

一切都在张邕心中逐渐清晰了起来。

"您是说，我们来代替霍顿配合您安排这边所有的活动？卡尔，我不理解这种安排的意义，代表处本来就在做着这样的事情，没有必要放下手中的一切工作，打乱计划，来操作这些事。"

卡尔逐渐失去耐心，说道："你还不明白吗？我已经说得很清楚了，我需要一个完美的职业生涯。"

张邕明白了，他的眼中出现一丝愤怒，对这个老人的尊重也正慢慢失去。你的完美职业生涯就这么重要吗？要整个代表处来陪你作秀，甚至真正的生意也可以放下。

"我不知道该怎么说，您怎么说服保罗和约翰呢？我知道的是，您的商务推广工作是独立于北京代表处的，他们似乎找不到理由来配合您。"

"他们已经在配合我了。"卡尔略带得意地笑了，"好吧，我坦白一点和你说，我的确看错了霍顿，但我绝对不会看错保罗和约翰，如今他们正积极地赶来，恐怕我想不让他们参与都难。"

张邕终于愤怒了："你早就知道霍顿是什么角色了？"

"他在美国可以骗过我，但来了中国，我要是还不能看穿他，我就太蠢了。可我能怎么办呢？大骂他是骗子，然后终止我们的合作？那么我和史蒂夫以及董事会怎么交代呢？"

"可是，如果你在中国一事无成，依然很难交代。"

"所以我需要你和约翰的共同帮助。还有，我们的总裁史蒂夫将会亲自前来上海，那么与霍顿的合作将不再是我个人的事情。听着，邕，我是在尽量挽救我的职业生涯。但这何尝不是你的机会。你可以将你的聪明才智都展现在史蒂夫面前，相信我，你将在Skydon有一个美好的未来。"卡尔语气中透着一种狂热,极具鼓动性。

"你怎么处理霍顿呢?"

"不用处理,就把他当作一个装饰品摆在这里。等我回到美国,就解除与他的合作,大家各走各的路。"

"看来霍顿不但不会有什么后果,而且能拿到他的尾款。您真的不担心这样做,会影响中国的生意吗?"

"我知道中国人是世界上最勤劳的民族,他们会有办法来弥补这些影响,最终来保证中国的业绩。我相信你们,特别是你。"

"谢谢您的信任,稍等,我去拿一杯咖啡。用我帮你拿一杯吗?"

"不用了,谢谢。"

张邕起身,他并不需要咖啡,只是想平复一下情绪,给自己一个缓冲,想一想该如何回答卡尔。

刚才一瞬间是他最愤怒的时刻,中国人的勤劳勇敢不是你用来挥霍他们劳动的借口。

都说老外不像中国人这样讲人情,但卡尔分明就是将他的知遇之恩摆在了他的面前,让他做出选择。

在咖啡机旁边,张邕发现霍顿坐在一个靠窗的位置用餐,他显然一直注意着张邕,当二人视线相遇,霍顿立刻笑着和张邕挥了挥手。

张邕不喜欢霍顿的笑容,他终于在心里下了决心。

他走回了餐桌,放下咖啡,落座,然后直视着卡尔的眼睛。

"抱歉,卡尔。我非常感谢你曾经为我做的一切,我将永远牢记。但这件事,我无法帮你,我不知道你的完美职业生涯有多重要,但它显然不该凌驾于Skydon以及北京代表处的利益之上。"

"哦,"张邕这个回答出乎卡尔的意外,他逐渐挺直了身躯,那种第一副总裁的威严重新回到他身上,"你是被派来协助我的,如果你不接受,那你准备怎么做?向史蒂夫告发我吗?"

张邕感到了卡尔的压力,但他已经做好了准备,依然看着卡尔的眼睛。

"史蒂夫？当然不会，他根本不知道我是谁，我也永远不会越级汇报。我不想向任何人告发您，我只会和约翰沟通，说我不适合做您的助理，请求他将我调回，仅此而已。我希望您也支持我的这个申请，因为很明显，我在这里和霍顿的相处不会很融洽。"

　　卡尔笑了笑，笑容冰冷："你可以去和约翰申请，我等着他的决定。史蒂夫就要来了，如果他不能满意的话，所有人都会承担责任，不要以为你只是代表处的一个小角色，就不会被波及，你现在已经和我们在同一条船上了。"

　　"一切等我和约翰沟通之后再决定吧。请您给我一天的时间，今天我不想参与任何您的行动。稍后见，我先回房间了。"

第82章　霍之乱（四）

　　张邕走出餐厅，发现霍顿就在电梯口等着他，脸上的笑容清晰地向张邕传达着："我早就知道！"

　　张邕打招呼："早，霍顿。看来你心情不错。"

　　"我还好，一切都和昨天一样，没什么变化。你好像心情不太好。"

　　"我昨天没听进去你的话，今天我知道你是对的。"

　　"你想怎么做？要当个超级英雄，以一己之力对抗一群美国企业官僚。我宁愿牺牲我的尾款，来看看你是否能赢得这场斗争。"

　　张邕摇头道："我不是超级英雄，更不想改变世界。我甚至不会去管你的事，你说得对，这是Skydon自己的选择。但我至少可以不参与，我选择退出。"

　　"你在Skydon多久了？"

　　"快3年了吧，怎么啦？"

　　"像你这么幼稚的人，能在企业里活着真是匪夷所思。谁是

Skydon？难道只是老板们的？难道你不是Skydon的一员？老板想玩这个游戏，只怕你是无法退出的。"

张邕没有据理力争，只是低声说了一句："我尽量退出吧，我希望我可以。"语气中明显信心不足。

霍顿轻轻地笑了，是张邕最不喜欢的那种笑容。

约翰来电，询问卡尔和霍顿这边进展如何。

张邕很艰难地措辞："一切还好吧。但是并不像想象中的顺利，霍顿的人脉对我们帮助并不是很大。约翰，我这边也帮不上什么忙，其实卡尔并不太需要我们的帮助。我申请离开上海，回到北京代表处继续工作。你看可以吗？"

约翰明显感到了不对，问道："张邕，你在说什么？是不是你在隐瞒什么？卡尔向史蒂夫汇报，他在上海取得了重大突破，可以引荐给他多名要员和重要用户。史蒂夫已经决定亲自率队前来中国了。至于你，卡尔在最近的一封邮件中对你高度赞扬，说你很专业，在与用户沟通中起到了重要的作用。但现在，你所说的一切都和卡尔报告中截然相反，告诉我，到底发生了什么？"

张邕不得不承认，卡尔果然老谋深算，他以为卡尔会在报告中给他一个难看的分数，却没想到卡尔居然夸奖了他。这样无论他是否愿意，别人看到的，只是他和卡尔站在同一条船上。

为了一个完美的职业生涯，真的费尽了心机，张邕心中问：值得吗？他还年轻，他的职业生涯刚刚开始，他不知道如果有一天到了卡尔这样的年纪他会怎么选，但至少现在他不会选择欺骗，也不会选择把错误坚持到底。

"约翰，我不能下任何结论，也不评判任何人，我只说我在这里看到的一切。"

"继续，我在听。"

"我们所见的用户，都是我们常规的用户。当然有一些，比如气象局，可能是未来我们潜在的用户，目前接触还不多。但即使这一类用户的名单，也是我们提出来的，霍顿没有在用户和行业上有任何贡献。但这些用户提出之后，要么是我们自己直接联系，要么是霍顿通过协会一类，发送官方的拜访函，总之一切都是我们代理商一直在做的事情，都是我们常规拜访用户的手段。霍顿其实什么也没做，他的解释是，他在幕后运作一些高层的关系。但是我从来没有见过这些关系，我不确定他们是否真的存在。整个推广活动，就像是我们自己出题，然后自己答题，霍顿什么都没有参与，却担任了老师的角色。我不知道我所说的你明白吗？所以，我想离开。老板，调我回北京吧。"

张邕没听到约翰的答复，他说："好，我们晚上再通话决定吧。"说罢挂了电话。

约翰很快就想通了事情的真相，但他犹豫了很久才拿起电话，打给了保罗。

保罗电话里全程在听，没有发表任何意见。

约翰说完了一切之后，保罗才缓缓道："你带几个人过去，继续辅助卡尔吧。这件事情我们已经脱不开身了。我今天下午刚刚和史蒂夫开过会，我说因为卡尔和霍顿带来的巨大的潜在商机，北京代表处已经参与进来，在和卡尔一起进行市场开拓。接下来，我们只能尽量地让老板满意，这件事上我们没有选择了。卡尔这个混蛋，他把我们全都拉下水了。"

"张邕怎么办？"

"你给他回个电话，让他等我的消息，我会亲自打给他。你现在还觉得留下他，是个正确的选择吗？"

"如果从生意的角度，那一定是的。"

"好吧，祝你好运。"

"您好，副总裁先生。"

"叫我保罗吧。"

"好的。"

"我知道你不太享受你的上海之旅,是吗?你想回北京?"

"不是我是否享受的问题,而是待在上海对我、对中国业务、对Skydon都没有任何益处。我们在浪费时间。"

"我知道你现在的处境有一点奇怪,所以不太好接受。但我和约翰商量过了,我们需要你待在上海,这并不是没有意义,而是有着非常重要的作用。我们需要你在上海做一些事情。我曾和你一样,都是Skydon里面最普通的技术支持。而我做到今天的位置,是因为我一直在致力于解决问题。听说你喜欢篮球,你知道阿伦·艾弗森的外号是什么吗?"

"答案。"

"是的,无论什么样的难题,无论难还是复杂,无论合理还是不合理,我们都需要一个答案。我们就是那个提供答案的人。现在我们说说上海的问题。我已经知道了,卡尔从一开始就走偏了,所以你说待在这里没有意义。但你现在该做的,难道不是让一切回到正轨上来吗?这不就是你要面对的问题吗?我现在需要你的答案,艾弗森先生。"

张邕眼中忽然出现一丝狂热,没有哪个年轻人不喜欢艾弗森。保罗无疑是一个交流的高手,他用了最正确的方法引导了张邕的思路。

"抱歉,保罗。我有一个问题,"张邕并没有沉醉在艾弗森的角色中太久,"如今最好的解决方案,不是终止一切,不要让霍顿再继续他的活动吗?这才是让一切回归正规的方法。"

保罗微微皱了皱眉,这个张邕看起来很简单,但他不太容易受人影响。

"不,邕,你猜错了问题。我们现在的问题是,不能和霍顿终止协议,却要让一切回到正确的轨道上,这才是我们想要的答案……"

张邕沉默,没有说话。保罗继续道:"我知道你对有些事情不能理解,那就先不要理解吧,我们先解决问题。史蒂夫将前往中国,现在我们不去探讨这件事本身是对还是错,但我们尽力把它变成好事。不要不喜欢这些作秀的事,让我们一起把这些秀变成对我们最有益的市场活动。史蒂夫要前往中国,邕,也不要总想着我们是安排活动给总裁看。能不能反过来，你看看总裁之行能不能带给你，我的意思是，带给Skydon中国一些真正的帮助呢？能做到这些，才是一个解决问题的人。而像你这样，只想离开这些问题，更像是逃避自己的责任。你不这样认为吗？约翰不会同意你调回北京的申请，我知道你只能留下。而从我的角度，我更希望你是主动留下来面对问题，而不是被强制留下的。好了，这是我要说的。邕，你一直是个很沉默的人吗？现在我希望听到你的想法。"

张邕依然沉默了几秒，然后说道："保罗，我会留下做艾弗森，像你说的，把一切坏事变成好事。但有一点，卡尔做了错误判断，霍顿本身就是个错误，我们都知道，却没人去纠正，只是在坏事的基础上努力让它变成好事。为此，在我们已经付出了给霍顿的代价之后，还要付出更多的代价来维护这件事。我不知道这样做的意义在哪里。也不知道我们所有人尽力保护的是什么。卡尔说是他完美的职业生涯，其他人的又是什么。我为我们这些做事的人感到抱歉。但您不用怀疑，我会尽全力来给这件事一个最好的答案。"

"那就好，有些事情，随着你的职业生涯一步步走高，你会逐渐明白的。"

"我希望，我永远不用明白。"

接下来的3天里，张邕带着卡尔拜访了多个用户。卡尔递上自己的名片，给用户介绍Skydon，也介绍自己，讲卫星导航产业的未来。张邕作为翻译和技术支持，他在卡尔之后，将适合用户的解决方案和Skydon相关的技术以及国外的相关案例，向用户做介绍。

这几次拜访都是成功的，卡尔非常满意，但张邕则苦不堪言。

卡尔所讲的都是他早已准备好的内容，不需要费什么精力。而张邕则是通宵查阅资料，既要了解用户的需求，又要整理自己的解决方案。他能坚持下来的唯一理由，是年轻带给他的活力。但几天下来，他已经疲倦到了极点。

在这3天里，他们只是在早餐时间见过霍顿，他礼貌地笑着打招呼，分手时候会说一句："祝你们好运！"

张邑从霍顿的笑容里读出了一丝嘲弄的意味。仿佛在说，你看透了一切又如何，我依然才是那个真正的赢家。

他真正开始愤怒了，在第三天，霍顿说"Good Luck"的时候，他回了一句"F××k You"。卡尔则赶紧制止了他，表示，要控制自己的情绪，注意自己的言行。

卡尔则心情不错，这几天的会议结果都被他写成报告，发给了史蒂夫。报告很精彩，而描述的状态和成果也基本属实，只是里面没有提到太多关于张邑的内容，张邑只是一个陪同前往的翻译。所有的功劳，都归在了霍顿和他自己身上。

第83章　霍之乱（五）

第四天，约翰带着封耘等人到了上海，张邑第一次见到同事们如同见到了亲人，他太累了，需要有人接替他、帮助他。

酒店的会议室里，大家一起开会商议后面的行动方案。卡尔坐在首席，霍顿坐在他身边，约翰和手下们围着桌子落座。

"欢迎大家来上海，一起参与我们的活动。霍顿先生帮我们安排了很多有益的方案，我们需要一一去落实，就像这几天张邑做的一样。各位出色的表现，我会向史蒂夫汇报的。"

卡尔说到这里，专门看了张邑一眼，却发现张邑趴在桌子上睡着了。

封耘伸手捅了捅张邑，后者迷茫地张开眼睛，痴呆了3秒才明白自己身处何地。封耘看到了一双布满血丝的眼睛，心中嘀咕：这家伙经历了什么？

很快有人看出了问题："卡尔，这份名单似乎本来就是我们提出来的。本来我们也在跟进，或者安排代理商在跟进，上海现在是米河的业务范围，我想他们一定会有办事处在这里。我们做的好像是重复的工作。霍顿先生……"

一旦回到众人面前，霍顿就做回那个傲慢高高在上的混蛋形象，他轻蔑地看了提问者一眼，耸耸肩，并不回答。

卡尔回答道："霍顿先生会在幕后帮我们处理一些高层的关系，我们不用管太多，只管去做自己的事就可以了。"

约翰也制止了提问者："不要问超出我们职责以外的问题，按卡尔说的去准备吧。霍顿所做的事，是和卡尔对接的，就算是我，也不能过问。"

卡尔点头微笑道："谢谢，约翰。"

"除了这份名单上的工作之外，我们还有一件极其重要的事。离史蒂夫的中国之行，已经只有一个月的时间了，我需要安排史蒂夫在中国的日程。在他待在中国的这一周里，我们要有一次大型的市场活动，各位有什么想法？"

刚才的提问者又一次看向霍顿，难道这不是他要做的事情吗？

而约翰又一次用目光制止了他。于是会议陷入了停滞，没人说话。

卡尔感到了不满："绅士们，史蒂夫这次来的是中国，不是非洲，也不是印度。这不仅是我的事，也是Skydon中国区所有员工的事。是要我们一起来面对的，我不喜欢你们现在的态度，你们是对中国区的业务缺乏了解，还是缺乏热情？"

封耘终于忍不住再次发问："卡尔，难道史蒂夫的中国之行之前，我们根本没有任何具体的计划吗？"

卡尔的目光忽然变得无比犀利，他提高了声调，用一种不容置疑的威严语气说道："是的，没有。所以现在我需要你们一起来制订这份计划。不要再问已经发生的事情，我们今天只讨论行动方案。"

当会议又一次要陷入沉默的时候，会议室里忽然响起了一个讲中文的声音："大家不用疑惑了，你们所猜想的都是对的。前几天保罗给我打过电话，让我就是在这样的环境里尽量解决问题，我同意了。但现在，我有几句话，要和大家说。"

"张邕！"卡尔不满地高声怒斥，"你在说什么，请讲英文！"

"对不起，卡尔。我可能需要用中文对我的同事做一些解释。但请放心，我们说的一切都是对结果有益的。如果需要，你和约翰可以让霍顿提供翻译。"

霍顿愣了愣，心道只怕有些东西不太好翻译。

"你们的猜测就是对的。我觉得我们还是先去掉这些怀疑，专心做事。否则想得太多，只怕会影响我们的效率以及做事的心情。这位李先生，也就是霍顿，用了一些不合法的手段，和Skydon签订了一份合法的咨询合同。他目的很单纯，只是要挣自己的咨询费而已，我说得对吧？"他转向霍顿。

霍顿笑着点头道："没错，是我应得的。"

"霍顿没有能力兑现他的那些承诺，我猜测那些承诺本来也不在合同上，所以他也无须兑现。他也没想和Skydon长久地合作，所以也不在乎后续的事。但是他的承诺被卡尔过分解读了，并汇报给了总裁，于是整个公司都动起来了，也包括我们的老板保罗和约翰。所以霍顿做不到的事情就都成了我们的责任，我们必须把这件事做好，但一切功劳，依然要归功于霍顿和卡尔。这就是我们要面对的实际情况，但我们没有选择。不用想试着去说明霍顿的问题，现在大概除了史蒂夫，大家都明白，但是没人肯这样做。我们现在就是在演一出现代版的《皇帝的新装》，无论如何，只能先把游行走完。我现在只是想把一切给大家解释清楚，不要一边做事一边猜疑。但整件事我们只能在这种基础上继续，尽最大努力做到最好。"

对着张邕这一番话，霍顿只给卡尔和约翰翻译了一句："他在劝大家如何做到最好。"两个外国人则疑惑地对视了一眼。

封耘看着张邕说道："我以为你会号召我们去抗争。"

张邕笑道："我们只是一群打工人，选择有限，不是所有事都能抗争的。也许未来我会选择说出真相，不是大家，是我自己。但是现在，我们只能做好这些事，让史蒂夫满意，让所有人满意。这样我们说的话才会有价值。而且保罗说的也并非没有道理，我们可以试着将坏事变成好事。我们可以利用总裁来访，做一些自己的文章。"

封耘点点头道："懂了。我也不希望你未来自己去说什么，我们只是一群中国员工而已，本来就没太多话语权，你也没必要去付上太大的代价，只为说一些已经不重要的真相。我个人会全力完成这次任务。"

其他人也纷纷同意："好的，说明白了做事，总比做事时候骂街好。让我们帮外国老板把锅背起来，我可以劝自己，是在做一件很助人为乐的事。"

卡尔有些疑惑地感受着大家的情绪，他不懂张邕说了什么，也不太相信霍顿的翻译，但是能感觉到，众人没了之前的低沉，重新充满了活力。

约翰和卡尔是同样的感觉，只是一瞬间，他有些恍惚。张邕是他坚持留下来的，但张邕做了太久的透明人，约翰还没见过他对着大家发表这么长的意见，他很想知道张邕说了什么，但不太想去找封耘他们了解。他决定，以后要尽量多学一些中文。

一切解释清楚之后，大家的主意立刻来了。

李可飞第一个站出来说道："卡尔，目前正是代理商们的巡展季。不如我们把他们的巡展换个地点，以Skydon总裁和专家团的名义，把所有的会议都移到上海来。结合上海我们新拜访的行业用户群，组织一个大型的Skydon论坛，按行业和应用划分十几个分论坛，Skydon的专家们按自己的业务划分参加相应的论坛。"

立刻有人支持："好主意。这样就不仅只有我们了，让所有代理商参与进来，我们人力匮乏的问题就解决了。"

"史蒂夫的会议中，可以安排代理商会，我们把港澳台的合作伙伴也都拉过来，让史蒂夫检阅我们的代理商队伍。"

"可以安排大用户与史蒂夫的见面，比如北方公司，比如工程中心。"

"让代理商将他们手中的高校和研究所用户集中起来,将学者们汇集在一起,举办一个高端学术论坛。"

张邕也参加进来,说道:"特区CORS网络发布之后,我的工作时间一直被占用,一切都停滞不前。这次我可以办一个参考站网络论坛,把全国的相关用户都集中过来。"

卡尔的兴致也被调动起来了,他兴致勃勃地参与了讨论,还不忘对约翰道:"恭喜你呀,你有一个非常强大的团队。"

约翰内心泛起一丝苦笑,是的,他们若不强大,如何替你背锅呢。

一系列的行动方案很快就制订了出来,相关区域经理在会议上就联系了代理商,听到Skydon总裁前来的消息,李文宇、赵爷以及所有代理商都立刻表示了全力配合工作,并会提前到上海,等待与史蒂夫的见面。

一份近乎完美的方案被制订出来了,最后时刻,卡尔却又皱起了眉头。

"谢谢大家的想法,这一些都很好。只是关于史蒂夫的部分,他的会议内容安排得比较丰满,但分量似乎还不够。我还需要一到两个重量级的人物来和史蒂夫见面。各位有什么想法?"

张邕转头道:"霍顿,你的高层关系可以发挥用场了。"

霍顿居然面不改色地说道:"卡尔在问你们的想法,我这边稍后会和卡尔交流。但是我的关系都很难公开露面的。特别是涉外的部分,会非常敏感。还是你们先想办法吧。"

张邕又对着霍顿说了一句中文:"你给我等着。"霍顿没来由地心里一惊,随即安慰道,我没必要怕他,他什么也做不了。

"我的参考站网络论坛,会邀请朱院士来做主题报告。可以借机安排与史蒂夫的见面,但不是朱院士来见史蒂夫,而是史蒂夫团队要发拜见函,来申请和朱院士见面。除此,我还可以看看工程中心领导,米河可以安排北方公司领导,但是高层领导应该不会来参加技术论坛的,只是一些技术领导,我不知道是否合适,但已经是我能够做到的全部。"

卡尔点头，一一记录，又问了一个问题："有没有上海本地的重要人物，史蒂夫可以上门拜访的？"

张邕摇头道："我没有，看看其他人，或者和代理商沟通一下。"其实不是完全没有，只是张邕并不想尽力，其他的事情至少是对业务有促进作用的，而专为老板安排的会，除了取悦老板，还能有什么意义。

卡尔只能先接受，今天他已经有了足够的收获，至少，满足他一个完美的职业生涯应该是可以了。

"好吧，那今天的会就到这里。非常感谢大家。今晚我和约翰一起晚餐，有要参加的吗？欢迎你们一起。"

张邕摇了摇头，并挥手制止了自己的同事："谢谢邀请，我们不参加了。晚上我和霍顿有一些事情要继续沟通。"

卡尔满腹狐疑地看了看霍顿，后者和他一样地疑惑。

回到房间的霍顿，有一点心神不宁，总担心有一些不好的事情发生。今天他见到了张邕的另一面，隐隐觉得这个看似老实的家伙有可能会出一张意想不到的牌。

果然，晚饭时候，霍顿接到了张邕的电话，约他到健身房一叙，说有惊喜给他。

霍顿莫名有点紧张，随后他自嘲地笑了笑，连美国这些行业巨头他都要了，何必在乎一个中国员工。

霍顿换好衣服出门，在拐进通往健身房的走廊时，就见到了张邕站在走廊中央，脸上带着一种无法形容的笑意。

"约我干吗？健身房里有什么？"

"我们不去健身房，那里有监控。"

"监控？难道你还敢做什么非法的事情？"霍顿笑着说了一句，然后他环视四周，笑容逐渐凝结在他脸上，他发现了一件事。

"你发现了吧，这一段大概是整个酒店里唯一没有被监控覆盖的一段。"

"你想干吗？"霍顿冷笑，"没有监控，这也是在酒店里，我不怕你做什么。我也确定，你可能不太好惹，但绝对是个遵纪守法的公民，你不敢对我怎么样？但我没时间陪你胡闹，失陪。"

他转身要走，却发现退路被几个人堵死了，正是Skydon北京代表处的员工，而膀大腰圆的李可飞站在最前面。

"霍顿，你走不了。你叫人也没用，大家都知道我们是一起的，我会说我们只是开玩笑。甚至你报警也没用，我们现在可什么都没做。"

霍顿转身，脸色有些绯红地说道："既然什么都不做，就让我走。警告你，Watch yourself。"

"别激动，我来和你谈一笔生意。"

"谈生意为什么不在一个合适的地方？"

"我觉得这个地方很合适。我想问一下，你的咨询费尾款是多少？"

霍顿笑了，他一脸不屑地说道："哦，想打我咨询费的主意。张邑，之前的事可能警察不会管，要是涉及敲诈，只怕你们的罪名跑不了。"

"你怎么能这样想，你刚刚说过，我是个合法的居民。好了，不浪费时间了，既然你不透露尾款是多少，我也不问了，直接和你说吧。因为你，我几乎3天没睡好觉。而我的同事们，也是因为你，放下一切工作来到这里，为本不该属于他们的任务而付出额外的精力。没有奖励，甚至没有功劳。我们做的这一切，都是因你而起，却连句谢谢都没听你说过。今天，我们的确扛下了所有，也不会对老板抱怨，但你以为我们真的能完全平衡自己的心态吗？真的就这样被你戏耍，还要为你干活，把功劳都算成你的？我做不到，你们呢？"他侧头问霍顿身后的人。

"当然做不到。"有人回答。

李可飞霸气地说："我们拿Skydon的薪水，老板说什么只能做什么。但我们从没拿过霍顿公司的薪水，既然我们不高兴，又不能和老板算账，只能把气出到他身上。我们先揍他一顿，然后为他干活，这笔交易很合理。"

霍顿看了看李可飞的身躯，吸了口冷气道："你们想清楚，打人虽然比不了敲诈，但也是违法的，敢动我，我会让你都进局子。"

张邑笑了笑说道："我来用你的方式来推算一下。如果我们打了你，你报警，我们进局子。卡尔会怎么办呢？他会想办法保我们出来，因为需要我们干活，他会极力掩盖这件事，不让史蒂夫知道，不然就会问起我们冲突的原因，最终会说到你的商业咨询上来。如果他不能掩盖这件事，那么麻烦可能会更大，我敢担保，老板雷霆震怒之下，大家都要担责，你的尾款一定拿不到了。而我们不在乎，我会揽下所有责任，然后重新找工作而已。其实你也没损失什么，你早已做好了不要尾款的准备，所以你的损失微乎其微，只是有一点皮肉之苦。"

李可飞接口道："我向你保证，我可以让你很疼，但绝不会伤害你，我们是守法公民，偶尔因为言语冲突互殴是可以被谅解的。"

封耘道："不用废话了，动手吧。"

几人一拥而上，将霍顿围在了当中。

霍顿立刻脸上变色，是的，他的损失可能不算大，但他不想挨揍。

他衣冠楚楚一身名牌，总是一种高高在上的形象出现在众人面前，他算准了就算Skydon这样的大企业也对他无计可施，所以什么也不怕。他早已离开了与人动拳头的境界，他千算万算，没想到张邑这小子居然用最低级的武力方式来解决问题，偏偏他对这种低级方式无可奈何，眼看就要被人拳脚加身。

"等一下，"霍顿叫了一声，脑子也随之清醒起来，"你刚才说谈笔交易，什么交易？怎么谈？"

"几位，别急着动手。这位霍顿李先生，还是想和我们谈谈的。"张邑制止大家。

李可飞道："刚才说了，要他尾款，属于敲诈，我们不干违法的事。还是揍他吧，我今天还没健身呢，手痒。"

"李兄，给我一分钟，不耽误你出手。霍顿，谈吗？听听我的建议。"

"好,你说。"霍顿打定主意,无论张邕说什么都答应他,先脱身了再说。法治社会,他不能让这群毛头小子算计他。

"这个态度我很喜欢,这样吧。顶层的海鲜自助598元一位,为你做了那么多事,请我们吃一顿是很合理的吧,算上你总共10个人,这点费用应该不到你咨询费的零头。"

霍顿一脸懵懂,由不解逐渐变成愤怒:"就这?你们安排这么大阵势,就为吃顿饭?你们叫花子吗?没吃过饭呀?至于这个样子吗?吓死我了。"

张邕一群人坏笑道:"我们是守法公民,对你这种骗子还能做什么。今天一是要吃你一顿,二是要吓吓你。霍顿,我喜欢看你惊慌失措的样子。"

"张邕,我算认识你了。好,等我回房间取信用卡。"

"不用,霍师傅。"李可飞上来一把搂住了霍顿的肩膀,霍顿浑身不自在,他已经太久没和人有过这样的亲密接触了。

"你出门可能没带信用卡,但绝对不会不带房卡,酒店里都可以记房账的,你前台抵押的一定是信用卡。咱们上楼好好吃一顿,给我们几个开一瓶好酒。你惹的麻烦,我们帮你扛了,说不定史蒂夫下次还能给你签一份合同,这事你便宜占大了。"

封耘一旁道:"李可飞,你过分了。吃饭就吃饭,怎么还要加一瓶好酒呢,这样不行。"

"哦,依你呢?"

"10个人,至少3瓶才可以。"

霍顿知道今天这顿逃不过了,这个惩罚对他来说,其实代价很小,却有一点以其人之道还治其人之身的意味。他被张邕这群人宰了一顿,对方却不会有什么后果,一顿饭而已。

但他也想到了另外一种状况,虽然这顿饭对他不算什么,但如果没有张邕这种半真半假的胁迫,他一定不会答应。

他有点沮丧,作为文明人的智力对决,他并没有输,只是没想到,

Skydon的中国员工居然是一群不择手段的野蛮人。

卡尔和约翰享受了一顿只有两个白人的安静晚餐，又逛了逛上海的夜景，然后心满意足地回到酒店。

当他们回到酒店楼层的时候，另一部电梯同时打开。他们看到一副不可思议的画面，张邑和代表处的同事们居然和霍顿一起，兴高采烈地走了出来，几人身上酒气冲天，明显喝了不少。李可飞则和霍顿勾肩搭背，无比亲密地走在众人中间。

看着一群人的背影，二人面面相觑：“他们什么时候关系变得这么融洽了？”

"中国人真是一个神秘而奇特的民族。"

第84章　霍之乱（六）

一个月的高强度工作。

安排会场，准备会议，拜访用户，邀请用户，确认用户，同时绝对不能放下业绩和订单。

每个人都在超负荷地运转，一个月的时间准备如此大型的活动太过仓促，而这又是要面对总裁、不能犯任何错误的活动。

每天可以享受清闲的大概只有霍顿，他和代表处群英们达成了一种相爱相杀的奇怪友谊。以李可飞为首的Skydon野蛮人会一边干活，一边骂街，积攒对霍顿的无边仇恨，然后适当时候拉着霍顿一顿美餐之后化解了心中的积怨，第二天继续努力工作。但心中的不满又累积到一定时候，就是霍顿再次管饭的时刻。双方乐此不疲，而霍顿也很快接受了这种方式。

会议的日程逐渐丰富丰满而最终一切敲定，用户也纷纷抵达上海，入住指定酒店。接着，史蒂夫一行人也陆续到达上海，一次大型的Skydon活动周即将拉开序幕。

Skydon的活动迅速引起了竞争对手的注意，无论Eka、钛科、佳瓦、康目，还是国产厂商东方和尚达，相关经理们都将此事写在了自己的月报上。

Eka的报告中写道：

之前我们从没见过卫星导航厂家在欧美之外举办如此大规模的市场行动。而总裁亲自到场参加一系列活动，更是首次。

这次活动的费用应该是非常惊人的，我们无法判断Skydon通过这样一场大秀能够真正得到多少业务。但可以肯定的是，这代表了Skydon深耕中国市场的决心。也能看出Skydon对亚洲特别是中国市场的期望和信心。

联想之前我们得到的亚洲卫星导航市场分析报告，Skydon应该是已经确认，未来中国市场一定会出现更多类似工程中心基站网络的大项目，当然，这里也包括工程中心自己未来的二期甚至三期项目。

我们希望此事能得到Eka高层的重视，我们可能不必效仿Skydon这样的大型活动，但我们需要去为中国市场做些什么。

Eka中国会派出自己的队伍，以各种不同的名义，注册并参加Skydon的各个论坛，收获的信息我会在下个月的月报中更新。

没人知道，Skydon如此重大的活动，不过是起源于霍顿的胡言乱语。

总裁史蒂夫的到来，使大家彻底失去了自由，与霍顿的友好晚宴也暂时停止。并不是比之前更忙，所有的忙碌已经接近尾声，只需要准备正式的会议到来。但所有人都要处于随时待命状态，不知道总裁会突然抓谁去开会。

赵爷也到了上海，并和其他代理商一起与史蒂夫进行了座谈。会后的赵爷想约张邕一起吃饭，张邕回答："走不开，我们24小时在酒店待命。"

赵爷想了想，又打给了怒发狂人。

"狂人兄，到了吗？我请你吃本帮菜。"

"多谢。但我要全程陪着朱院士，没有自己的时间，时间方便了，我联系你。"

赵爷无奈，最后他打给了梁会："梁老师，方便吗？没事的话一起吃个晚饭。"这次他没遭到拒绝。

清晨，身着运动装的史蒂夫，正在沿着酒店地图上的慢跑路线跑步。

他看到了一个黑头发黄面孔的年轻人在一处空地上拉伸，他记得这应该是北京代表处的员工，但不记得他的名字，于是他开始在记忆里搜寻有关这个中国员工的交集。

欢迎晚宴，这个年轻人好像在。

与部分先到用户的鸡尾酒会，好像他也在。

与保罗和约翰团队的见面会，他在。

还有就是关于史蒂夫几场总裁见面会的准备会议，这个年轻人也在。

但是，史蒂夫完全不记得他说过什么话，或许这个员工在几场会议中一直没有开过口。

想到此处，史蒂夫忽然转了一个弯，来到了那个年轻人面前。

"早上好。"

"早，总裁先生。"对方显然没料到会遇见总裁。

"你是北京办公室的人？你叫什么名字？"

"我叫张邕，可以叫我邕。"

"好的，邕，今天下午五点左右，到25层的行政楼层会议室找我，我有些事要和你谈谈。"

张邕明显震惊了一下："就我自己吗？要不要通知约翰和保罗，代表处的其他同事？"

"不，你自己来就可以。这个时间你有其他安排吗？"

"我没有，我在酒店里就是准备应对一些突发会议之类的。"

"很好,那下午见。"史蒂夫没再停留,继续向前跑去。

约翰得知史蒂夫要见张邕的消息,吃了一惊,赶紧找到了保罗汇报,才发现保罗对此一无所知。

保罗又皱起了眉头说道:"史蒂夫以前认识他吗?"

"应该从来没有见过,唯一可能见面的机会是上次澳大利亚的全球大会,但张邕那次缺席了。"

"有没有可能,张邕私下联系了史蒂夫。你知道的,以前他也是直接给Skydon发邮件,才得到了卡尔的关注。"

"张邕那封邮件是写给技术支持的,技术支持会回复每一封来信。但史蒂夫不会,他有太多事情需要处理,每天的邮件大概有几百封,不是他熟悉的人或者事,他一般会直接删掉,没有可能会读一个中国员工的信件。不删除的话最大概率也是转给你或者我。"

"那他怎么找到张邕的?为什么不是别人,偏偏是他?"

约翰很无语,他来找保罗本就是寻求答案的。

"看看会发生什么吧?张邕总是会做一些和别人不太一样的事情,希望他不要给我们惹麻烦。或者,你该重新考虑是否该留下他的。"

"有没有一种可能,史蒂夫只是临时看到他,然后临时起意想和他聊聊。"

"他是总裁,怎么可能临时起意和一个最基层的员工沟通。这事有点不可思议,你好好关注下吧。"

张邕是16:30达到商务楼层的会议室的,然后一直安静地坐在外面的座位上等待。史蒂夫真的很忙,他看着会议室进进出出的人,心中有种预感,这个会议只怕不会准时开始。

果然,他一直等到了18:30,依然没有被召唤。他有一点烦躁,但除了等,似乎没有其他选择。

史蒂夫的助理出现在他面前,说道:"抱歉让你久等。此刻史蒂夫会在会议室里简单地吃一点东西,你看你要不要也先去吃晚饭,然后再回来。不过史蒂夫的晚餐很简单,我觉得可能很快就结束。"说完充满期待地看着张邕。

张邕没有让他失望："我还不饿，我可以继续等。"

"谢谢你，张邕，你太善解人意了。"

晚餐后的史蒂夫依然没有接见张邕，他连着开了两个会，最后才向助理问道："今天是不是可以结束了，我真的太累了。"

"北京代表处的张邕还等在门外，已经几个小时了，他说您今天早晨约他过来的。"

"张邕？"史蒂夫困惑地抬起头，"是谁？我认识他吗？"

"代表处的一名中国员工，我想您这几天应该见过他。但我不知道他为什么过来，他自己说，是您今早跑步的时候，约他前来的。"

今早？跑步？史蒂夫皱着眉头思考了一会，依稀记得好像是约了一个中国员工，但他忘了为什么约他。

"要不，你先让他回去吧，说有时间我们再谈。"

"好的，史蒂夫，我要和他确认下一次的时间吗？"

"不用了，就说下一次好了。对了，霍顿今晚……"提起霍顿，史蒂夫忽然记起了今早的事，也想起了自己要谈什么。

"你去通知这个中国人，他叫什么，哦，邕，对，你去通知邕，让他去地下一层的酒吧等我，我累了，想过去喝一杯，我们就在那里见面好了。"

"好的，用通知保罗吗？"

"不用通知任何其他人。"

"好的，总裁先生。"

酒吧很安静，不是外面那种灯红酒绿乐队高歌的演绎吧，为数不多的人伴着舒缓的音乐，低声聊着天。

史蒂夫换了便装，惬意地喝着啤酒，舒缓着劳累了一天的身体。

对面的张邕也拿着一杯啤酒，安静地听着酒吧里的音乐，似乎并不想主动说些什么。

"你很安静，今天早晨好像是我第一次听到你开口，在此之前，我甚至不能确定你会不会讲英文。"

张邕笑了笑说道："史蒂夫，有一点你可以放心，我没有语言障碍或者舞台恐惧症，需要我开口的时候，我会开口的。"

"为什么这几天都没听到你说话？"

"因为群体会议不需要太多声音，有人汇报，我就没有必要重复同样的内容。还有，北京团队的领导是约翰，他汇报就可以了。"

"哦，你是哪里人？我是说中国哪个城市？"

史蒂夫似乎忘了要和张邕谈什么，他随意地和张邕唠起了家常。

张邕觉得总裁似乎太过随和了，一个大企业的领导者似乎不该是这个样子。

在他逐渐放松甚至有一点厌烦的时候，忽然听到史蒂夫问道："你是不是不喜欢这次活动？"

他愣了一下，脑子一时没有转过来："怎么会呢，一切都是我们尽心尽力安排的，这不仅是Skydon的成果，也是我们的。"

"哦，都是你们尽心尽力安排的？所以，你说的'我们'不包括霍顿，是吗？"

张邕有点心虚地抬头，发现史蒂夫完全没了刚才的随和，一双锐利的目光正盯在他的脸上。

他和史蒂夫对视着，几秒的时间，两人谁也没开口。

终于，张邕低下了头，终止了二人的眼神交流。

"总裁先生，您果然英明。其实这一切都没有瞒过您，对吧？"

"和我说说具体的情况吧，邕。"

"史蒂夫，您既然已经明白了一切，为什么还要我说出来呢？而且您身边那么多人，告诉您真相的应该是卡尔、保罗、克里斯他们，而不是我。如果不是今天早晨我们遇到，你可能根本想不起来我是谁。"

"那你怎么看待这次活动呢？我们这次大规模的会议是否只是一场无聊至极的作秀，只为了帮卡尔圆满他的职业生涯。"

史蒂夫发现，张邕情绪忽然变化，他有一丝愤怒。

"史蒂夫，我觉得你如果这样说，对我们中国团队是非常不公平的。这件事的起因的确是卡尔和霍顿的问题，但既然一切不能改变……当然我并不能理解，为什么一切不能改变。我们就尽全力地把这场秀做成一个有价值有意义的活动。而您作为总裁，来中国的机会并不多，所以我们也充分地利用了你的中国行，使Skydon的利益最大化。这一个月以来，我和我的同事们都付出了无比辛苦的劳动，不仅脑力，还有体力。如今我们已经可以保证，这是Skydon进入中国以来最成功的一次盛会。如果您这样评价这场秀，您伤害了我们所有中国员工的感情。我们没有多拿一份薪水，却做着不属于我们的工作，还要做到最好。这次大会的每一个论坛，每一场讲座，甚至每一个邀请的嘉宾，我们都是经过精心准备的。犯错的是卡尔，但整个Skydon没人站出来说一句话，却要求我们来帮他解决问题。霍顿很聪明，他骗过了卡尔，卡尔很聪明，他把你拉了进来。但您才是那个真正能掌控一切的人，您已经看穿了所有的把戏。但我不理解，您和我谈这些有什么意义。只为证实您的推测吗？"

史蒂夫非常意外地看着张邕，张邕之前是没说过太多话，但就像他自己说的，需要的时候他很能讲话。

"我收回我的话，很感谢中国员工的努力。总裁并不是件轻松的工作，我会尽量地少犯错误，而不可能不犯错误。我的确支持了卡尔和霍顿的做法，我以为那对我们的工作有益。但我来到中国，很快就发现了其中的问题，我在所有事上很难找到霍顿的踪影。我找你了解情况，是因为你这几天一直没开过口，所以我想或许能从你这听到一些不一样的内容。果然，你没让我失望。"

"知道了真相，您要怎么做呢？"

"你说了，这将是Skydon有史以来最成功的一次中国盛会，我们做好它。"

"卡尔和霍顿呢？"

"因为这次盛会的成功，我只能给卡尔一个嘉奖，否则会引发议论。"

"霍顿呢？"

"他可能不会再有我们的任何合同，但这份合同我们会执行完，还会在网站上发布与他合作的新闻。但一周之后，我们会撤下所有关于霍顿的内容，他从此消失在我们的行业。"

"北京代表处呢？"

"我会让保罗奖励你们的，只是可能会用些不同的名义。"

"明白了，"张邕深深地吸了一口气，"既然您知道了一切，又不想做任何改变，为什么还要去探究真相呢？"

"因为我是Skydon的最高执行长官，我可以不揭穿一些事，以保证整个系统的正常运转。但因为我是总裁，我不喜欢有人瞒着我做事，我要知道一切真相。"

张邕叹了口气道："您知道吗？霍顿早就预料到了一切，他说政治正确不仅仅是中国特色，美国人也是一样。我原本不信他，现在知道，他说的每一句都是对的。"

"人类是相通的，东西方文化的确不同，但很多选择呢，中国人和美国人是一样的。好了，张邕，谢谢今天的所有信息，干杯。喝完这杯早点回去休息吧，明天我们还有很多事要做。"

"总裁先生，我会尽全力完成这次会议。但会议结束之后，我想离开Skydon。"

史蒂夫惊讶地看着张邕，他没想到会是这样一个结果，他想挽留，又想问问为什么。

但很快平静下来的他最终只说了一句："如果你要离职，直接向约翰申请好了，他是你的老板。晚安。"